본능적인 그대 2

본능적인 그대 2

이달아 장편소설

1권

첫사랑을 닮은 남자 …… 7
불장난 or 결혼 …… 42
나한테서 지워봐, 내 첫사랑 …… 76
자꾸만 반응하는 심장 …… 109
이 남자에게 끌리고 있다는 걸 …… 142
처음 본 순간 본능적으로 끌렸어요 …… 183
서로에게 어려운 두 남녀 …… 225
애완견의 법칙 …… 261
사랑인 것도 같아서 …… 304
내 눈엔 너밖에 안 보이는데 …… 345
대담하고 야한 선전포고 …… 385
오늘 밤의 주도권은 절대적으로 내게 …… 423
불안함이 현실로 …… 466
내가 다 잘못했으니까 나 버리지 마 …… 501

| Contents |

2권

나 혼자 미쳐 있었다 …… 7
내가 널 울렸어 …… 45
때가 되면 널 만나러 갈 거야 …… 83
안에선 파트너, 밖에선 연인 …… 114
흘러가는 네 시간을 붙잡기 위해 …… 153
나한테 돌아오기만 해 …… 187
못하는 게 없는 남자 …… 226
방어하는 늑대와 덮치려는 여우 …… 263
살아도 같이 살고 죽어도 같이 죽어 …… 302
그녀만의 교육 방식 …… 343
이성적인 유하준과 본능적인 신유진 …… 378
세상에서 가장 행복한 신부 …… 419
이 시대의 살아 있는 현부양부 …… 446
죽을 때까지 함께하기 …… 482
외전 : 마지막 이야기 …… 510
작가 후기 …… 541

Chapter 15

나 혼자 미쳐 있었다

눈을 뜨니 주강희의 집이고, 주강희의 침대였다.

침대맡에 걸터앉은 하준은 느릿하게 눈을 감았다 뜨며 어젯밤을 떠올렸다.

"컨디션은 뭐…… 나쁘지 않군."

샤워를 하고 나온 하준은 집 안을 차분하게 훑어보았다.

그녀의 털털한 성격답게 어젯밤의 일들을 설명해줄 수 있는 증거들이 즐비했다.

약봉지와 사탕 포장지, 침대맡에 떨어진 수건까지…….

쓰디쓴 알약을 사탕과 키스로 녹여주었던 강희가 떠오르자 그의 입가에 미소가 번졌다.

무척 쓰면서도 달았고, 나른하면서도 강렬했던 키스.

그 키스 덕분에 쓰디쓴 알약의 맛은 하준에게 꽤 좋은 추억으로 남았다.

느릿하게 움직이던 그의 시선이 어느새 미니 냉장고에 붙어 있는 노란 포스트잇에 고정되었다.

> 죽이랑 종합 감기약 다 챙겨 먹고 가.
> 인증샷은 필히 찍어 보낼 것.

무감각하게 다물려 있던 입술이 느슨하게 벌어졌다.
"왜 이렇게 사랑스러워."
눈뜨자마자 보고 싶어지게.
손목시계를 확인한 하준은 나직하게 중얼거렸다.
"……어쩐다?"
오늘 출장 갈 일본행 비행기 티켓은 오후 2시였다.

점심시간이 지나서야 하준에게서 전화가 왔다.
[주강희 덕분에 푹 자고 푹 쉬어서 컨디션 최상이야.]
"다신 그런 바보 같은 짓 하지 마. 집에 들어가 있든지 차 안에 있든지."
그래도 자신은 차 안에서 기다렸으니까 이번엔 하준보다 더 현명했던 것 같다.
[뭐 어때, 너한테 용서받았으면 됐지.]
"용서받을 짓 안 하면 되잖아."
[앞으로 그러려고. 너랑 떨어져 있는 그 몇 시간이 마치 지옥

같았어.]

 그건 강희도 마찬가지였다.

 [편의점 죽 맛처럼.]

 "그렇게 맛없었어?"

 [다신 먹고 싶지 않은 맛이라고 하면 이해돼?]

 "미안한데 나 요리 쪽엔 취미 없어. 앞으로도 그럴 것 같구. 혹시 결혼하고 나서 내 요리를 바라는 건 아니지?"

 [나 입 까다로워. 넌 요리나 청소 같은 살림과는 안 맞는 것 같고.]

 이거 혹시 내 욕하는 건가?

 "너 지금 나 디스하는 거지?"

 [너한테 그런 거 시킬 생각이 없다고 미리 어필한 거야. 아깝게 널 왜 주방에 세워놔? 그 시간에 차라리……]

 하준이 느리게 말을 끌었다.

 [침대로 데리고 가지. 넌 주방보다 침대에 있는 게 더 효율적이야.]

 이건 또 칭찬인가 욕인가.

 [결혼 후에도 서로 바쁠 텐데. 같이 있을 땐 무조건 기분 좋은 짓 해야지.]

 할 말 없게 하는 말재주가 살아난 걸 보니 다 낫긴 나았나 보다.

 이럴 땐 말로 이기기보다는 주제를 돌리는 게 현명했다.

 "웨딩 촬영 다음 주 주말로 잡았다면서, 너 시간 괜찮아?"

[그러려고 바로 공항 온 거야. 아니었으면 1분이라도 네 얼굴 보고 갔겠지.]

그 말이 뭐라고, 강희의 입꼬리가 살며시 당겨졌다.

"1분 볼 거면 뭐 하러 와? 네가 온다고 해도 내가 오지 말라고 했을걸?"

직업 특성 때문인지 몰라도 가장 싫어하는 것 중 하나가 바로 시간 낭비였다.

[널 보는 게 중요하지 시간이 중요하진 않아.]

왜 시도 때도 없이 감동을 줘서 목이 메이게 하는 건지.

고요한 침묵 너머 하준이 부드럽게 강희의 이름을 불렀다.

[주강희…… 나 지금 너한테 갈까?]

오라고 하면 진짜 올 남자라서 강희는 단번에 거절했다.

"오지 마."

[진심으로 하는 말이야?]

"오라고 하면 진짜 올 거잖아."

[가면 안 되는 이유를 백 가지만 대봐.]

그건 곧 오겠다는 말이고, 말리지 말라는 의미였다.

누군 안 보고 싶어서 이러는 줄 아나. 왜 내 마음을 몰라주냐고.

"나 이런 거 싫어. 나 때문에 걸핏하면 일 팽개치고 스케줄 바꾸고 미루고. 사랑도 좋지만 이건 좀 아닌 거 같아. 이성적으로……"

[사랑 먼저 하고 이성적으로 생각해.]

"난 너와 달라서 사랑 먼저 하게 되면 일 절대 못 해. 일하면서 사랑을 해야 해. 내가 너무 욕심내는 거야?"

잠시의 침묵 후 하준이 차분히 대답했다.

[너도 알 거야. 내가 너한테만 이성적이지 못하다는 거. 근데 넌 나와 반대지. 나에게만 이성적이야.]

가슴에 지퍼라도 달려 있으면 당장 내려서 너한테 얼마만큼 이성적이지 못한지 보여주고 싶었다.

[그러니까 넌 일과 사랑을 동시에 잡아. 그렇게 할 수 있도록 내가 도와줄게.]

배려는 고맙지만 뭐든지 너무 과하거나 일방적이면 독이 될 수도 있었다. 지금처럼.

[근데 내 마음까지 이래라저래라 하지는 마.]

그런데도 독 같은 이 남자의 사랑에 이미 중독되어버렸다.

[그건 순수한 내 의지니까.]

하준은 치료제가 없는 맹독 같은 남자였다.

"유하준."

[……왜.]

"사랑해."

느닷없는 사랑 고백에 휴대 전화 너머로 작은 한숨 소리가 넘어왔다.

[최대한 빨리 다녀올게.]

끊긴 휴대 전화를 든 강희는 유하준을 조절할 방법을 조금은 알 것도 같아 미소를 지었다.

외근을 마치고 돌아온 강희에게 김 경위가 긴장한 표정으로 말했다.

"팀장님, 호출이요."

"누구 호출인데 표정이 그래?"

"서장님이요."

코트만 휙 던져놓고 서장실로 향하며 생각해보지만 서장이 호출할 일은…….

"……없는데."

노크 후 들어가자 기다렸다는 듯 서장이 일어나서 소파에 앉았다. 쳐다보는 눈빛부터가 아주 마음에 안 들어 죽겠다고 말하는 서장을 모른 척하며 강희는 맞은편에 앉았다.

"무슨 일 때문에 부르셨는지……."

말이 끝나기도 전에 서장이 버럭 성질을 냈다.

"자네 때문에 내가 두통약을 달고 살아!"

그것도 모자라 멀쩡한 사람을 바로 앞에 놔두고 이상한 사람으로 만들어버렸다.

"정상이 아닌 줄은 알았지만 이 정도일 줄이야. 감히 나한테 보고도 없이 다른 서에 고소장을 접수해? 그것도 김 의원님 막내아들을 상대로?"

우리 서장도 한물갔구나. 이제야 귀에 들어간 걸 보니.

"피해자로서 고소장 접수한 걸 굳이 직장에까지 알릴 의무는 없다고 봅니다. 서장님과 제가 그런 사적인 일까지 보고할 사이도 아닌 것 같고요. 그리고 저는 절차대로 했습니다. 범죄 발생지에 맞게 관할서로 접수한 건데 뭐가 잘못됐습니까?"

"입건 유예가 뭔지 모르나? 사건 성립도 안 되는 걸 가지고 재고소는 무슨 재고소야! 당장 취소해!"

서장은 딱 거기까지 했어야 했다.

"기가 막힐 노릇이고만. 명색이 강력반 팀장이란 놈이 낯부끄럽게 성추행 피해자라니. 센 척은 다 하고 다니더니 그딴 식으로 경찰 이미지에 먹칠을 하고 다니고, 쯧."

더 이상은 못 참아. 아니, 안 참아.

"형사라는 허울을 쓴 꽃뱀한테 속아서 당한 게 억울하다. 그게 김한영 측 변호였죠?"

웃음기를 싹 뺀 강희는 또박또박 야무지게 말을 했다.

"서장님이 뭐라 하셔도 저 취소 안 합니다. 명색이 경찰인데 억울한 걸 참고 넘어가면 그거야말로 경찰 이미지에 먹칠하는 거라고 생각하니까요."

"자네 미쳤나? 부하 직원 하나 잘못 둔 죄로 내가 왜 사과하고 머리를 조아려야 하는데!"

"그럼 안 하시면 되겠네요. 부하 직원 잘못한 것도 없는데 왜 사과하고 머리를 조아리세요. 듣고 있는 부하 직원 마음 아프게."

"주 팀장, 우리 제발 좋게 가자, 어? 아무 일도 없었다며?"

"미수도 엄연히 범죄입니다."

"자네가 처신을 잘못한 거잖나!"

"김 의원님 아들이 더 처신을 잘못했죠."

한마디를 지지 않고 대꾸하자 서장이 한숨을 길게 내쉬었다.

"김 의원님 막내아들? 이것보다 더한 사건들이 수두룩해. 그런데도 다 넘어갔어. 근데 자네 일로 잡아넣을 수 있을 것 같아?"

"그러니까 이제 잡아넣을 때도 됐잖아요."

"주 경감, 똑똑한 머리 둬서 어디다 쓰나. 죄가 없어서 못 잡는 게 아니란 걸 왜 모르냐고."

"너무 잘 알아서 탈입니다. 죄가 없어서 못 잡는 게 아니라 죄가 있는데도 안 잡는 거요."

"검찰도 벌벌 기는 의원 아들이야! 좋게 그냥 접어."

"싫습니다."

"빽만 든든하면 죄 없는 놈도 죄목 추가해서 집어넣는 세상이야. 그런데 네가 뭘 하겠다고?"

"세상은 변합니다."

강희의 확고한 말에 서장이 비웃었다.

"그럼 자네 혼자 변하게 해보든지."

얼마나 세게 쥐고 있는지 무릎 위에 그러쥐고 있는 손이 새하얗게 질려 있었다.

"두 번은 경고 안 해. 한 번만 더 거슬리는 전화 받게 했다간 자네뿐만이 아니라 팀원들까지 불이익을 받게 될 거야."

회유도 설득도 안 통하자 가장 치사하게 식구들을 건드리며 협박한다.

"꼴도 보기 싫으니 나가봐."

고개를 까딱한 후 강희는 서장실을 나왔다.

웨딩 촬영 날이 다가왔다.

스튜디오에 도착해서 메이크업을 받고 있는데 하준에게서 전화가 왔다.

[이제 게이트 통과했어. 지금 바로 스튜디오로 갈게.]

촬영 30분 전이었다.

"급하다고 막 밟지 말고 조심히 와. 알았지?"

전화를 끊자 헬퍼 대신 오늘 나온 숍 실장이 물었다.

"신랑분 늦으신대요?"

"공항에서 바로 온대요. 차만 안 막히면 일이십 분 늦을 것 같다고."

그때 노크 소리와 함께 스튜디오 직원이 얼굴을 내밀었다.

"신부님 준비 다 되셨으면 잠깐 나와주실 수 있으세요?"

강희가 대답도 하기 전에 실장이 앞을 막아섰다.

"무슨 일 때문에 그러시죠?"

"촬영 기사님이 드레스 한 벌만 촬영하는 거라 신랑님 오시기 전에 배경이랑 구도 체크 미리 해보셨음 해서요."

마침 준비가 끝났기에 강희는 알겠다고 하며 따라 나갔다.

오늘 촬영을 하기로 한 곳은 야외와 실내가 공존하는 스튜디오로, 실내는 로맨틱한 서양풍이지만 야외는 1900년대 흑백 영화의 배경을 보는 것 같은 분위기였다.

가장 마음에 드는 건 에일 듯한 겨울 공기가 무색할 만큼 따사롭게 비치는 햇살이었다.

"혹시 여기도 촬영 장소인가요?"

"아, 네. 근데 여긴 봄이나 가을에 많이 이용해요. 1월은 공기가 너무 차가워서 신부님이 힘드세요."

"추위 참으면 여기서 찍어도 되나요?"

잠시 곤란한 표정을 짓던 직원은 이내 생긋 웃으면서 말했다.

"신부님, 확인하고 올 테니 잠시만 기다려주실래요?"

직원을 기다리며 유리문 너머를 내다보고 있는 그때, 단단한 팔이 뒤에서 부드럽게 안아왔다.

"늦어서 미안."

하준을 보고 그의 목에 팔을 감아 매달리며 사랑스럽게 바라보자 조금 놀란 눈치였다.

"환영이 격한데?"

"그래서, 싫어?"

"싫을 리가."

눈웃음을 살살 흘리는 하준을 등진 강희는 다시 창밖으로 시선을 던졌다.

"여기 어때? 난 여기서 찍고 싶은데 넌 어떤가 해서."

"네가 좋으면 나도 좋아."

제게 시선을 고정한 채 하준이 대답하자 강희는 살며시 인상을 구겼다.

"보지도 않고 좋대? 나 혼자 하는 결혼도 아닌데 네 의견도 좀 말해줘."

그러자 살며시 허리를 기울인 하준의 입술이 귓가에 속삭였다.

"난 침대에서만 내 마음대로 하게 해주면 돼."

새빨개진 얼굴로 하준을 흘겨보는 그때, 실장이 강희의 휴대 전화를 가지고 다가왔다.

"전화가 와서요."

전화를 받자마자 들리는 건 혜리의 울음소리였다.

[강희야, 나 어떡해! 흐윽……! 김한영이 집 앞까지 찾아왔었어.]

'김한영'이라는 이름이 나오자 심장이 철렁 내려앉았다.

"왜?"

[전화론 차마 말 못 하겠어……. 지금 와주면 안 돼? 나 너무 무서워, 강희야.]

지금 당장 가겠다고 말해주고 싶었지만 어렵게 맞춘 시간이고 촬영 하나 때문에 모여 있는 사람들이 많았다. 무엇보다 공항에서 바로 올 만큼 하준의 일정이 타이트하다는 게 걸려서 고민하는 그때, 손에서 휴대 전화가 사라졌다.

"혜리 씨, 저 유하준입니다. 지금 어딥니까? ……알겠습니다. 여기서 바로 출발하면 강희 30분 안에 도착할 겁니다."

침착하게 통화를 끝낸 하준이 강희에게 다시 휴대 전화를 내밀었다.

"혜리 씨 집에 있다니까 지금 당장 가봐."

그에게서 받은 휴대 전화를 만지작거리는 강희는 차마 발이 떨어지지 않았다.

"주강희, 후회할 짓은 두 번 하지 마."

그 마음을 느낀 건지 괜찮다는 듯 웃어주는 검은 눈동자가 눈물이 날 만큼 따스했다.

"촬영은 다시 날 잡아서 하면 돼."

강희를 보자마자 품에 안겨들며 혜리가 울음을 터뜨렸다. 진정하고 나자 강희는 차분하게 말했다.

"이제 말해봐. 오늘 그 새끼가 뭐라고 했는지."

떨리는 속눈썹을 내리깔며 혜리가 힘겹게 입을 열었다.

"사과하고 싶어서 찾아온 거라고 했어. 그날 너무 술을 많이 마셨다고, 나한테 미안해서 집에도 먼저 털어놓은 건데 아버지가 변호사단 꾸려서 대응한 거라고. 자기는 시키는 대로 꼭두각시처럼 움직일 수밖에 없었다고."

"그래서?"

"무릎 꿇고 빌라고 했어. 그런데 그 새끼가 진짜 꿇는 거야. 그래도 용서할 생각은 없었는데, 그 새끼가 나한테 보여준 건…… 흑!"

주강희를 포기시키는 게 한영이 찾아온 진짜 목적이었다.

"그 새끼가 무릎 꿇은 것도 다 연기였어. 협박한 거 신고한다고 하니까 CCTV엔 자기가 무릎 꿇고 비는 게 찍혔는데 무슨 증거로 자길 모함할 거냐고. 좋은 말 할 때 네가 고소 못 하게 하라고. 그럼 자기 컬렉션 중에서 내 건 영구 삭제해주겠다고 했어. 안 그러면 그 동영상 다 퍼뜨리겠대."

스스로가 우는 것조차 모를 만큼 앞을 응시하는 혜리의 눈동자는 공허했다.

"강희야, 내가 봤어. 분명 나였어."

그걸 보고 있으니 가슴 안의 증오가 뜨겁다 못해 차갑게 얼어붙고 있었다.

개자식. 용기 내서 삶을 다시 살아가려는 애를 또 찾아와서 괴롭혀?

"강희야, 너만 포기하면 그거 다 지워준대, 응?"

"넌 그 새끼 말을 믿어?"

"안 믿으면 어떻게 할 건데? 방법이 없잖아. 적어도 퍼뜨리진 않겠지."

시작은 혜리였지만 지금은 경찰의 본분과 자존심이 걸린 문제였다. 범죄를 알면서도 묵인하는 것도 나쁘지만 지금 이렇게 넘어가면 경찰의 기강은 점점 더 무너져 내릴 게 분명하다. 중요한 건 누군가가 첫 총대를 메느냐였다.

강희의 침묵에 혜리는 점점 더 히스테릭해졌다.

"그걸 현오도 보면 어떡해? 날 싫어하겠지? 다신 상종 안 할 지도 몰라. 예전처럼 다시 날 피하겠지? 투명인간 취급…… 우웁!"

손으로 입을 틀어막으며 욕실로 달려간 혜리가 구역질을 해 댔다.

침대에 기절하듯 잠이 든 혜리의 머리칼을 쓸어 올려주며 강희는 속삭였다.

"미안, 혜리야. 나 그 새끼 더 꼭 잡아야겠어."

협박이 한 번 만에 끝난다는 보장도, 그 영상을 지워준다는 보장도 없다. 한 번 쓰레기는 영원한 쓰레기고, 이렇게 더럽게 나오면 나도 더럽게 나가주는 수밖에.

스튜디오를 나온 하준이 향한 곳은 본가였다.

따뜻한 차가 앞에 놓였지만, 그 차를 즐길 만한 여유가 하준에겐 없었다.

"김한영 구속되게 해주세요."

단도직입적인 말에 갑수가 허허 웃었다.

"내가 무슨 힘이 있다고 나한테 그런 부탁을 하지?"

"휘두르지만 않으실 뿐, 무소불위 권력을 손에 쥐고 계시잖아요."

"휘두르지 않아서 쥐고 있는 거라는 생각은 안 하느냐?"

가문의 엄청난 부는 조상 때부터 내려왔다. 하지만 누구에게나 휘두를 수 있는 권력을 키운 건 대대로 내려온 가문의 수장들이었다. 약점은 절대 잡히지 않되 모두에게 평등하게 베풀며 균형을 유지하는 게 가문을 윤택하게 유지한 비결이었다.

"할아버지 손자며느리 될 사람입니다. 그걸 알 만한 곳에서 조작성 언론으로 강희를 비방한 건 곧 우리 가문을 우습게 보는 겁니다."

"혼인 신고도 안 했고 결혼식도 안 올렸다. 그러니 아직은 내 며느리가 아니다."

"할아버지, 저 강희랑 무슨 일이 있어도 결혼해요. 변하지 않는 사실이니 이번엔 힘써주세요."

타앙ㅡ.

그러자 갑수가 좌식 책상을 손으로 내리쳤다.

"내 성에 차지 않는 아인데도 결혼을 허락했고 네가 요구하는 거 다 들어주었어! 근데 또 이런 부탁을 내게 해? 말해봐라. 내가 그 아이를 어디까지 눈감아주고 양보해줘야 하는지!"

"이번만 힘써주세요. 다신 이런 부탁 안 드린다고 약속드릴게요."

손자 녀석이 처음으로 고개를 조아리자 갑수는 혀를 끌끌 찼다.

"하준아, 너는 내가 아무것도 모르고 있을 거라고 생각하느냐?"

"할아버지."

"귀하고 잘난 내 손주는 이리도 목매는데, 그 아인 너보다 친구를 더 소중히 여기는 것 같더구나."

갑수가 정곡을 쿡쿡 찔러왔다.

"너보다 일이 더 우선순위고. 내가 잘못 안 거냐?"

"제가 먼저 배려하고 이해해준 겁니다. 처리는 그렇게 하지만 강희 마음속 우선순위는 저예요. 그리고 전 강희를 믿습니다."

흔들림 없는 하준의 대답에 갑수가 '허허' 웃었다.

"믿음이 있다니 다행이구나. 그럼 나랑 내기 하나 할 테냐? 그 아이에게 우선순위가 뭔지."

15대째 가문을 이끄는 갑수는 이빨이 빠진 게 아니라 거대한 송곳니를 숨기고 있는 맹수였다.

"그 아이가 다 버리고 널 선택한다면 네 말대로 가문의 불문율을 깨고 힘을 써주지. 어때, 해보겠느냐?"

갑수의 내기를 선뜻 받아들일 수 없는 건 주강희라면 항상 이성을 잃는 그와 달리 그녀는 늘 이성적으로 그를 대해서였다.

"대신 내기에서 지면 너도 내 말 하나 들어줘야겠다."

"저 아직 대답하지 않았습니다."

"당장 대답하란 소리도 안 했다."

느긋한 갑수의 표정에서 사전에 계획된 것처럼 불쾌한 냄새가 났다.

"제가 찾아올 줄 알고 있으셨나 봅니다. 대체 저한테 원하는 게 뭡니까?"

"미리 말해주면 재미가 없지. 승낙하면 그때 말해주마."

본가를 나온 하준은 회사로 차를 몰았다.

회사에서 세단으로 차를 바꿔 탄 후 임원 두 명과 함께 부산에 내려갈 예정이었다. 그런데 사옥 주차장에 누군가 먼저 도착해 있었다.

"……주강희?"

내가 꿈을 꾸는 건가.

빠르게 다가와 제 품에 찰싹 안겨드는 온기와 감촉은 분명 현실이었다.

"놀랐지? 서프라이즈 해주려고 유식 씨 좀 귀찮게 굴었어."

강희는 생글생글 웃고 있지만, 귀신은 속여도 자신은 못 속인다.

"너 무슨 일 있어?"

"무슨 일은, 없어."

"너한테 무슨 일이 없으면, 혜리 씨한테 무슨 일이 있는 건가?"

침착하려 애쓰는 눈을 빤히 바라보며 하준이 담담히 말을 이었다.

"무슨 일인데. 말해봐."

하지만 흔들림은 잠깐이었다.

"무슨 일 없어. 출장 잘 다녀오라고 말해주려고 온 거야."

"고작 일이분 보려고 여길 왔다는 말을 믿으라고?"

그 말을, 나보고 믿으라고?

"나도 누구처럼 보고 싶으면 봐야겠거든. 그게 단 일분이라도."

그렇게 울 것 같은 눈으로, 날 보면서?

시간이 되어도 나타나지 않는 대표의 위치를 확인하기 위해 회사에서 걸려온 전화에 강희는 하준의 등을 떠밀었다.

"인사했으니까 얼른 가. 돌아보기만 해봐. 나 진짜 화낸다?"

화낸다는 말에 엘리베이터에 도착할 때까지 돌아보지 않았다. 하지만 서서히 닫히는 엘리베이터 틈 사이로 주강희가 보이는 순간, 하준은 다시 뛰쳐나가 그녀를 품에 와락 안았다.

"……화내려면 화내."

뺨을 감싸 끌어당기자 커다래진 눈을 바라보며 집어삼키듯이 키스를 퍼부었다. 조급했고 맹렬한 키스를 끝낸 후에야 아쉬운 듯 입술이 떨어졌다. 잔 떨림을 품은 긴 속눈썹에서 시선을 떼지 않으며 하준은 느리게 입술을 열었다.

"불안해서 안 되겠어."

저를 바라보는 옅은 다갈색 눈동자는 또다시 가슴을 폭발하게 만들었다.

"주강희, 나랑 출장 같이 갈래?"

하지만 뜨겁게 폭발한 하준과 달리 강희의 눈은 지나치게 차분했다.

"내 가슴에 문이 있었으면 좋겠다. 온통 너로 가득 차 있는 내 마음 좀 보여주게."

그 눈을 볼 자신이 없어서 피해버리자 강희가 뺨을 감싸 끌어당겼다.

"유하준, 나를 봐."

코끝을 맞대고 기어이 눈을 마주 보게 했다.

"넌 내가 그렇게 불안해?"

차를 몰고 회사로 오는 내내 하준은 끊임없이 생각했다. 주강희를 향한 믿음은 죽을 때까지 변하지 않을 텐데도 그녀를 만나고 사랑을 확인할수록 더 불안해섰다.

"나도 너랑 떨어져 있으면 불안해. 불안해서 미칠 것 같아."

그런데 왜 그렇게 불안했는지 이제 알겠다.

"너에게 무슨 일이 생길 것만 같아."

나를 바라보는 이 눈.

"평생 같이할 존재가 사라지고 나 혼자 남겨지는 건 다신 경험하고 싶지 않거든."

내게만 지독히도 이성적인 이 눈.

"근데 하준아, 나는 널 만나면 그 불안함은 씻은 듯이 사라져."

이 눈 때문이었다.

"근데 넌 아니야?"

나 혼자 너에게 미쳐 있다는 사실도.

"주강희, 다시는 이런 곤란한 부탁 안 해."

나를 향한 너의 그 지독한 이성이 나를 멀리하고 밀어내는 것 같아서.

"그러니까 오늘만 네가 양보해줘."

단 한 번도 나 때문에 잃지 않았던 그 이성을 오늘 딱 하루만 버려준다면 이 불안함이 가라앉을 것 같았다.

"같이 가자, 주강희."

그는 절박했지만, 그녀는 그 절박함을 외면했다.

"난 너와 달리 이성적으로 판단해야 해."

강희가 한 마디, 한 마디를 할 때마다 점점 더 또렷하게 형체를 드러냈다.

"이틀 일정이면 너도 바쁠 거잖아. 너 일하는 동안 난 뭐 하라구. 떙까떙까 놀아?"

날 보면 네가 왜 불안하지 않은지.

"결혼식 올리면 일주일은 넘게 빠져야 해. 그래서 더 연차 못 빼겠어. 그것도 이렇게 갑자기는."

널 보면 나는 왜 불안한지.

"나도 같이 가고 싶어. 근데 할 일이 산더미야. 나 빠지면 팀원들한테 일거리 다 돌아가고."

그의 세상은 강희를 중심으로 돌아가고 있었고, 그걸 그녀가 모를 리가 없었다. 하지만 강희의 세상은 수많은 것들이 맞물려서 돌아가고, 자신은 그중 일부일 뿐이었다. 그게 불안함의 정체였다.

"난 너처럼 사장님이 아니라 월급쟁이라구. 이해해줄 수 있지?"

저를 바라보는 강희의 눈동자가 너무도 예쁘게 반짝거려서 하준은 오늘도 그녀를 위해 한걸음 물러나기로 했다.

"그래, 출장 갔다 와서 보자."

나를 향한 네 마음보다 너를 향한 내 마음이 얼마나 큰지 넌 모르겠지.

"너무 무리하진 말고 무슨 일 있으면 연락하고."

너는 감히 상상도 못 할 것이다.

대학을 졸업함과 동시에 시집을 와서 살림만 한 자신과는 너무도 다른 강희가 옥혜는 무척 마음에 들었다. 당당했고 주도적이었으며 자신감이 넘쳐나는 건 사회생활을 오래해서 그럴지도. 하지만 재인도 그렇고 주변에서 사회생활을 한 이들은 강희 같지 않았다.

간단한 다과를 들고 응접실로 나가자 아침 신문을 정독하며 갑수는 경신 일보 정 사장과 통화 중이었다.

"내가 언제 그런 일에 관여하는 거 봤나. 김 의원이 요구한 거라면 그리해줘야지. 허허, 이 사람아. 아직 내 집안 식구도 아닌데 며느리는 무슨."

옥혜의 귀가 쫑긋 세워졌다.

"그건 그 아이가 처신을 잘못한 거니 감당해야 하지 않겠는

가. 아니라고 해도 당사자가 알아서 해명하고 해결해야지."

대화 내용은 무거운데 갑수의 표정은 의외로 느긋했다. 마치 전화가 올 걸 예상하고 있었다는 것처럼.

"내 집안일이라고 해도 나는 절대 나서지 않아. 알면서 그런가? 이런 전화 자체가 부질없어. 항상 하던 대로 하시게."

통화가 끝나자 조용히 앉아있던 명희가 조심히 물었다.

"무슨 일이에요?"

"쉬쉬해도 말이 새어 나간단 말이지. 그 아이가 우리 집 며느리가 될 거라는 소문이 은근히 도는 모양이야."

"그래서요?"

"그 아이가 김 의원 아들을 자꾸 물고 늘어진다는군. 그러니 김 의원이 가만히 있겠는가. 원수 같아도 자식은 자식인데."

갑수는 혀를 끌끌 찼다.

"김 의원이 언론을 이용해서 그 아이를 잡으려는 모양이야. 그리 나대더니 결혼 전부터 이리 민폐라니."

"그때 하준이가 찾아와서 부탁한 일 아닌가요? 그럼 도와주는 게 나을 듯싶어요."

"이걸 계기로 결혼이 깨지면 내가 원하는 바야. 정 결혼을 못 막으면 그 아이가 경찰직을 그만두는 것도 나쁘지 않고."

"여보."

"하준이 그 녀석이 김 의원 아들을 남자구실 못하게 만들 뻔했어. 김 의원 아들이 그 아이와 통화한 녹음 내용도 기가 막히고. 날 찾아온 김 의원한테 내가 뭐라고 하겠나. 두고 보게.

그 아인 절대 우리 집 식구가 못 될 테니."

며칠 전 김 의원이 집에 들렀다. 찾아온 목적이 그거였던 거다. 김 의원은 주강희를 잡고, 갑수는 손자의 결혼을 막고.

"근데 결혼 허락……하셨잖아요."

갑수가 느긋하게 웃었다.

"사람이 너무 맑고 투명해도 안 돼. 다 보이고 파악이 되면 주무르기가 쉬운 법이니."

처음부터 갑수는 강희를 며느리로 삼을 생각이 없었다.

이틀 만에 끝난다는 하준의 출장은 다시 중국 출장으로 이어졌고, 그가 얼마나 바쁜 남자인지 강희는 새삼 깨달았다.

하준에게 메시지를 보내며 출근을 하던 강희를 보고 또다시 서 사람들이 속닥거린다.

평소라면 정보통인 현오가 그 이유를 참새 새끼처럼 물어왔을 테지만 혜리에게 정신이 팔려 제 기능을 못하고 있었다. 정신이 쏙 빠져서 먹통이 된 지 오래였다.

늦은 오후, 외근을 나갔다가 사무실로 복귀한 강희에게 김 경위가 휴대 전화를 내밀었다.

"저기 팀장님, 이거 혹시 팀장님 이야기 아니죠?"

무심코 휴대 전화를 받아 든 강희의 눈이 휘둥그레졌다.

"이게 무슨……."

휴대 전화 화면을 터치하는 손놀림이 다급해졌다.

현직 여자 경찰의 접근 목적. 꽃뱀이냐, 수사냐

유명 국회의원 아들에게 꽃뱀처럼 접근한 여형사

방귀 뀐 놈이 성낸다? 먼저 접근해서 유혹해놓고 고소장 접수.

국회의원 아들을 꼬여낸 미모의 강력계 여형사

헤드라인에 실리진 않았을 뿐, 무수히 많은 기사가 뿌려져 있었다.

김한영 쪽에서 한 짓이 분명하지만 무엇보다 죄를 뉘우치긴 커녕 오히려 이렇게 역공하는 게 기가 막혔다.

강희가 이를 아득아득 갈자 김 경위가 흠칫했다.

"……팀장님?"

"신경 쓰지 마. 추측성 기사일 뿐이니까."

진실은 그게 아니기에 헤드라인 장식까지 못한 것이고, 깊숙이 파고들어봤자 불리한 건 강희가 아닌 그들이어서 이렇게 자잘한 기사들만 내보낸 거다.

야외 휴게실로 나온 강희는 평소 친분이 있는 기자에게 전화를 걸었다.

"박 기자님, 오랜만이에요. 기삿거리 하나 제보하고 싶어서……."

[죄송해요, 형사님. 저는 못 도와드립니다.]

"저 아직 아무 말도 안 했는데요?"

[진짜 죄송해요. 그 말밖에 못 드립니다.]

일방적으로 끊긴 전화는 제 행동을 예상하고 미리 손써놓았다는 의미.

"그런다고 내가 겁먹을 줄 알아?"

이런 식으로 조이면 겁먹긴커녕 의지가 더 활활 타오르는 걸 김한영은 모르겠지.

그런데 진짜는 퇴근 후에 터졌다.

6시 정각, 현오가 일어났다.

"죄송합니다, 선배들! 오늘도 제가 먼저 들어가 보겠습니다!"

팀원들 모두가 진심으로 막내의 연애를 응원해주었다. 그날 이후 혜리는 부탁을 거절했다는 이유로 자신을 만나주지 않았지만, 저 대신 혜리를 챙겨주는 현오가 강희는 너무 고마웠다. 그런데 30여 분 만에 현오에게서 전화가 왔다.

"집에 혜리 없어? 아니면, 혜리한테 무슨 일 있어?"

[팀장님……]

"뜸 들이지 말고 얼른 말해. 심장 마비 오기 전에."

[혜리 누나 집 앞에 기자들이 진을 치고 있어요.]

나야 그렇다 쳐도 혜리는 왜…….

[같은 건물 사는 척하니까 그 새끼들이 뭐라는 줄 알아요? 307호 아가씨가 모 국회의원 아들한테 돈 좀 뜯어내려다 실패했다면서, 평소 행실이 어땠냐고. 하아, 씨발. 카메라 깨부수고

나 혼자 미쳐 있었다 31

싶은 거 겨우 참았어요, 저.]

"혜리는 알아?"

[모르겠어요? 나한테도 대놓고 묻는데 집 앞까지 쫓아와서 두드렸겠지.]

아득함에 눈이 감기고.

[팀장님, 어떡하죠? 나한테도 문을 안 열어주는데.]

절망감에 머릿속이 하얘졌다.

"지금 바로 갈게."

40분 만에 혜리 동네에 도착한 강희는 골목길에서 차를 멈추었다. 강렬한 레드 컬러의 포르쉐 파나메라의 운전석 창문을 똑똑 두드리자 청초한 얼굴이 드러났다.

"윤재인 네가 왜 여기 있어?"

"혜리가 불쌍해서."

담담한 재인의 말에 강희는 헛웃음을 흘렸다.

"친구 잘못 둔 게 무슨 죄라고. 저 꼴을 당해야 하는 걸까?"

"너 진짜 최악이다."

"너만 아니었으면 이 지경까지 안 갔어. 알아?"

"……너한테 들을 말은 아닌 것 같다."

"할 말 있어. 네가 내 차에 탈래, 내가 네 차에 탈까."

"네가 하는 말은 뭐든 안 듣고 싶어. 길 막지 말고 차나 빼."

허리를 세우고 몸을 돌리는 순간이었다.

"단 한 번도 아쉬운 소리 안 하던 하준이가 내게 부탁이란 걸 했어. 뭔지 궁금하지 않아?"

혜리를 만나긴커녕 집 앞까지도 가지 못했다.

엘리베이터에서 내린 강희가 현관문 인식 키에 엄지를 대자 경쾌한 소리와 함께 하준의 집이 모습을 드러냈다.

―내가 보고 싶으면 내 집으로 와.

출장을 갈 때마다 하준이 버릇처럼 하는 말이었다. 그래서인지 주인이 없는데도 너른 내부는 따스한 공기를 머금고 있었다. 마치 강희가 올 걸 알고 있었다는 것처럼.

"······진짜 없네."

항상 서프라이즈로 나타나는 남자라서 혹시나 했는데 오늘은 아니었다.

강희는 소파에 누워 하준에게 메시지를 보냈다.

> 나 올 줄 알고 보일러 안 끈 거야?
> 집이 너무 따뜻하다.
> 일 마무리 잘하고 와.

잠시 망설이던 손이 메시지를 하나 더 보냈다.

> 보고 싶어, 유하준.

이럴 줄 알았으면 미친 척하고 부산 출장 갈 때 눈 딱 감고

한 번 따라갈걸.

　유하준이란 남자에게 너무 미쳐 있어서, 그럴 때마다 더더욱 정신을 바짝 차리려고 애를 써야 했다.

　―주강희, 넌 나한테만 이성적이야.

　그래서 그런 말을 들은 걸지도. 어떻게 잠이 들었는지 기억조차 없는데 잠결에 코끝으로 스며드는 향기가 익숙했다.
　"주강희."
　멍한 고막을 부드럽게 두드리는 나직한 음성은 묵직하면서도 부드러웠다. 눈을 뜨고 느리게 몇 번 깜빡거리자 흐릿했던 실루엣이 점점 더 또렷해졌다.
　"……유하준?"
　벌떡 일어난 강희는 눈을 비비고 다시 봤다.
　"침대 놔두고 왜 여기서 자고 있어."
　맙소사, 진짜 유하준이잖아?
　"침대에선…… 네가 더 생각날 것 같아서."
　"침대에서의 내 가치를 인정받은 건가?"
　그의 한쪽 입꼬리가 설핏 올라가는 걸 보자 붉어진 얼굴로 강희는 시선을 내리깔았다.
　"그러는 넌, 내일 온다고 했잖아."
　"네가 메시지 보냈잖아. 그런데 어떻게 안 와."
　나에게만 이성을 잃는다는 그 말을 다시 한 번 증명하는 순간이었다.

하준을 물끄러미 바라보자 재인과 차에서 나누었던 대화가 떠올라서 가슴을 들쑤셨다.

―넌 참 재주가 대단해. 혜리는 나한테 돌아서게 하고. 하준이는 비굴하게 만들고.
―비굴하다니, 그게 무슨 말이야?
―평생을 아쉬운 소리 안 하고 살던 하준이가 나한테 부탁했어. 할아버지한테 말 좀 잘해주라고.

뭘 부탁했는지 알 것 같았다.

―당연히 싫다고 했어. 날 배신한 혜리랑 나만 보면 못되게 구는 너 때문에 내가 왜 그래야 하는데?

도와달라고 말한 적도 없지만 하준 또한 아무것도 묻지 않았다. 그런데 도대체 왜.

―하준이가 하도 안쓰럽게 부탁해서 그날 만남 수락한 거야. 네가 나한테 기본 예의 지키면 생각해보겠다고 했거든.

그런 줄도 모르고 폭발한 것도 모자라 재인에게 물까지 끼얹고 옹졸한 질투심에 하준을 몰아붙였다.

"하준아, 나 좀 안아줄래?"

그런데 당장 달려들고도 남을 남자가 머뭇거렸다.

"씻지도 못하고 나 바로 온 거야."

메시지를 보자마자 하던 걸 멈추고 나만을 생각하며 달려왔을 하준이 보지 않아도 상상이 되었다.

……내가 뭐라고.

"더러운 몸으로 널 안을 순 없어."

옅은 어둠에 적응이 되고 나니 그제야 조금씩 보였다. 며칠 사이 더 날렵해진 턱선과 피곤이 내려앉은 눈꺼풀, 그리고 그답지 않게 꽤 구김이 있는 셔츠까지. 살인적인 스케줄을 소화하면서도 무리해서 달려온 거다. 나 때문에.

"나한테도 냄새나."

하준이 보여주는 사랑은 늘 새롭고 놀랍도록 끝이 없었다.

"그러니까 같이 샤워해."

조금은 놀란 표정을 지으면서도, 소파에서 일어나 잡아끄는 강희의 손을 그는 뿌리치지 않았다.

그렇게 도착한 욕실에서 서로 마주 보고 서서 강희는 손을 움직였다. 넥타이 매듭을 끌어 내리고 셔츠의 단추를 하나씩 하나씩 풀어 내렸다. 셔츠를 벗겨내자 잘 다듬어진 조각상 같은 상체가 드러났다. 긴장감에 침을 꼴깍 삼킨 강희는 하준의 손을 셔츠 단추로 가져갔다.

"……이젠 네가 나 벗겨줘."

제 셔츠 단추로 말이다.

욕조에 향긋한 물이 가득 차오르자 두 사람은 사이좋게 들어갔다. 하준에게 등을 기대자 길고 단단한 팔이 뒤에서 안아왔다.

나른하게 풀어진 몸 위로 하준의 손이 느릿하게 움직였다. 뭉친 근육을 꾹꾹 눌러 풀어주는 그의 손길에서 조금의 음욕도 느껴지지 않았다.

편안했고, 모처럼 안식을 취하는 것 같아 기분까지 좋아졌다. 고르던 하준의 숨결이 조금 흐트러진 것도 같지만 그런 걸 신경 쓰기에 강희는 너무 노곤했고 나른했다. 하지만 이 품 안이 자신이 유일하게 휴식을 취할 수 있는 안식처라는 건 확신했다.

"이젠 말해봐."

목덜미에 뭉근하게 비벼대며 속삭이는 입술이 뜨겁다.

"나 없는 사이 무슨 일이 있었는지."

대답 대신 고개를 뒤로 틀자 얼굴에 내려앉은 피곤함마저 나른하게 소화한 잘생긴 얼굴이 보였다.

웬만해선 힘든 티도 안 내고 체력도 끝내주는 남자가 이 정도 티가 난다는 건 그만큼 힘들었다는 뜻이다. 그런데도 저를 바라보는 검은 눈동자는 뭐든지 괜찮으니 말하라고 속삭이고 있었다.

"내가 도움이 될 수도 있잖아."

어젯밤 재인이 했던 말들이 비수처럼 콱콱 가슴에 박히고 또 박혔다.

나 혼자 미쳐 있었다

―뒤에 숨어서 비열하게 하준이 조종하지 말고 이젠 네가 직접 해. 누가 아니? 손자며느리 될 네가 부탁하는데 하준이 할아버지가 작은 액션이라도 취해주실지. 네 말대로 부정청탁도 아닌데, 말 못 할 이유가 있어?
―네가 하준이한테 해준 게 뭐 있어? 앞으로 해줄 수 있는 건? 항상 받기만 하는 게 네 사랑이야?

내가 왜 다른 애도 아닌 윤재인한테 이딴 소리를 들어야 하지?

그런데도 꿀 먹은 벙어리처럼 들을 수밖에 없었고, 그 이유는 재인이 옳은 말을 해서였다.

"내가 무슨 말을 할 줄 알고 그렇게 말해?"

"무슨 말이든 해봐. 들어주고 싶어 죽겠으니까."

그러는 넌 왜 나한테 말을 안 해줘?

재인에게 그 말을 들었을 때 내 심장이 어땠을 것 같아?

유진이도 그렇고 혜리도 그렇고 진혁이도 그렇고 하다못해 나는 너조차 힘들게 하는구나.

차마 묻고 싶은 말들을 입 안으로 삼키는 강희는 자괴감까지 들었다.

"아무 일 없었어."

나 혼자 해결해야 한다는 생각만이 머릿속에 가득 찼다.

"내 일상이 원래 그런데 뭘. 너도 서에 출근해봐서 알잖아. 경찰처럼 스펙터클한 직업은 아마 없을걸?"

잠시의 침묵 후 하준이 담담히 말했다.

"그럼 다행이고."

강희가 싫어하는 걸 강요하거나 추궁하지 않고, 있는 그대로 흘려 보내주는 게 하준의 방식이었다.

"유하준, 뭐든지 날 도와주려고 하지 마. 그건 내 자긍심 건드리는 거야."

뭐든지 버릇이 들기 마련인데 도움받으면 더 받고 싶고 기대게 되면 더 기대고 싶어진다.

나는 절대 나약해져서는 안 되는데.

"자존심을 굽혀도 내가 굽히고, 아쉬운 소리를 해도 내가 해."

그러니까 제발, 더 이상 날 비참하게 하지 마.

"그럼 다른 걸 말해봐. 혜리 씨는 어때."

"하준아······."

"들어주는 건 할 수 있잖아. 평범한 연인들도 그 정돈 해."

오히려 말을 아끼고 숨기는 그 모습이 안쓰러워 하준이 몰래 그랬을지도 모른다는 생각이 들자 강희는 무겁게 입을 열었다.

"좋지 않아. 그래도 현오가 있어서 그나마 잘 버텨주고 있어."

"다행이네. 김한영 재고소는?"

느긋하게 흘러나온 음성처럼 하준의 손이 다시 물속에서 움직이기 시작했다.

"아직은 제자리걸음이야."

아까와는 조금 다른, 은밀함이 담긴 손길이었다.

"가능성이 없다는 소리 같은데."

계란으로 바위 치기란 걸 알기에 대답 대신 조용히 웃자 하준이 다시 물었다.

"포기할 생각은 없고?"

"포기 안 해. 아니, 못 해. 내가 왜? 뭐가 무서워서?"

갑자기 하준이 방법을 바꾸어서 유도 신문을 하는 것 같아 기분이 묘해졌다.

"하준이 넌…… 내가 포기했으면 좋겠어?"

"포기하지 마."

감았던 눈을 뜨자 열기 어린 눈동자와 마주쳤다.

"그게 주강희다운 거니까."

나다운 거라, 그 말이 뭐라고 이렇게 심장이 떨릴까.

"김한영한테 당한 피해자들 찾아서 만나고 있어."

어렵게 찾아낸 피해자들은 상상 이상으로 많았고, 대부분은 만족스러운 보상을 받았는지 입을 다물었다.

"그나마 몇몇은 혜리처럼 용기 내서 고소했는데 다 무죄 판결 났어."

경찰이라고 신분을 밝히자 불신감이 가득 차오르던 눈빛이 잊히지 않았다.

"여자 형사 수가 부족하다면서 남자 형사가 왔대. 배려는 없었고, 모욕감을 느낄 만큼 무례했대. 진술을 기반으로 조사는 하겠지만 증거도 증인도 없다고. 오히려 모욕죄로 고소당할 수 있으니 참고하라고."

모욕적인 질문, 배려 없는 조사, 진술을 받으면서 일방적으로 난발한 추측성 결론. 그나마 낸 피해자들의 용기를 경찰들이 다시 집어삼키게 했고, 경찰이란 직업에 수치심을 느꼈던 절정의 순간이었다.

"그중 세 명은 내가 그 새끼 잡아넣는 데 성공하면 추가 증언해준다고 했어. 그러니까 내가 더 잘해야 돼."

비록 나 혼자일지라도 절망하지 말고 희망을 잃지 않고.

"넌 지금도 충분히 잘하고 있어."

상이라도 주듯이 하준의 손길이 더 노골적으로 짙어졌다.

"내 도움은, 정말 필요 없고?"

"필요 없…… 훗!"

은밀한 부위로 파고드는 손길에 강희는 숨을 몰아쉬며 입술을 깨물었다.

"계속 말해, 주강희."

말할 수 없게 만들어놓곤, 말하라고 부드럽게 종용했다.

"진짜…… 없어."

노골적인 손길에 감각들이 곤두섰다.

"그럴 리가. 내 도움이 필요할 텐데."

지독히도 달콤한 고문이었다.

"너한테는…… 충분히 다 받았어. 넘치도록."

물속에서 질척거리는 손놀림에 정신이 아득해지고 있었다.

"그러니까 이제…… 제발 그만."

"난 널 도와줄 수 있어."

"그거 말고……."

쌕쌕 뜨거운 숨이 질끈 깨문 입술 사이를 비집고 나왔다.

"네 손 좀…… 그만…… 움직여."

오랜만에 느껴보는 익숙한 감각들이 더 지독하게 찾아들었다.

"침대 말고, 방금 하나 더 생겼어."

깊은 울림이 느껴지는 웃음소리가 귓가에 나직하게 번졌다.

"내가 마음대로 하고 싶은 장소."

하준의 손길에 욕조 안의 물이 요동을 치고 박자를 맞추듯 강희의 몸도 요동쳤다.

"욕실에서도, 내 마음대로."

난잡하게 헤집어진 감각들이 점멸하듯이 몸 안에서 폭발한 순간, 파닥거리던 몸이 하준의 품 안에서 늘어졌다.

"허락해줄 거지?"

목이 뒤로 꺾이며 더운 숨을 토해내는 젖은 입술이 그대로 집어삼켜졌다.

깜빡 잠이 들었다. 나른한 잠기운에 취해 있는 와중에도 욕조 밖으로 넘치는 물소리가 규칙적으로 들려왔다. 물의 온도를 유지하기 위해 하준이 계속 물을 틀어놓은 모양이었다.

무거운 눈꺼풀을 들어 올리자 가장 먼저 들어온 건 욕조 위로 길게 뻗은 그의 팔이었다. 저를 지독한 쾌락에 젖어 들게 했던 길고 단단한 손가락을 바라보던 강희는 얼굴을 붉히며 고개를 뒤로 틀었다. 저를 내려다보는 검은 눈동자는 나른해 보이긴 했지만 잠기운은 없었다.

"몇 시야?"

"새벽 6시."

강희가 몸을 움직여 마주 본 자세를 취하자 그는 가만히 바라볼 뿐이다.

"어제는…… 참기 힘들 만큼 네가 너무 보고 싶었어."

혹시나 하고 메시지를 보낸 건지도 몰랐다.

"고마워. 나한테 와줘서."

하준이 어제 그렇게 오지 않았다면 오늘의 난 어땠을까.

"난 네가 힘들면 그걸 나한테 말해줬으면 해. 그 말 들으려고 달려온 거야."

이 남잔 왜 이렇게 자꾸 나를 나약하게 만들까.

강희는 그를 더 꼭 끌어안으며 작게 웅얼거렸다.

"사실 나 너무 힘들어. 힘들어서 미치겠어. 네가 내 로망이고 내 로망은 이루어졌는데. 근데도 난 왜 이렇게 힘들지?"

하준이 강희의 뺨을 감싸 눈을 마주 보게 만들었다.

"말해봐."

바라보는 눈동자엔 대신 힘들어하고 대신 아파해주지 못하는 아픔이 가득했다.

"내가 뭘 해주면 되는지."

나 혼자 미쳐 있었다

사랑만으로 세상을 살아갈 수 없지만 사랑이 있기에 버틸 수 있다는 것도 깨달았다.
 "아무것도 하시 말고 지금처럼 내 곁에만 있어줘."
 하준의 목을 팔로 감으며 단단한 어깨 위에 얼굴을 묻었다.
 "난 그거면 돼."
 살아 있어 주면 되고 내 눈앞에서 사라지지만 않으면, 그걸로 된 거다.

Chapter 16

내가 널 울렸어

아침 일찍 하준에게서 전화가 왔다.

갑수와의 식사 자리를 묻는 게 예의상이란 걸 알지만 강희는 기꺼이 알겠다고 했다. 그런데 퇴근 시간 30분 전, 갑수에게서 전화가 왔다.

"안녕하세요, 할아버님!"

저도 모르게 자리에서 벌떡 일어난 강희를 팀원들이 궁금한 눈빛으로 보았다.

[내가 좀 일찍 출발했네. 그래서 강희 양 불편하지 않으면 같이 갈까 싶어 전화했는데.]

"불편할 리가요. 위치 알려주시면 그리로 가겠습니다."

퇴근 시간이 되자 사무실을 나서는 강희의 뒤를 현오가 쫄랑쫄랑 따라 나왔다.

"팀장님, 최 검사님한테 들었는데 그 고위직 자녀라는 친구분 만나보셨어요?"

조심스러운 표정에 실낱같은 희망이 담겨 있었다.

"미안, 만나긴 했는데 결과가 좋지 않아."

현오가 깊게 한숨을 내쉬었다.

"혜리 누나, 별짓을 다 해도 반응이 없어요. 그 새끼 잡아넣을 수 있다고 하면 반응 좀 올까 싶었는데. 정말 방법 없을까요?"

"최현오, 나 알지? 그 새끼 어떻게든 잡아넣겠다고 결심한 이상, 절대 안 물러나."

저 대신 고생하고 노력해주는 현오가 고마워 두툼한 어깨를 두드려주고 지나치려는 찰나…….

"유하준 씨한테 부탁하면 안 되는 건가요?"

현오도 혜리처럼 하준의 도움을 바란다는 사실이 왠지 모르게 서글프다.

넌 왜 내 곁에 있다는 이유만으로 이용당해야 하는 걸까.

"나 간다."

강희는 돌아보지 않고 걸었고, 현오도 더는 잡지 않았다.

서 뒤쪽에 세워진 고급 세단에 올라타자 갑수가 살갑게 말을 걸어왔다.

"갑작스러운 저녁 식사도 당황스러웠을 텐데, 직장까지 쳐들어와서 미안하군."

"별말씀을요. 덕분에 하준이 빼고 할아버님이랑 단둘이 이렇게 대화도 나누고 좋습니다."

강희가 쌩긋 웃자 갑수도 느긋한 미소를 지었다.

"나도 나쁘다곤 못 하겠군. 덕분에 예비 손자며느리랑 비밀

이야기도 할 수 있으니."

잠깐, 비밀 이야기?

"강희 양도 그렇지만 친한 친구에게 안 좋은 일이 있었다던데. 그래서 고군분투하는 중이고."

느닷없는 대화 주제에 강희는 머릿속이 복잡해졌다.

"하준이 녀석이 그 일 때문에 재인이한텐 도움을 요청했다고 하더군. 정작 내 도움은 거절해놓고 말이지. 그래서 자네한테 물어볼 것도 있고 해서 저녁 식사를 핑계로 일찍 쳐들어온 거네."

알 수 없는 불안감이 가슴 안에서 증폭하기 시작했다.

"강희 양은 김한영을 잡아넣고 싶나?"

절대 잔머리를 굴려서 상대해선 안 되는 스타일인 걸 알기에 강희는 정면 돌파하기로 했다.

"잡아넣고 싶다면, 할아버님께서 도와주시려고요?"

"도와줄 수야 있지. 어쩌면 내게는 너무 쉬운 일이지."

동네 할아버지 같은 웃음을 거둔 갑수는 노련한 노장군 같았다.

"근데 말이야, 그 쉬운 일을 하려면 우리 가문이 오랫동안 명성을 유지하며 적을 두지 않던 불문율을 깨야 해. 엄청난 후폭풍을 감당해야 한다는 소리지. 강희 양 때문에 우리 가문이 그걸 다 감당하는 건 좀 억울한 듯싶은데."

세상에 공짜는 없듯이, 조건이 붙어 있었다.

"할아버님, 말씀 돌려 하지 마시고 그냥 하고 싶은 말씀 편히 하세요."

마침 식당 주차장에 차가 도착했다.

"그냥 자네는 선택만 해주면 되네."

창밖을 바라보는 갑수의 시선이 애틋했다.

"내 손자인지, 자네 친구인지."

그 시선을 따라가자 막 식당 안으로 들어가는 하준이 보였다. 보는 것만으로도 행복했는데, 지금은 보는 것만으로도 가슴이 아렸다.

"할아버님, 객관식 문제는 대부분 선택지가 최소 4개입니다. 4개까진 아니어도 3개는 주셔야 하지 않을까요."

"객관식 문항의 개수는 중요하지 않네. 나는 자네가 망설임 없이 내 손자를 선택하기를 바랐거든."

구렁이 같은 그 눈빛에 묘한 만족감이 어려 있었다.

"내 손자는 친구고 가족이고 지금 눈에 뵈는 게 없어. 오로지 강희 양밖에 모르지. 만약 강희 양도 내 손자 같았다면, 요구대로 다른 선택 사항을 줬을지도 모르네."

갑수는 테스트를 한 거였고, 자신은 그 테스트에서 보란 듯이 탈락한 것이다.

"하준이가 사고를 친 것도 처음이지만, 자네 때문에 김 의원과 상당히 껄끄러워졌어. 상견례도 취소하고 결혼도 허락 못하겠다고 하니, 그 녀석이 날 어떻게 협박했는지 아나?"

지금 생각해도 기가 찬지 갑수는 웃음을 흘렸다.

"수술을 하겠다더군. 자네 아니면 결혼할 생각도 없으니 2세

생길 일도 없다고 말이야."

 강희로선 단연코 처음 듣는 이야기였다.

 "한다면 하는 녀석이야. 그러니 어쩌겠나. 뭐든지 양보해주는 수밖에. 이쯤되니 조금 화가 나더군. 훌륭한 내 손자가 뭐가 부족해서 강희 양에게 이렇게 혼자 목을 매야 하는 건지."

 "하준이 혼자 그러는 거 아닙니다. 제가 더했음 더했지 절대 덜하지 않습니다."

 "글쎄, 나는 모르겠군. 자네가 내 손자를 진심으로 사랑하는 지조차."

 갑수의 표정은 부드러웠지만 바라보는 눈빛이 차디찼다.

 "방금 한 대답 때문에 그러시나요? 그건 상황이 상황인 만큼……."

 "그게 문제야."

 잔잔히 웃으며 갑수가 말을 가로막았다.

 "자네만 관련되면 사리 분별을 못하는 내 손자와 달리 너무 이성적이지."

 하준에게서 들었던 말을 또 듣자 강희는 멍해졌다.

 "나는 말이네, 내 손자며느리 될 사람의 집안은 보지 않아. 나한테 넘치는 걸 더 바라는 건 염치없는 일이지. 집안 대소사가 굉장히 많아. 나도 바쁘지만 하준이 녀석도 못지않게 바쁘고. 그런데 말이야, 내 집안과 내 손자보다 일을 더 중요하게 여기는 경찰 며느리가 들어오면 어떨 것 같나?"

 판사들도 벌벌 떨게 한다는 눈앞의 갑수는 지금 가문과 손자의 안위를 걱정하는 평범한 노인이었다.

"집안 대소사는 나이 든 내 안사람과 며느리가 자네 몫까지 해야겠지. 그렇지 않아도 바쁜 내 손자는 더 바쁜 며느리 때문에 챙김도 제대로 못 받을 테고."

갑수가 흘리는 말들이 진실이란 칼날로 강희의 가슴을 가차 없이 찔렀다.

"자네와 결혼하면 우리 손자가 밥은 제대로 챙겨 먹었는지까지 걱정해야 할 것 같아. 또한 그 아이가 말했을지 모르지만 지병이 있어. 완치는 되었지만 건강에 특히 신경 써야 해."

밥은 꼭 여자가 챙겨야 한다는 말이 거슬렸다. 남자가 챙겨야 하는 것도 아니지만 융통성 있게 해결할 방법은 많은데.

"마지막으로 하나만 묻지. 손자며느리에 대한 기대치는 내가 포기한다고 치세. 내 손자에게만큼은 헌신적으로 내조하는 아내가 되어줄 수 있나?"

경찰을 그만둘 수 있냐는 질문인 걸 알기에 대답을 하지 않자 갑수가 허허 웃었다.

"보아하니 자네는 내 집안과 내 손자에게 이해와 배려만 바랄 듯싶군."

잠은 얼마든지 더 줄이겠지만 형사 직업 특성상 1년 365일 대기해야 한다.

"나는 강희 양이 먼저 이 결혼 포기해줬으면 하네. 그래야 녀석이 받아들일 테니."

머리는 인지하고 있던 문제지만 너무 타이트한 일상에 미루고 있었던 건지도 몰랐다.

"내가 한 말이 잘못된 게 있거나 기분이 나빴다면 사과하지."

조용히 듣고 있던 강희는 담담하게 갑수를 보았다.

"사과하지 마세요, 할아버님. 저는 오히려 감사하게 생각합니다."

갑수가 모호한 눈빛으로 강희를 바라보았다.

"할아버님 말씀 때문에 제 자신이 얼마나 이기적인지 돌아보게 되었습니다. 결혼은 꿈이 아닌 현실이라는 것도 알게 되었구요."

결국 부딪쳐야 할 문제인데 하준이 너무 알아서 다 해주니 그냥 모른 척하고 있었던 것 같다. 결론은 이기적인 습관이 들어버린 거였고 그걸 갑수가 깨닫게 해준 거였다.

"지금부터라도 열심히 고민하고 해결 방안과 타협안을 찾아보겠습니다."

의도한 바는 아니겠지만 갑수가 그것들을 깨우쳐준 것이다.

"자넨 내가 밉겠지."

갑수의 말에 강희는 희미하게 웃어 보였다.

"그럴 리가요. 할아버님은 저한테 강요를 한 게 아니라 걱정되어서 배려해주신 거잖아요."

입 안은 비록 쓸지언정 속은 조금 후련했다.

"입에 쓴 약이 몸에 좋다는 말이 있습니다. 그렇게 받아들였습니다."

갑수의 눈이 가늘어졌다.

"오늘 할아버님과 나눈 대화는 당연히 비밀로 하는 걸 원하시죠?"

"그래 주면 나야…… 고맙지."

"하준이한테 저 거짓말한 적 없습니다. 앞으로도 그러려고 노력할 거구요. 하지만 이번 한 번만 할아버님을 위해 거짓말하겠습니다. 대신 할아버님은 저와 같이 공범 되신 거예요. 그럼 의심받지 않도록 먼저 내리겠습니다!"

차에 혼자 남은 갑수는 잠시 생각에 잠기더니 이내 웃음을 터뜨렸다.

"거참, 노력 좋아하는 아가씨구먼."

제 집안 며느리로는 어울리지 않아서 그렇지 마음에 쏙 드는 며느릿감이었다.

무난한 저녁 식사가 끝난 후 갑수의 차가 주차장을 벗어나자 하준이 물었다.

"바로 들어가봐야 해?"

"어차피 늦게 퇴근할 거 너랑 좀 더 있다 갈래. 물론 너 시간 괜찮으면."

"30분 정도는 괜찮을 것 같아."

"그럼 하준아, 우리 한강 가자."

"……갑자기?"

"가깝잖아. 시간도 애매하고 커피숍은 답답해서."

10분 만에 도착한 한강 둔치는 인적도 드물었지만 차에서 내리지 않아도 강을 구경할 수 있어서 좋았다.

"……좋다."

복잡한 눈빛으로 강을 보는 강희를 힐끗 본 하준도 침묵에 잠겨 들었다.

강을 보고 있으니 머릿속이 또다시 복잡해졌다.

사랑에 눈이 멀어, 정확히는 하준에게 눈이 멀어 결혼을 하겠다고 했지만 뒤늦게 강한 의문이 들었다.

어차피 변하지 않을 마음이고 결혼하지 않아도 함께할 수 있는데 왜 결혼이란 이름으로 묶여야만 하는 건지.

이기적인 생각이지만 연애는 우리 둘만 하는 거고 결혼은 집안과 집안이 만나는 건데.

너무 생각에 깊이 빠져 있느라 강희는 미처 몰랐다.

강물이 아닌 저를 다시 보고 있던 하준이 벨트를 풀고 조수석 쪽으로 상체를 기울이고 있었다.

"……벨트 풀어주려고?"

"아니."

의아한 표정의 강희에게 하준이 얼굴을 가까이했다.

"키스할 건데."

"가, 갑자기?"

"뭐 어때."

나직하게 속삭여오는 음성보다 노골적으로 짙은 눈빛이 더

야했다.

"내 여자한테 내가 하겠다는데."

의자 헤드를 손으로 짚은 자세 그대로 하준이 눈빛을 먼저 부딪쳐왔다. 이미 제 속을 꿰뚫은 검은 눈동자가 이상한 생각 좀 하지 말라고 속삭여왔다.

젖은 숨결로 입 안을 데운 하준이 턱을 비틀며 좀 더 파고들었다. 입술 사이를 가르고 들어온 혀가 유영하듯이 부드럽게 움직여 입 안을 더듬었다. 머릿속의 복잡한 생각들을 지워주려는 것처럼 입술을 탐닉하는 움직임이 부드럽고 유연했다.

그와의 키스는 여전히 좋았고, 무릎 위에 얌전히 올리고 있던 손을 들어 하준의 검은 머리칼을 헤집었다.

그때 하준의 재킷 안에서 울리는 진동 소리에 이성을 되찾은 강희는 얼른 입술을 뗐다.

"……전화 받아."

발신자도 확인하지 않은 채 하준은 허스키한 목소리를 낮게 흘렸다.

"나중에 받아도 돼."

"급한 전화인 거 알아. 받아."

마지못해 차에서 내려 통화를 하던 하준이 차 문을 열고 강희에게 말했다.

"여기서 기다려. 커피 사 올게."

고개를 끄덕이자 편의점으로 걸어가는 하준이 보였다.

"봐, 바로 못 끊을 전화면서."

작게 중얼거리던 강희의 시선이 그가 벗어놓은 코트에 닿았다.

"또 감기 걸리면 어쩌려고."

코트를 들고 차에서 내리자 예상대로 편의점에 들어가지 않고 통화를 하고 있는 하준이 보였다.

한파인데도 추위를 못 느끼는 듯 각진 어깨선이 매력적일 만큼 당당했다.

"수십 번 통화해도 답이 안 나오는 건 능력이 안 된다는 말 같은데, 마지막으로 주는 기회입니다."

엿들을 의도는 없었는데 하준이 너무 진지해서 절로 귀가 기울어졌다.

"결혼식에 쓰일 꽃은 생화 아니면 안 됩니다. 화원을 새로 만들든 그대로 옮겨오든 능력껏 알아서 하세요."

결혼식에 관한 지시를 내리는 것 같은데 강희가 이해 못 하겠는 건 그걸 왜 하준이 하고 있냐 이거다.

불현듯 어떤 생각이 떠올랐다.

"비용은 얼마가 들어도 상관없습니다. 단, 신부가 눈물을 흘릴 만큼 아름다운 결혼식이어야 할 겁니다. 전화 들어오니 다시 연락드리죠."

이번에는 진짜 업무 전화였다.

"나 기다리지 말고 회의 먼저 들어가세요. 끝나기 전엔 도착할 것 같으니. 40분 정도 걸릴 겁니다."

전화를 끊은 하준이 강희를 발견했다.

"추운데 왜 나왔어?"

물기가 번지는 눈동자로 강희는 그를 보았다.

"하나만 물을게. 우리 결혼식, 어른들이 아닌 너 혼자 준비하고 있는 거야?"

하준의 눈동자가 어둡게 짙어졌다.

"도대체 왜?"

난 그것도 모르고 바보같이.

"내가 너무 바쁘고 힘들까 봐? 그래서 나보다 더 바쁜 네가 혼자 다 하려고 했어?"

"강희야."

하준이 한 걸음 다가서는 만큼 강희는 뒤로 물러났다.

"날 사랑해서라는 핑계는 대지 마."

"내가 좋아서 하는 일이야. 그럼 된 거 아닌가?"

"내가 좋지 않아!"

격앙된 비명이 터져 나오며 갑수가 했던 말들이 머리가 아플 만큼 진실의 종을 울렸다.

"유하준."

넌 내 생각은 잘 읽으면서 내 마음은 왜 못 들여다봐?

내가 바라는 건 이런 게 아닌데, 아니 이젠 나도 너와 뭘 하고 싶은 건지 모르겠다.

"난 너와 사랑을 하고 싶은 거지, 너의 짐이 되려는 게 아니야."

머릿속을 강렬하게 울리는 진실은 나는 너에게 사랑일지 몰라도 행복은 아니라는 것.

"강희야."

어쩔 줄 몰라 하는 유하준은 강희 자신만이 볼 수 있는 모습이었다.

"나 아직 말 안 끝났어."

그들은 처음 본 순간부터 너무도 무섭게, 본능적으로 서로에게 끌렸다.

무섭게 빠져들었고, 한순간의 불장난처럼 뜨겁게 타올랐지만 그만큼 우리는 너무 서툴렀다.

서로 다른 동상이몽을 품은 채 삐거덕거리며 결혼을 향해 달려가고 있었다.

"우리 결혼, 다시 생각해보자."

지금껏 힘들게 쌓아왔던 모든 걸 무너뜨리는 한마디에 새까만 눈동자 안에서 무언가가 툭, 끊기는 게 보였다.

"나 혼자 알아서 갈게."

돌아서서 천천히 걸어가는 강희를 하준은 붙잡지도, 쫓아가지도 않았다. 사라질 때까지 뒤 한 번 돌아보지 않는 주강희는 여전했다.

나는 항상 너만 보는데, 너는 항상 다른 곳을 보고 있는 현실이.

"……이래서 불안한 거였어."

도대체 뭐가 어디서부터 잘못된 걸까.

나로 인해 네가 행복했으면 했는데 오히려 내가 너에게 독이 되는 걸까.

그렇게 헤어진 후, 일주일 동안 연락을 하지 않았다. 대부분 하준이 먼저 연락했지만, 이번만큼은 그도 잠수를 탔다.

넌 날 항상 꿰뚫어 보니까. 그래서 이해하고 배려해주니까.

그렇게 항상, 늘 그렇듯이. 이번에도 그럴 것이다.

생각할 시간이 필요한 걸 눈치채고 참을성 있게 시간을 주고 기다리는 거였다. 하지만 똑똑하고 눈치 빠른 유하준도 그런 배려와 이해가 날 더 작고 초라하게 만드는 걸 몰랐다.

이제야 직시한 현실은 우리의 사랑엔 오류가 많다는 거였다. 이대로 결혼을 한다고 해도 결혼으로 인한 문제는 직면하지 않을 것이다. 그걸 두고 볼 유하준이 아니었고, 항상 혼자 감당하고 해결하려는 게 그의 문제였다.

"하아, 모르겠다."

하준이 일주일이란 시간을 주었는데도 아직도 답을 내리지 못했다.

"주 팀장님, 제발 퇴근 좀 하시죠? 당직이 점심 지나서까지 있으면 어쩌잔 거냐고요."

돌아보니 승남이 김이 모락모락 나는 자판기 커피를 들고 다가왔다.

"추운데 여기서 청승은 왜 떨고 있어요? 혹시 작가 동상이랑 싸웠나?"

어떻게 알았냐고 눈빛으로 묻자 맞은편 벤치에 털썩 앉으며 승남이 말했다.

"결혼 날짜 잡혔다면서요. 청첩장만 돌리면 끝인 사이에 싸우긴 왜 싸웁니까? 보나 마나 팀장님이 뭘 잘못했겠지. 여튼 동상이 또 납작 길 테니 걍 좀 봐주고 넘어갑시다. 범인 대하듯이 그렇게 타이트하게 조르면 동상 질식사로 쓰러질지 모릅니다?"

조금 억울한 마음에 강희는 발끈했다.

"왜 내가 잘못했다고 생각해요, 선배는?"

"그럼 동상이 잘못했을까 봐? 작가 동상이 얼마나 팀장님을 사랑하고 아끼는지 아는데? 양심이 있으면 그러지 맙시다."

"그게…… 보여요?"

"안 보이는 게 이상하지. 다른 사람들한테는 얼음 같은 남자가 팀장님 앞에서는 솜사탕처럼 부드럽잖습니까. 그런 남자가 잘못할 일이 없겠지. 너무 잘해서 문제면 모를까."

두 사람이 같이 있는 걸 몇 번 본 적이 없는 둔한 승남의 눈에도 일방적인 사랑의 크기가 보였나 보다.

강희는 그저 쓰게 웃을 뿐이었다.

저녁 무렵 땅거미가 내려앉았다.

서 근처 커피숍에 들어가자 창가에 앉아 있는 혜리가 보였다.

"주강희, 넌 진짜 나쁜 년이야. 오지 말라고 했다고 진짜 안 오고 연락도 안 해?"

강희를 보자마자 혜리는 툭, 쏘아붙였다.

"미안해."

참을성 있게 기다리면 나를 이해하고 연락할 거라는 혜리를 향한 믿음 때문이었다.

"주강희 네가 왜 끝까지 버티려는지 알아. 나중에 내가 후회할 걸 알고 너를 더 원망할 걸 아니까."

당장 두려워서 몸을 숨기는 건 임시방편이고 협박에 굴복해서 얻은 평온은 잠깐이다.

"강희야, 너 하고 싶은 대로 해. 그 말해주려고 만나자고 한 거야."

그렇게 말을 하는 혜리의 표정은 의외로 담담했다.

"너 정말 괜찮겠어? 잘하면 신상 털릴지도 몰라."

"털라고 해. 김한영이 한 짓을 만천하에 공개할 수만 있다면 나 버틸래. 너도 있고 현오도 있어. 내가 용기를 내야 나 같은 피해자가 또 안 나오겠지. 지렁이도 밟으면 꿈틀하는 대한민국이라는 거, 강희 네가 보여줘."

그렇게 다시 용기를 낸 작은 손이 달달 떨리자 강희는 벌떡 일어나 혜리를 꽉 안았다.

"역시 내 친구야. 네가 너무 자랑스러워."

가만히 안겨 있던 혜리가 갑자기 품에서 벗어나 강희를 흘겨보았다.

"웨딩 촬영했다면서 왜 안 불렀어?"

"그냥, 미안해서."

"그게 뭐가 미안해? 당연히 날 불렀어야지. 사진 좀 보여줘봐."

"……없는데."

"원본 안 받았어?"

뭘 찍었어야 원본이 있지.

쓰게 웃는 강희에게 혜리가 다시 말했다.

"아, 맞다. 하준 씨한테 나 대신 네가 고맙다고 전해줄래?"

"……하준이는 왜?"

"집 앞에 진 치고 있던 기자들도 사라지고 너와 나에 대한 악성 기사도 다 내려갔어. 너 몰랐어?"

정신이 없어서…… 기사까진 생각 못 하고 있었다.

"진혁이가 말해줬어. 하준 씨 회사 쪽 법률팀이 일일이 언론사에 전화 돌렸다고. 결혼할 여자가 그렇게 모욕당하는데 하준 씨 성격에 두고 보겠어? 너랑 내가 친하니까 덩달아 내 것까지 다 처리해준…… 뭐야, 주강희. 너 전혀 모르는 표정이다? 하준 씨가 아무 말도 안 해줬어?"

하준은 결혼식도 모자라 기사까지 혼자서 수습하고 있었다.

"강희야?"

강희는 눈을 감아버렸다.

―우리 결혼, 다시 생각해보자.

그 말을 했을 때 어쩔 줄 몰라 하던 하준의 눈빛이 떠오르고 끝까지 저를 붙잡지 못했던 하준이 너무 마음 아파서.

강희는 혜리와 헤어진 후 하준의 집으로 향했다.
주차장에 차를 세운 후 막연하게 그를 기다리자 새벽 1시가 넘어서야 오페라가 주차장에 나타났다. 강희가 차에서 내리자 그가 긴 다리로 성큼성큼 다가왔다.
"유하준."
말을 잇기도 전에 하준의 품에 안겼다.
"왜 이제 왔어."
아이처럼 불안해하는 하준의 모습이 낯설었다.
"그러는 넌 왜 연락 안 했어?"
"네가 생각할 시간이 필요한 것 같아서."
"그래서, 언제까지 기다려주려고 했는데?"
"오늘이 한계였어."
머리만 똑똑하면 뭐해. 가슴은 바보 같은데.
"……나 여기 계속 세워둘 거야?"
집 안에 들어갈 때까지 하준은 잡고 있는 손을 놓지 않았다.
"나 어디 안 가. 샤워하고 나와."
10분도 안 되어 샤워를 하고 나온 하준이 그대로 걸어와서 다시 강희를 품에 안았다.

귓가에 대고 작게 내쉬는 한숨이 유독 길고 짙었다.

"보고 싶었어, 주강희."

입술이 닿은 것도 아닌데 아찔한 기분을 느끼며 강희는 그의 품에서 눈을 감았다. 아직 닿지 않았는데 닿은 것처럼 아찔했다.

"나 할 말 있어서 온 거야."

"내일 해. 아니, 하지 마."

기다렸다는 말과 달리 왜 자신이 찾아왔는지 알고 있는 게 분명했다. 하지만 우리의 관계가 더 망가지기 전에 강희는 해야 했다.

"나 너랑 결혼 못 해."

눈빛이 순식간에 사나워졌다.

"그만. 더 이상 말하지 마."

그런데도 강희는 멈추지 않았다.

"우리…… 헤어지자."

멈출 수가 없었다.

"호텔에서 처음 만나기 전처럼."

너한테 민폐만 주는 내가 자꾸 떠올라서.

"모르는 사이로 다시 돌아가는 거야."

나 때문에 힘들어하는 네가 떠올라서.

"원래 그랬어야 했어."

하준은 거칠게 일렁이는 검은 눈동자로 지그시 바라볼 뿐이지만 일그러질 대로 일그러져버린 그의 감정이 느껴진다.

"말했잖아. 넌 이제 나한테서 못 벗어난다고."

눈빛보다 더 차가운 음성은 지독하게 차분했다.

"유하준."

"이유를 말해. 내가 다 고칠게."

"할아버님한테 부탁할 거야. 김한영 잡아넣게 해달라고. 그 조건으로 너와 헤어질 거야."

내가 얼마나 이기적인지 알면 넌 날 놓아줄까.

"이게 나야. 가슴으론 널 사랑하지만 내 머리는 너를 인정 못 해. 그래서 너에게만큼은 이성적이었나 봐."

오랜 습관을 버리는 건 힘들었고 10년간 일밖에 모르고 살아왔기에 강희는 이번에도 그럴 수밖에 없었다.

"그 새끼 잡아넣고 싶어서 그래?"

하준이 손목을 잡아 확 끌어당겼다.

"내가 잡아넣게 해줄게. 그러니까 할아버지한테 아쉬운 말 하지 말고 헤어지잔 말도 하지 마."

"넌 아쉬운 말 하면서 왜 나는 하면 안 되는데?"

넌 또 나를 배려하고, 난 또 널 아프게 했다.

"도대체 언제까지 나한테 그렇게 해줄 건데? 평생토록 해줄 자신 있어? 지치지 않을 자신 있…… 유하준!"

무릎을 꿇은 하준이 허리를 끌어안고 어쩔 줄 몰라 하는 눈으로 올려다보고 있었다.

"유하준, 사랑한다고 다 희생할 필요는 없어."

우리는 너무 빨리 불타올랐고 이제 남은 건 검은 연기와 잿

가루뿐이니까.

"우리 서로 하고 싶은 걸 하자. 그게 맞는 거야."

사랑해서 헤어질 수밖에 없다는 그 말을 알 것도 같았다.

"함께해야 하는 사랑만 있는 게 아니야. 멀리서 그 사람 행복을 빌어주는 것도 사랑이야."

나는 또 널 아프게 할 거고 힘들게 할 거고 그리고 넌 항상 가슴 졸이며 나를 기다리고 있겠지.

널 힘들게 할 바엔 차라리 버리는 쪽을 택하고 싶다.

"난 네 행복을 빌어주는 사랑을 하고 싶어. 그게 더 행복할 것 같아."

그게 우리 둘 다 살 수 있는 방법이라면.

"너도 그래 줬으면 좋겠어."

그럴 리 없는데.

"그러니까 나 좀 놔줘, 하준아."

이래도 또 눈물은 나오지…….

"주강희."

아름다운 얼굴을 미묘하게 일그러뜨린 하준이 무서울 만큼 낮은 목소리로 물었다.

"너…… 울어?"

신유진의 죽음 이후 말라버렸던 눈물이 이제야 봇물처럼 터진 것이다. 그런데 왜 하필 지금, 눈물이 나온 걸까.

"내가 널…… 울렸어."

하준의 손끝이 눈가를 어루만지자 손끝에 물기가 가득 묻어났다.

"내가 부족해서."

감정이 폭발하던 검은 눈동자는 어느새 메말라 있었다. 이 눈물이 하준의 가슴을 어떻게 난도질할지 알기에 강희는 얼굴을 틀었지만 악착같이도 그는 강희를 보았다.

"우는 모습, 진짜 미치게 예쁘네."

오래전 그가 했던 말이 떠올랐다. 눈물점 때문에 우는 모습이 미치게 예쁠 것 같다는 그의 말에 절대 울지 않는다고 대답했었는데. 그런데 하준 앞에서 결국 눈물을 보여버렸다.

"근데…… 다신 보고 싶진 않아."

하준이 오른손으로 심장이 있는 부근을 움켜쥐었다.

"여기가 너무 아파."

그간 쌓여온 울분을 모두 토해내듯이 오랜만에 터져버린 눈물은 지치지도 않고 흘러내렸다.

하준이 목덜미에 얼굴을 묻자 긴 속눈썹의 간지러운 감각이 느껴졌다.

"내가 너 놔주면."

제발 이게 착각이었으면.

"다신 안 울겠다고 약속해줄래."

목덜미에서 축축한 물기가 번지는 것 같았다.

"오늘이 너와 내 마지막 밤이야. 그래서 같이 있고 싶어."

지독히도 이기적인 그 말에 하준이 다시 강희를 보았다.

"나쁜 년이라고 욕하고 싶으면 해. 난 진짜 나쁜 년이니까."

난 어차피 나쁜 년이니까 나를 버티게 할 너와의 마지막 기억을 만들고 싶어.

"……그래 줄 수 있어?"

그는 아무 말도 하지 않았다. 빤히 응시해오는 고요한 눈동자를 버티기 힘든 강희가 몸을 트는 순간…….

"미안, 유하……!"

몸이 휙 들리고 어느새 하준의 몸 밑에 깔려 소파에 누워 있었다.

"방금 한 말, 후회 안 할 자신 있어?"

이성의 잔재가 남아 있지 않은 검은 눈동자가 잔혹했다. 이렇게까지 널 몰아붙인 게 나라는 걸 알기에 무섭긴커녕 눈물이 날 것 같았다.

"대답해, 주강희."

꽉 막힌 목에서 소리가 나지 않아 고개를 끄덕거리자 하준이 얼굴을 내렸다.

뺨을 부드럽게 스치는 흑발과 달리 귓가에 가만히 속삭이는 음성은 지독히도 낮았다.

"주인님이 원한다면, 복종해야지. 난 말 잘 듣는 애완견이니까."

커다란 손이 강희의 턱을 움켜잡아 다시 눈을 마주 보게 만들었고 뜨거운 숨결이 태울 것처럼 입술 위로 흐트러졌다.

"아침이 오기 전까지 넌 내 거야."

입술이 집어 삼켜졌고, 소파 밑으로 배려 없이 벗겨진 옷들이 툭툭 떨어졌다.

 벼랑 끝까지 내몰린 하준은 이성을 잃고 날뛰는 짐승 같았지만, 강희는 그를 기꺼이 받아들였다.

 눈을 감자 흘러내리는 눈물을 느낀 건지 목덜미를 유린하던 그의 숨결이 귓가에 닿았다.

 "주강희."

 목이 멘 음성으로 이름을 속삭이고.

 "내가 잘못했어."

 조심스러운 손길로 눈물을 닦아주었다.

 "그러니까 울지 마."

 괴로워하는 하준의 얼굴을 손으로 감싸 끌어내렸다.

 "너 잘못한 거 없어."

 이 남자 없이 내가 과연 잘 버티고 숨 쉬고 살 수 있을까.

 "다 내 잘못이야."

 눈물범벅이 된 얼굴로 웃으며 입술을 맞대고 속삭이듯 말했다.

 "그러니까 키스해줘."

 하준이 아슬아슬한 입술의 거리를 완벽하게 좁혀왔다. 다시 맞물려오는 뜨거운 입술은 지독히도 부드럽고 다정했다.

 소리 없이 일어나 옷을 주워 입고 나가는 강희는 한 번도 돌아보지 않았고 멈추지도 않았다. 하여간 내게만큼은 냉정하고 이성적인 여자다.

문이 닫히는 소리에 일어나 소파에 걸터앉았지만 달콤한 살 냄새가 코끝에서 진동하고 부드러웠던 감촉이 온몸에서 감돌았다.

"너를…… 어떻게 해야 할까."

내겐 너뿐인데.

하준의 머리가 또다시 치밀하게 돌아가기 시작했다.

재인의 외조부인 병완은 집안끼리도 오래전부터 친분을 쌓아왔지만, 개인적으로도 갑수와 막역한 친구 사이였다. 재계에 몸을 담고 있으면 맑은 물처럼 정신을 유지하기가 힘든데 병완은 막강한 권력을 휘두르는 사람치고는 꽤 청렴한 편이었다.

식사를 마친 후 차 한 잔을 즐기며 병완이 걱정스럽게 말문을 뗐다.

"결혼 진행이 꽤 된 걸로 아는데, 그걸 다 뒤엎다니. 안 그래도 말이 많았는데 소문이 더 돌겠어."

"당사자가 인정하지 않은 소문들이 돌아봤자지. 소문에 또 다른 소문이 돌 뿐이야."

흔들림 없는 갑수의 모습에 병완이 물었다.

"갑수 자네, 이 결혼이 깨질 걸 예상했던 겐가?"

"내가 박수무당인 줄 아나?"

"이 사람아, 누구를 속이려 들어."

"예상은 했지. 근데 확신까진 아니었어."

"박수무당 맞구먼. 그렇지 않고서야 손 하나 까딱 안 하고 이런 결과를 끌어내는 게 말이 되나? 대답해봐. 하준이가 그 형사를 많이 좋아했던 것 같은데, 어떻게 포기시킨 건가?"

병완은 정말 순수하게 궁금해하는 눈치였다.

"하준이가 아니라 그 아이를 흔들었지."

강희를 떠올리자 갑수는 입 안이 썼다.

경찰만 아니었다면, 치부 같던 과거와 얽히지만 않았다면.

"요즘 세상은 너무 곧고 맑아도 탈이 나는 세상인 거, 자네도 잘 알지 않나?"

사리사욕을 채우는 유형이었으면 입 안의 사탕처럼 굴렸겠지만 주강희는 아니었다.

"자네만 괜찮다면, 재인이 우리 하준이한테 시집보냈으면 하는데."

드디어 기다렸던 말이 나오자 병완은 호탕하게 웃어 젖혔다.

"그 말을 내가 얼마나 기다렸는지 아나? 제발 좀 데려가서 자네 집안 사람으로 만들게. 너무 곱게 키워서 할 줄 아는 게 없네만 가르치면 뭐든지 금방 할 아이야. 내 보장하지. 천상 여자야, 우리 재인이가. 형사 며느리보다는 훨씬 날 걸세."

"그리 말해주니 고맙네."

어찌 되었든 주강희는 선택을 했으니 자신은 약속을 지켜야

했다.

"이보게, 병완. 아이들 결혼과는 상관없이 내 얼굴 봐서 부탁 하나 들어주겠는가?"

―

하준이 드디어 말했는지 일주일 후 갑수에게서 연락이 왔다.

습관이란 참 지독했다. 그의 집으로 달려가면 하준이 기다리고 있을 것 같고, 퇴근을 하면 집 근처에 그가 있을 것만 같았다. 전화를 하면 당장 달려와줄 것 같은 착각에 빠져들었을 때 갑수에게서 연락이 왔고, 드디어 실감이 났다.

우리는 진짜 헤어졌고, 너는 나를 정말 놔줬구나.

함께했던 마지막 그 밤, 만약 하준이 매달렸다면 무너져 내렸을지도 모른다. 하지만 하준은 그러지 않았고, 이별의 순간조차 자신을 이해하고 배려하고 있었다.

퇴근 후 약속 장소인 전통 한정식집에 도착했다.

직원의 안내를 받아 도착한 방의 미닫이문이 열리는 순간, 강희는 굳어버렸다. 갑수의 옆에 앉아 있는 하준은 얼굴선이 조금 날렵해진 걸 빼면 변함이 없었다. 흐트러짐 없이 단정했고 바늘도 비집고 들어가지 못할 만큼 견고하고 단단했다. 그를 보는 것만으로도 벌써부터 심장은 흔들리기 시작했다.

"혼자 나오시는 줄 알았는데 일행이 있을 줄은 몰랐습니다."

맞은편에 앉아 예의 바르게 쏘아붙이자 갑수는 느긋하게 웃었다.

"자네를 만나기 전에 하준일 만났어. 대화 좀 나누고 헤어지려고 했는데 결론이 안 나서 지금까지 같이 있는 거네."

하준은 누구의 말을 들을 남자가 아니었고 그건 곧 스스로의 의지로 나왔다는 사실이니, 그게 강희를 불안하게 만들었다.

"하준이 말이 합의하에 좋게 헤어졌다던데 얼굴 붉힐 일은 없지 않지 않은가?"

향긋한 차가 앞에 놓였지만 차의 향기도 맛도 아무것도 느끼지 못한 채 오로지 하준에게만 온 신경이 쏠렸다. 항상 강희만을 바라보던 눈동자가 저를 바라보지 않는 것만으로도 이별이 실감 났다. 같이 있으면 어떻게든 닿고 만지려고 하던 그의 손은 우아하게 찻잔만을 만지작거릴 뿐이었다.

"왜 헤어졌냐고 묻는데 대답을 안 해, 이 녀석이. 자네가 대답해주겠는가?"

"죄송합니다, 할아버님. 하준이와 저 사이의 개인적인 일을 밝혀야 할 이유는 없는 것 같습니다."

"자네가 내 손자보다 일을 더 사랑하는 건 아니고?"

모든 책임을 자신에게 전가하고 뒤로 빠지려는 갑수가 원망스럽지만 어찌 되었든 선택을 한 건 강희 자신이었다.

"제 일보다 하준이를 더 사랑합니다. 그래서 결혼도 하고 싶었습니다."

그래도 이것만큼은 하준이 알아주었으면 해서, 하준을 바라보며 또렷하게 말했다.

"지금 결혼하면 너무 많은 것들을 감당하고 후회할 걸 모르고요."

천천히 너와 나를 좀 더 알아가고 맞춰가며 사랑했으면 좋았을 텐데.

"후회하기 전에 전 멈추었고 하준이도 제 뜻을 존중해주었습니다. 그게 답니다."

하지만 그는 단 한 번도 강희를 보지 않았다. 찻잔만을 만지작거리며 지금 이 상황에 관심 없다는 듯, 무감하게 반응했다.

"근데 문제가 있네, 강희 양. 내가 자네와의 결혼을 허락하는 대신 하준이에게 조건을 걸었거든. 이 결혼이 어긋나면 내가 정해준 여자와 결혼을 하기로 말이야."

전혀 몰랐던 이야기고, 생각해보면 강희 자신이 하준에 대해 알고 있는 건 없었다.

항상 너만 나에 대해 알고 있었어.

"재인이와 고교 동창이면 자네도 알겠군."

이 자리에서 제대로 끝을 보려는 갑수는 잔혹했다.

"기특하게도 이 녀석이 혼자서 결혼 준비를 거의 끝내놨어. 꽤 잘해놔서 취소할 필요 없이 마음의 결정만 내려주면 돼. 그런데 이 녀석이 버티는군."

결혼식의 모든 걸 하준이 준비했다는 걸 알기에 강희는 입 안이 써졌다.

오로지 날 위해 준비한 그 결혼식에 신부만 바꾸겠다는 말이었다.

"늙은이가 염치없이 부탁 하나 합세. 자네가……?"

지금껏 남 일처럼 방관하고 있던 하준이 갑자기 입을 열었다.

"자리 좀 비켜주시겠습니까? 단둘이 이야기하고 싶어서요."

"그러려무나."

갑수가 나가고 단둘이 남자 구정물이라도 뒤집어쓴 것처럼 기분이 더러웠다.

"고개 들어, 주강희."

그 말을 듣고 나서야 강희는 자신이 고개를 숙이고 있다는 걸 깨달았다.

"날 보는 게 불편해?"

높낮이가 없는 음성이 서늘했지만 강희에겐 칼날처럼 날카롭게 파고들었다.

"……편하진 않아."

하준과 같이 있는 것만으로도 공기의 흐름이 달라졌고, 그것만으로도 심장이 뛰었다.

"네가 그런 조건으로 결혼 허락받았을 줄 몰랐어."

"너만큼은…… 자신 있었으니까."

우아한 손짓으로 찻잔을 들어 올리며.

"할아버지한테 대답을 못 했어. 네가 아닌 다른 여자와의 결혼은 상상해본 적 없으니까."

하준이 다시 강희를 바라본다.

"근데 네가 하라고 하면 할 수 있을 것 같아."

나밖에 모르는 눈동자로.

"널 놔주란 부탁도 들어줬는데, 그까짓 결혼도 못 할까."

심장이 묘한 박자로 쿵쾅거리기 시작했다.

"그러니까 주강희, 대답해봐."

그가 이 자리에 나온 의도가 이별을 다시 되돌리려는 걸 깨닫는 순간이었다.

"내가 결혼해도, 너 괜찮겠어?"

이렇게 정말 날 놓을 거냐고.

그 은밀한 의미에 강희는 표정 관리가 안 되었다.

유하준이 다른 여자와, 그것도 윤재인과 결혼을 한다니.

"……그걸 왜 나한테 물어."

찻잔을 쥐고 있는 하준의 긴 손가락이 보였다.

"개들은 주인을 평생 못 잊는다던데."

빤히 바라보는 시선이 따갑도록 느껴졌다.

"네가 내 주인이잖아."

그를 도발하려고 했던 그 말을 지금은 미치도록 후회한다.

"윤재인이라서 대답을 못 하는 건가."

느릿하게 흘러나오는 음성이 지독히도 차가웠다.

"그럼 다른 여자는, 괜찮나?"

하준은 일부러 조금씩 들쑤시며 그만 좀 숨기고 네 진짜 진심을 드러내라고 조여오고 있었다.

따가운 눈시울을 굳히며 강희는 찻잔을 더욱 노려보았다.

"상대가 뭐가 중요해."

눈을 마주치면 이미 후회하고 있는 진심을 들킬 것만 같았다.

"하든지 말든지 마음대로 해. 하기 싫으면 안 하고……."

짙은 향기가 코끝을 스친 순간, 테이블 위로 넘어온 하준이 강희의 턱을 쥐고 있었다.

"난 결혼을 해야 해."

송곳처럼 파고든 검은 눈동자가 심장을 찌르고.

"그러겠다고 약속했어."

온기를 품은 숨결이 메마른 입술을 부드럽게 적셨다.

"약속은, 지키라고 하는 거니까."

자신감에 찬 오만한 시선이 네 진심을 토해내게 할 방법을 알고 있다는 것처럼 입술에 멈추었다. 당장이라도 키스를 할 것 같아 강희는 그의 손을 매정하게 쳐내며 허리를 뒤로 뺐다.

"무, 무슨 짓이야!"

헐떡거리는 숨과 함께 그를 노려보았지만 하준은 무슨 일 있었냐는 듯 자리에 앉아 흐트러진 슈트를 정리했다.

"나를 버리지 못해서 안달 났잖아."

느릿하게 올라온 새까만 눈동자가 정면으로 부딪쳐왔다.

"그럼 책임감을 가지고 새 주인을 찾아줘야지."

그 눈을 본 순간 알게 되었다.

"날 버린 게 끝내주는 책임감일 텐데."

하준이 얼마나 상처받았는지.

"설마, 그 책임감도 나한테만 해당이 안 되는 건가?"

상처받은 짐승이 최악의 발악을 하는 것 같았다.

"찾아줄 자신 없으면 도로 주워가든지."

포커페이스 안에 하준이 철저하게 숨긴, 나를 놓지 못해서 시꺼멓게 타들어 가는 그의 심장이 이제야 보였다. 그리고 그걸 본 강희의 심장도 시꺼멓게 타들어 갔다.

"유하준."

그의 이름을 부르는 것만으로도 가슴이 아프지만 그럴수록 강희는 눈을 차갑게 굳혔다.

"너답지 않은 짓 하지 마."

"내가 이러는 게 싫으면 대답하든지."

새까만 눈동자가 조약돌처럼 반짝거리며 강희의 마음까지 헤집고 들어왔다.

"결혼, 할까."

내가 나쁜 여자라면.

"하지 말까."

너는 잔인한 남자였다.

"네가 누구랑 결혼하든 나와 상관없어. 그것도 싫으면, 약속 어기고 결혼하지 말든지."

널 버리면서 네가 다른 여자를 만나지 않길 바랄 만큼 이기적이진 않았다.

강희는 천천히 자리에서 일어났다.

"난 너한테 책임감 못 느껴."

하준은 여전히 정면을 보고 있었다.

"나는 네 주인이었던 적이 없거든."

강희가 제 앞에 있다는 것처럼.

"어떤 주인이 자기가 키우는 개한테 그런 보살핌을 받아?"

하준에게 하는 말들이 모두 제게로 돌아왔다.

"그리고 말은 똑바로 하자."

날카로운 촉을 가진 화살이 되어 심장에 박혔다.

"애완견은 네가 아니라 나였어."

하준은 자신의 울타리 안에 저를 가두고 자유를 주는 것 같으면서 서서히 제 눈을 가리고 날개를 잘랐다. 혼자선 아무것도 못 하고 너 없으면 살 수 없도록.

평생토록 난, 그 울타리 밖으로 한 발자국도 못 나갔겠지. 그리고 넌 울타리 안에 있는 날 지키기 위해 혼자서 모든 걸 감당하고 내던졌겠지. 그래서 우린 함께하지 못하고 헤어져야 하고, 서로가 자유로워지려면 서로를 놓아야 했다.

"나를 원망하고 미워해."

수십 번, 수백 번 돌아보고 싶지만 독하게 참아냈다.

이래야만 네가 날 포기할 테니까.

차에 오르려는데 낯선 남자가 다가왔다.

"어르신께서 잠깐 보시자고 합니다."

시린 겨울이 하얗게 내려앉은 작은 정원에 갑수는 뒷짐을 지고 서 있었다.

"또 무슨 일이세요."

"미안하고 고맙네. 그 말을 못 한 것 같아서."

강희도 알고 있었다. 아직까지도 미련을 버리지 못한 하준을 포기하게 하려고 갑수가 마련한 자리임을.

판검사도 벌벌 떨게 하는 갑수라도 지금은 손자밖에 모르는 평범한 노인일 뿐이니까.

"내가 많이 미울 테지."

갑수를 바라보며 강희는 또렷하게 말했다.

"할아버님이 밉습니다. 정말 많이."

더 이상은 거짓말하고 싶지 않았다.

"평생 원망할지도 모릅니다."

"그 미움도 원망도 모두 내가 기꺼이 받지. 내 손자를 위한 거라면야. 내 약속은 꼭 지키지."

붉어진 눈시울을 다른 곳으로 틀었다.

"저를 무조건 도와달라는 게 아닙니다. 제가 원하는 건…… 법이 제대로 서는 겁니다. 법 앞에선 모두가 평등해지도록."

그 말을 마지막으로 모퉁이를 도는 순간, 강희는 흠칫했다.

벽에 기대어 선 채 하늘을 바라보고 있는 하준은 흩날리는 하얀 눈을 감상하는 것도 같았다.

강희가 멈추어 서자, 바지춤에 손을 꽂은 채로 하준이 다가왔다.

"성공했네, 주강희."

입꼬리에 느슨하게 걸린 미소가 여유로웠다.

"나를 완전히 버리는 거."

……들었구나.

"이것 때문에 너랑 헤어진 거 아니야. 근데 보너스로 얻은 건 맞아."

하준이 뻔뻔하다고 생각해도 할 말은 없다.

"네 말이 맞더라. 네 가치가 너무 뛰어나서 잘 써먹었어."

재밌다는 듯 그의 눈이 가늘어졌지만 그게 전부였다.

"잘 지내. 결혼하게 되면 청첩장 보내줘. 보내주기 싫으면…… 말고."

그렇게 지나치려는데 하준이 강희를 불렀다.

"주강희."

돌아보지 않은 채 멈추어 섰다.

"잘했어."

뭘 잘했다는 걸까.

"앞으로도 그렇게 해. 뭐든지, 하고 싶은 대로, 참지 말고. 그럼 돼."

강희는 걸으면서 돌아보지도 않았고, 멈추지도 않았고, 하준 또한 그랬다. 그렇게 강희는 그의 삶에서 걸어 나왔고, 하준은 제 삶에서 강희를 보내주었다.

차에 타자마자 강희는 참고 있던 숨을 터뜨렸다.

"침착해, 주강희."

모든 게 끝이니 이제 다시 평소의 나로 돌아가자.

그럼 되는 거다.

가장 먼저 진혁에게 전화를 걸었다.

"김한영 재고소하면 네가 또 맡아주라. 그래 줄 수 있지?"

곧이어 긴 한숨 소리가 넘어왔다.

[강희야, 해봤자라니까.]

"이번엔 달라."

결의에 찬 목소리에 진혁이 목소리에 힘을 실어 되물었다.

[유하준 씨가 힘써준다던?]

또다시 나온 그 이름에 가슴에서 무언가가 울컥 치밀어 올라 목이 꽉 막혔다.

"최진혁, 나 유하준이랑 결혼 안 해."

[주강희, 그게 무슨 소리야?]

"……나중에."

그리고 강희는 다시 입을 열었다.

"김한영이 방심하게 만들어. 영장 기각도 몇 번 되고 힘든 것처럼 질질 끌어. 무슨 말인지 알지?"

[오케이.]

몇 번의 액션으로 김한영을 방심하게 해야 수집품처럼 모아놓은 증거를 인멸하지 않을 테니까.

"영장 발급되면 그 새끼 바로 덮쳐. 혜리가 말한 벤츠 차 블랙박스 칩 그거 꼭 확보해야 해."

[그 새끼 영악해. 차 명의를 다른 사람 걸로 돌려놨더라고. 영장 나와도 손도 못 대.]

"그 새끼 이제 빽 없어. 그냥 밀고 나가."

김한영의 부모보다 더한 거대한 그림자가 법 앞에서 모두가 평등하도록 조용히 움직여줄 것이다.

"최 검, 네가 말한 검사 재량 이번엔 제대로 보여줘."

전화를 끊은 강희의 두 눈에는 이제 독기만이 가득했다.

Chapter 17

때가 되면 널 만나러 갈 거야

한 달이라는 시간은 빨리 흘렀다.

새벽녘부터 집을 나서자 센서 등 빛이 복도를 환히 비추며 귓가에 달콤하게 속삭여온다.

주강희, 강희야.

나직하고 부드럽게 제 이름을 부르던 하준의 음성이 되어서.

이토록 마음이 아프고, 가슴은 찢어지는데 하루는 어김없이 흘러간다.

운전을 하는 창밖 너머로 변함없이 스치는 풍경이 묘하고 신기했다. 네가 없으면 죽을 것 같았는데, 아무렇지 않게 일어나 눈을 뜨고 출근을 하고 일상을 반복한다는 게.

그와의 시작은 어렵고 거창하고 복잡했는데, 끝내는 건 허무할 만큼 간단했다.

하준이 없는 하루하루를 무감각하게 견뎌내는 건 생각보다 할 만했다.

무감각하게 숨만 쉬면서, 신유진이 죽은 후 그랬던 것처럼.

하준으로 인해 다시 생기가 돌고 활력이 넘치는 삶은 다시 예전처럼 건조해졌지만, 강희가 씩씩하게 향한 곳은 서울지방경찰청사였다.

한참 후, 고급스러운 세단 한 대가 모습을 드러냈다.

검은 정장을 차려입은 김한영과 그의 변호인이 차에서 내렸다. 용케도 언론은 막았는지 대기하고 있는 기자들이 없는 게 아쉬웠다. 아직은 조사 단계지만 조만간 구속되면 플래시 세례를 터지도록 받을 것이다.

강희는 여유롭게 그에게 다가섰다.

"피의자로 출석하는 기분이 어때?"

"이 개 같은 년!"

눈을 부라리며 달려드는 한영의 팔을 잡은 변호사가 귓가에 빠르게 속삭였지만 그것마저 뿌리치고 한영이 다시 다가섰다.

그의 뒤로 머리가 아픈 듯 얼굴을 찡그린 변호인이 보였다.

"다음엔 수갑 차고 오게 될걸? 그땐 사진 찍어도 되지?"

"미친년한텐 약도 없다더니 아직도 정신을 못 차렸네."

정신을 못 차리고 사태 파악 못 한 건 김한영이었다.

"너한테 들을 말은 아닌 것 같은데."

그러자 한영이 가소롭다는 듯 픽, 웃었다.

"조사받으러 출석 한 번 한 거 가지고 착각하지 마. 이딴 조사 몇 번 받고도 나 다 풀려났어. 이번에도 그럴 거고. 알겠냐?"

"어쩌지? 이번엔 다를 텐데."

"어이, 형사 아가씨. 이거 다 액션 취하는 거야. 성의껏 조사에 임해야 판결 나오면 더 떳떳하거든. 그리고 지은 죄가 없는데 조사 못 받을 게 뭐 있어?"

더욱더 목소리를 낮추며 비열하게 속삭였다.

"가진 게 너무 많아서, 너나 혜리같이 없는 년들의 타깃이 되는 불쌍한 김한영. 그게 죄라면 죄지."

다 이겼다는 듯 바라보는 눈동자가 자신감에 넘쳤다.

"유하준이랑 결혼한다고 건방 떨지 마. 예의상 취하는 액션은 딱 여기까지니까."

우리 진혁이가 정말 잘해주고 있네.

평생 원망하고 미워할 거라고 했던 갑수에게도 지금만큼은 고마웠다.

"건방 떨려는 게 아니라 너한테 할 말 있어서 온 거야. 네 수집품 모아둔 벤츠 차량 89 다 xxxx, 양평 친구 별장에 고이 숨겨놨던데."

"……너, 그걸 어떻게?"

"계속 기각되던 네 영장, 오늘 아침에 발부됐다더라."

넌 모를 거야. 내가 이 순간을 얼마나 기다려왔는지.

"최 검이 열심히 달려가고 있어. 네 친구 양평 별장으로."

한영을 속이기 위해 철저하게 비밀리에 붙인, 이게 진짜 계획이었다.

"그런다고 내가 겁먹을 줄 알아? 그 차 내 명의 아냐. 영장 받아도 못 뒤진다고."

"그게 네 차라는 증언 다 확보했어. 네가 그 차 소유주라고 말했던 대화 녹음이랑 실제로 그 차 몰고 경주하던 영상, 차실소유주한테 돈 입금한 내역까지 다. 너의 지인들이 도움을 꽤 줬거든."

한영의 얼굴에서 웃음이 가셨다.

"그러니까 돈지랄해서 친구를 만들지 말고 마음으로 친구 관리를 했어야지."

"그, 그럴 리가 없어!"

진혁의 말에 의하면 이건 아마도 재인이 힘써준 것 같다고 했다.

"그러니까 오늘 조사 성실히 임해. 죗값 제대로 받게."

"씨발! 웃기지 마, 우리 아빠가 두고 볼 것 같아?"

"네 부모님도 한물갔나 봐? 나 유하준이랑 결혼 안 하기로 했는데."

씩씩거리는 한영을 빤히 바라보던 강희는 한 걸음 더 좁히며 다가섰다.

"근데 왜 안 한다고 했을까? 내가 맨입으로 대단한 유하준을 그냥 놔줬을까?"

한영의 얼굴에서 핏기가 가셨다.

"너 설마 나 때문에 유하준을······?"

착각은 하기 나름이지만 그 착각이 너에게 더 충격을 줄 수만 있다면.

"이제 좀 감이 잡히나 보네."

강희는 예쁘게 웃으며 속삭여주었다.

"내가 말했지? 무슨 일이 있어도 너 꼭 잡아넣는다고."
폭주하듯이 아드레날린이 혈관을 타고 빠르게 번졌다.
심장이 터질 것만큼 좋은데 난 왜 눈물이 날 것 같지.
김한영 너 때문에, 김한영 너만 아니었다면.
"잘 가라, 개새끼야."
계단을 사뿐하게 내려가며 진혁에게 전화를 걸었다.
"블랙박스 칩은, 확보했어?"
[혜리 말대로 이 새끼 여기에 다 넣어놨더라. 트렁크에 날짜별로 적힌 CD가 몇 상자야. 아직 확인은 안 했는데 보나 마나지.]
"수고했어."
[근데 너…… 괜찮냐?]
대부분은 메시지로 주고받았기에 진혁과 오랜만에 하는 통화였다.
"안 괜찮을 건 뭔데. 그 새끼 구속되고 나면 혜리랑 모여서 술 한잔해."
사무실에 들어서자 현오가 강희에게 상자를 내밀었다.
"팀장님 앞으로 퀵 왔는데요? 발신인이 없어도 우선 받아는 놨습니다."
상자를 열자 세련된 블랙 컬러의 직사각형 케이스가 보였다.
중국의 샤이닝 기업과 미국의 에이플 사가 합작해서 진행한다는 화제의 에이플세븐폰을 강희는 전에 본 적 있었다. 지갑처럼 유연하게 접을 수 있는 독특한 디자인은 병원에서 참고인 조사를 끝내고 나왔을 때, 벤치에 앉은 하준이 노트북에 끄적

거리고 있던 디자인이었다.

그때 하준이 제게 말했었다.

―이거 출시되면 너 먼저 줄 거야.

강희는 휴대 전화를 서랍에 넣어둔 후 일어났다.

"나 바로 외근 나가요. 오늘 회의는 지 선배가 나 대신해줘요."

아무렇지 않은 척 일어난 강희는 그대로 사무실을 나와버렸다. 유하준의 이름을 끊임없이 속삭이는 순간, 지금껏 억눌러왔던 것들이 폭발해버렸다.

네가 보고 싶고 그리워서 미칠 것 같아. 나 어떻게 해야 해.

계단을 빠르게 내려오던 강희는 낯선 남자와 어깨를 부딪혔다.

"아…… 죄송합니다."

체격이 단단해서 그런지 부딪힌 어깨가 아파서 매만지며 사과를 했지만 상대방은 대답도 없이 확 지나쳐 버렸다. 고개를 갸웃거리며 다시 걷던 강희는 걸음을 멈추었다.

코끝을 스치는 이 향기, 익숙한 체격, 설마……?

강희가 다시 휙 돌아서자 남자는 긴 다리로 계단을 오르고 있었다. 9등신은 되어 보이는 작은 머리와 큰 키, 딱 벌어진 어깨 밑으로 날렵하게 뻗은 몸체가 모델처럼 비율이 좋았다.

검은색의 심플한 트레이닝복 차림에 검은 모자와 검은 마스크. 정체를 숨기려는 듯 온통 블랙으로 무장한 게 연예인 같기도 했다.

시선을 느꼈는지 남자도 걸음을 멈추고 돌아섰다. 거리감이 꽤 있었는데도 시선이 얽히는 순간 강희는 심장이 꿰뚫리는 기분이었다.

모자 밑 검은 머리칼 사이를 관통한 눈동자가 강렬했다. 눈이 마주친 건 찰나였지만 강희에겐 굉장히 길게 느껴지는 시간이었다. 저토록 강렬한 눈동자를 가진 남자는 한 명뿐이었다.

유하준, 정말…… 너야?

한 걸음 다가서는 순간, 돌아선 남자는 아무 일도 없다는 듯 서 안으로 모습을 감추었다.

점심시간이 지나서 사무실로 복귀하자 기다렸다는 듯 현오가 다가왔다.

"팀장님, 지금 저희 서 발칵 뒤집혔어요! 강력범죄 몇 건을 합쳐도 모자랄 엄청난 스케일의 제보가 들어왔답니다."

"그럼 광수대가 맡겠지."

"그게 좀 모호하다니까요? 그래서 지금 난리가 났어요. 마약반이냐 강력반이냐, 아니면 광수대냐, 사이버 수사팀이냐."

"공조 수사하겠지."

강희가 시큰둥한 반응을 보이자 팀원들이 모두 침을 꿀꺽 삼켰다.

"공조를 한다고 쳐도 자기 팀한테 유리하게 수사권 잡으려고 하겠죠. 일 년 치에 맞먹는 실적과 고과가 로또처럼 떨어질지 모르는데."

문득 얼굴이 따가워 고개를 들자 팀원들이 초롱초롱한 눈으로 강희를 바라보고 있었다.

"뭐야, 왜 그래 다들."

"그 사건 우리가 가져옵시다, 팀장님."

자리에서 벌떡 일어나는 승남의 부리부리한 눈은 벌써 활활 타오르고 있었다.

"밥 먹듯이 밤 12시에 퇴근해도 안 힘드나 봐요? 김 경위는 깨어 있는 딸을 일주일에 한 번밖에 못 본다고 투덜거렸던 것 같은데."

사건의 몸집이 큰 만큼 투자해야 할 노력과 시간은 배라는 건 왜 모르지?

조용히 지켜보던 김 경위가 슬그머니 입을 열었다.

"12시 퇴근하나 1시 퇴근하나 그게 그겁니다. 그럴 바엔 큰 거 하나 잡고 실적 채워 승진해서 아내랑 딸 앞에서 어깨 한번 제대로 펴고 싶어요."

강희는 손에 들고 있던 펜대를 핑그르르 돌렸다.

"그게 내 마음대로 돼? 다른 팀들도 눈에 불을 켜고 달려들 텐데."

현오가 다시 나섰다.

"에이, 왜 그러세요. 지금까지 뺏어온 건 있어도 뺏긴 사건은 없잖아요."

팀원들의 간절함이 느껴졌고 강희도 굵직한 사건이 없어 몸이 근질거리던 참이었다.

"제보 내용이 뭔데?"

"우선 제보자가 해커예요. 다른 누구도 아닌 서장실로 직진해서 독대했답니다."

"……계속해봐."

"딥웹 들어보셨죠? 토르라는 브라우저를 통해서만 접속할 수 있는데 거기 올라온 사이트 주소들이 다 정상적이지 않아요. 아이피도 확인 안 되고 암호화되어서 추적이 불가능하거든요."

"쉽게 좀 말해봐."

"오늘 찾아온 해커가 지금 가장 뜨고 있는 딥웹 사이트 하나를 찔렀대요. 일종의 암시장 같은 건데 거기서 온갖 범죄들이 비트코인으로 거래가 된대요. 마약부터 해킹, 살인, 사기, 성범죄까지. 일반 검색으론 절대 안 뜨고 특정 서버 우회로 접속해야 가능한 게 딥웹이라 단속도 어려워요."

현오 설명대로라면 이번 사건은 엄청난 대어였고, 그래서 여기저기서 서로 맡겠다고 달려드는 거였다.

가만히 듣고 있던 승남이 발끈했다.

"범죄가 뭔 물건이냐? 온라인서 쇼핑하듯이 돈으로 거래하게. 이 새끼들이 아주 잔머리가 보통이 아니네."

차분하게 듣고 있던 강희는 다른 걸 물었다.

"목숨 걸고 제보한 거나 마찬가질 텐데. 그 해커는 대가 없이 제보를 한 거야?"

"그것까지는 저도 잘……."

어떻게 해야 이 사건을 가져올지 강희의 머리가 빠르게 돌아갔다.

지금쯤이면 서장이 깊은 고민에 빠졌을 테고 사건이 사건인 만큼 비공식적으로는 수사가 불가능했다. 시기를 봐서 공식화할 것이고, 공식화가 되면 국민들의 이목이 집중될 것이다.

그럼 무슨 일이 있어도 이 사건을 해결해야 하고, 해결 못 하면 다른 서로 넘어가겠지만, 그건 강남서의 자존심에 금이 가는 일이었다.

"우선 알았어."

퇴근 시간이 되어 강희가 일어나자 현오도 슬그머니 따라 일어났다.

"팀장님, 저도 따라가면 안 돼요? 우리 혜리 보고 싶은데."

"우리 혜리? 막내 너 그러다 나랑도 맞먹겠다?"

"에이, 팀장님은 제 사람이 아니잖아요."

좋아 죽겠다는 듯 현오가 함박웃음을 지었다.

강희가 하준과 이별을 할 때, 혜리와 현오는 연애라는 걸 시작했다.

"우리 오랜만에 셋이 보는 거거든? 너랑 혜리 날마다 만나잖아. 그러니까 오늘은 좀 빠져."

"날마다 본다고 보고 싶지 않은 건 아니잖아요."

밤 12시 전에 퇴근하면 현오가 혜리에게 갔고, 새벽에 끝날 것 같으면 혜리가 초저녁에 서를 찾아왔다.

눈꼴이 시릴 만큼 예쁜 연애를 하는 두 사람을 아무리 구박하고 놀려도 얼굴에서 행복함을 감추질 못한다. 그런 두 사람을 보고 있으니 난 왜 저렇게 당당하게 예쁘게 사랑하지 못했을까 후회가 들었다.

"그럼 팀장님 올 때 혜리도 같이 데려와요. 내 얼굴이라도 보고 가…… 으악!"

승남이 현오의 머리통을 후려친 것이다.

"이 눈치 없는 새끼 진짜! 너 꼭 그딴 식으로 팀장님 속을 뒤집어야겠냐?"

"내가 뭐요!"

"이 새끼야, 우리 팀장님은 지금 어? 응? 그렇다고 이 눈치 없는 새끼야!"

결혼 직전까지 갔다가 파투 난 것도 모자라서 유하준이란 엄청난 대어를 놓쳤다고! 그러니 우리 팀장님이 얼마나 힘들고 속이 쓰리겠냐고는 차마 못 하고 승남은 콧구멍을 벌렁거리며 씩씩거렸다.

이걸 웃어야 하나 말아야 하나.

미워해야 하나 고맙다고 해야 하나.

쓴웃음을 지으며 강희는 경찰서를 나왔다.

경찰서 근처 삼겹살집에 도착하자 먼저 온 혜리가 삼겹살을 굽고 있었다.

"주강희!"

활짝 웃는 혜리의 얼굴에 더 이상의 그늘은 없었다.

강희가 자리에 앉자 곧이어 진혁도 도착했다. 이렇게 모이는 게 얼마 만인지 모르겠다.

"김한영 그 새끼 얼굴을 너희들도 봤어야 했는데. 증거 들이대니까 남자 새끼가 울려고 하더라. 변호인들도 꿀 먹은 벙어리 돼서 어쩔 줄 몰라 하더라니까."

김한영 때문에 강희만 속이 문드러진 게 아니었다. 진혁도 마찬가지였다. 십 년 묵은 체증이 싹 내려간 것처럼 진혁이 시원한 미소를 지었다.

"김혜리, 앞으로는 사람 보는 눈 좀 키워라. 내가 진짜 너 때문에 검사 직업에 처음으로 회의까지 느꼈거든?"

혜리가 눈을 동그랗게 뜨고 반박했다.

"왜 내 탓이야? 김한영 못 잡아넣은 네가 무능력한 거지."

"어쭈! 나랑 강희가 너 때문에 얼마나 맘고생 한 줄 알고 그런 소리를 해?"

"아니까 오늘 삼겹살 내가 산다고 한 거잖아."

"이게 삼겹살 한 번으로 퉁 칠 일이냐? 백 번 사줘도 부족하거든?"

"너 백 번 사줄 돈 있으면 우리 현오 백 번 사줄 건데?"

"와아, 강희야 들었냐? 솔로 서러워서 못 살겠네."

"그럼 너도 연애하든지. 일 중독인 남잘 어떤 여자가 좋다고 할까?"

혜리의 말에 형사라는 직업을 완벽히 이해하고 배려해준 하준이 떠올라 강희는 입 안이 써졌다.

"너 잊었나 본데 그 새끼 형량이 이 오빠 손에 달렸거든?"

"그래서, 불법 청탁이라도 할까? 자자, 삼겹살 두 개씩 먹으셔요, 검사님."

"아씨, 뜨, 뜨거워! 좀 불어서 넣어주던가!"

아웅다웅 다투는 혜리와 진혁은 변한 게 없었고 그 일을 웃으면서 말할 만큼 혜리는 좋아진 거니 그럼 된 거다.

"둘 다 오늘은 여기까지. 우리 건배하려고 모인 거 잊었어?"

그제야 진혁이 콜라가 든 잔을 강희에게 건넸다.

"너랑 난 업무 복귀를 해야 하니까 이걸로 때우자."

강희가 받아들자 진혁도 콜라가 든 잔을 들었다.

"건배!"

"건배!"

"건배!"

뒤에 일정이 없는 혜리만이 소주잔이었다.

뭐든지 다 주고 싶은데도 받는 걸 싫어했고 정이 넘치도록 많은데도 자신에게만큼은 지독히도 냉정하고 이성적이다.

하준에게 주강희는 그런 여자였고, 그래서 걱정이 되었다.

빌라 사람들에게 편한 센서 등은 그렇다 쳐도 방범창은 뜯어 버렸을 것 같았는데.

오늘도 강희의 집은 변함없는 모습으로 하준을 반겼다.

"……뜯어내진 않았네."

강희를 지치게 한 게 뭔지 알면서도 지독한 과잉보호와 지켜 주고 싶다는 그 마음만큼은 버릴 수가 없었다.

사랑해서 지켜주고 싶은 건데, 그게 왜 잘못된 걸까.

뜯기지 않은 방범창을 보고 안심하며 돌아서는데 휴대 전화가 울렸다.

"네, 형님."

승남이었다.

[동상 혹시 또 팀장님 집 앞?]

"오늘은 시간 여유가 좀 있어서요."

인연이란 참 얄궂다. 만나고 싶을 땐 그렇게도 어긋나게 하더니, 정작 피해야 할 때는 얽히게 만들다니.

[팀장님 사무실 안 들리고 집으로 바로 간다네? 친구들 만나서 식사만 하고 들어오신다더니 술 좀 마셨나 봐. 최 검사님이 대신 전화하셨더라고.]

"감사합니다."

[에이, 우리 사이에 무슨. 다 동상을 믿으니까 스파이 노릇 하는 건데. 그러니까 절대 우리 팀장님에 대한 그 마음 접지도 말

고 포기하지도 마. 자네 아니믄 우리 팀장님 누가 감당하것어?]

"그럴 일 없습니다."

[사내라면 그래야지. 그깟 이별 한 번에 포기하면 되것어? 우리 팀이 동상을 얼마나 팍팍 밀어주는데.]

강력 1팀의 마음이 모두 같다는 말에 하준은 쓰게 웃을 뿐이다.

팀 모두가 이구동성으로 스파이 노릇은 얼마든지 할 테니 우리 팀장님만 제발 포기하지 말라고 했었다.

[그 머시냐. 퀵으로 보낸 휴대 전화도 서랍에 고이 모셔놨드라고. 우리는 쓰레기통에 버리거나 그거 들고 나가서 바로 동상한테 보내 블믄 어쩌나 걱정했거든.]

"빠르면 여름에 출시될 겁니다. 그때 팀원들 거 다 챙겨서 제가 보내드릴게요."

[그 비싼 걸…… 우리한테 다 주겠다고?]

"아마 외근 업무 볼 때 꽤 유용할 겁니다. 나쁜 놈들 팍팍 잡아넣어 주십시오."

개인 용도보다는 업무적인 특성에 초점을 맞춘 디자인이었다. 노트북에 맞먹는 기능을 품었지만 그립감도 좋고 크기는 더 작아 지갑처럼 부드럽게 접혀서 휴대가 용이했다.

"나중에 식사 대접 꼭 하겠습니다."

전화를 끊은 하준은 강희가 오는 곳과 정반대 방향으로 향했다.

천천히 걸어가며 다시 걸려오는 전화를 받았다.

"왜."

[목소리가 그게 뭐야, 좀 반겨주면 안 돼?]

재인의 목소리가 뾰로통했다.

"만나자는 말만 안 한다면."

[너 나한테 빚진 거 있잖아, 입 싹 닦을 생각이야?]

한영의 최측근 지인들이 그를 배신하고 증언을 한 것은 모두 재인 때문이었다.

갑수 대신 재인의 할아버지가 나섰고, 그로 인해 김한영 집안과 척을 진 건 재인의 집이었다. 어차피 척을 진 상황이니, 재인도 과감히 나선 것이다.

"그래서 절교 안 했잖아."

[몇 번을 말해, 난 잘못한 거 없다고. 그래도 네 얼굴 봐서 나선 거야.]

"고맙다."

[고마우면 너도 꼭 지켜. 6개월 안에 주강희 안 돌아오면 나랑 결혼하겠다는 약속.]

갑수와 한 마지막 거래는 6개월 안에 강희가 돌아오지 않으면 재인과 결혼하는 거였다.

"넌 내가 뭐가 그렇게 좋아서 결혼 못 해 안달이야. 우리 집 들어와봤자 고생할 거 뻔한데. 재능 썩히는 것도 아깝고."

[네가 막아주면 되잖아.]

"싫어."

[왜! 강희는 네가 다 막아주려고 했잖아.]

"넌 주강희가 아니잖아."

내가 사랑하는 여자도, 내가 결혼하고 싶어 하는 여자도.

[……나쁜 놈.]

"너도 네가 좋아하는 남자 말고 널 좋아해주는 남자 만나."

그때 지나가던 남자와 하준은 어깨를 강하게 부딪혔다.

"그년을 아주 제대로 보내버려야지."

그 남자도 누군가와 통화 중이었다.

"아, 씨발! 조심 안……."

하준이 휴대 전화를 든 채 내려다보자, 남자는 움찔했다.

"험험, 거 조심 좀 합시다."

하준이 뿜어내는 포스에 쫄아버린 남자가 빠르게 걸음을 옮겼지만 불길한 예감에 그 남자에게서 시선이 떨어지지 않았다.

재킷 안에 무언가를 감춘 것 같은 엉거주춤한 자세와 우연히 들었던 악의에 찬 통화 내용, 푹 눌러쓴 모자와 마스크까지.

"나중에 통화해."

일방적으로 전화를 끊은 하준은 다시 몸을 틀어 강희의 집으로 향했다.

하준이 지켜보고 있다는 것도 모르고 남자는 빌라 안으로 들어섰다. 그가 빌라로 들어가자 센서 등이 켜졌고, 그 센서 등은 2층까지 이어졌다. 그건 곧 남자가 강희의 집, 같은 층까지 갔다는 의미였기에 하준의 눈매가 무섭게 굳었다.

강희가 안전하게 들어가는 걸 보고 가야 안심이 될 것 같아 조금 더 기다리기로 했다. 한참 후, 반대쪽 골목길에서 나타난 강희와 최진혁이 보이자 기분이 더러워지는 건 순식간이었다.

네 옆자리는 오로지 나만 설 수 있는데.

최진혁이 집 앞까지 안전하게 데려다줄 테니 돌아가면 된다고 생각하는 머리와 달리 발길은 차마 떨어지지 않았다.

저 창문에 환한 불이 들어오거나, 그 남자가 다시 밖으로 나오거나, 둘 중 하나는 확인을 해야 떠날 수 있을 것 같았다. 집에 안전하게 들어가는 것까지 봐주었으면 했는데, 진혁은 입구에서 인사를 한 후 돌아서고 있었다.

혹시 몰라 주의를 주기 위해 저장된 최진혁 번호로 통화 키를 누르려는 순간, 입구 쪽에서 우당탕탕 소리가 났다.

"······아악!"

날카로운 강희의 비명에 진혁이 다시 빌라 안으로 뛰어 들어가는 게 보였다. 어깨를 부딪쳤던 남자가 빌라에서 도망치듯 튀어나와 이쪽으로 올 때까지 하준은 어둠 속에서 숨을 죽이고 있었다. 그리고 남자가 사정권 안에 들어오자 손에 쥐고 있던 휴대 전화로 남자의 얼굴을 가격했다. 무서울 만큼 본능에 사로잡혀 남자에게 주먹을 연달아 날리는데도 조금의 죄책감도 없었다. 힘 한 번 못 써보고 기절한 남자를 뒤집어서 팔을 등 뒤로 꺾자 빌라에서 달려 나온 진혁이 빠르게 다가왔다.

"감사합니······ 유하준 씨?"

피가 잔뜩 묻어 있는 진혁의 손을 본 순간 심장이 무서운 속도로 내달리기 시작했다.

"그 손에 묻은 피······ 누구 겁니까?"

하준의 등장에 놀란 진혁이 대답이 없자 그는 다시 물었다.

"최진혁 씨, 강희 괜찮습니까?"

그제야 정신이 돌아온 듯 진혁이 대답했다.

"강희가 순발력 있게 잘 피했어요. 많이 다치진 않은 것 같은데 정확한 건 병원에 가봐야 알겠죠."

"피는…… 왜 난 겁니까?"

"옆구리를 좀 깊게 베인 것 같아요."

저 멀리서 사이렌 소리가 들려왔다.

"최진혁 씨가 신고한 겁니까?"

"강희가 했습니다. 나보고 자기 찌른 새끼 안 잡아 오면 날 잡겠다고 협박해대서."

마른세수를 하는 진혁도 어지간히 속이 탔는지 날카로운 눈빛이 갈피를 못 잡고 있었다.

"다행히 유하준 씨가…… 날 살렸네요."

많이 다친 게 아니라면, 주강희는 피가 나더라도 쫓아 나올 여자다. 하준의 눈이 빌라 입구로 향하자 그걸 눈치챘는지 진혁이 대답을 해주었다.

"계단에서 굴러서 뇌진탕 증상도 살짝 있는 것 같습니다. 어지러워서 일어나질 못하겠다고 하더군요. 근데 유하준 씨는 왜 여기 있습니까?"

질문의 의도가 뻔했다.

"스토커는 취미 없습니다."

사이렌 소리가 지척에서 들려왔고 곧 구급차와 경찰차가 몰려올 것이다. 하준은 밑에 깔린 남자의 팔을 뒤로 꺾은 채로 일으켜 세워 진혁에게 넘겼다.

"부탁 하나 합시다. 나는 이 자리에 없었던 겁니다."

"현장 보고서는 작성해야 하고 이 남잘 잡은 건 내가 아닙니다."

"그럼 지나가는 행인이라고 둘러대요. 신분 밝히기 꺼리는."

돌아서는 하준에게 진혁이 다시 말했다.

"강희 만나고 갈 생각은 없습니까?"

생각이 없을 리가 있겠는가. 미치도록 그립고 보고 싶은데.

"지금은 때가 아닙니다."

그 말을 마지막으로 하준은 걸어갔다.

다음 날 아침, 병실 문이 노크도 없이 열렸다. 울 것 같은 얼굴로 혜리가 달려들어 강희를 와락 껴안았다.

"괜찮아, 강희야? 어디를 어떻게 다쳤어?"

"옆구리 살짝 베였어. 뒤로 넘어져서 뇌진탕 증상 조금 있고. 그게 전부야."

깊이 베이긴 했지만 옆구리에 구멍이 나는 건 모면했다.

"진짜 다행이야! 내가 얼마나 걱정했는데."

"……그러게."

이 정도로 끝난 건 다 하준 덕분이었다.

입구에 들어서자마자 그가 설치해준 센서 등이 환한 빛을 밝혔고 계단 위로 빠르게 사라지는 기척을 죽인 남자의 발을 볼 수 있어서 빠르게 대처할 수 있었다. 계단 밑으로 구르는 건 예상 밖의 일이었지만.

"어떤 간 부은 놈이 형사 집까지 찾아와서 칼부림을 해?"

"현오가 조사 중인데 입을 안 연대. 근데 나랑 직접적으로 얽힌 놈은 아닐 거야. 내가 잡은 놈들은 죄다 머릿속에 입력이 되어 있거든."

혜리는 짙은 한숨을 내쉬었다.

"하아, 너랑 나랑 왜 이러니 정말."

그런데 강희를 바라보는 눈동자가 애끓는 눈동자였다.

조금 불쌍해하는 것도 같고, 할 말이 있는 것도 같고.

"그 눈빛 뭐야? 무슨 일 있어?"

"너희들이랑 헤어지자마자 재인이한테 전화 왔어. 너무 밉고 원망스러운데 그 뻔뻔한 낯짝으로 무슨 말을 하고 싶은 건지 궁금해서 만났어."

"혜리, 너…… 괜찮아?"

혜리가 웃었다.

"옆구리에 칼 맞아놓고 나 걱정하는 거야?"

그것도 그렇네.

"자기 이름 걸고 맹세하는데 원본까지 싹 삭제됐을 거라고 걱정하지 말래."

블랙박스 칩과 트렁크에 두었던 CD까지 모두 확인했지만 혜리는 없었다고 했다.

"친구들이 김한영 배신 때리고 증언한 것도 다 자기가 힘쓴 거라고 했어. 이제 나한테 빚진 거 없다고. 그리고……."

혜리가 머뭇거렸다.

"그냥 말해, 혜리야."

"하아, 너도 알 건 알아야 하니까. 재인이가 1년 후에 유하준 씨랑 결혼할 거라고 했어. 양가 집안 허락 다 받았다고."

설마설마했던 걸 직접 들으니 이상하게 입 안이 썼다.

"강희, 너 유하준 씨 사랑하잖아. 아직 늦지……."

"사랑해서 놔준 거야. 그리고 나 후회 안 해."

하준과 헤어진 후 처음으로 후회 안 하는 순간이었다.

내가 다친 걸 알면, 넌 나보다 더 아파하겠지.

"사랑하는데 왜 놔줘?"

이해 못 하겠다는 듯 혜리가 물었다.

"나 때문에 하준이가 힘든 게 싫어. 뭐든지 혼자 다 감당하는 것도. 나 혼자 받기만 하는 것도."

정작 난 너에게 해줄 수 있는 게 아무것도 없는데.

"경찰이란 직업이 그렇잖아. 적당히 서로 양보하는 걸로 타협이 안 돼. 상대방만 일방적으로 이해하고 배려하고 희생해야 해. 난 그게 싫어. 사랑한다는 이유만으로 다 떠넘기는 거."

"강희야, 넌 내 우상이야."

"……내가? 왜?"

"남자들도 뛰어넘는 능력녀잖아. 경찰대 출신 엘리트에 최연소 팀장까지 단 최고의 알파걸. 얼굴도 예쁘고 성격도 쿨하고 화끈하고, 싸움도 잘하고. 그리고 최선을 다해서 열심히 살고. 넌 정말 완벽했거든."

혜리가 한숨을 내쉬었다.

"근데 그게 좋은 건 아닌가 보다. 아무것도 못 내려놓겠으니까 사랑을 내려놓은 거잖아."

가만히 잡아 오는 혜리의 손은 무척 따뜻했다.

"유하준 씨한테 물어봤어? 널 사랑하는 게 힘드냐고. 네 말대로 일방적으로 이해하고 배려하고 희생하는 게…… 불행하대?"

뒤통수를 한 대 얻어맞은 기분이었다.

"표정 보니 안 물어봤구나. 너답다, 진짜."

당연히 힘들 거라고 생각해서 하준에게 물어보지 않았다.

"강희 넌 항상 그러잖아. 뭐든지 다 혼자 생각하고 판단하고 책임지려 하고."

내가…… 그랬었던가.

"사람마다 사랑하는 방식이 달라. 난 좀 뻔뻔한 편이고 현오는 바보처럼 순박해. 주강희 넌 아마도…… 많이 조심스러워하는 것 같고. 널 일방적으로 이해하고 배려하고 희생하는 게 유하준 씨 사랑 방식 아닐까? 난 하준 씨가 오히려 너 때문에 행복했을 거라고 생각해. 어쩌면 네 존재 자체만으로도. 그래서 사랑 아닐까?"

부쩍 철이 들어버린 눈앞의 혜리가 낯설었다.

"혜리, 너 좀…… 멋있어. 아니, 눈이 부셔."

혜리가 쑥스러운 듯 얼굴을 붉혔다.

"현오 때문에 내가 좀 많이 변했어."

그렇구나, 그런 거였어.

사랑이 널 이렇게 멋있고 눈부시게 만들었구나.

"근데 강희야, 너도 유하준 씨 때문에 변했어. 그래서 재인이한테 절교 선언해도 너랑 하준 씨가 잘되길 바랐어."

……변하긴 했다.

나약해졌고 겁이 많아졌고 걸핏하면 눈물까지 흘리는 감성 넘치는 겁쟁이로.

"유진이 사고 이후로 네가 그렇게 행복하게 웃는 건 처음 봤거든. 너도 행복해졌으면 좋겠어. 강희야, 아직 늦지 않았어."

가까스로 억눌러놓았던 가슴을 난장판으로 헤집어놓고선, 혜리는 가버렸다.

머리가 어지러워서 침대에 눕자 감은 눈꼬리에서 눈물 한 방울이 또르륵 흘러내렸다. 그렇게 지독하게 버려놓고선, 미치도록 하준이 보고 싶었다.

강희가 병원에 입원해 있는 동안 강남서는 발칵 뒤집혔다.

검은 트레이닝에 검은 모자, 검은 마스크를 한 젊은 남자가 서장실을 다시 찾았다.

그 남자를 상대하느라 서장은 진땀을 뺐다.

"잠깐 들어가 보는 건 괜찮을 줄 알았지. 내가 상황을 정확히 파악하고 있어야 할 거 아닌가."

"사이트를 클릭하는 순간 아이피가 기록되고 관리자가 걸어 놓은 검색 코딩에 걸립니다. 그런데 경찰서에서 대놓고 접속을 하다니요."

서장은 딥웹인가 다크웹인가 도대체 뭔지 미치게 궁금했다.

범죄란 범죄는 죄다 끌어다 놓은 사이트라고 하니 호기심이 솟고 궁금한 건 당연한 이치였다. 메인 화면부터가 엄청나서 미쳤다는 생각을 하면서도 한번 보고 싶어졌다.

지나가는데 어느 집의 문이 열려 있고 그 안에 뭔가 엄청난 게 있을 것 같으면 들여다보고 싶은 게 바로 누구나 가슴 깊은 곳에 품고 있는 심리였다.

가장 자극적인 이미지를 홀리듯이 클릭한 순간 검은 화면이 가득 차면서 빨간 경고등이 깜빡깜빡 들어왔고, 급하게 전원을 껐지만 이미 늦었다. 그 시간에 인터넷에 접속을 하고 있던 강남서의 컴퓨터들이 모조리 다 좀비가 되어버렸다.

"내가 실수한 건 인정하네. 그렇다고 범죄를 두 눈으로 직접 확인했는데 포기할 순 없잖은가."

표정은 엄해 보였지만 속에 꽉 들어찬 욕심이 보였다.

제보한 사이트는 제대로 털기만 하면 고구마 줄기처럼 연결된 강력범죄들이 주르륵 걸려 나올 것이다.

마약에 살인, 성범죄, 사기 등등. 청와대에서도 관심을 가질 엄청난 건수였다.

"어떻게 안 되겠나? 자네가 하라는 대로 다 하겠네, 내가."
"비공개 수사로 진행하세요."
"그렇게 큰 사건을 비공개로?"
"이렇게 큰 사건을 검찰이 놓치려고 할까요? 검찰 개입하는 거 보고 싶으면 공개수사로 하든지요."
그제야 서장이 말을 아꼈다.
"한 번 해킹 당한 이상 경찰서에서는 작업 못 합니다. 안전가옥에서 저 혼자 작업하는 걸로 하죠."
"안전가옥은 내 할 말이 없지만 혼자 하는 건 안 되네. 신변보호도 받아야 하니 능력 좋은 형사 몇 보내주지."
"서장님이 접속하자마자 기다렸다는 듯 서 전체 컴퓨터를 해킹했다는 건 이쪽에 사람을 심어놨을 수도 있다는 뜻입니다."
"그, 그렇지? 역시 내가 실수해서 그런 게 아니었어."
그 뜻으로 한 말이 아닌데, 답답하다는 듯 남자가 살며시 미간을 구겼다.
"결론은 난 경찰을 믿지 않습니다."
"자네가 잘못되면 내가 어찌 그분을 보겠는가. 내가 아주 믿음직한 형사를 보내주면 되지 않겠나?"
"그럼 딱 한 명만 보내주시죠. 서장님 말고 제 조건에 충족되는 형사로 말입니다."
"말해보게나."
"남자 혼자 사는 집에 날마다 드나들어도 절대 의심받지 않아야 합니다."

남자보단 여자가 유리하다는 의미였다.

"서장님 지시에 불복을 많이 한 형사일수록 좋습니다."

"……그건 왜?"

"경찰에 대한 사명감이 불타오를 것 같아서요."

아주 예의 바르게 돌려서 욕하는 것 같은데 차마 반박은 못하겠다.

"머리는 당연히 좋아야 하고 절 보호해줘야 하니 어느 정도 싸움도 잘해야겠죠."

경찰들 중 브레인은 당연히 경찰대 출신이었고, 그들 중 유단자를 말하는 것이었다.

"최소 2주 이상은 경찰서에 출퇴근 카드 안 찍어도 의심받지 않을 적임자."

남자가 정한 목표물을 알게 되자 서장의 얼굴에 쓴 미소가 어렸다.

"있습니까?"

제 지시는 밥 먹듯이 어기는 꼴통이지만 검거율만큼은 1위라 딴 데로 쫓아내지도 못하는 능력자인 경찰대 수석이 한 명 있었다.

근데 강남서의 미친개가 마침 부상으로 병원에 입원까지 하고 있네?

"강력 1팀 주강희 경감을 붙여주지. 그럼 되겠나."

그 대답을 기다렸다는 듯 해커의 눈빛에 나른한 만족감이 어렸다.

아침부터 한영의 부친이 갑수를 찾아왔다.

"어르신, 어찌 제게 이러실 수 있습니까? 하준 군이 제 아들에게 한 짓, 저 문제 삼지 않고 넘어갔습니다. 근데 뒤늦게 제 뒤통수를 때리시다니요."

연달아 기각되던 영장이 하루아침에 발부되었다. 방심하고 있던 한영의 부친은 갑자기 들이닥친 검찰에게 아들을 고스란히 내어줄 수밖에 없었다.

재판을 앞두고 있고, 차고 넘치는 증거에 한영은 언론에서 지금 가장 뜨거운 이슈였다. 다음 해에 당 대표를 노리고 있던 한영의 부친에게도 날벼락이었다.

"그걸 왜 나한테 와서 따지는 건지 모르겠군."

"윤 의원님을 움직이게 할 분이 어르신 말고 또 있습니까?"

한영의 부친 얼굴 가득 차오른 건 분노와 억울함이었다.

"어르신도 눈감아주신 일입니다. 그런데 뒤늦게 이렇게 돌변해서 절 버리신 이유, 제가 모를 것 같습니까?"

씩씩거리며 말을 이었다.

"윤 의원님과 사돈을 맺으려면 그 여형사를 떼어내야 하니 거래를······."

타악―.

갑수가 찻잔을 거칠게 내려놓는 소리였다.

"착각이 과하군. 난 자네를 버린 적도 없고 받아들인 적도 없네."

"제가 언론에 흘린 기사들, 다 눈감아주셨잖습니까."

항상 웃음을 머금고 있던 갑수의 안광이 번뜩하자 한영의 부친은 움찔했다.

"정 사장에게 내가 뭐라 했는지 물어보시게나. 나는 신경 쓰지 말고 하던 대로 하라고 했을 뿐이야."

"윤 의원님도 부인하실 겁니까?"

"그 친구가 내게 조언을 구한 건 사실이네. 인정하지. 당 이미지 때문에 손써주는 것도 한두 번이지, 몇 년 동안 줄기차게 그래야 하니 골치가 아프다고 하더군."

재인의 할아버지는 사실 할 만큼 해주었다.

제 뒤를 이을 차기 대표로 점찍었고 그래서 뒤를 봐주고 있었던 거다.

"그래서 친구로서 조언해줬네. 더 이상 관여하지 말고 법대로 순리대로 처리되도록 내버려 두라고 말이지."

제 아들 때문에 돈으로 무마하고 그게 안 되면 권력으로 압박한 게 수십 번이었다.

"해가 몇 번이나 바뀐 동안 자네는 막내아들 버릇 안 잡고 뭐 한 건가? 자식 농사도 제대로 못 하면서 잘못된 정치를 바로 잡겠다고 설쳐?"

결국 한영의 부친은 몸을 납작 숙이고 고개를 조아렸다.

"죄송합니다, 어르신. 제발 저 좀…… 살려주십시오."

"난 자넬 도와줄 방법이 없네. 알면서 그러나."

"어르신!"

"대신 인생 많이 산 노인으로서 잔소리는 해줄 수 있지."

난다 긴다 하는 이들이 갑수를 찾는 건 다 이유가 있으리라.

"자네가 직접 나서서 공식적으로 막내아들 형량을 최대한 늘리게."

이 노인이 나를 완전히 매장하려고 작정을 했구나! 죄질이 무겁다고 인정하는 거고 그건 곧 자살골이었다.

"어르신 어찌 그런 말을!"

"옛날 선대 왕들이 많이 쓴 방법이지. 다 포기하고 아들을 지켜내든지, 과감히 잘라내고 자네 이미지 쇄신을 하든지. 이왕이면 막내아들 버릇도 고치고. 선택은 자네 몫이야."

무릎 위에 쥐고 있는 주먹이 바르르 떨렸다.

"사건이 터지는 이들마다 모두 말로만 국민에게 사죄를 했으니 민심이 풀리겠나? 더 싸늘해지지. 정치는 말이네, 내 사람 관리를 잘하고 뒤처리를 확실히 해야 해. 그래야 길게 가."

얼렁뚱땅 사죄하고 넘어가면 재력과 삶은 그대로지만 정치 인생은 내리막길을 탈 것이다. 국민들을 쉽게 휘두르고 주무르는 그 권력도 국민들이 만들어준 거니까. 외면당하는 순간, 당에서조차 버림받을 게 뻔하니 선택의 여지가 없었다.

"무턱대고 감싸고 덮을 게 아니라 과감히 버리고 본보기로 삼게. 뭐든지 첫 번째가 중요한 법이지. 굉장한 결단력이 필요하겠지만 그만큼 효과도 좋지 않겠는가?"

누군가가 나를 잘라내기 전에, 내 스스로 나의 아픈 부위를 잘라내면 바짝 엎드린 만큼 다시 올라서게 되리라.

갑수의 조언만큼 이 상황을 수습할 방법도 없기에 한영의 부친은 씁쓸하게 감탄했다.

"한 수 배우고 갑니다."

"아주 좋은 송로 버섯이 들어와서 안사람에게 조금 챙겨 놓으라 했네. 집안 어른께 가져다드리게나."

인맥 관리만 하며 평범한 일상을 즐기는 뒷방 늙은이를 모두가 왜 우러러보는지 이제야 알 것 같았다. 혜안도 뛰어나지만 누구든지 허물없이 반겨주고 귀한 조언에 정성이 들어간 선물도 대가 없이 주니 많은 인사들이 그를 끝도 없이 찾는 것이었다.

"좋은 선물과 말씀 감사합니다."

"고마워할 필요 없네. 내 집을 찾아오는 이들에겐 모두 해주는 잔소리이고 손님을 위한 작은 성의일 뿐이니."

너를 아껴서 해주는 조언이 아니니 착각하지 말라는 경고였다.

"어르신 혜안이 이리 뛰어나니 손자분도 훌륭하게 자랐나 봅니다."

따지러 왔다가 20분 만에 설득당한 한영의 부친이 사라진 후 갑수는 긴 한숨을 내쉬었다.

남의 일에만 혜안이 뛰어나면 뭐할꼬. 정작 내 손자 녀석 일은 한 치 앞을 내다볼 수가 없고 제 의지대로 되는 일도 없건만.

Chapter 18

안에선 파트너, 밖에선 연인

멀쩡하다는데도 퇴원을 못 하게 한 서장 때문에 병원에서 감금 같은 입원으로 2주를 꽉 채웠다.

옷을 갈아입으며 강희는 중얼거렸다.

"분명 무슨 꿍꿍이가 있어."

노크 소리와 함께 서장이 현오를 뒤에 달고 직접 행차를 했다.

"컨디션은 괜찮나?"

"보시다시피 너무 멀쩡해서 탈입니다."

현오가 병실 문을 닫고 창문까지 꼭꼭 걸어 잠그자 그제야 서장이 근엄한 표정으로 다가와 목소리를 낮추었다.

"주 팀장, 자네는 오늘부터 병가 처리될 거야. 공식적으론 병가, 비공식적으로는 자네에게 굉장히 중요한 업무를 맡길 거네."

"죄송하지만, 거절하겠습니다."

"그래, 그럼…… 뭐라고?"

듣지도 않고 거절하니 서장은 당황한 표정이지만 아랑곳하지 않은 채 강희는 주섬주섬 짐을 챙겼다.

"자네 팀원들 1년 실적을 이번 건으로 다 채울 수 있는데도?"

이미 다 싼 짐이지만 속 좀 타라고 시간을 끄는 거였다.

"험험, 주 경감. 주 경감? 주 경감!"

마지못한 척 돌아서자 애원하는 듯한 현오와 눈이 마주쳤다.

혜리와 연애를 시작한 후 부쩍 더 일을 열심히 하는 그 마음을 알 것도 같아서 망설여진다. 사랑하는 사람에게 내가 마냥 부족하게 느껴지니 더 멋있어지고 싶고 당당해지고 싶고 위로 올라가고 싶을 것이다.

나도 그랬으니까.

다시 돌아선 강희는 종이와 펜을 내밀었다.

"방금 하신 말씀 각서로 써주시면 그 사건 맡겠습니다."

"자네 지금 날 못 믿는 건가?"

"지키실 약속이면 적지 못할 이유도 없지 않을까요?"

죽일 듯이 노려보던 서장이 종이와 펜을 휙 낚아채자 그 뒤에서 현오가 엄지 척을 해 보였다.

친필 각서를 받고 나서야 강희는 차분하게 물었다.

"제가 뭘 하면 되죠?"

"딥웹 사이트를 목숨 걸고 제보한 해커가 있어. 그 해커와 자네가 공조 수사하면 되네."

"팀이 아닌 저 혼자서 말입니까?"

"비공식적으로 수사하는 거네. 그 한 명도 필요 없다는 거 내가 겨우 설득한 거야. 제보를 해줬으니 보호는 해줘야 할 거 아닌가."

비공식적인 수사라니, 각서를 받아놓길 잘했다는 생각이 들었다.

"아주 특수하고 긴급한 상황이야. 자넨 그 해커가 머무르는 안전가옥에서 재택 근무한다고 생각하면 되네. 그 아이핀가 뭔가, 최 형사가 설명해주게."

잠자코 있던 현오가 얼른 나섰다.

"팀장님 입원해 계실 때 해킹을 당했어요. 인터넷 접속하고 있던 컴퓨터는 죄다 좀비 컴퓨터 되었어요. 아, 팀장님 컴퓨터는 꺼져 있어서 살아남았습니다. 여튼 만일을 대비해서 외부에서 진행하는 게 나을 것 같다고 결론을 냈어요."

"이유도 없이 갑자기 해킹을 당했다고?"

"서…… 형사 중 한 분이 아주 잠깐 그 딥웹 사이트에 접속을 했습니다. 그래서……."

"어떤 멍청한 놈이 조심성 없이 그런 짓을 해?"

"어헛!"

갑자기 서장이 얼굴을 붉히며 말을 가로막았다.

"지난 일은 그만 따지게. 험험, 자네는 해커가 일을 마무리할 때까지 24시간 밀착 경호하면 되네."

"하나만 물을게요. 정예 멤버인 광수대에 안 맡기고 저희 팀에 맡기는 이유가 뭡니까?"

"자네 팀이 아니라 자네한테 맡기는 거야."

"그러니까 왜요."

서장의 눈짓에 현오가 얼른 다시 나섰다.

"팀장님한테 칼부림한 그 새끼 청부받은 거랍니다. 그것도 해커가 제보한 그 딥웹 사이트에서요. 근데 비트코인으로 지불된 건이라 의뢰인 추적이 불가능해요."

"자네가 내 말을 뭣 같이 안 듣긴 하지만 일은 잘해. 그건 인정하고 맡기는 거니 실망시키지 말게."

병원을 나와 현오가 강희를 태우고 간 곳은 집이 아닌 도로의 갓길이었다.

"데려다줄 거면 집 앞까지 데려다주지?"

"CCTV에 찍혀서 좋을 거 없다고 여기서 내려주라고 했어요."

덜렁거리는 서장이 그랬을 린 없고, 아무래도 해커가 꽤 철두철미한 성격임이 분명했다.

차에서 내려 15분을 걷자 빌라가 나왔고 주소에 적힌 대로 504호 앞에 멈추어 선 강희는 잠시 당황했다.

가만히 보니 비번을 모르네.

초인종을 눌러야 하나, 고민하는 그때였다. 뒤에서 불쑥 튀어나온 남자의 손이 도어 록에 비밀번호를 입력했다. 문이 열리자 얼떨결에 뒤로 물러나는 강희를 지나쳐 안으로 들어가는 남자의 뒷모습이 묘하게 낯이 익다. 아무리 봐도 그때 경찰서에서 하준으로 착각했던 그 남자가 분명하다.

근데 연예인이 아니고 해커였어?

문손잡이를 잡은 채 남자가 몸을 비스듬히 틀자 모자 아래로 작고 날렵한 얼굴이 드러났다.

"안 들어올 겁니까?"

맙소사, 하준이었다.

"……주 형사님."

낯선 존칭처럼, 낯선 눈빛을 한 채로 그가 멍하니 서 있는 강희에게 다시 말을 했다.

"들어올 겁니까, 말 겁니까?"

그가 놀란 기색이 없다는 건 오늘 만남을 예상했다는 의미기도 했다. 그러자 강희의 머리가 빠르게 돌아가며 흐트러져 있던 퍼즐 조각을 맞추기 시작했다.

사이트를 제대로 털기만 하면 연쇄 살인 사건보다도 더 굵직한 사건인지라 당연히 광수대의 차지였고, 합동 수사를 하더라도 광수대의 지휘하에 이루어져야 한다.

그런데 저를 눈엣가시처럼 여기던 서장이 팀원들 실적과 진급까지 약속하면서 강력 1팀에게 맡겼다. 그것도 비공식적으로 은밀하게 해커와 형사, 단둘이라는 어이없는 조합으로.

"딥웹 사이트 제보한 천재 해커가 너였어?"

안 그래도 낌새가 이상하다 했는데 이 모든 게 유하준에 의해 계획되고 진행이 되고 결론이 나는 쇼가 분명했다.

"너 이런 짓 하는 거 할아버님이 아실까 모르겠다."

안 하던 짓 하는 서장을 믿은 자신이 바보였다.

미련 없이 돌아서서 사라지려는 순간이었다.

"주 형사님께 실망이군요. 공과 사도 구분을 못 하다니."

강희는 발끈해서 돌아섰다.

지금 공과 사를 구분 못 하는 게 누군데!

"혹시 나한테 미련 있습니까?"

격하게 뛰는 심장 박동을 느끼며 강희는 최대한 차갑게 말했다.

"네가 대단한 집안 손자라는 건 알겠어. 근데 경찰 우습게 보지 마."

그가 보고 싶지 않았다면 거짓말이지만 이런 식은 아니었다.

"네가 뭔데 이딴 쇼로 날 오라 가라 만들어? 너야말로 공과 사 구분 못 해?"

"형사님이야말로 공과 사를 구분하고 싶으면 존칭 먼저 쓰시죠. 우리 이제…… 반말할 사이 아니지 않나?"

냉정하게 반박하는 하준은 흥분한 자신과 달리 무서울 만큼 차분했다.

"내 목숨 걸고 제보한 겁니다."

낮고 묵직한 목소리는 칼처럼 고막을 찔렀고.

"그런데 이게 쇼 같습니까?"

내려다보는 차가운 눈빛은 얼음처럼 심장을 얼렸다.

"도대체, 어딜 봐서."

이게 쇼가 아니라면, 그렇다면.

안에선 파트너, 밖에선 연인 119

"유하준 네가, 아니 당신이 진짜 해커라고……요?"

"아닌 것 같습니까?"

그걸 내가 어떻게 알아.

"못 믿겠으면 지켜보든지. 그럼 알 거 아닙니까."

담담한 말투 어디에서도 거짓은 없었고 미련이 남았다면 직접 찾아와서 정면으로 들이받지, 이런 말도 안 되는 쇼를 벌일 남자도 아니었다.

격하게 떨리는 심장을 가라앉히니 이 상황이 차분하게 인식되었다.

"이 상황이 진짜라고 쳐요. 근데 내가 올 거 알고 있었을 거 아니에요. 왜 거절 안 했어요?"

"왜 거절해야 하죠?"

빠르게 질문이 되돌아왔다.

"거절하는 게 더 공과 사를 구분 못 하는 거 같은데."

한 달 안 봤다고 이 남자가 뛰어난 뇌만큼 유려한 말주변을 가졌다는 걸 잠시 잊다니.

"서장이 가장 적합한 형사라고 강력 추천해서 거절 안 했습니다. 방해만 안 되면 누가 와도 난 상관없으니."

철저하게 감정을 배제한 눈빛과 목소리로 밀고 드는 하준에게.

"그게 주 형사님이라고 해도."

서서히 밀리기 시작했다.

"누구와 달리 난 공과 사는 철저하게 구분해서 말입니다."

화도 나고 의심도 되는데 반박할 말은 떠오르지 않고 트집 잡을 거리도 없었다.

하준의 말대로 지켜보면 알게 될 것이고 이 상황이 진짜라면 최선을 다하면 되는 거라고 판단을 내린 강희는 이를 앙다물며 사과를 건넸다.

"실수했습니다, 사과할게요."

그 사과를 하준은 받아들이지 않았다.

"조심히 돌아가세요."

미련 없이 닫히려는 현관문 안으로 발을 들이민 건 거의 본능이었다.

당황한 건 강희였다.

발을 들이밀긴 했는데, 뭐라고 하지?

"인정할게요. 내가 공과 사 구분 못하고 말실수한 거. 너무 말도 안 되는 갑작스러운 상황이라, 오해를 좀 했어요."

결국 강희는 작게 한숨을 내쉬며 솔직하게 말하기로 했다.

"강력 1팀 주강희 경감입니다. 잘해봐요, 우리."

그럼에도 하준은 꼼짝도 하지 않은 채 서늘한 눈빛으로 바라볼 뿐이다.

"들어갈 공간이 너무 좁은데 옆으로 좀 비켜줄래요? 비켜주기 싫은 거면 나 그냥 갈까요? 그것도 아니면, 뒤늦게 공과 사가 구분이 안 돼서 그런 거예요?"

그제야 하준이 몸을 옆으로 비켜 공간을 터주자 아무렇지 않은 얼굴로 집 안에 입성한 강희는 생각난 게 있다는 듯 돌아섰다.

"근데요, 유하준 씨."

사과도 했겠다, 경고도 해줘야지.

"만약에 이 모든 게 쇼인 거 밝혀지면, 나 진짜 가만 안 있어요."

경고를 한 후 휙 돌아서서 집 안을 살피는 강희는 현관문을 닫는 하준의 눈매에 부드러운 웃음이 어린 걸 몰랐다.

집 안을 구경하고 당장 생활하는 데 필요한 목록들을 작성했다.

"해커님 바쁠 텐데, 나 혼자 장 보고 오는 걸로 하죠."

"나도 필요한 거 있습니다."

"적어줘요, 내가 사 올 테니까."

"직접 보고 골라야 할 게 꽤 있어요."

"그럼 해커님이 혼자 갔다 와요. 내가 집 지키고 있을 테니."

"주 형사님도 필요한 거 있을 거 아닙니까? 같이 가서 각자 본인에게 필요한 물품 취향대로 사는 게 나을 것 같은데."

"전 원래 털털해서 딱히 취향 같은 거 없어요."

"주 형사님."

강희를 바라보는 새까만 눈빛이 속을 꿰뚫을 것처럼 예리했다.

"혹시 내가 불편합니까?"

그 말이 마치 아직도 나한테 미련이 있어서 공과 사를 구분하지 못하냐는 말로 들렸다.

"그럴 리가요, 장 보러 가요! 가면 될 거 아니에요!"

오기로라도 내가 보란 듯이 장 보고 만다.

빌라 1층에 세워져 있는 SUV를 타고 20여 분을 달려 근처 대형마트에 도착했다.

연애할 때도 해보지 않은 마트에서 장보기를 함께 하게 되니 강희는 기분이 미묘했다.

그때 하준이 자연스럽게 손깍지를 껴왔다.

"손은 왜 잡아요? 안 놔요?"

놓기는커녕 다정한 연인들처럼, 깍지 낀 손을 제 주머니 안에 쏘옥 넣었다.

온기를 전하는 커다란 손과 달리 내려다보는 하준의 눈동자는 여전히 차디찼다.

"업무 파일 확인 안 했습니까?"

빌라에 들어가자마자 읽어보라며 현오가 건네주었던 파일이 있긴 했지만 해커가 하준이라는 사실에 정신이 빠져서 미처 볼 생각을 못 했다.

"퇴원하자마자 여기로 바로 오느라 아직 못 봤어요. 근데 그거랑 손잡는 거랑 무슨 관련이 있죠?"

"이건 2번 조항에 해당합니다."

격하게 빼는 것도 우스운 꼴이라 강희는 이를 앙다물며 물었다.

"2번 조항이 뭔데요?"

우선 들어보자, 공과 사는 철저히 구분해야 하니까.

"업무 공간 안에선 파트너."

업무 공간이라 함은 아까 그 빌라일 테고.

저를 내려다보는 하준의 눈빛이 미묘하게 달라졌다.

"밖에선."

더 어둡고 짙게.

"……연인."

파일을 확인하지 않았기에 반박할 말은 없지만 그렇다고 이렇게 손잡는 것도 좀 그런데.

갈등하는 강희에게 하준이 담담히 물었다.

"나와 손잡는 게 소름 돋을 정도로 싫습니까?"

솔직히 말하면 싫은 게 아니라 심장이 떨려서 문제였다.

이 남자와 하루 종일 침대에서 알몸으로 뒹굴거리며 보냈던 날도 있는데 고작 손 좀 잡은 걸로 심장이 나대고 있었다.

"아니에요. 괜찮아요."

현오는 분명 파일을 확인하라고 했고 그러지 않은 건 강희 자신이었다.

"근데 딱 손잡는 것까지만이에요."

"주머니에 넣는 것도?"

"……그것까지만."

허락을 받고 나서야 하준은 다시 주머니 안으로 깍지 낀 손을 넣었다.

"식품 코너는 주 형사님이 알아서 해요."

"왜요?"

"난 먹는 걸 좋아하지 않지만 주 형사님은 잘 먹잖습니까."

담담하게 내리깐 시선이 강희에게 향했다.

"뭐든지 담뿍담뿍 떠서 복스럽게 많이도 먹던데. 보고 있는 사람도 먹고 싶을 만큼."

별것 아니지만 그가 사적인 과거를 소환하는 건 꽤 불편했다.

"표정이 왜 그럽니까? 내가 형사님에 대해 아는 척 불편합니까?"

"불편하다고 하면 어떻게 할 건데요?"

"안 하려고 노력해야죠. 근데 나도 사람이라, 불쑥 튀어나올 순 있어요."

"불쑥 튀어나온 걸로 화낼 만큼 속 좁진 않아요. 근데 노력은 해줘요."

"……그러도록 하죠."

다정한 연인처럼 깍지 낀 손을 주머니에 넣은 채, 에스컬레이터에 올랐다.

대화가 없어서인지 감각들이 더 예민하게 곤두섰고 그래서 깍지를 낀 채 움직이는 하준의 손가락에 모든 신경이 쏠렸다.

두드리기도 하고, 느릿하게 올라갔다 내려오기도 하며 별 의미 없이 반복하는 손가락의 행위에 강희는 참았던 숨을 토해내듯이 빠르게 속삭였다.

"제발 그 손 좀 가만히 놔둬 줄래요?"

"……손?"

무슨 소리냐는 듯 내려다보는 눈빛이 순진무구했다.

"자꾸 꼼지락거리잖아요. 신경 쓰이게."

"아, 미안합니다."

하준은 바로 정중한 사과를 했다.

"무의식적인 버릇이에요. 생각할 때 손을 가만히 안 두는 거."

하준에게 그런 버릇이 있는지 몰랐던 강희는 씁쓸한 기분에 사로잡혔다.

같이 있을 때마다 하준은 제게서 눈을 잠시도 떼지 않으며 관심을 주었지만 자신은 아니었다. 그를 사랑한다고 말하면서도 함께 있을 때조차 항상 다른 걸 생각하고 다른 곳을 바라보았다. 내가 뭘 해도 이 남자가 날 사랑해주리란 믿음에서 나온 자만심이었다.

하지만 나는 그 믿음을 주지 못했고, 그래서 하준이 불안함을 느끼고 조바심을 느꼈던 건지도 모른다. 결론은 모두 또 내 탓이었다.

어두워진 강희의 표정에 하준이 주머니 안에서 손을 빼려고 했다.

"신경 쓰이면 손은 안 잡는 걸로……."

깍지를 풀려는 손에 다시 힘을 주어 주머니 속으로 파고든 건 강희였다.

"무의식적인 버릇이라면서요. 손잡는 게 뭐 대수라고. 그러니까 이왕 잡은 거, 그냥 잡아요."

이 손을 놓고 싶지 않은 건 그를 버려놓고도 그리웠던 이 손의 온기를 다시 한 번 느끼고 싶어서였다.

"얼른 장보고 돌아가요. 할 이야기가 꽤 많을 것 같으니까."

하준은 다시 손을 꼼지락거리지 않았고, 강희도 감각을 곤두세우지 않았다.

식품 코너에선 투명 인간처럼 존재감을 숨기더니 하준은 생필품 코너로 들어가자 적극적으로 쇼핑에 참여했다.

"나는 브라운 컬러를 좋아합니다."

하준의 것은 모두 브라운 계통으로 통일해서 쇼핑을 했다.

"괜찮으면 향이 약한 걸로 사고 싶은데."

인공적인 향을 좋아하지 않아서 웬만한 건 천연 제품을 사거나 그것도 아니면 향이 약한 걸 샀다.

진지하게 생필품을 고르는 하준을 보며 강희는 중얼거렸다.

"같이 쇼핑 안 나왔으면 큰일 날 뻔했네요."

비스듬히 마주쳐오는 눈빛을 피하지 않고 강희는 가만히 마주 보았다.

"취향이 확고한 것 같아서 제 마음대로 샀으면 큰일 날 뻔했다구요."

"몰랐습니까? 내 취향 확고한 거."

하준이 모든 걸 너무 내게 맞춰줘서 확고한 취향이 있는 줄도 몰랐다.

"지인들이 그러더군요. 취향이 지독할 만큼 확고하다고. 특히, 사람 보는 취향이."

묘한 뉘앙스를 풍기는 그의 말은 마치 나는 여자 취향도 확고하다고 말하는 것도 같았다.

"물론 형사님이 신경 쓸 필요는 없습니다. 그걸로 피해줄 일은 없을 테니."

그렇게 대화는 또다시 묘한 포인트에서 멈추었고, 어색한 긴장 속에서 두 사람은 다시 쇼핑을 시작했다.

이런저런 대화를 나누며 뭐든지 나란히 두 개씩 사니 정말 연인 같았다.

그걸 의식하니 더 어색해지는 순간, 때마침 물티슈 샘플을 나눠주는 게 보였다.

"혼자 고르고 있을래요? 나 저기 좀 갔다 올게요."

다가서는 강희를 마트 직원 아주머니께서 격하게 반겼다.

"이번에 새로 나온 물티슈인데 너무 좋아. 한번 써봐요."

샘플을 손에 쥐어주며 아주머니가 강희에게 속삭였다.

"아휴, 부러워 죽겠네. 전생에 나라를 구했나 봐요?"

"네?"

눈짓을 따라가니 하준이 있었다.

"애인이에요, 남편이에요?"

"아, 애인이요."

"내가 티브이를 잘 안 봐서 그러는데 혹시 연예인?"

"연예인 아니에요."

"저 얼굴에 연예인 안 하면 뭐 하나?"

연예인을 안 해도 할 수 있는 게 넘치는 남자라고 속으로 대답하며 강희는 픽, 웃었다.

"좋다는 여자가 줄을 서겠네. 누가 채가기 전에 얼른 결혼부터 해버려!"

마트 아주머니야 격려의 의미로 한 말이지만, 그 결혼을 깨버린 게 저였기에 괜히 마음이 무거워진다.

"원래 한 사람당 하나인데 아가씬 세 개 주는 거야. 내 눈 호강 시켜준 잘생긴 애인 덕으로 생각해요."

그러면서 물티슈를 손에 꽉 차게 쥐여주었다.

얼굴이 잘나면 이런 것도 팍팍 주는구나.

어디다 버려봐도 굶어 죽진 않을 것 같았다.

물티슈 샘플을 잔뜩 가지고 가자 하준이 그걸 가만히 바라본다.

"공짜 좋아해요? 뭘 그렇게 잔뜩 얻어왔습니까?"

강희는 기가 막혀서 빠르게 눈을 깜빡거렸다.

"나 공짜 안 좋아하거든요? 마트 아주머니가 잔뜩 챙겨준 거예요."

"뭐, 아니면 말고."

하준은 관심 없다는 듯 다시 물품을 고르기 시작했다.

"좋겠어요, 연예인처럼 아주 잘생겨서. 그쪽 잘생긴 얼굴 때문에 많이 받아왔다는 뜻이에요."

다시 고개를 든 하준이 무감각한 눈동자로 강희를 빤히 쳐다보았다.

"그래서 뭐합니까. 취향 확고한 여자도 놓치는 쓸데없는 얼굴인데."

담담한 음성에 희미한 원망이 묻어나는 것도 같았다.

"사적인 추억 끄집어내지 않기로 한 거, 잊었어요?"

"불쑥 튀어나온 겁니다."

거짓말, 작정했으면서.

"그런 걸로 화낼 만큼 속 좁지 않다면서요. 그러니 화내지 말아요."

"화는 안 내겠지만, 아주 많이 조심해야겠네요."

"주 형사님."

하준이 강희를 향해 돌아섰다.

"나도 사람입니다. 조심은 하겠지만 불쑥불쑥 튀어나오는 건 어쩌지 못해요."

하준이 차마 못 한 말이 뭔지 알 것 같았다.

난 널 아직 잊지 못했어, 그런데 나보고 어쩌라고.

철저하게 숨기고 내색하지 않을 뿐, 나도 너와 같다고 말이다.

"그거 감당 못 하겠으면 지금이라도 돌아가요. 내가 아웃 했다고 보고할 테니까."

강희는 주먹을 꼭 쥔 채 붉어진 눈으로 바라보았다.

"우리 이제 예전 사이 아니잖아요. 근데 왜 또 혼자 책임지려고 해요?"

참 미련하고 바보 같은 남자다.

냉정하게 바라보고 행동만 하면 뭐하냐구.

"옛 연인으로서 조언 하나 해줄까요?"

늘 그랬던 것처럼 무의식적으로 이렇게 또 날 배려하는데.

"혼자서만 그렇게 다 감당하고 희생하려고 하지 마요. 그게 오히려 상대방 숨통을 조이는 거니까. 자신 없게 만들고 도망치고 싶게 만들어요. 나처럼요."

그게 얼마나 나를 나쁘고 못난 여자로, 세상 겁쟁이로 만들었는데.

"그리고 지금은 유하준 씨 애인이 아니니까 도망 안 쳐요."

의외의 반격에 하준은 제대로 한 방 얻어맞은 표정이었다.

어찌 되었든 장보기를 무사히 마치고 집으로 향하던 도중, 하준이 무심하게 물었다.

"커피 한잔하고 갈래요?"

"괜찮습니다."

집 안에서는 파트너, 집 밖에서는 연인.

그럼 당연히 집으로 가야지.

"혹시 내가 불편해서 그럽니까?"

"우리 나눌 이야기 많잖아요. 집이 편할 거예요."

"그래요, 그럼."

집에 도착하자마자 하준은 컴퓨터 방에 들어갔고, 강희는 가방 안의 서류부터 꺼냈다.

"이게 말이야 방구야."

뭔가 거창할 줄 알았는데 달랑 한 장이었고, 내용도 기가 막힐 만큼 일방적이었다.

> 1. 제보자의 요구는 뭐든지 응해줄 것.
> 2. 공조 수사 파트너임과 동시에 임무 완료 전까지 연인 행세를 할 것. (특히 업무 공간 밖에선)
> 3. 주 업무는 경호, 24시간 밀착 케어 요망.
> 4. 문의 사항은 무조건 제보자에게.

강희는 서장에게 전화해서 따질 수 없으니 현오에게 전화를 했다.

"파일 누가 작성했어?"

[서장님이요.]

"넌 이딴 걸 보고도 암말 안 했어?"

[이해 안 되는 사항 있어요?]

아주 간략하고 명료해서 머리에 쏙쏙 박힐 만큼 이해가 잘돼서 문제였다.

"너무 일방적인 데다 성의 없잖아!"

[저희 서 제대로 한 번 털렸잖아요. 좀비 된 컴퓨터 대부분 다 교체했는데 혹시 모르니까 조심해야 된대요. 컴퓨터에 한 자 한 자 타이핑하는 것까지 다요.]

망할 해커 같으니라고.

[저라고 말 안 했겠어요? 이대로 주면 팀장님이 화내실 텐데

요, 이렇게 말은 했죠.]

"그러니까 뭐래?"

[그럼 내가 직접 손글씨로 적어? 아니면 최 형사가 직접 적든지. 이러던데요?]

"……끊자."

쇼핑한 물품까지 정리하고 나서야 강희의 시선이 컴퓨터 방으로 향했다.

"어떻게 된 게 코빼기도 안 보여?"

몇 번 노크를 해보아도 문 너머가 고요하자 강희는 망설이지 않고 문을 열었다.

저러니 노크 소리도 못 듣지.

이어셋을 착용한 채 컴퓨터 부품들을 조립하는 손길이 예사롭지 않았다. 진짜 해커가 맞는 것도 같고.

아무 일 없는 걸 확인하고 다시 몸을 트려는 순간, 희미한 노랫소리가 들려왔다.

> Strumming my pain with his fingers
> 그의 손이 내 아픔을 연주하고
> Singing my life with his words
> 그의 가사가 나의 삶을 노래해요.
> Killing me softly with his song
> 그의 노래가 나를 매료시켰어요.
>
> 로버타 플랙 - 〈Killing Me Softly With His Song〉

하준이 끼고 있는 이어셋에서 흘러나오는 노래는 한때 강희도 질리도록 들었던 팝송이었다.

어떻게…… 이럴 수가 있지?

유진 또한 어릴 때부터 전자제품은 죄다 뜯어내서 다시 조립하는 게 취미였고 컴퓨터공학과를 입학하자마자 스카우트해가려는 기업들이 줄을 설 정도였다.

쌍둥이는 두드러지는 천재성도 비슷한 걸까, 그것도 아니면 심장을 이식받으면 취향까지 비슷해지는 걸까. 하준이 듣고 있는 노래는 강희가 먼저 좋아했지만 유진이 무언가에 열중할 때마다 버릇처럼 듣던 노래였다. 그래서인지 몰라도 하준의 모습 위로 유진이 겹쳐졌고 시야가 흐려질 만큼 눈물이 차올랐다.

눈물을 보이기 싫어 방을 나오려는 그때, 어느새 다가온 하준이 손목을 움켜쥐어 끌어당겼다.

"방해해서 미안해요. 불러도 대답이 없길래. 무슨 일 없는지 확인했으니까 손 좀…… 놔줘요."

긴 속눈썹 밑에 젖은 눈동자를 얼른 숨겨보지만 그럴수록 하준은 더욱더 집요하게 보았다.

"당신 울린 사람."

감정의 농도가 짙게 밴 새까만 눈동자는 또다시 어쩔 줄 몰라 하고 있었다.

"……또 납니까."

그 한마디에 눈가를 비집고 나온 눈물이 기어이 뺨을 타고 흘러내렸다.

그 눈물에 신경질적으로 이어셋을 집어 던진 하준이 으르렁 거리듯이 낮게 속삭였다.

"분명 말했을 텐데. 울지 말라고."

강희는 눈물을 뚝뚝 흘리는 눈으로 그를 바라만 보았다.

"주강희, 진짜 나 미치는 꼴 보고 싶어서 이래?"

또다시 무너져 내리는 하준을 보니 팀에서 유일한 기혼자인 김 경위의 아내가 떠올랐다.

―오빠가 강력반 형사라니까 다 말렸어요. 오빠도 저 고생 시키기 싫다고 저한테 헤어지자고 했어요. 너 분명 후회할 거라고. 근데 어떡해요. 오빠 없으면 죽을 것 같은데. 너무 너무 사랑해서 미치겠는데. 오빠 쫓아다녔고 결국 결혼했 어요. 근데 딸을 낳고 나니까 후회가 돼요. 내가 왜 형사랑 결혼했을까. 오빠 말 들을걸.

술기운을 빌려서 한 넋두리였다.

그것마저도 김 경위가 볼까 봐 붉은 눈시울로 눈치까지 보며 몰래 한 말이었다.

―결혼 후에 제대로 맘 편히 자본 적 없어요. 오빠한테 무슨 일이 생겼다는 전화 받을까 봐 무서워서. 자고 있는 딸 보 면 그냥 눈물이 나요. 저 정말 우리 서윤이 아빠 없는 아 이로는 키우고 싶지 않아요.

그런 김 경위의 아내를 보며 강희는 유진을 떠올렸다.

네가 살아서 나와 결혼을 해서 형사라는 직업의 아내를 두었다면 너도 이렇게 아파하고 힘들어했겠구나.

하지만 그런 걱정들을 깨끗하게 지운 이유는 하나, 신유진은 죽었으니까. 그래서 겁도 없이 앞만 보고 달렸고, 집 앞에서 칼부림도 당했을지도 모른다. 범인이 누군지 짐작조차 안 되고, 앞으로도 그러지 말란 법은 없다. 만약 내가 하준과 결혼까지 했다면 그 속앓이는 온전히 하준의 몫이었다.

생각이 거기까지 흐르자 눈물은 거짓말처럼 멈췄고 담담한 눈동자로 하준을 볼 수 있었다.

"착각하지 마, 유하준."

흔들려선 안 되고 미련을 가져도 안 된다.

"유진이가 생각나서 운 거지 너 때문에 운 거 아니야."

널 흔들어서도 안 되고 미련을 갖게 해서도 안 된다.

"그리고 잊었나 본데, 나 너 버렸어."

눈물 몇 방울에 이렇게 무너져 내린 남자인데 내가 다치거나 무슨 일이라도 생기면?

나보다 더 아파하고 힘들어하면서도 괜찮은 척 연기하겠지.

사랑하는 날 위해, 넌 평생을 그렇게 살아갈 테고.

"근데도 아직 미련이 남아서 이런 쇼를 벌이는 거야?"

지금껏 혼자 짊어지고 왔던 걸 그에게 나눠주기 싫었다.

"유명한 해커? 진짜일 수도 있겠지. 근데 이 만남, 네가 계획한 거잖아."

연달아 몰아붙이자 하준의 눈매가 차갑게 굳었지만, 그래도 멈출 수 없었다.

"이유가 뭐든 우선 맞장구는 쳐줄게. 위에서 까라고 하면 까야 하는 게 월급쟁이거든."

지랄맞은 형사 근성은 뼛속까지 깊이 각인되어 있어 이제 고치지도 못한다.

"근데 공과 사는 똑바로 구분해줄래?"

이 망할 놈의 책임감도, 의리도, 오지랖도.

"내가 울든 말든 신경 꺼."

나한테 정이 뚝뚝 떨어졌으면 하고 잔뜩 미워하고 원망했으면 한다.

"너 버리고 나서도 나 잘 지내고 있어. 앞으로도 잘 지낼 자신 있고."

시간은 좀 걸리겠지만 내가 유진일 잊고 널 사랑하게 된 것처럼 너도 날 잊고 누군가를 사랑하게 될 날이 올 것이다.

"그러니까 날 어떻게 해볼 생각에 이런 쇼 하는 거면 그냥 포기해."

하준에게 퍼부은 독설이 다시 돌아와 제 가슴에 상처를 낼지언정, 강희는 후회하지 않았다.

너한테서 날 지울 수만 있다면.

"만약 이게 다 내 착각이고, 정의감이 들끓어서 벌인 일이라면."

그 눈빛에 12방 꿰매놓은 옆구리 상처가 따끔거렸다.

정말 느닷없이 강희는 꾸벅 고개를 숙였다.

"진심으로 사과드려요. 다시는 공과 사를 혼동하는 언행을 하지 않겠습니다. 그래도 언짢은 기분이 안 풀리면 서장님께 항의해도 괜찮습니다."

할 말을 다 한 후 하준을 지나쳐 방문 손잡이를 쥐는 순간이었다.

"잘 지낸다는 사람이 울기는 왜 웁니까?"

뒤에서 들려오는 담담한 음성이 발목을 잡았지만 돌아보는 대신 문고리를 쥔 손에 바짝 힘을 줬다.

"이미 시작한 일이고 어떤 방식으로든 마무리는 할 겁니다."

그렇게 독하게 긁어버렸는데도 하준은 선택을 망설이지 않았다.

"그렇게 아세요."

죽일 듯이 노려본 강희가 방에서 나갔다.

혼자 남은 하준은 문에 등을 기댄 채 얕은 한숨을 내쉬었다.

"하여간 지독해, 주강희."

예상은 했지만 이 정도일 줄은.

이쯤 되니 도대체 뭐가 널 이렇게 지독하게 만든 건지 궁금해지기까지 했다.

"감당 못 하겠으면."

눈을 감자 창백한 뺨을 타고 흐르던 강희의 눈물이 시야에서 번졌다.

"버리지나 말던가."

처음으로 강희가 원망스럽고 미워지는 순간이었다.

서울중앙지법 형사 합의 32부(부장 권재열) 재판정에서 김한영에 대한 1심 공판이 열렸다.

담당 검사는 최진혁, 피고인은 김한영, 피해자는 다수.

배심원들을 향해 유려한 언변을 펼치는 진혁을 한영은 죽일 듯이 노려보았다. 호랑이 검사라고 불리는 최진혁은 그렇지 않아도 전부터 거슬리는 놈이었다. 겨우 검사 주제에 제 앞에서 고개를 빳빳하게 드는 게 마음에 안 들었지만 재인의 친구라서 내버려 둔 거다.

제 입맛대로 구슬릴 수 있는 검사들이 널렸으니까.

검찰 총장과 아버지는 막역한 사이이고 부장 검사를 삼촌이라 부르면 게임 오버 아닌가.

그런데 별 볼 일 없는 검사 새끼가 감히 자처해서 내 사건을 맡고 나를 기소해?

"피해자들은 여러분의 딸일 수도 있고 조카일 수도 있고 여동생일 수도 있습니다."

진혁은 단 한 번도 한영을 보지 않았다. 방청석과 배심원들만을 매 같은 눈빛으로 바라보며 결단력 있는 목소리로 그들을 설득할 뿐.

"시기가 늦었고 피해자들이 내세운 게 진술뿐이라는 이유만으로 법이 진실을 외면해선 안 됩니다."

배심원들이 내린 평결은 재판장에게 법적인 영향력을 가하지 못하는 게 한국의 국민 참여 재판이다.

그런데도 왜 그들에게 호소하냐고?

만장일치로 배심원들이 유죄라는 평결을 내리면 재판장들은 고려하니 그걸 노리는 거였다.

"그 오랜 시간만큼 피해자들은 눈이 아닌 가슴으로 피눈물을 흘리며 하루하루를 버텼을 겁니다. 그러면서 힘겹게 냈을 용기입니다."

숨죽이고 있던 피해자들이 쏟아져 나와 그를 고소했다.

왜 갑자기, 어디서 그런 용기가 났는지보다 왜 하필 지금이냐였다.

피해자들이 내세운 건 진술뿐이지만, 이번엔 증거가 있었다. 벤츠 차량 트렁크에 있던 무수히 많은 성관계 동영상 CD, 그리고 남자로만 구성된 지인들과의 단톡방 대화.

제 발밑에서 덜덜 떨었던 놈들이 한영을 배신했고, 아버지마저 그를 버렸다.

"변호인은 최종 변론하세요."

고소한 여성들 대부분 한영의 기억에 없고, 동영상의 피해자가 아닌 이들도 많았다. 하지만 이 엿 같은 상황이 진술만으로 여자들을 피해자로, 한영을 피의자로 몰아갔다.

지금 이 상황과 검사 최진혁이 한영을 짐승만도 못한 놈으로 만들어 처참하게 코너에 내몰리게 했다.

그런데도 엄청난 수임료를 지불한 변호인단은 입도 뻥긋 안 한다.

그럴 거면 국민 참여 재판은 왜 연 거냐고. 사람 쪽팔리게.

"피고인을 고소한 피해자들 반 이상이 진술뿐입니다. 증거 능력이 없고 진술에 모순이 있을 수도 있으며 범죄가 증명되지 않았다는 의미이기도 합니다. 하지만 저희 피고인은 모든 혐의를 다 받아들이고 뉘우치려고 합니다."

무릎 위에 올린 한영의 주먹이 부들부들 떨렸다.

내가 뭘 뉘우쳐? 가진 게 죄야? 없는 게 죄지?

"명성과 재력을 가지고도 사회적 책임을 가지지 못한 것에 대한 책임감을 피고인뿐만이 아니라 피고인들의 가족까지 무겁게 느끼고 있습니다. 부디 재판장님은 그 부분만 잘 살펴주시길 바랍니다."

배심원들의 평결은 만장일치로 유죄였고, 성폭력범죄의 처벌 등에 관한 특례법 위반으로 징역 5년의 실형이라는 1심 선고가 나왔다.

재판장을 나서는 한영에게 변호인 중 한 명이 넌지시 말했다.

"의원님 지시입니다. 저희 쪽 항소는 없을 거고 검찰 항소로만 2심이 진행될 겁니다. 그리 아십시오."

결국 한영은 울음을 터뜨렸다.

이게 모두 그년 때문이다.

그년만 아니었어도 일이 이 지경까지 되진 않았는데.

오전에 있었던 김한영의 1심 공판을 진혁이 전화로 알려주었다.

"고생했어, 최 검."

조금이라도 기쁠 줄 알았는데, 이상하게 더 씁쓸했다.

전화를 끊은 강희의 시선이 컴퓨터 방으로 향했다.

"근데 왜 안 나오는 거야."

퇴근 시간이 다 되도록 하준이 방에서 나오지 않자 다시 강희는 방문 앞에 섰다.

독설을 퍼부어놓고선 뒤늦게 망설이는 스스로가 우스워서 씁쓸하게 웃는 그때, 문이 벌컥 열렸다.

도둑질하다 들킨 것처럼 심장이 벌렁거리는 건 강희였고, 하준은 오히려 차분한 눈빛으로 손목시계를 확인하며 입을 열었다.

"주 형사님, 퇴근하셔야죠."

오지게 긁어놨는데도, 시간 계산은 칼이었다.

"퇴근은 저 알아서 할 테니 신경 쓰지 마세요. 그보다 우리 대화를 나누어야 하지 않을까요? 제보자와 형사로서."

하준이 독하게 마음만 먹었다면, 강희도 그렇게 나가면 되는 거다.

"저 설명 한 줄도 못 듣고 병원에서 퇴원하자마자 여기로 바로 끌려왔어요. 업무 지시서라고 해봤자 명령 같은 조항만 몇 줄 달랑 있는 게 다고."

증명이라도 하려는 듯 종이를 내밀었다.

"제대로 알아야 수사 방향도 잡고 내 역할도 제대로 하고 제보자에게 도움이 되죠."

그 종이를 받지도 않고 하준은 다른 말을 했다.

"퇴근 전에 커피 한잔해요. 근처에 괜찮은 카페 하나 있어서 봐뒀으니."

"여기서 이야기해요."

"이런 핑계로라도 안 나가면 오늘 내내 나는 저 방에 처박혀 있을지 모릅니다."

하준의 어깨 너머 말끔하게 조립된 컴퓨터 본체들이 모두 제자리를 찾고 있었다.

유진이 그랬던 것처럼 자폐증에 가까운 무서운 집중력이었다.

"그럼 나가요. 커피 마시러."

건물을 나서자마자 하준이 손을 내밀었고 잠시 주저하다 그 손을 잡은 강희는 이율배반적인 감정을 느꼈다.

깍지 낀 손을 하준이 주머니에 넣고 걷는 게 불편하면서도 오랜만에 느끼는 그 온기가 좋으니 말이다.

대화 없이 한참을 걷다가 하준이 불쑥 물었다.

"다친 곳은 괜찮습니까?"

"아, 네."

"다행이군요. 피를 많이 흘린 것 같아서 걱정했는데."

그걸 네가 어떻게 아냐는 눈빛으로 바라보자 하준이 답을 했다.

"경찰서가 해킹당하기 전, 괴한의 기습으로 입원한 형사가 있다고 서장님이 그랬습니다. 병가 내도 의심받지 않을 적임자라고."

"저 아무것도 안 물어봤는데요."

"눈빛으로 물었잖습니까."

방심하는 순간 바로 파고드니 이 남자 앞에선 정말 눈빛 관리를 잘해야겠다는 생각이 들었다.

"말 나온 김에 약속 하나 합시다."

걸음을 멈춘 하준이 손을 놓고 강희의 앞에 마주 섰다.

"나랑 있는 동안은 다치지 않았으면 합니다."

그게 뭐 내 맘대로 되나.

"그리고 위험 상황이 발생하면 나보다 주 형사님 안위를 먼저 챙기도록 해요."

"그거는 좀……."

"형사들 목숨은 두세 개 됩니까?"

목숨이 여러 개인 사람이 어디 있다고, 말문이 탁 막히는 질문이었다.

"나나 형사님이나 하나밖에 없는 목숨입니다. 이왕이면 본인 목숨 챙기라는 뜻입니다."

"미안하지만 그건 약속 못 해요."

차갑게 얼어붙은 눈을 외면하지 않고 바라보며 강희는 말했다.

"생각해봐요. 목숨 걸고 제보한 사람을 형사가 보호하지 못하면, 누가 용기 내서 제보할까요?"

이 상황이 쇼가 아니라면, 내가 해줄 수 있는 게 그것뿐이다.

목숨 걸고서라도 유하준 널 지키는 것.

"내가 마음에 안 들면 다른 형사 보내 달라고 서장님한테 요구하든지 말든지 마음대로 해요. 난 상부 명령에 무조건 따를 테니까."

무서울 만큼 침묵을 유지하는 하준의 모습에도 강희는 불안하지 않았다.

넌 절대 나를 돌려보내지 못할 거라는 건 본능적인 감이니까.

카페의 창가에 두 사람은 마주 앉았다.

집을 나설 때보다 분위기는 낫지만 주문한 음료가 나오기 전까지 여전히 대화는 없었다.

"주문한 음료 나왔습니다."

달달하고 따뜻한 바닐라라떼는 강희 앞에, 차가운 아메리카노는 하준 앞에 놓였다.

목을 가볍게 축인 하준이 테이블 위에 팔을 올리고 상체를 앞으로 기울이며 강희를 부드럽게 바라보았다.

진짜 사랑하는 연인을 보는 것처럼 말이다.

그 눈빛처럼 부드러운 음성으로 하준이 천천히 입을 열었다.

"보안 취약점 신고포상제인 버그 바운티 제도라는 게 있어요. 한국에선 생소하지만 해외 선진국에선 꽤 보편화되었죠. 사이트를 공격해서 취약점을 알아낸 해커에게 포상금을 지급하고 그 부분을 보완하는 겁니다."

약점을 대놓고 드러내는 꼴인데도 오픈 마인드로 포상금을 지급하다니, 확실히 선진국은 선진국이다.

"솜씨 좋은 후배 해커가 버그 바운티 포상금 킬러입니다. 그걸 노리고 이번엔 영국의 한 은행 사이트를 공격했어요. 그러다 우연히 해킹을 시도하는 프로그램을 발견했구요. 얼떨결에 공격에서 방어로 전환했지만 내 후배는 밀렸고 은행 데이터는 죄다 털렸습니다. 금융권 증시가 술렁거렸고 기사화가 될 만큼 꽤 큰 사건이었죠. 다크 웹은 압니까?"

"대충은요."

"해커들은 자부심이 굉장히 강해요. 후배는 역추적했고 해킹 프로그램과 유사한 움직임을 포착한 곳이 한국이고 블록이라는 딥웹 사이트라는 것까지 알아냈습니다."

상체를 세운 하준이 담담하게 말을 이었다.

"아이디가 없으니 프로그램을 돌려서 비정상적인 경로로 접속했어요. 블록을 털기도 전에 후배 컴퓨터가 다운되었지만."

"경찰서 전체 컴퓨터가 다운된 것처럼요?"

하준은 짧게 고개를 끄덕였다.

"접속한 시간은 잠깐이지만 대강 파악은 했어요. 성범죄부터 살인 의뢰, 개인정보도 모자라 마약까지. 돈 되는 일은 그게 뭐든 가리지 않고 거래합니다. 추적이 되지 않는 암호화폐, 즉 비트코인으로 거래하며 다양한 범죄를 쇼핑하는 온라인 채널이라고 보면 됩니다."

형사들이 가장 최악질 강력범으로 마약 판매상들을 뽑는 이유는 본인 목숨은 물론 남의 목숨까지 아까운 줄 모르고, 물불을 가리지 않고 덤벼들어서였다.

"지금 후배 입장이 상당히 곤란해요. 멋모르고 접속했다가 블록에서 기를 쓰고 쫓고 있어요. 승인되지 않은 최초의 비정상적인 접속이라 제대로 확인하려는 것 같습니다. 개인의 장난질이면 그 해커를 처리할 테고, 정부의 단속이라면 사이트를 폐쇄하겠죠."

이쯤 되니 궁금해졌다.

"왜 후배가 아닌 유하준 씨가 제보한 거죠?"

검은 눈동자가 오만하게 빛이 났다.

"내 집에서 작업한 것도 있지만 후배보다 내가 더 뛰어납니다."

하준의 말에 단 한 번도 깊게 생각해본 적 없던 머릿속의 퍼즐 조각들이 빠르게 맞추어졌다.

PC방 못지않은 많은 컴퓨터들과 엄청난 사양, 그리고 그곳에 수시로 상주하던 대학 복학생 같던 유식까지.

"혹시 그 후배가 김유식이에요?"

대답 대신 하준은 대놓고 이름을 거론했다.

"유식이는 블록 운영자의 상대가 안 됩니다. 나도 블록 본거지 파악하려고 아이피를 쫓았는데 지구 몇 바퀴만 애꿎게 돌고 실패했으니까."

몸이 열 개라도 바쁜 이 남자가 해커 노릇은 언제 한 걸까.

유하준의 24시간이 감히 상상이 되지 않았다.

"결론은 둘 중 하나가 잡혀야 끝나는 게임이란 거네요. 그래서 경찰에 제보한 거고."

"이해가 빠르네요."

너무 이해가 빨라서 둘이 해결하기엔 너무 굵직한 사건까지 알아버렸다구.

"그럼 더더욱 우리 둘이 해결할 문제는 아니지 않나요?"

강희로서는 냉정하게 내린 판단을 하준은 별것 아니라는 듯 씨익 웃었다.

누가 보면 강희가 재밌는 이야길 해서 웃는 것처럼 말이다.

"어차피 작업은 나 혼자 할 겁니다. 아이피를 추적해서 본거지를 알아내면 경찰 인원 수십, 수백이 투입되어 해결하든 말든 내 알 바 아니고. 경찰엔 만일을 대비해서 제보한 겁니다. 서장이 실수로 블록을 접속하는 바람에 비공개 수사로 전환한 거고."

발끈하는 게 이상하다 했더니, 공공기관 아이피로 보란 듯이 접속한 그 멍청한 놈이 서장이었던 것이다.

"왜 주 형사님과 연인 흉내를 내야 하는지도 말해줘요?"

"말해주면 이해가 더 빠르겠죠."

"제대로 뚫리면 번지수까지 알아낼 겁니다. 내가 그걸 두고 보진 않을 테니 주소는 아니더라도 반경을 좁힐 수도 있고."

보이지 않는 상대와 싸운다는 사실에 소름이 돋았다.

"이젠 주 형사님이 대답해 봐요. 근접한 범인을 어떻게 추적할 겁니까?"

"가장 먼저 반경 안에 있는 CCTV를 샅샅이 뒤져서 수상한 움직임이나 동선을 파악하겠죠."

왜 골목에 CCTV가 없는 오래된 오피스텔을 선택했고 연인 행세를 해야 하는지까지 모든 게 이해가 되었다.

여형사가 드문 만큼 그만한 위장법도 없었고 단순한 방법이지만 효과도 좋아서 강희조차 자주 이용하는 수법이었다.

"지금 내 신분을 알고 있는 건 서장님과 주 형사님이 유일합니다. 성공하면 다행이지만 만약 실패할 것 같으면 이번 건은 최대한 빨리 접을 겁니다. 해킹이 아니라 아예 추적하지 못하도록 흔적을 깨끗하게 지워야겠지만."

자신이 한 일도 아닌데 이런 위험한 일에 뛰어든 그가 이해가 안 갔다.

"차라리 지금부터 흔적을 지우는 노력을 하는 게 어때요?"

하준의 눈빛에 순간적으로 무게감이 실렸다.

"경찰이 아니어도 나도 지키고 싶은 거 하나쯤은 있습니다. 거기에 적당한 애국심이 추가된 거라고 해두죠."

자신을 바라보는 하준의 눈빛이 짙어졌다.

안에선 파트너, 밖에선 연인

지키고 싶은 게 후배가 아니라 너고 추가된 건 애국심이 아니라 널 향한 미련이라고 말하는 것도 같았다.

"이젠 웃어줘요, 나한테."

"……이렇게 갑자기요?"

"손뼉이 맞아야 연기도 합니다. 그런데 주 형사님은 카페 들어온 순간부터 정색만 하고 있고."

안 보는 것 같으면서도 주시하고 있었나 보다.

"미안한데 난 연기자가 아니에요. 그렇게 쉽게 감정 이입이 안 된다구요."

"CCTV 영상 보존 기간이 대부분 1개월이라던데, 맞습니까?"

"법적인 의무는 없어요."

"혹시 블록 관계자가 이 카페 CCTV를 해킹하고 날 의심한다고 쳐요. 그래도 안 웃어줄 겁니까?"

하준의 말에도 강희는 더 정색했다.

"정 웃음 안 나오면, 내가 한 번 웃게 해줘요?"

유머라곤 1도 없으면서 무슨 유머를 하려고.

그 진지함이 웃겨서 웃자 덩달아 하준의 눈매도 부드럽게 풀렸다.

"주 형사님."

뭐야, 왜 이렇게 다정하게 불러.

"이왕 이렇게 된 거, 함께 일하는 동안은 잘 지냈으면 합니다. 그러니까 나 너무 미워하지 말아요."

아프게 긁어놓은 게 반나절도 안 되었는데 하준이 미워하지 말라고 말을 했다.

오히려 미움받을 건 난데, 도대체 어디까지 막 나가야 이 남자 날 미워할까.

"내 입으로 이런 말 하면 진짜 우스운 거 아는데. 사적인 거 하나만 물어봐도 돼요?"

"싫습니다."

부드럽게 풀린 눈동자를 굳히며 단호하게 선을 그었다.

"너무 야박한 거 아니에요?"

"그럼 나도 질문 하나 하게 해주든지."

"좋아요."

그제야 하준은 뭐가 궁금한 건지 말해보라는 듯 팔짱을 꼈다.

"컴퓨터 방에서 헤드셋으로 듣고 있던 노래, 어떻게 안 거예요?"

"그게 그렇게 용기 내서 물을 일입니까?"

질문이 시시하다는 의미였다.

"대답이나 해줘요."

"나도 모르게 흥얼거렸던 노랩니다. 가사 검색해서 알아냈고 집중해야 할 땐 그 노래만 들어요."

가장 좋아하는 노래까지 유진과 같다는 게 말이 될까. 그것도 쌍둥이의 교감이라고 할 수 있을까.

묻고 싶은 게 더 있었지만 질문은 하나만 하기로 했다.

먼저 제안한 건 난데 기분이 묘했다.

자꾸 휘둘리는 기분. 문제는 앞으로도 그럴 것 같다는 거고. 빠르게 감정을 추스른 강희는 차분하게 말했다.

"기본적으로 출근은 9시, 퇴근은 6시. 상황에 따라 유동적인 탄력 근무하는 걸로, 어때요?"

"형사님 편한 대로 해요, 그만 일어납시다. 데려다줄 테니까."

"저 혼자 갈 수 있어요."

"차 안 가져왔잖습니까."

"앞으로도 차 안 가지고 다니고 대중교통 이용할 거예요. 만일 대비해서 차적 조회라도 당하면 안 되니까."

양보하기 싫다는 것처럼 하준이 고집스럽게 바라보자 강희는 적당한 합의점을 내놓았다.

"그럼 딱 정류장까지만. 그 이상은 안 돼요."

퇴근만이라도 맘 편히 하고 싶었다.

Chapter 19

흘러가는 네 시간을 붙잡기 위해

파란만장한 하루를 보낸 덕에 잠을 설쳐 늦잠을 자버렸다.

허둥지둥 버스에 오른 강희는 그제야 승객들의 손에 들린 우산을 보았다.

제발 하늘아, 40분만 울지 말고 참아줄래.

그렇게 빌고 빌었건만 목표 지점 세 정거장을 남겨두고 비가 쏟아지기 시작했다.

하차 벨을 누르고 기다리는데 하준에게서 전화가 왔고, 강희는 먼저 자진 납세했다.

"진짜 진짜 미안해요, 하필 오늘 늦잠을 자버려서. 20분만 늦을게요. 금방 가요, 금방 가."

[뭐라고 하려고 전화한 거 아닌데.]

축축한 날씨와는 어울리지 않는 청량한 음성이 고막을 울렸다.

"그럼요?"

[버스 탔습니까?]

"당연히 탔죠."

[비가 많이 오는데. 우산은 당연히 챙겼겠죠?]

"못 챙겼지만 혹시라도 데리러 나온다는 말은 꺼내지도 마세요. 비 맞으며 기다리느니 뛰어가고 말지."

때마침 정류장에 멈춘 버스의 문이 열렸다.

"저 방금 버스에서 내렸거든요."

귓가를 때리는 시원한 빗소리를 들으며 점프하는 순간, 바쁘게 출발하는 버스의 큰 바퀴가 물웅덩이를 밟으며 물벼락을 날렸다.

다행히도 불쑥 끼어든 커다란 형체가 대신 막아주었고 놀란 시선을 내리자 흠뻑 젖은 남자의 바지가 보였다.

"저기, 괜찮으세요?"

조심스럽게 시선을 들자 커다란 우산을 푹 눌러쓴 남자가 서 있었다.

"그쪽 때문에 제가 물벼락을 피했네요. 어찌 됐든 감사합니다!"

감사 인사에 남자의 우산이 천천히 올라가면서 눈처럼 하얀 피부가 보이고 날렵한 턱이 보이고, 붉은 입술이 보이고, 오똑한 콧날이 보이고······ 어?

"이미 마중 나왔는데."

텁텁할 만큼 축축한 공기마저도 청량하게 만들 미소를 짓고 있는 남자는 다름 아닌 하준이었다.

"나 다시 돌아갈까요?"

"이미 마중 나온 거 왜 다시 가요."

강희도 그 정도로 야박하진 않았다.

"그럼 얼른······."

커다란 우산이 앞으로 점점 기울어지며 강희에게 그늘을 만들었다.

"들어오든지."

이왕 이렇게 된 거, 당당하게 먼저 팔짱을 낀 강희는 보란 듯이 턱 끝까지 치켜들었다.

"밖에서는 연인이라면서요. 이렇게 해야 하는 거 맞죠?"

팔짱을 낀 건 어디까지나 사가 아니고 공이라는 변명에 하준의 눈매가 부드러워지는 게 보였다.

"주 형사님, 하나만 물읍시다."

물어보라는 듯 바라보자 하준이 담담히 물었다.

"오늘 왜 이렇게 예쁘게 하고 왔습니까?"

방심한 사이 훅 치고 들어오는 한마디가 심장을 관통했다.

"무, 무슨!"

격하게 반응하는 심장을 부여잡으며 가까스로 대답했지만.

"나 원래 예쁘거든요?"

"압니다. 근데 더 예쁘게 하고 와서."

또다시 이렇게 치고 들어오는 거 진짜 반칙인데.

"연인 흉내 내자면서요. 이 정도는 꾸며줘야죠."

"그럼 팔짱보단 이게 더 나을 것 같은데."

"······네?"

방심한 사이 우산을 다른 손에 쥔 하준이 어깨를 감싸왔다.
"미쳤어요?"
"팔짱 끼는 거나 어깨 감싸는 거나."
그게 어떻게 같은데!
팔짱은 팔만 닿으면 되는데, 어깨를 감싸면 몸의 반 이상이 밀착되는데!
"……그냥 내가 팔짱 낄게요."
"이래야 더 연인같이 보일 텐데."
"이봐요, 유하준 씨."
"혹시 주 형사님, 내가 의식돼서 그럽니까?"
불리하면 꼭 저렇게 말하는 하준은 무척 교활하기까지 했다.

"어머니!"
로얄 백화점에 도착한 옥혜에게 재인이 서슴없이 다가와 팔짱을 꼈다.
"네가 졸라서 나오긴 했는데 좀 불편하구나. 그것도 이른 아침부터."
옥혜는 집을 벗어나는 일이 드물었다.
이른 아침이든 늦은 밤이든 하루 내내 손님이 수시로 들렀고 손님맞이에 소홀함이 없도록 아침부터 바쁜 하루가 시작이 되었다.

"어머니 눈뜬 아침부터 고생하실까 봐 제가 일찍 탈출시켜드린 건데요?"

자신이 탈출하면 시어머니인 명희가 배로 고생하는 걸 알 리 없는 재인은 천진난만하게 종알거렸다.

"허락도 받았으니 그렇게 걱정하지 마세요. 할아버지가 저한테 어머니랑 쇼핑 잘하고 오라고 하셨는걸요?"

"내가 걱정하는 건 아버님이 아니라……."

"아이 참, 어머닌 저만 믿으시라니까요? 우리 오늘 즐겁게 쇼핑해요. 저 어머니께 선물 이것저것 해드리고 싶단 말이에요."

예의 없이 재인이 말을 가르자 옥혜는 살포시 미간을 구겼다.

이 아이도 날 무시하는구나.

살갑게 웃으며 말은 하지만 바라보는 눈빛이 그랬고, 그 정도 눈치가 없는 것도 아니었다.

명품 전용관인 5층에 엘리베이터가 멈추자 미리 전화를 해놓은 듯 매장은 모두 텅 비어 있었다. 단정한 자세로 다가온 퍼스널 쇼퍼에게 재인이 부드럽게 말했다.

"내가 말해놓은 것들 다 준비되었죠?"

"이쪽으로 오십시오."

"재인아, 난 명품을 좋아하지 않는단다. 그냥 편하게 내려가서……."

그런데 말이 또 잘렸다.

"저 아니면 어머니가 언제 명품 사요? 제가 선물해줬다고 하면 할아버지도 아무 말씀 안 하실걸요?"

옥혜는 살며시 재인이 낀 팔짱을 뺐다.

"재인아, 난 명품을 못 사는 게 아니라 안 사는 거란다."

대단한 집안에 시집은 왔지만 사실 옥혜는 평범한 집안의 막내딸이었고 갑수의 집안도 검소했다.

손님에겐 후하게 베풀지만 근검절약이 가문의 신조 중 하나였고 가족 모두가 그걸 실천했다.

"그리고 네가 정말 내 며느리가 될지 안 될지 모르겠다만 이 말은 해주고 싶구나."

어린 시절부터 봐왔기에 재인의 사치스러운 쇼핑은 익히 알고 있었고 아무리 무시를 당해도 어른다운 조언은 해줘야 할 것 같았다.

"내 며느리로 들어오면 이렇게 사치스러운 쇼핑은 끊는 게 좋을 거야. 아버님이 그걸 용납 못 하셔."

그런데 재인은 오히려 생글생글 웃으며 속삭이듯 말했다.

"그건 어머니한테만 해당되는 거겠죠. 며느리 본분도 못 하는 어머니랑 본분 다하는 손자며느리랑 같을 리가 없잖아요."

"너 무슨…… 뜻이니?"

"전 어머니한테 없는 배경도 있고, 할아버지를 녹일 수 있는 애교도 있어요. 건강한 증손자들도 할아버지께 안겨드릴 만큼 몸도 건강하구요."

옥혜의 얼굴이 새하얗게 질리면서 꽉 쥐고 있는 손끝이 파들파들 떨렸다.

"어머니, 저 꼭 하준이랑 결혼할 거예요. 근데 그게 어머니 말에 껌뻑 죽는 며느리가 되겠다는 뜻은 아니에요."

그 손을 재인이 다정하게 잡았다.

"그리고 저 다 알아요, 어머니."

재인이 싫다는 저를 아침부터 불러낸 이유를 이제야 알 것 같았다.

하준과의 결혼을 확신하고 있는 만큼 최근에 집을 자주 드나드는 재인을 옥혜는 탐탁지 않게 보았다.

그걸 눈치채고 경고 차원으로 불러낸 거였다.

가슴에선 피눈물이 날지언정, 옥혜는 떨리는 목소리로 태연하게 물었다.

"네가…… 뭘 안다는 거니?"

"어머니가 애를 못 낳는 몸이고, 하준이 친엄마가 아니라는 정도? 부족하면 더 말씀드릴까요?"

휘청거리는 옥혜를 얼른 부축하면서도 재인은 말을 멈추지 않았다.

"걱정은 하지 마세요. 제가 그렇게 버르장머리 없는 앤 아니거든요."

재인이 다시 팔짱을 껴왔고 옥혜는 무언가에 홀린 듯, 영혼 없이 걸음을 옮겼다.

"적당히 시어머니 대우도 해드리고 할아버지한테 방패도 해드릴게요."

사근사근한 음성과 발랄한 걸음걸이로.

"근데 어머니, 저한테 먼저 시어머니 노릇 할 생각은 접으세요."

이미 너덜거린 심장에 다시 칼을 꽂았다.

"딱 제가 하는 것까지만 바라세요. 아시겠어요?"

가슴에서 흐르는 피눈물을 끝도 없이 집어삼키며 옥혜는 인형처럼 재인에게 끌려다녔다.

재인을 당해낼 재간이 옥혜에겐 없었고, 이 아이가 제발 며느리가 되지 않기를 간절히 바랄 뿐이었다.

샤워 대신 대충 드라이기로 물기를 말리고 강희는 컴퓨터 방으로 향했다.

타닥타닥타다다다다닥―.

가까이 다가서자 소리만큼 빠른 손이 보이고 모니터 가득 알 수 없는 명령어가 소나기처럼 내리고 있었다.

"타자 게임을 괜히 한 게 아니었네요. 손가락이 안 보여요."

추억 소환을 하고 나서야 강희는 아차 싶었다.

다행스럽게도 하준은 말 트집을 잡는 대신 담담히 대답했다.

"나도 타자 게임은 그날 처음 해본 겁니다."

"네?"

"타자 게임은 모니터를 가리려는 눈속임이었어요. 누군가 들이닥쳤을 때를 대비하기 위한."

하준이 일어나더니 자신이 앉았던 자리에 강희를 앉히고선 어깨 위로 스윽, 얼굴을 내밀었다.

"프로그램 돌려놨으니까 모니터링만 해줘요."

이대로 고개를 돌리면 그의 뺨에 입술이 닿을 것 같아 모니터만 죽어라 노려보았다.

그만큼 가까운 거리였다.

"모니터에 빨간불이 들어오면 엔터를 얼른 눌러줘야 해요. 혹시 자리를 비워야 할 땐 시프트 엔터. 이 정도는 어렵지 않죠?"

"빨간불이 들어온 건 안 좋은 의미죠?"

"아이디를 해킹해서 블록에 접속했어요. 빨간불이 들어온다는 건 내가 만든 추적 시스템을 누군가 역추적한다는 의밉니다."

"엔터를 치면요?"

"우리 쪽 아이피를 잘라낼 겁니다. 시프트 엔터는 프로그램을 잠시 멈추는 거고. 난 그럼 다시 샤워하고 나오죠."

하준이 컴퓨터 방에서 나가자 강희는 두 눈을 부릅뜨고 모니터를 노려봤다.

그런데 한참의 시간이 흘러도 하준이 돌아오지 않았다.

"무슨 샤워를 이렇게 오래해?"

상황이 상황인 만큼, 아무래도 확인을 해야 안심이 될 것 같아서 시프트 엔터를 누른 후 거실로 나왔다.

"유하준 씨, 안에 있어요?"

욕실 앞에 서서 노크를 해도 대답이 없어 문에 귀를 대보았지만 물소리는커녕 무서울 만큼 고요했다.

흘러가는 네 시간을 붙잡기 위해   161

"유하준 씨? 이번에도 대답 안 하면 저 욕실 문 엽니다? 부술 지도 몰라요."

마지막 경고에도 돌아오는 대답은 없었고, 문을 벌컥 연 순간, 실오라기 하나 걸치지 않은 하준이 눈에 들어왔다. 이제 막 타월을 손에 든 그와 눈이 마주쳐버렸지만 격하게 흔들리는 동공과 다르게 새까만 눈동자는 동요 없이 무감했다.

강희에게 시선을 떼지 않은 채 천천히 허리에 타월을 두르고 하준이 귀에서 뺀 건 이어셋이었다.

그걸 보니 정신이 번쩍 들었다.

"정말 미안해요. 대답이 없어서 무슨 일 있나 하고…… 얼른 옷 입고 나와요!"

당황해서 돌아서려는 순간…….

"이미 도망칠 타이밍은 놓친 것 같은데."

축축이 젖은 낮은 음성이 발목을 잡았다.

다시 돌아선 강희는 최대한 시선을 내리지 않으려 애쓰며 침착하게 대답을 했다.

"도망치는 게 아니라 멀쩡한 거 확인했으니 나가려는 거예요."

침착함은 딱 거기까지, 욕실을 나오자마자 그대로 주저앉아 버렸다.

온몸의 세포가 올올이 기억하고 있던 그의 나신을 무방비하게 봐버리니 심장이 터질 것처럼 쿵쾅거렸다. 근사한 몸을 이루고 있는 그 근육이 품고 있는 폭발적인 에너지와 놀라운 만큼 리드미컬한 움직임을 몰랐으면 몰랐지, 너무 잘 알고 있어서 미칠 것 같았다.

"이래서 사내 연애는 못 할 짓이라고 하는구나."

그렇게 노력해도 온갖 기억들이 소환되니 죽을 맛이었다.

눈빛 관리가 되지 않는데 실내이니 선글라스도 못 끼겠고.

"욕실에서 이어셋은 왜 끼고 있어선."

샤워를 오래 하는 건 취향이라고 치고 넘어가겠지만 이어셋은 짚고 넘어가야겠다. 비슷한 상황이 앞으로 일어나지 말란 법도 없고 위험이 닥칠 수도 있었다.

수건으로 머리를 털며 나오는 하준에게 강희는 일어나서 비장하게 말을 했다.

"우리 이야기 좀 해요."

두 사람은 거실 소파에 나란히 앉았다.

"우선 욕실로 무단 침입한 건 사과할게요. 근데 상황이 그랬다는 건 이해하죠?"

듣는 건지 마는 건지.

하준은 수건으로 머리칼의 물기를 터는 데 집중하고 있는 것 같았다.

방금 전 알몸 테러를 당한 사람이라고 하기엔 지독히도 태연했다.

"샤워한다는 사람이 한 시간이 다 되도록 안 나오고 노크해도 대답 없고. 저로선 당연한 판단이었어요."

"어제 밤을 새웠어요."

방관하는 자세로 있던 하준이 드디어 입을 열었다.

"컨디션이 안 좋을 땐 음악을 들으면서 반신욕을 해요. 그런데 여기선 할 수 없으니 의자에 앉아 물 맞으면서 잠시 졸았어요."

샤워하고 나와서인지 느릿한 손길로 머리칼을 쓸어 올리는 자태가 지독히도 나른했다.

"이어셋도 그래서 낀 거고. 그러니 주 형사님이 사과할 건 없어요. 내가 실수한 거니까."

따지면서 요구하려고 했는데 뭔가 상황이 좀 당황스럽다.

"앞으론 내가 더 조심하고 주의를 기울이도록 하죠."

깊고 진지한 눈빛으로 말을 하니 어떤 반박도 하지 못하고 피해자마냥 앉아 있을 수밖에 없었다.

바라보는 눈빛이 깊고 진지했다.

저 눈동자에 가득 담긴 게 뭔지 안다.

악착같이 눈을 보고 있지만 누군가 심장을 틀어쥔 것처럼 아파 왔다.

"그리고 앞으로도 변명은 하지 말아요. 주 형사님이 하는 건 다 그만한 이유가 있을 테니까. 충분히 이해해요."

제발, 제발…… 그 말만은 하지 마.

"난 주 형사님을 믿습니다."

그토록 듣기 두려워하던 말을 듣는 순간, 강희는 시선을 회피했다.

너는 날 못 믿었지만 난 여전히 널 믿어, 앞으로도 그럴테고.

마치 그렇게 속삭이는 것 같아서.

"나 화장실 좀……."

욕실로 달려온 강희는 세면대에 물을 튼 후 거울에 비친 엉망진창인 얼굴을 보았다.

"……다 봤겠지."

눈빛만 봐도 속마음을 읽어내는 하준이 모를 리가 없었다.

흔들리고 후회하고 있는 나를.

또한 내가 간 게 아니라 그가 보내주었기에 가능한 이별이었다는 것도 알고 있다.

"이젠 어떡하지?"

이놈의 은밀한 공조 수사는 언제 끝날지 모르는데 겨우 이틀 만에 이런 꼴이니 앞길이 막막했다.

강희는 두 손을 모아 싹싹 빌었다.

"하느님, 부처님, 삼신할매님, 신선님, 구미호님."

온갖 신을 죄다 끌어모았다.

"제발…… 제발 아니게 해주세요."

할 수 있는 거라고는 간절히 비는 것뿐이었다.

이 모든 것들이 제발 저를 흔들려는 하준의 계획이 아니기를.

⁂

창밖으로 어둑한 땅거미가 깔릴 즈음 혜리에게서 연락이 왔다.

통화를 끝낸 강희는 잠시 고민하다가 하준에게 말을 건넸다.

"전 이만 가봐도 될까요. 약속이 생겨서요."

"당연한 걸 묻네요."

"제가 더 도와줄 건 없나요?"

질문과는 전혀 엉뚱한 대답이 되돌아왔다.

"혜리 씨랑 최 검사 만나러 갑니까?"

여전히 모니터에 시선을 고정한 하준의 표정은 담담했다.

"유하준 씨가 별일 없다고 하면, 만날 생각이에요."

키보드를 두드리던 손을 멈춘 하준이 의자를 살짝 비틀어 강희를 보았다.

"나도 같이 가도 됩니까?"

내가 잘못 들었나?

헷갈려하는 그때, 하준이 다시 물었다.

"같이 가면, 안 됩니까?"

제대로 들은 게 맞았다.

"안 되는 건 아닌데. 유하준 씨가 왜 같이 가려는지는 모르겠네요."

"혜리 씨 안부도 궁금하고, 최 검과는 친구 먹기로 했고. 이유는 충분한 것 같은데."

대답을 망설이는 강희에게 하준이 최후 일격을 날렸다.

"괜한 걸 물어봤나 보네요. 신경 쓰지 마요. 이거 때문에 오늘도 밤샐 것 같으니."

그의 무서운 집중력을 두 눈으로 직접 보았기에 자신이 퇴근 후에 어떨지 뻔히 상상이 되었다.

그러면서 저 피지컬은 어떻게 유지하나 몰라.

"그럼 같이 가요. 가서 고기도 먹고 소주도 한잔해요."

하준에게 고기 몇 점이라도 먹여놓으면 왠지 마음이 편할 것 같았다.

술 한잔 마시는 게 뭐 대수라고 별일이야 있겠어?

하준의 부름에 30분 만에 달려온 유식은 강희에게 고개만 까딱하곤 컴퓨터 방으로 휙 들어가 버렸다.

문을 닫은 하준이 유식에게 차갑게 말했다.

"깍듯하게 대하랬지."

"형이야 사랑이라 쳐요. 근데 난 뭐요? 형사님이랑 아무것도 없거든요? 나한텐 도움 안 되는 불청객이나 다름없는데."

"블록 해킹한 건 너야."

그러자 유식도 억울하다는 듯 따졌다.

"솔직한 말로 형이 흔적 지워주면 끝나잖아요. 근데 왜 위험을 감수해요?"

"그럼 네가 하든지."

"할 수 있으면 내가 하죠. 누군 하기 싫어서 안 해요?"

문제는 유식의 실력이었다.

지구 몇 바퀴를 돌면서까지 악착같이 아이피를 쫓는 놈들을 따돌리고 잘라낸 것도 하준이었다.

하지만 흔적만 지우면 될 일을, 경찰에 신고하고 상황을 이렇게 벌여놓은 것도 하준이고.

흘러가는 네 시간을 붙잡기 위해

그놈의 사랑이 뭐라고 천재 하나를 바보로 만들어버린 것이다.

"네 마음에 애국심은 눈곱만큼도 없냐?"

"와, 그러지 맙시다. 형도 애국심으로 이러는 거 아니잖아요. 집착 쩌는 사……."

하준이 무섭게 노려보는 바람에 유식은 입을 다물었다.

"얌전히 집 잘 지키고 있어."

차에 오르면서 진혁은 확인차 혜리에게 전화를 했다.

"현오는 늦게라도 오라고 하고. 약속만 깨지 마라."

[너 때문에 말은 했는데 그냥 둘이 보지? 귀염둥이랑 둘이 만날 시간도 부족해 죽겠는데.]

"내가 말하면 바쁘다고 거절해. 근데 혜리 네가 말하면 무조건 오케이잖아."

자신이 보자고 하면 강희는 한사코 바쁘다고 거절했다.

정말 몸이 열 개라도 부족할 만큼 일을 몰고 다니니 뭐라고 하지도 못했다.

하지만 그 사건 이후 혜리에겐 없는 시간이라도 내는 강희였다.

[무슨 검사가 이렇게 치사해? 친구나 이용해 먹고.]

"김혜리, 검사는 뭐 사람 아니냐?"

호랑이 검사라도 사랑 앞에선 한없이 작아지고 치사해졌다.

혜리, 네 핑계 아니면 볼 방법이 없는데 어쩌라고.

"나 다른 사건 다 제쳐두고 김한영한테 매달렸어. 한 달 내내 제대로 퇴근한 적도 없고, 3Kg이나 빠졌어. 그 새끼 형량을 5년 끌어낸 내 공 좀 인정해주라."

[항소하면 줄 수도 있잖아?]

"김한영 아빠가 이번에 당 대표 유력해서 집에서 개 포기했어. 항소해도 더 늘어나지 줄진 않을 거다."

[그 새끼 최고 형량 끌어내줘. 할 수 있지?]

"걱정 마라. 이번에 집안 빽 믿고 설치는 놈들 겁 좀 먹으라고 그 새끼 본보기로 삼을 생각이니까."

[오오, 검은 권력에 맞서는 최 검, 멋진데?]

"언젠 치사하다며?"

[아 몰라, 오늘 고기는 네가 쏴.]

전화를 끊은 진혁은 절로 콧노래가 나왔다.

제 손에서 날아가버렸던 나비가 다시 돌아왔고 김한영 일도 해결했겠다, 강희에게 천천히 다가갈 생각이었다.

다신, 절대 안 놔줘.

차를 세운 후 '한궁'이라는 고깃집에 입성하려는 찰나, 진혁의 눈이 휘둥그레졌다.

"……뭐야."

강희 옆에 서 있는 하준을 노려보며 진혁은 천천히 다가섰다. 시선을 느낀 하준도 지지 않고 그 눈빛을 받아내며 먼저 강희에게 말했다.

"형사님은 먼저 들어가시죠. 친구끼리 인사 좀 하고 같이 들어갈 테니."

고개를 내저으며 강희가 식당 안으로 사라지자마자 진혁이 으르렁거리듯이 먼저 입을 열었다.

"유하준 씨가 어떻게 여기 온 겁니까?"

"친구 먹기로 했는데 말 놓지?"

아드득 이 가는 소리에 하준의 입꼬리가 느슨하게 당겨졌다.

"저번 만남에선 날 반겼던 것 같은데, 오늘은 아닌가 봐?"

"그거야 우연이었고."

"지금은, 경쟁자라 이건가?"

"차인 놈은 경쟁자가 될 수 없지. 그거 모르나?"

여전히 이글거리는 눈빛을 한 진혁도 픽, 웃었다.

"아직 볼 때가 아니라더니, 이렇게 빨리 나타난 이유가 뭐지? 단호박인 강희한테 어떻게 허락을 받아냈을까 그것도 궁금하고. 그땐 비밀로 해달라고 하더니 널 공격한 범인을 잡은 게 나라고 밝히기라도 했나? 이럴 때를 대비해서?"

이쪽 계통은 다 이런가, 둘 다 짜 맞추는 실력이 일품이었다.

"그 일은 밝힐 생각 없어, 앞으로도."

"그럼 계속 그렇게 해. 차였으면 남자답게 깔끔하게 포기하고 강희 주변에서 얼씬거리지도 말라고."

비슷한 눈높이에서 두 남자의 눈빛이 칼처럼 팽팽하게 부딪쳤다.

"검사 친구, 잘 들어. 오늘은 선전포고하러 온 거야. 긴장 좀 하라고."

"……뭐라는 거야."

"주강희, 내가 다시 되찾을 생각이거든."

진혁이 픽 웃었다.

"꿈 깨, 유하준. 주강희는 한 번 돌아서면 뒤를 돌아보지 않거든."

그건 너한테나 해당되는 말이고 나한테는 아니거든.

그런 뜻으로 진혁의 어깨를 툭툭 두드린 하준은 희미한 미소를 지으며 먼저 안으로 들어갔다.

결국 현오는 바쁜 업무에 치여 오지 못했다. 덕분에 혜리와 강희는 두 남자의 팽팽한 기 싸움을 구경하고 있었다.

"혜리야, 원래 남자들은 저렇게 유치하니?"

자리를 잡자마자 고기는 굽지도 않고 경쟁하듯이 소주잔을 주고받는 두 사람을 보고 있으니 강희는 한숨만 나왔다.

친구 먹었다면서 왜 또 경쟁 모드인지, 시간이 흘러도 달라진 게 하나도 없었다.

"원래 남자들 싸움이 그래. 주먹 아니면 술이지 뭐."

도저히 적응이 안 되는 강희와 달리 재밌다는 표정으로 싱글거리는 혜리를 강희는 기가 막힌 표정으로 보았다.

"강희야, 근데 저 둘 은근히 잘 어울리지 않니? 조만간 베프 먹겠어. 저런 거 보면 유하준 씨도 사람이구나 싶어. 평소엔 바늘 하나 안 들어갈 것처럼 빈틈없더니, 너무 귀엽다."

혜리의 말을 강희도 어느 정도 인정했다.

술 앞에 장사 없다더니, 인간적으로 풀어지는 하준의 보기 드문 모습을 보았다.

원수를 외나무다리에서 본 것처럼 서로를 못 잡아먹어 안달인데도 그 모습이 묘하게 잘 어울렸다.

싸우고 술 마시고 풀고, 또 싸우고 술 마시고 풀고 하는 게 불알친구들이나 하는 짓이었다.

혜리가 강희의 옆구리를 쿡, 찔렀다.

"우리는 컨디팜이나 사러 가자. 취하기 전에 그거라도 먹여놔야 내일 속 덜 뒤집어질걸?"

두 사람이 일어나도 서로가 술잔을 제대로 비우냐 안 비우냐 신경을 곤두세우느라 남자들은 쳐다보지도 않았다.

컨디팜을 산 두 사람은 편의점 앞에 마련된 간이 의자에 앉았다.

밤하늘을 올려다보는 강희에게 혜리는 조심히 물었다.

"강희야, 너 하준 씨랑 다시 잘해보려는 거야?"

"그냥 업무적으로 좀 얽혔어. 혼자 두고 나오면 밤새며 일할 것 같아서 같이 나온 거고. 그게 전부야."

"너 진짜 잊었어? 유하준 씨 보면 이젠 아무렇지 않아?"

대답 대신 강희는 쓰게 웃었다.

눈만 마주쳐도 심장이 떨리고 손끝이라도 스치면 움찔거리는 게 예전보다 더 심했다.

"나 하준이 사랑해서 헤어진 거야. 너무 사랑해서, 그리고 미안해서. 그걸 반복하고 싶진 않아. 그래서 더 잘해볼 마음 없어. 그러면 안 되는 거니까."

단호한 대답에 혜리의 눈에 안타까움이 가득했다.

"하준이도 그 마음 알고 나 보내준 거야. 그리고 본인이 하는 말은 꼭 지키는 남자야. 그러니까 미련 있어도 잘 감출 거야. 이번 일만 마무리되면 다신 볼 일도 없고."

그때까지만 어떻게든 참자. 견뎌내자, 주강희.

"가자, 두 사람 더 취하기 전에 이거 마시라고 해야지."

식당으로 들어가자 보이는 두 남자의 모습은 아주 가관이었다.

조폭들도 무서워서 도망 다닌다는 호랑이 검사 최진혁.

수식어는 많지만 공식적으로 하나만 뽑자면, 신의 손을 가진 디자이너 유하준.

그렇게 대단한 두 남자가 테이블에 머리를 박을 듯 말 듯 꾸벅거리면서도 술잔만큼은 높이 치켜들고 있었다.

빠르게 다가간 강희는 테이블 위에 컨디팜을 탕 내려놓았다.

"둘 다 정신 차리고 이거 먼저 마셔."

그런데도 반응이 없어 손에 들린 술잔을 빼앗자 그제야 몽롱하게 풀린 두 수컷들의 눈이 강희에게 향했다.

먼저 검사라는 수컷은.

"강희야……."

울먹거리며 강희를 불렀다.

그리고 바통 터치를 받은 천재 디자이너라는 수컷은.

"주 형사님……."

아주 애절하게도 불렀다.

얼씨구 둘이 아주 환상의 수컷 콤비네.

혜리가 뒤에서 키득거리며 휴대 전화로 영상을 찍고 있는 그때, 진혁이 갑자기 강희의 손을 덥석 잡았다.

"주강희, 이 새끼야, 나야? 선택해."

술을 아주 오지게 마셨네.

"최 검, 너 술 그만……."

하준이 조심스럽게 다른 손을 잡아 왔다.

"주 형사님."

저를 올려다보는 살짝 풀린 검은 눈동자를 보며 강희는 생각했다.

제발 유하준 너만은…….

"최 검입니까, 납니까?"

알코올의 위대함을 다시 한 번 느끼는 순간, 두 남자의 열렬한 구애에 식당 안이 후끈 달아올랐다.

사람 구경만큼 재미난 구경이 없고 특히나 지금은 더더욱 그랬다.

검은 슈트, 우람한 근육이 자아내는 탄탄한 핏, 날카로운 이목구비가 남자다운 진혁.

검은 트레이닝복, 모델처럼 늘씬하게 떨어지는 근사한 핏, 섬세한 이목구비가 섹시한 하준.

정확히는 두 훈남의 눈에서 불꽃을 튀게 한 강희에게 시선이 몰렸고 어느 테이블에선 내기까지 하고 있었다.

슈트인가 트레이닝복인가, 근육남인가 모델남인가, 남자다움인가 섹시함인가.

혜리마저도 궁금하다는 듯, 뒤에서 은근한 재촉을 했다.

"주강희, 속 그만 태우고 얼른 왕자님을 선택해."

매섭게 노려보는 강희의 눈빛에 혜리는 얼른 시선을 피했다.

강희가 대답을 하지 않자 수컷들의 유치한 신경전은 또다시 벌어졌다.

"우리 셋이 모이면 그게 룰이야. 아주아주 오래된. 먼저 취한 사람 책임지는 거. 항상 집 앞까지 고이 데려다주지."

하준을 바라보는 진혁의 눈은 감히 버림받은 애인 주제에 네가 오랜 우정을 이길 것 같으냐며 득의양양했다.

"룰대로라면 주 형사님 말고 혜리 씨도 된다는 거군."

말 한번 잘못했다가 트집이 잡혔다.

"현오 오면 사이좋게 나가. 난 주 형사님께 부탁할 테니."

진혁의 눈썹이 꿈틀거렸다.

"대차게 차인 놈이 자신감이 넘친다? 강희가 널 데려다줄 것 같아?"

"10년 넘게 대시도 못 한 너한테 들을 말은 아닌 것 같은데."

가만히 대화의 맥락을 듣고 있자니 사랑의 작대기가 아니라 대리 기사의 작대기 같다.

"좋은 말 할 때 유하준 네가 현오랑 가라."

"어쩌냐, 최진혁. 난 주 형사님 아니면 안 되는데."

으르렁으르렁, 콱! 어흥, 어흥, 덥석! 흡사 영역 싸움을 하는 수컷 같았다.

"강희야, 저 둘 자연스럽게 서로 이름 부른다? 진짜 친해졌나 봐, 완전 웃겨."

두 수컷들에게 손목만 잡히지 않았다면 물론 강희도 관전했을 것이다.

"이 새끼가 진짜, 억!"

"검사 친구 진정해, 흥분하면 지는……!"

잡혀 있는 손목을 뿌리친 강희가 두 수컷들의 뒤통수를 후려친 것이다.

"좋은 말 할 때 둘 다 입 닥쳐."

낮게 깔린 그 한마디에 으르렁거리던 수컷들이 순식간에 얌전해졌다.

"이것들이 어디서 날 대리 기사 취급해."

지금 혜리의 눈에 보이는 건 사자 두 마리와 조련사 한 명이었다. 강희의 손에 보이지 않는 채찍이 쥐어진 것 같은 착각까지 들었다.

야무지게 자리에 앉은 강희는 진혁에게 먼저 술잔을 내밀었다.

"따라."

눈치를 보던 진혁이 잔에 술을 반쯤 채워줬다.

"최진혁, 너 나한테 정이 없나 보다?"

투명한 액체가 잔에 가득 채워지자 강희는 깔끔하게 원샷했다. 그 잔을 이번엔 하준에게 내밀었다.

"따라줘요."

가만히 강희를 바라보던 하준이 잔에 술을 꽉 채워준다.

하여간 잔소리 들을 짓은 절대 안 한다니까.

입 안에 깔끔하게 털어 넣은 후 다시 진혁에게 잔을 내밀었다.

이번엔 말도 필요 없었다. 알아서 진혁이 술잔을 채웠다.

"나 누구한테도 대리 기사 노릇 못 해."

너희들만 취할 줄 알아? 나도 술 마실 줄 알고 취할 줄 안다고. 주사도 부릴 줄 알고 진상 부릴 수도 있다고.

"나도 술 마실 거거든. 그것도 코 비뚤어질 만큼 엄청."

정신이 확 든 표정으로 앉아 있는 두 남자를 보며 강희는 생각했다.

꼭 이렇게 세게 나가야 얌전해진다니까, 이놈의 수컷들은.

하준이 술을 따르지 않고 가만히 바라보자 강희는 강렬한 한 수를 던졌다.

"술 따라주기 싫어요? 그럼 병째로 먹지 뭐."

그제야 하준이 얼른 술을 따라주었고 그 술을 마시며 강희는 속으로 투덜거렸다. 진혁이야 그렇다 치고, 하준까지 그럴 줄은 몰랐다 이 말이다.

기껏 걱정되어서 고기 좀 먹이려고 데리고 왔더니 먹으라는 고기는 안 먹고 술만 들이부어? 그것도 진혁이랑 유치한 신경전까지 벌이면서?

그 눈빛을 알아먹은 걸까.

"내가 잘못했습니다."

그의 사과에 강희가 아닌 진혁과 혜리의 눈이 동그래졌다.

'사랑해, 미안해, 잘못했어.'라는 말은 세상에서 가장 쉽지만 가장 어려운 말이었다.

"주 형사님 신경 쓰이게 해서 미안해요. 다신 이런 일 없을 겁니다."

그것도 유하준이란 대단한 남자가 다른 사람들이 보는 앞에서 너무도 쉽고 진지하게 했다.

"술은 원하는 만큼 얼마든지 따라줄게요. 어려운 거 아닙니다."

빈 잔에 가득 채워주는 술을 강희는 깔끔하게 원샷했다.

"그 대신 고기도 같이 먹어요."

이번엔 고소한 기름장을 찍은 한우 한 점을 입가에 가져왔다.

"술만 마시면 속 쓰립니다."

그때부터 하준은 끔찍하게 강희의 술과 안주를 챙겼다.

힘줄이 싫다고, 너무 익었다고, 혹은 너무 핏물이 있다고, 고깃덩이가 너무 크다고 강희가 별 트집을 다 잡아도 하준은 화내긴커녕 마냥 행복하다는 듯 다 맞추어준다.

그런 두 사람을 바라보던 혜리는 왜 강희가 하준에게 푹 빠졌는지 알 것 같았다.

저 얼굴과 피지컬에, 능력 되고 성격 되고 집안까지 되는 완벽남이 모든 걸 다 맞춰주고 양보하고 배려해주고 져주는데 어떻게 버티겠는가.

더 대단한 건 모든 걸 맞추어주면서도 자신이 원하는 대로 강희를 컨트롤하는 저 남자였다.

오늘의 목적은 주강희를 마음껏 먹이는 것이고 하준은 지금 그 목적을 달성 중이었다.

혜리는 조용히 웃었다.

주강희, 내 말이 맞잖아. 넌 이 남자를 힘들게 하는 게 아니라 행복하게 해주는 거라니까?

두 사람을 묘한 마음으로 지켜보는 진혁은 혜리처럼 흐뭇한 게 아니라 씁쓸했다.

별것 아닌데도 두 사람 사이에 끼어들 수가 없는 자신이 방해꾼 같고 짙은 패배감이 느껴졌다.

그때 혜리가 진혁에게 술잔을 내밀었다.

"……잔 받아."

술을 가득 채워준 혜리가 말없이 진혁의 어깨를 두드려주었다.

최진혁 넌 절대 끼어들 수 없으니 포기해.

그 메시지가 전달되자 다디달았던 술이 입 안에서 쓰게 번졌다.

현오가 차에서 내리자마자 부랴부랴 식당으로 들어가니 아주 볼만했다.

진혁은 팔짱을 끼고 다리를 꼰 채 의자 뒤로 목을 젖히고 자고 있었다.

몸을 비틀대면서도 강희는 술을 마시고 있고, 하준은 말짱한 얼굴로 술을 따라주고 있었다.

현오를 발견한 혜리가 반가운 얼굴로 다가왔다.

"귀염둥이, 왔어? 생각보다 많이 늦었네."

"일이 너무 많아서."

강희의 공백이 엄청나다는 걸 팀원들 모두 절실하게 느끼고 있었다.

경찰대라는 명성답게 두뇌 회전도 빠르지만 발로 뛰는 집요함까지 갖춘 팀장이 없으니 수사 진행이 더디고 일거리는 쌓여만 갔다.

"그런데 무슨 일이에요?"

혜리는 웃으며 어깨를 으쓱해 보였다.

"좋아 보이지 않아?"

"그니까 뭐가요?"

"강희, 많이 취하면 더 정신 바짝 차리잖아. 필름은 끊길지라도. 근데 지금은 완전 정신 놨어."

강희는 자는 모습을 함부로 보이지 않았고 혹시 자더라도 어던가에 혼자 틀어박혀서 잠이 들었다.

정신은 놓더라도 자세만은 흐트러지지 않는데 지금 강희는 완벽하게 무너졌고 무방비 상태였다.

몸을 흔들거리면서도 잔을 내밀면 하준은 술을 따라주었다.

"팀장님, 그만 마셔야 할 것 같은데."

"아주 가끔씩은 꽐라 될 때까지 마시는 것도 나쁘지 않아."

팔짱을 낀 혜리가 작은 몸을 현오에게 의지해왔다.

"강희는 하준 씨한테 맡기고. 우리는 불쌍한 최 검이나 데려다주자."

탐탁지 않은 표정으로 두 사람을 보고만 있는 현오에게 혜리가 다시 속삭였다.

"우리가 사라져줘야 두 사람의 밤이 시작돼. 진실과 진실이 오가는 취중진담."

그토록 대단한 남자가 술에 취한 팀장 앞에서 어쩔 줄 몰라 하는 걸 보고 있으니 조금은 후련한 것도 같고.

그래서 현오는 하준에게 다가가 진지하게 물었다.

"저희 팀장님, 확실히 책임져주실 거죠?"

대답 대신 짧게 고개를 끄덕이는 짙은 눈동자가 수천 마디 말보다 믿음이 갔다.

"팀장님 집은 아실 테고. 유하준 씨만 믿고 전 최 검사님 데리고 나갑니다."

다시 한 번 느끼지만 생긴 거 하나는 정말 끝내줬다.

우리 팀장님, 은근 얼빠란 말이지.

"유하준."

퍽, 꽤 다부진 주먹이 하준의 등에 꽂히자…… 아프고.

"넌 나쁜 자식이야."

찰싹찰싹, 매운 손이 등에 스매싱을 날리자…… 따갑다.

"개새끼보다 네가 더 나쁘다구."

머리카락을 얼마나 세게 잡아당겼는지 눈물이 핑 돌 정도였다.

그전에 취했을 땐 키스라서 방심했는데, 오늘은 술주정이 과격했다.

아니면, 나한테 쌓인 게 많아서인지도.

"네가 뭔데 날 업어! 나도 내 다리 있거든? 나도 너처럼 슈퍼카 있거든? 경광등 올리고 달리면 네 차보다 더 빠르거든?"

내가 너한테 단단히 눈이 멀고 미치긴 했나 봐.

이런 주정까지 예쁘고 사랑스럽게 느껴지는 걸 보면.

"근데 유하준 너, 왜 또 나타나서 날 흔들어?"

네가 내 등에 업혀 있다는 게.

"그 얼굴로 그렇게 나타나면 사기캐 아니냐? 승산이 없잖아, 승산이."

나에게 흔들리고 있다는 귀여운 너의 취중진담이.

"내가 너 또 힘들게 해줘? 막 고생시키고 막 이용해 먹고 또 버려줘? 그럼 다시 떠날래?"

큰소리쳤다가 협박까지 하더니 갑자기 등에 얼굴을 파묻곤 대성통곡을 했다.

"흐어엉!"

주강희도, 여러 개의 인격체가 있구나.

"너 없이 잘 못 지내고 있는 거 구경 왔지? 그런 거지? 쌤통이다, 생각했지?"

얼마나 서럽게 우는지, 등가가 축축하게 젖어들었다.

"나쁜 자식아, 나 울리니까 좋냐? 좋냐고!"

어 좋아, 좋아 죽겠어, 주강희.

내 등에 업힌 채, 나에게 널 맡긴 채 내 앞에서만 우는 네가.

등에 업혀 있던 몸이 추욱 늘어지는 걸 보니 지쳐서 잠이 든 것 같다.

"울보 다 됐네, 주강희."

큰맘 먹고 보내줬으면 약속이나 지키던지, 약속도 못 지킬 거면서 버티기는 왜 버텨.

앞으로도 못 지킬 거면 속 그만 태우고 빨리 좀 넘어와 주든가.

네 말대로 조금은 원망스럽긴 하지만.

"그래도 고맙다, 주강희."

자신의 집까지 도보로 1시간 반이지만 하준은 기꺼이 걷는 걸 선택했다.

이런 핑계로라도 너와 함께하는 이 시간을 붙잡고 싶고, 멈추지는 못하더라도 느리게 흘러가게 하고 싶어서.

"나한테 또 흔들려줘서."

등을 적셨던 그녀의 눈물은 가슴으로 스미고 하준의 새하얀 이마에 송글송글 땀방울이 맺혔다.

"여전히 날 사랑해줘서."

내딛는 한 걸음 한 걸음마다 간절한 소망이 담겼다.

1시간 50분 만에 집에 도착하자 유식이 붉게 충혈된 눈으로 컴퓨터 방에서 나왔다.

"수고했다. 이제 그만 가도 돼."

하준의 등에서 잠이 든 강희를 힐긋 본 유식이 아무 말 없이 나갔다.

침실로 들어가려는 순간 강희가 갑자기 몸부림을 치며 헛구역질을 해서 욕실로 데려갔다.

바닥에 내려놓자마자 강희는 변기를 움켜쥐고 머리를 박았다.

"우욱…… 웁!"

속을 깨끗하게 비운 후 늘어지는 강희의 입과 옷을 본 하준의 눈매가 가늘어졌다.

……씻겨주진 못해도 닦아줘야 할 것 같은데.

"주 형사님 일어나봐요."

꼼짝도 하지 않자 잠시 고민하던 하준은 칫솔을 가져왔다.

"아―만 해줘요, 내가 알아서 칫솔질은 할 테니."

다행히 입을 벌려주어서 양치질을 끝내고 입 안을 헹구는 것까진 성공했다. 강희가 화장을 안 해서 다행이라고 생각하며 따뜻한 물을 적신 수건으로 얼굴과 몸을 닦아주었다. 티셔츠만 벗긴 후 강희를 안아 침대에 눕힌 후에야 짙은 한숨이 새어 나왔다.

곤히 잠이 든 강희의 옆에 쭈그리고 앉은 채 하준은 조용히 물었다.

"주강희, 나한테 힘들다고 물어본 적 있어?"

잠이 든 강희는 대답이 없다.

"물어본 적도 없으면서 네가 어떻게 알아. 내가 힘든지, 감당하는 건지, 희생하는 건지."

마트에서 강희는 원망스럽게 바라보며 말했다.

─혼자서만 그렇게 다 감당하고 희생하려고 하지 마요. 그게 오히려 상대방 숨통을 조이는 거니까. 자신 없게 만들고 도망치고 싶게 만들어요.

하준은 강희가 자신에게서 도망친 이유를 너무 뒤늦게 깨달았다.

왜 난 너와 진지한 대화를 나누지 못했을까.

나만 널 이해하고 배려하고 사랑해주면 되는 줄 알았고, 지독한 사랑에 눈이 멀어 사랑하는 사람의 진짜 속마음을 헤아리지 못했다.

"널 만나고 나서야 행복이란 게 뭔지 알았어."

주강희에게 하는 모든 것들이 다 행복이었고 그 행복에 눈이 멀어 그녀가 숨이 막혀 도망치고 싶을 만큼 일방적인 사랑을 퍼부었다.

"근데 왜 네 멋대로 혼자 판단하고 도망가."

난 힘든 게 아닌데.

행복해서 죽을 것만 같았는데.

네가 내 행복이고 낙이고 삶의 목표인데.

난…… 너 없으면 안 되는데.

살며시 기울어진 그림자가 강희의 얼굴 위로 드리워지며 닿을 듯 말 듯 입술을 배회하던 움직임이 귓가로 향했다.

"주강희, 나 목숨 걸고 여기까지 온 거야."

내 삶의 마지막 기회라고 생각하고 모든 걸 버리고 모든 걸 걸었어.

"이제 네 말대로 그만하려고."

널 향한 나의 배려와 이해는 딱 여기까지.

"그러니까 단단히 각오해."

나는 무슨 수를 써서라도.

"다신 너 안 놔줘."

너를 다시 되찾을 생각이니까.

Chapter 20

나한테 돌아오기만 해

 이른 아침, 하준은 주방에서 스피커폰에서 흘러나오는 옥혜의 목소리에 집중했다.
 [육수가 충분히 우러났으면 콩나물 한 움큼 넣고 뚜껑은 꼭 닫아주렴. 끓기 전에 뚜껑 열면 비린내 날 수 있으니 조심하고.]
 "이게 끝이에요?"
 [팔팔 끓으면 뚜껑 열고 새우젓으로 간해. 썰어놓은 홍고추와 파는 국을 그릇에 담은 후에 올려주면 비주얼도 좋을 거다.]
 "아침이 제일 바쁘실 텐데 제가 시간 뺏었네요."
 [아들 전화는 항상 반갑지. 우리 아들 요리시킨 해장국 주인이 누군지 엄마가 물어봐도 되겠니?]
 "물어보고 말고 할 것도 없는 거 아시잖아요."
 조용히 웃는 소리가 넘어왔다.
 [아들, 엄마가 힘이 없어서 너무 미안해.]
 "그런 말 마세요."
 피 한 방울 안 섞인 아들을 금이야 옥이야 키운 옥혜의 마음을 하준이 모를 리가 없었다.

저를 바라보는 눈빛만 봐도 옥혜가 얼마나 자신을 사랑하는지 알 수 있었다.

[그럼 맛있게 끓여주려무나.]

전화를 끊은 하준은 컴퓨터 모니터라도 되는 것처럼 냄비에서 시선을 떼지 않았다.

하나에 집중하면 끝장을 봐야 하는 성격이었다.

국이 팔팔 끓기 시작하자 옥혜가 알려준 대로 새우젓을 조금 넣고 간을 맞추었지만 뭔가 아쉽다.

속이 풀릴 만큼 시원하지 않아.

잠시 고민하던 하준은 냉장고에서 강희가 사 온 모듬 해물을 한 주먹 꺼내서 넣었다.

"처음치곤 뭐, 나쁘지 않군."

해장국은 끓여놨으니 이번엔 청소를 할 차례.

편하고 깨끗한 분위기에서 강희가 기분 좋게 해장을 했으면 하는 마음에 작은 공간은 빠르게 청결하게 바뀌어갔다.

청소까지 끝낸 후에야 하준은 침실 문을 보았다.

"콩나물국 먹는 거 보고 싶은데."

요리도 청소도 자신 없다던 강희가 떠올라 미소가 지어졌다.

지금처럼 내 아내를 위해 요리하고 청소하고 살림하는 게 꿈꾸던 청사진 중 하나였다.

물론 그것들이 적성에 맞지 않으면 사람을 부리면 되는 거고.

부드러운 미소 끝에 짙은 쓸쓸함이 배였다.

"주강희, 난 준비가 되었어."

너만 내게 오면 되는데.

"그게 그렇게 어려운 건가."

결혼 후엔 내가 한가해져야 하기에 결혼 준비와 함께 벌려놓았던 일들을 수습하느라 너무 바빴다.

널 더 보살피고 더 볼 수 있고 더 사랑해줄 수 있을 것 같아서 그런 건데 조금 덜 바쁘게 움직여야 했다는 후회감도 밀려들었다.

자유로운 주강희를 배려와 이해심, 사랑이란 이름으로 제 틀 안에 가두려고 했다니.

그 때문에 결국 변수가 생겼지만 그래도 그의 청사진은 변하지 않았다.

"이젠 몸이나 좀 풀까."

하준은 베란다로 향했다.

"……주강흽니다."

눈도 뜨지 못한 채 전화를 받자 혜리의 낭랑한 목소리가 들려왔다.

[어제 잘 들어갔어?]

"잘 들어가고 할 게 어디 있어."

[나 어제처럼 너 취한 거 처음 보는데?]

내가…… 취해?

[유하준 씨가 잘 데려다줬지? 아니면 혹시…… 같이 있었어?]

풀로 붙인 듯 안 떨어지는 눈꺼풀이 번쩍 뜨이면서 악착같이 어젯밤의 기억을 더듬었다.

하준의 침실임을 깨닫자 싸한 감각이 등줄기를 훑었지만 다행히도 제 옆에 누군가 있었던 흔적은 없다.

"……하아."

안도의 한숨도 잠시였다.

[너 진짜 유하준 씨랑 무슨 일 있었구나? 뭔데? 뭐냐구, 응?]

"몰라, 기억 안 나."

[나한테도 비밀로 하려는 건 아니구?]

"진짜 생각 안 나. 나중에 통화해."

전화를 끊고 시간을 확인하니 오전 8시 40분.

"어떻게 된 게 기억나는 게 하나도 없지?"

뭘 알아야 대책을 세우는데 벗겨질 것 같은 빈 위장처럼 머릿속도 비었다.

침대에서 내려와 창문을 열자 찬 공기가 훅 들어왔다.

드러난 맨살에 소름이 돋아 팔을 감싸던 강희는 브래지어만 하고 있는 상체를 보았다.

"후아, 침착하자, 주강희."

근육도 쑤시지 않고 피부에 어떤 흔적도 없는 걸 보면 하준과 무슨 일을 치른 건 아니다.

그럼 왜 브래지어만 하고 있느냐.

"나 어제…… 토했구나."

그대로 쭈그리고 앉아 머리를 감싸 쥐었다.

"미쳤어, 주강희! 창피해서 어떻게 봐!"

하지만 언제까지 이렇게 혼자 자책하고 있을 순 없는 노릇.

"내가 또 실전에 강하잖아?"

침대 옆 의자에 걸쳐진 티셔츠를 입자 좋은 냄새가 났다.

부지런하게도 이걸 또 빨아놓았나 보다.

거실로 나가자 맛있는 콩나물 해장국 냄새가 후각을 자극했다.

"창문이 열렸나?"

샤워까지 하고 나왔는데도 하준은 보이지 않았다.

"말도 안 하고 또 어디 간 거야?"

그때 베란다 쪽에서 나는 소리에 무심코 문을 열고 나간 강희의 눈이 동그래졌다.

베란다 옆으로 트인 넓은 공간에서 하준이 이어셋을 낀 채 아침 운동 중이었다.

상의를 탈의한 채 손에 글러브를 끼고 섀도 스파링을 하는 것 같았다.

"복싱 좀 배웠나 보네."

강희는 작게 중얼거리면서 도둑고양이처럼 그를 몰래 훔쳐보았다.

절제되면서도 파워풀하게 딱딱 끊어내듯 날리는 펀치가 훌륭했고 그때마다 폭발하듯이 부풀어 오르는 근육이 아름다웠다.

땀에 젖은 부드러운 흑발은 이마에서 찰랑댔고, 살짝 턱을 숙인 채 보이지 않는 상대방을 노려보는 것 같은 날카로운 눈빛이 섹시했다.

아침 햇살을 등진 그는, 심장이 두근거릴 만큼 멋있었다.

빤히 쳐다보는 시선을 느꼈는지 하준이 고개를 틀었고, 너무 놀란 강희는 돌아서려다 발이 꼬여버렸다.

"으악!"

"괜찮아요?"

철퍼덕 볼썽사납게 바닥에 넘어지며 고개를 들자 하준이 저를 내려다보고 있었다.

"아…… 네. 살짝 넘어져서."

"몸 말고, 속 말입니다. 어제 술 많이 마셨잖아요."

손을 털고 일어나며 강희는 솔직하게 대답했다.

"벗겨질 것 같아요."

그래야 나가서 해장이라도 하고 온다고 말하지.

"따라와요."

그가 향한 곳은 주방이었다.

"잠깐만 앉아 있어요. 금방 되니까."

강희를 식탁에 앉히고서 하준은 느긋하고 여유롭게 움직이고 있었다.

싱크대에서 손을 씻은 후 가스레인지의 불을 켜고, 전자레인지에 즉석밥을 돌렸다.

"입맛 없어도 먹어요. 난 씻고 나올 테니까."

송송 썬 대파와 홍고추가 올라간 모락모락 김이 나는 콩나물국과 굳이 공기에 다시 옮겨 담은 즉석밥과 마트에서 산 김치까지, 아침상이 뚝딱 차려졌다.

"잘 먹을게요."

괜히 부끄러워서 식탁에 머리를 콕 박고 먹는데 집중하는 강희에게 그가 담담히 말했다.

"참고로 콩나물국은 내가 끓인 겁니다."

강희는 놀란 눈으로 그를 다시 보았다.

"나 요리 좋아합니다. 앞으로 즐길 취미 생활 1순위기도 하고."

"언제부터 요리를 좋아했는데요?"

"……오늘부터?"

피식 웃은 하준이 욕실로 들어갔다.

멍하니 욕실문을 바라보던 강희는 묘한 기분에 사로잡혀 아침을 먹었다.

설거지까지 마친 후 굳었던 몸을 스트레칭해봤지만, 여전히 몸이 무거웠다.

"근육이 굳은 것 같은데."

돌아서자 머리칼의 물기도 말리지 않은 하준이 보였다.

"스파링 상대해줄 테니 몸 좀 풀래요?"

"나 감당할 수 있겠어요? 온몸에 멍들지도 모르는데."

"사람 말 끝까지 들어요. 공짜로 해주겠다는 거 아니니."

하준이 오만한 미소를 흘렸다.

"이긴 사람 소원 들어주기, 어때요?"

뭔갈 의도하고 하는 말이 분명하지만 호락호락한 그녀도 아니다.

"뭐든지 다 들어주기?"

내 앞에서 영원히 사라져 달라고 소원을 빌어도?

"소원이 뭐든."

가까이 다가선 하준에게서 짙은 향기가 풍겨왔다.

"난 약속은 지킵니다."

이 내기를 하면 안 된다고 본능적인 감각이 곤두섰지만 거절하기에는 그가 흔든 미끼가 너무도 치명적이었다.

"좋아요, 해요. 아침 말고 오늘 업무 마무리하고 퇴근 후에."

하준의 눈이 가늘어졌다.

"근데 유하준 씬 내가 무슨 소원을 빌지 안 무섭나 봐요."

희미하게 웃은 강희는 천천히 그를 등지고 돌아섰다.

하준이 컴퓨터 방에서 작업하는 동안 강희는 제 나름의 일을 찾아냈다.

사이버 수사대 쪽에 부탁해서 받은 딥웹 관련 범죄 자료들은 매우 방대했다. 손 놓고 하준이 시키는 것만 하는 것도 스타일이 아니었기에 뭐든지 알아야 도움이 될 것 같았다.

온통 알 수 없는 용어투성인데도 더 악착같이 달려드는 건 무언가에 미친 듯이 집중하고 싶은 마음도 있어서였다. 저 방 안에 있는 남자에게 신경이 죄다 쏠리니 미칠 것 같아서 온 열정으로 서류를 팠다.

시간과 공간을 제약받는 범죄와 달리 딥웹은 그야말로 범죄의 사각지대였다.

"여기가 범죄의 이베이네."

사이트의 모든 이용자는 철저하게 익명이며 이용자와 그들의 거래를 강력하게 보호해주는 게 딥웹이었다. 유일한 결제 수단은 추적이 불가능한 비트코인으로, 거래가 완료되는 순간 이용자들의 흔적이 감쪽같이 지워진다. 정부에서 사이트를 폐쇄할 방법을 못 찾으니 딥웹으로 범죄자들이 몰리는 건 당연한 이치기도 했다.

그래도 경찰은 포기하지 않고 노력했고 그중 하나가 개인플레이를 하는 실력 좋은 해커들을 다양한 방법으로 회유하는 거였고 초반엔 꽤 효과가 좋았던 것 같다.

그 당시 꽤 많은 제보가 밀려들었지만 혜성처럼 떠오른 딥웹 사이트 한 군데를 제보한 화이트 해커가 제보한 지 일주일 만에 처참히 살해된 후 그마저도 끝이었다.

그런데 자신의 사이트를 해킹했던 해커를 본보기로 살해했던 그 사이트가…….

"블록이잖아."

단지 접근할 수 없어 손을 놓고 있을 뿐 블록은 이미 경찰 쪽에 노출되어 있었다.

오히려 그 사건 이후 보란 듯이 성장했고, 거래되는 비트코인 액수만 해도 상상을 초월했다.

블록 보고서 마지막 부분에서 강희의 눈이 멈추었다.

국내의 실력 좋은 해커 대부분이 블록으로 유입된 걸로 보임.
보안 시스템에 접근만 해도 바이러스 전염.
국내뿐 아니라 해외로도 세력을 넓히는 중.
국정원에서도 블랙리스트로 간주한 사이트.

말로 듣던 것과 자료로 확인하는 것은 엄청난 차이였고, 문득 강희의 시선이 컴퓨터 방으로 향했다.

혹시 두 번째 본보기가 될 타깃이 유하준은 아니겠지.

"맙소사."

섬뜩한 상상에 손끝이 달달 떨리는 그때, 하준이 방에서 나왔다.

"오늘 점심은 밖에서 먹는 게 어때요?"

강희는 제 앞에 서 있는 그를 가만히 올려다보았다.

묻고 싶은 게 수도 없이 많았지만 가까스로 참고 강희는 차분히 입을 열었다.

"먹고 싶은 게 있나 봐요?"

"백화점에서 살 것도 있고 겸사겸사."

"그래요, 가요."

백화점 주차장에 도착한 하준이 손목시계를 확인했다.

"사적인 부탁 하나 해도 됩니까?"

"뭔데요?"

"이번 주말이 어머니 생신입니다. 그때 봤으니 사이즈는 알 테고, 옷 좀 골라줘요. 외출용 풀세트로 골라주면 더 좋고."

"여자 옷 함부로 사주는 거 아니에요. 저보다 유하준 씨가 옷 센스도 더 있는 것 같은데."

"남자가 혼자 여자 것 사러 들어가면 호구 돼요."

호구가 되는 건 유하준이 아니라 직원들이 아닐까 생각하며 강희는 그를 빤히 쳐다보았다.

"제가 감히 어떻게 거절할까요? 제보자의 부탁은 그게 뭐든 들어줘야 하는데."

"그럼 한 시간 후에 전화하죠. 그때 만나서 점심 먹읍시다."

하준과 헤어진 강희는 엘리베이터에 올라 옥혜를 떠올렸다.

"색도 그렇고 디자인도 그렇고. 단정한 걸 좋아하실 것 같은데."

무슨 악연인지 몰라도 강희가 도착한 3층 매장에는 재인과 옥혜가 먼저 와 있었다.

같이 있는 두 사람을 직접 보니 가슴 한구석이 쓰렸다. 애교 있게 웃으며 재인이 화려한 색감의 원피스를 옥혜에게 대보는 모습이 보기 좋았다.

예비 며느리와 시어머니가 함께 평일 낮 한가롭게 백화점 쇼핑을 하는 것은 감히 강희로선 꿈도 못 꿀 일이었다.

"저런 며느리가 백배 천배 낫지."

일 때문에 바쁜 며느리 몫까지 떠맡느니 애교 있고 사근사근한 며느리와 쇼핑하는 게.

그런데 몸을 튼 옥혜의 표정이 어두웠고 위태로워 보였다.

그걸 아는지 모르는지 재인은 계산을 한 후 쇼핑백을 뒤에 서 있는 비서에게 내밀었다.

"신경 끄자, 내가 뭐라고 간섭해."

조용히 사라지려고 했는데 하필 그때 옥혜와 눈이 마주쳐버렸다. 애처로울 만큼 힘이 없던 얼굴이 강희를 발견하고선 반갑게 웃는다.

아직 강희를 보지 못한 재인이 옥혜의 팔짱을 끼고 다른 매장으로 향하는데 옥혜가 다리를 절뚝거렸다.

그걸 아는지 모르는지, 쇼핑에 신이 난 재인은 배려 없이 옥혜를 끈다.

"아, 몰라. 지르고 봐."

그쪽으로 걸어가자 가까이서 본 옥혜는 훨씬 지친 표정이었다.

"네가 여긴 웬일이니?"

인사는 생략한 재인이 뾰족하게 날을 세우든 말든, 강희는 태연하게 말했다.

"쇼핑은 할 만큼 한 것 같은데. 딱 30분만 어머니 나한테 양보해줄래?"

"내가 왜 그래야 하는데?"

"하준 씨가 어머니 생일 선물 나한테 부탁했어. 옷 한 벌 사드리고 싶다고 대신 골라주려고 했는데 사이즈랑 디자인을 어떻게 고를지 고민 중이었거든."

그런데 재인은 옥혜가 뺏기기 싫은 물건이라도 된 것처럼 앞을 막아섰다.

"너희 둘, 헤어졌잖아, 그런데 하준이가 너한테 그런 부탁을 왜 해? 네가 먼저 헤어지자고 했다면서, 설마 너희들 어른들 몰래 또 만나는 거야?"

윤재인이 이렇게 상상력이 끝내주는지 이제 알았다.

"나랑 유하준 씨랑 업무적으로 얽힌 게 있어. 내가 하준 씨를 서포트해줘야 할 입장이라 이런 사적인 부탁도 들어줘야 하고. 더 이상은 업무라 말 못 해줘."

재인의 눈꼬리가 사납게 곤두섰다.

"주강희, 널 만나기 전까지 우리 지금 굉장히 즐거웠어. 그만 방해하고 꺼져줄래?"

하여간 좋게 말하면 못 알아먹지, 윤재인.

재인에게 더 다가선 강희는 확 물어뜯어 버릴 것 같은 눈빛으로 쏘아보며 목소리를 낮추었다.

"어머니 뒤꿈치 까져서 걷기 힘들어하셔. 어른을 모시고 나왔으면 불편하신 게 없는지 잘 살폈어야지."

살벌한 분위기에 옥혜가 조심히 나섰다.

"나는 괜찮아요, 강희 양."

간절하게 바라보는 옥혜의 눈빛에 작게 한숨을 내쉰 강희는 다시 차분하게 말을 했다.

"그럼 나한테 5분만 줘. 어머니 화장실 모시고 가서 뒤꿈치에 약 발라드리고 밴드 붙여드리고 올게. 그건 괜찮지?"

"내가 해드리면 돼."

"나 밴드랑 상처약 가방에 항상 가지고 다녀. 아니면 그 5분도 양보 못 할 만큼 자신 없어?"

그때 옥혜가 재인의 팔을 잡으며 부드럽게 말했다.

"예비 며느리랑 쇼핑하는 게 즐거워서 발이 까진 줄도 모르고 있었구나. 내 것만 사느라 고생했는데 이걸로 재인이 너 마음에 드는 거 사고 있을래?"

강희 앞에서 옥혜가 보란 듯이 예비 며느리라 칭하고 카드까지 내밀자, 재인의 굳은 얼굴이 조금 풀렸다.

"그럼 어머니 카드로 저 한 벌만 살게요. 대신 얼른 다녀오셔야 해요. 어머니가 옷 골라주셨음 하거든요."

재인에게 뭐라고 대답하려는 옥혜를 강희는 빠르게 잡아끌었다.

"저한테 기대서도 돼요. 어머니."

화장실 옆 파우더룸에 앉은 옥혜가 검은 스타킹을 벗고 의자에 앉자 까진 뒤꿈치가 보였다.

무릎을 굽히고 앉아 연고를 발라주는데 힘없는 음성이 작게 들려왔다.

"강희 양은 준비성이 좋네요."

"외근도 잦고 팀원들이 자주 다쳐요. 웬만큼 크게 다치지 않으면 병원에 안 가니까 제가 항시 이걸 가지고 다녀요."

밴드를 두 개나 붙인 후에야 강희가 허리를 세우자 옥혜가 수줍게 웃었다.

"내가 표정 관리를 못 해서 다 들켰나 봐요. 재인이한테 마지못해 끌려다니는 거."

"그런 거 아니에요! 저는 그냥……."

"강희 양, 난 재인이가 원할 때까지 같이 쇼핑할 거예요. 그래야만 해."

옥혜는 강희의 손을 조심히 잡고 토닥거렸다.

"재인이한테 내 비밀을 들켜버렸지 뭐예요. 이 나이에도 약점을 잡히다니, 부끄러워요, 내가."

옥혜가 재인에게 잡힐 약점은 그것뿐이다.

"어차피 내 며느리 될 아이야, 내가 감당하고 적응하는 게 빨라요."

자포자기한 목소리에 강희는 옥혜 앞에 한쪽 무릎을 꿇고 앉아 눈을 맞추었다.

"그런 건 감당하지도 말고 적응하지도 마세요. 하준이도 그건 바라지 않을 거예요."

일어나는 강희의 손을 옥혜가 잡아당겼다.

"왜 내 아들과 헤어졌는지, 나한테 말해줄 수 있어요?"

대답하지 않고는 못 견디게 하는 목소리와 눈빛으로 바라보았다.

"제가 결혼이란 문젤 너무 안일하게 생각하고 결정했습니다. 모두 제 잘못이에요. 편히 앉아 계세요. 하준 씨 오라고 할게요."

"강희 양."

일어나서 돌아서는 강희를 옥혜가 다시 불렀다.

"살아 있는 게 행복하다는 말. 강희 양 만나고 나서 아들한테 처음으로 들었어요."

그 한마디에 눈시울이 뜨거워졌지만 어떤 말도 하지 않고 파우더룸을 나왔다.

그새를 못 참고 이제 막 도착한 재인이 보였다.

"어머니 힘들어하셔. 쇼핑은 여기서 끝내."

"내가 어머니를 지지고 볶든 말든, 네가 상관할 일은 아니지 않아?"

재인의 표현에 강희는 눈살을 찌푸렸다.

"하준이 곧 올 거야. 넌 쇼핑 할 만큼 한 것 같은데 모자끼리 즐거운 시간 보내라고 그만 가는 게 어때?"

그 잠깐 사이 얼마나 쇼핑을 더 했는지 재인의 뒤로 양손에 쇼핑백을 잔뜩 든 비서가 보였다.

"난 정말 궁금해. 넌 미친 걸까 아니면 뻔뻔한 걸까. 잊었어? 네가 먼저 하준이 버렸어. 양심이 있으면 오지랖 좀 그만 부려."

어른 배려할 줄 모르고 사치스럽기 그지없는 철딱서니 없는 며느리보단.

"하준이랑 업무로 얽혔다고 했니? 그럼 싫다고 했어야지. 추잡하게 근처에서 맴돌면서 뭘 어쩌겠다는 건데. 다시 시작하기라도 하고 싶은 거야?"

차라리 바쁘디 바쁜, 박봉 경찰 며느리가 낫지 않을까.

"못 할 건 뭐 있어? 네 말대로 난 나쁜 년인데."

"……뭐라고 했어, 방금?"

"하준이가 좋은 여자 만나서 행복하게 지냈으면 해서 나 헤어진 거야."

재인의 눈에서 뜨거운 불길이 치솟는 것도 같았다.

"근데 너 보니까 내가 얼마나 괜찮은 여자인지 알 것 같아. 자신감이 막 붙네. 너보단 내가 더 하준이 행복하게 해줄 수 있을 것 같거든."

"그럼 말해봐. 백화점에서 옷 한 벌 못 사줄 박봉 공무원 주제에 어떻게 하준일 행복하게 해줄 건지."

노골적인 무시에도 강희는 눈 하나 깜짝하지 않았다.

"하준이가 그래? 이런 거 많이 사주면 자기는 행복하다고?"

너 사람 잘못 봤어, 난 약한 사람한테 약하고 강한 사람한테는 강하거든.

"나는 재인아, 너는 감히 상상할 수도 없는 어른스러운 방식으로 하준일 행복하게 해줬어."

한 걸음 더 다가가 아주 짓궂게 말을 이었다.

"그러니까 아무것도 모르는 꼬맹인 그만 까불래?"

새빨개진 얼굴로 숨을 헐떡거리던 재인이 돌아서서 뛰어갔다.

"어딜 감히 언니한테 기어올라."

확실한 승리를 거두고 씨익 웃으며 돌아서던 강희는 그대로 굳어버렸다.

벽에 기대어 서 있는 하준을 보니 얼굴로 열이 몰리는 게 느껴졌다.

"방금 한 말 진심입니까?"

재밌어 죽겠다는 듯 내려다보는 검은 눈동자가 윤기 나도록 번들거렸다.

"임기응변이었어요. 그리고 유하준 씨 어머니 파우더룸에 있어요. 그러니 모자끼리 사이좋게 쇼핑……."

하준이 강희의 손을 잡고 비상구로 향했고 계단을 오르고 또 올랐다.

"어디까지 갈 건……!"

따져 묻는 순간 벽에 등이 닿았고 낮고 묵직한 음성이 눈물 나도록 다정하게 제 이름을 불렀다.

"주강희."

반말하지 마. 왜 하필 지금 하는 건데.

"강희야."

도대체 나한테 뭘 원해서.

"……그렇게 부르지 마!"

반항하듯이 눈을 들자 숨 막힐 만큼 가까운 거리에서 하준이 지독히도 조여왔다.

내려다보는 집요한 시선과 원하는 게 명백한 눈동자. 그리고 노골적으로 이름을 부르는 붉은 입술로.

"싫은데."

나밖에 모르는 검은 눈이 들끓고 있었다.

"……주강희."

이 눈이 문제야, 항상 나를 혼란스럽게 하고 나를 흔들어.

손으로 하준의 눈을 덮어버리자 머리를 흐리게 했던 안개가 걷히는 기분이었다.

"도대체 나한테 왜 이래? 너랑 나 이제 아무 사이 아니잖아."

"주강희, 내가 왜 이러는지 정말 몰라서 물어?"

"유하준!"

"너랑 다시 무슨 사이든 되고 싶어서, 그래서 이런 미친 짓 하는 거잖아."

이젠 숨기지도 않고 대놓고 들이댔다.

"넌 내가 그렇게 쉬워 보여?"

"어려워서 이러는 거잖아."

거짓말, 이렇게 자신만만하면서.

"이렇게라도 눈앞에 나타나서 알짱거려야 넌 날 봐주니까."

"네가 이럴수록 너랑 나 둘 다 힘들어. 왜 못 받아들여? 아니, 어떻게 하면 받아들일래?"

"혼자 힘들어하고 감당하지 말라고 알려준 건 주강희 너였어. 그래서 나도 이제 배려 같은 거 안 하려고. 널 이해하려고도 안 할 거야."

하준이 좀 더 얼굴을 가까이했다.

"내 방식대로, 내 마음대로 할 거야. 네가 힘들어하더라도."

숨결이 닿을 만큼, 배려 없이 이기적인 거리.

"지금 내가 키스하면, 뺨 때릴 건가?"

유혹하듯이 부드럽고 따스한 숨결에 심장이 미친 듯이 쿵쾅거렸다.

"어. 그것도 아주……."

한쪽 손이 하준에게 잡혔다.

"그럼 먼저 맞을게."

뭐 하려는 건지 알아차리기도 전에 잡힌 손이 하준의 뺨을 세게 쳤다.

"맞았으니까…… 한다."

미션 완료했다는 듯 하준은 거침없이 입술의 간극을 좁혀왔다.

다행스럽게도 그때 비상구의 문이 열리면서 인기척이 들려왔고 강희는 다가오는 입술을 얼른 손으로 막았다.

그렇게 동상처럼 얼어붙은 채 숨을 죽이고 있자 발소리는 위층이 아닌 밑으로 이어졌다.

문이 닫히는 소리에 강희는 바닥에 스르륵 주저앉았다.

"……하아."

범인들이 이런 기분일까, 죄지으면 절대 안 되겠다.

한쪽 무릎을 꿇고 앉아 눈높이를 맞추는 하준의 입꼬리가 희미하게 올라가 있다.

"지금까지 범인은 어떻게 잡은 거야."

자연스럽게 다시 시작된 그의 반말은 마치 우리 사이가 앞으로 달라질 거란 복선을 의미하는 것도 같았다.

"잡는 거랑 잡히는 거랑 같은 줄 알아?"

그냥 나도 존댓말 따위 집어치우자.

"나 이미 뺨 맞았는데."

할 건 해야겠다는 듯 거침없이 다가오는 하준의 머리를 손으로 움켜잡아 뒤로 당겼다. 두피가 벗겨질 만큼 꽤 아플 것이고 머리채 잡힌 것도 자존심도 상하겠지만 그건 강희가 알 바 아니었다.

네가 배려 못 하게 만들어놨으니까.

"솔직히 말해. 이럴 거 예상하고 나 여기 데려온 거지?"

무언의 침묵은 곧 긍정.

"넌 그게 계산이 돼? 어떻게 그렇게 딱딱 맞아떨어져?"

물어서 뭐 할까, 나보다 나를 더 잘 아는 남자인데.

"하나만 물을게. 어머니 생신이란 건 진짜야?"

가만히 고개를 끄덕거리는 하준을 보고 있자니 옥혜가 했던 말이 떠올랐다.

―살아 있는 게 행복하다는 말, 강희 양 만나고 나서 아들한테 처음으로 들었어요.

모든 걸 다 가졌으면서 넌 왜 행복하지 못하고 내가 유일한 행복이라는 건데.

별 뜻 없이 옥혜가 던졌을 그 말이 정말 힘들고 독하게 다져

났던 마음에 균열을 만들었다.

또다시 머릿속에 뿌연 안개가 밀려들기 시작했다.

백화점을 나와 두 사람이 향한 곳은 동네 근처 도장이었다.

미리 전화를 해두었는지 도장 안은 텅텅 비어 있었고, 강희가 먼저 글러브를 집어서 하준에게 휙 던졌다.

"정강이랑 머리 보호대는 알아서 해요."

"그런 거 필요 없습니다."

머리를 질끈 묶어 올리고 글러브를 낀 강희는 싱긋, 웃어 보였다.

"후회할 텐데?"

"그럼 후회하게 만들어 보든지."

베란다에서 스파링을 하는 걸 보니 기본은 있는 것 같지만 강희는 자신 있었다. 중·고등학교 땐 아마추어 복싱 선수로 활동하며 상까지 받았고 경찰이 된 후론 실전에서 뛰었으니까.

물론 힘 대결에서 밀리니 정면으로 부딪치거나 길게 끌 생각은 없다.

링 위에 올라간 강희가 스트레칭을 하는 동안 하준도 가뿐한 몸짓으로 링 위로 올라왔다.

"링에 등 닿는 사람이 지는 거예요. 오케이?"

힘보다는 스피드, 민첩한 몸놀림으로 순식간에 파고들어 급소를 가격하는 게 남자를 상대해서 승리를 거머쥐는 강희의 방식이었다.

순식간에 앞까지 치고 들어가 안면으로 파고드는 펀치를 하준이 용케 피했다.

다시 뒤로 살짝 물러났다가 빠르게 다가서는 만큼 하준도 뒤로 물러났지만 사정거리가 확보되었다.

하지만 강희가 펀치를 날리지 않자 다음 행동을 예측하려는 듯 하준이 눈을 가늘게 떴다. 그 순간을 놓치지 않고 팔이 아닌 발을 뻗어 올렸다.

태권도 용어로는 일명 반대 돌려차기 또는 뒤 후리기는 동작이 큰 게 단점이지만 바로 앞에 있는 상대는 그걸 인지하지 못했다.

"난 분명 경고했어요."

가벼운 바람 소리와 함께 퍼억, 오차 없이 하준의 옆얼굴을 후려쳤다.

"보호대 하라고."

한 바퀴 회전했는데도 중심을 잃지 않고 강희는 서 있었고, 하준은 예상하지 못한 공격에 얼굴 옆을 맞고 몸을 비틀거렸다. 파고들 틈이 수도 없이 드러나자 연이어 펀치를 날렸고 반사 신경으로 피해서 정통으로 맞진 않았지만 하준의 아랫입술이 터졌다.

"방금 것들 제대로 먹혔으면 유하준 씨 뇌진탕이에요."

그런데 피가 난 하준의 입술을 보니 기분이 이상했다.

때린 건 난데 왜 내가 아프지.

"남은 윗입술도 터지기 전에 패배 인정하는 게 어때요?"

하준이 자세를 다시 잡는 건 패배를 인정하기 싫다는 무언의 메시지였다.

"이젠 유하준 씨가 와요. 서로 주고받아야 공평하지."

하준이 글러브를 벗어 던지자 강희는 살며시 눈살을 구겼다.

여자 대우 받고 싶진 않지만, 맨손으로 주먹질하자는 건 좀 아니지 않나.

"난 어설프게 안 합니다."

강희에게 시선을 고정한 채 눈을 느릿하게 감았다 뜨자 스위치를 껐다 켠 것처럼 눈빛이 바뀌었다.

그 눈을 보며 강희도 글러브를 벗어 던졌다.

강희는 묵직하게 다가와 깔끔하고 날렵하게 무릎을 올리며 로우킥을 날렸고, 움직임이 읽혔다고 깨달은 순간 하준이 골반을 틀며 다리를 높이 뻗어 올렸다.

순간적으로 바뀐 유연한 궤도에 휘잉 하는 바람이 귀 옆으로 흘러내린 머리칼을 흩날렸다.

천천히 고개를 옆으로 틀자 아슬아슬하게 뺨 바로 옆에서 멈춘 하준의 발이 보였다.

……브라질리언 킥?

정통으로 맞았으면 링 위에 뻗어 있었을 것이다.

천천히 발을 내리고 다시 선 하준에게 강희는 차분히 말했다.

"이기고 싶으면 멈추지 말았어야죠. 링 바닥에 등이……!"

말도 끝나지 않았는데, 몸을 숙이며 하준이 다시 파고들었다.

붕 뜬 몸이 바닥에 엎어치기 당했고, 등이 링 바닥에 격하게 닿은 순간 절로 눈이 감겼다.

잠시 끊겼던 숨을 한꺼번에 토해내며 감긴 눈꺼풀을 들어 올렸다.

하준이 한쪽 무릎을 바닥에 대고 허리를 낮추었다.

이마에서 찰랑거리는 흑발이 제 코끝에 닿을 것만 같았다.

생채기가 난 입술을 손등으로 스윽 닦은 하준이 나른하게 웃었다.

"소원, 이제 빌어도 됩니까?"

아프든 말든, 뒤돌려차기 한 방에 눕혀버렸으면 될 것을, 뒤늦게 후회해보지만 이미 늦었다.

"소원…… 뭔데요."

대답 대신 하준은 강희의 옆에 벌러덩 누웠다.

그렇게 두 사람은 나란히 링 위에 누워 흐트러진 숨을 골랐다.

"……좋다."

하준이 작게 중얼거렸다.

"주강희랑 이렇게 누워 있는 거."

그 한마디에 벌떡 일어나려고 했다.

"잠시만."

그런데 손목이 잡혔다.

"……이렇게 있자."

나한테 돌아오기만 해 211

근데 왜 자꾸 반말이야, 투덜거리면서도 강희는 다시 바닥에 누웠다.

"어려운 거 아니잖아."

그렇게 나란히 누워 천장을 올려다보는 지금만큼은 같은 생각을 하고 있었다.

지금 이 순간의 미묘한 자유와 친근함을 깨기 싫다는 것.

"주강희, 나한테 돌아오기만 해. 얼마든지 기다려줄 테니까, 죽기 전에만 와줘. 그게 내 소원이야."

차라리 강요성 짙은 소원을 빌었으면 독하게 버틸 자신 있었는데.

"나 할 거 다 하다가, 죽기 전에 너 찾아가면 돼?"

동요하지 않은 척, 일부러 못되게 말했다.

"내가 다른 남자 만나서 연애하고 결혼까지 하면?"

찌르듯이 파고드는 시선에 얼굴을 돌리자 하준이 빤히 바라보고 있었다.

"넌 나 아니면 못 하잖아."

까만 눈이 다시 끓었다.

"연애도."

못 견딜 만큼 뜨겁게.

"결혼도."

감당할 수 없을 만큼.

"밑도 끝도 없는 그 자신감은 대체 어디서 나오는 거야?"

강희가 작게 쏘아붙이자 픽 웃은 하준이 이번엔 대놓고 몸을 틀었다.

"너도 나한테 그 정도 자신감은 있잖아."

다정한 눈빛으로 바라보며 또다시 허물없이 다가온다.

"내가 너 아닌 다른 여자랑 절대 결혼 못 할 거라는 자신감."

마치 너와 난 아무 일도 없었다는 것처럼, 내가 긁어버린 가슴도, 내가 터뜨린 입술도, 많이 아팠을 텐데도 그저 행복해 죽겠다는 눈으로 바라보며 말이다.

"넌 내 어디가 그렇게 좋아서 이러는 거야?"

"그러는 넌, 내가 왜 좋은데."

담담하게 질문을 되돌리는 하준의 얼굴이 다가오고 숨결이 가까워졌다.

"여전히 좋아 죽겠다는 눈을 하고선. 왜 자꾸 날 밀어내려고 하는 건데."

이마에서 찰랑거리는 머리칼이 코끝에 닿을 것 같았다.

"내가 너를 힘들게 하는지, 행복하게 하는지."

가까워진 거리에서 얽힌 눈빛이 무섭게 추궁해왔다.

"나한테 한 번이라도 물어보기는 했어?"

물어보지도 않고 네가 어떻게 아냐고.

"왜 너 혼자 판단해."

그의 말들이 지독히도 아프게 가슴을 후벼팠다.

서로를 미치도록 사랑하고 서로밖에 모르면서도 결국 이렇게 돌아오게 된 이유는 서로 다르게 달려온 사랑이란 일방통행 때문이었다.

내가 건너면 너는 멈추었고, 네가 건너오면 나는 멈추니 어긋날 수밖에 없었다.

"유하준, 우리 술 한잔할래?"

동네 입구에 있는 작은 포차의 동그란 테이블에 두 사람이 마주 앉았다.

홍합이 잔뜩 들어간 푸짐한 어묵탕 한 그릇을 두고 전투적으로 첫 잔을 비우는 강희에게 하준이 말을 했다.

"오늘은 토할 정도로 마시지 마."

부끄러운 흑역사를 왜 들추냐는 것처럼 강희가 무시무시하게 노려보았다.

그렇게 노려보는 것도 귀여워 보이는 걸 넌 모르겠지.

하준이 담담하게 시선을 받아내자 포기했다는 듯 고개를 작게 내저었다.

"넌 도대체 못 하는 게 뭐야? 운동까지 잘하다니, 진짜 사기캐야."

"시간이 남아돌아서 닥치는 대로 이것저것 배웠어. 그게 다야."

"디자이너에 작가에 해커까지. 그런데도 시간이 남아돈다구? 그게 말이 돼?"

지금 너와 나의 사이처럼, 입 안의 소주 맛이 참 쓰다고 하준은 느꼈다.

"하루 두세 시간 자면 충분해."

2년 가까이 죽은 듯이 잠만 잔 하준에게 잠은 최소한으로 해결하면 되는 생존 욕구였다.

"남들이 투자한 노력의 반만 쏟아도, 난 뭐든지 할 수 있으니까."

끌리는 건 모두 다 하면서 바쁘게 지내야 머리에서 잡생각이 안 들었다.

"너 지금 천재라고 자랑한 거지?"

"해석은 알아서 해, 난 사실을 말한 거니까."

담담하게 대답하자, 강희는 대신 술병을 집어 들었다.

"우리는 왜 이런 시간을 못 가졌을까. 이게 뭐 어렵다고."

이토록 쉬운 걸, 너무 어렵게 풀어내려 했다는 게 우스웠다.

"다 내 탓이야."

그게 모두 제 탓이라는 생각하며 하준은 강희의 빈 잔에 술을 채워주었다.

"나도 몰랐어. 내가 그렇게 본능에 충실한 짐승 새끼지."

이성을 찾기에 주강희는 자신에게 너무 달콤한 존재였고 중독되어 헤어나올 수 없었다. 안을수록 갈증이 났고 잡으려 할수록 잡히지 않아 안달이 났다.

"너만 보면 눕히지 못해 안달 났으니까."

대화할 시간도 아까웠고 너무 바빠서 함께할 수 있는 시간은 지독하게 짧았으니까.

"이런 대화는, 쓸데없는 시간 낭비라고 생각했지."

빠르게 타올랐고 대화나 소통 없이 사랑만으로도 죽을 때까지 그 불길은 꺼지지 않을 거라고 자만해버렸다.

사랑할수록 더 대화를 하고 소통을 해야 한다는 사실을 간과한 것이다.

"너만 그런 거 아니야. 나도 그랬어."

긴 속눈썹을 들고 하준을 바라보는 작은 얼굴이 붉게 달아올라 있었다.

피하지 않은 다갈색 눈동자에는 깊은 고뇌가 어려 있었다.

"재인이, 양가 허락 다 받았다며."

"너와는 날짜를 잡고 예식장까지 예약했어. 그런데 깨졌지."

강희의 얼굴이 바로 굳었다.

"찔리라고 한 말 아니니 얼굴 풀어."

"미안해서 그런 거거든?"

"그렇게 미안하면 지금 나한테 와주든지."

"그렇게 쉽게 대답할 게 아니야."

술잔을 다시 비우는 그녀의 표정이 비장할 만큼 심각했다.

"너와 하려는 게 연애면 이렇게 복잡하고 어렵진 않을 거야."

조금은 원망스럽다는 눈빛으로 하준을 보았다.

"나한텐 결혼이 너무…… 어려워."

자작하려는 강희의 손에서 술병을 빼앗아 따라주었다.

"생각할 시간을 줘."

"얼마든지 생각해."

무거운 분위기가 싫었는지 그녀가 젖은 입술로 예쁘게도 웃었다.

"80살까지 생각해도 돼?"

"내가 그 정도로 너한테 매력 어필을 못 했나?"

술잔을 비운 하준의 미간이 좁혀졌다.

"80살까지 생각하겠다니."

서운해서 한 말인데 뭐가 재밌다고, 강희는 소리 내어 웃었다.

정말 오랜만에 보는 너의 미소, 낭랑하게 웃는 목소리가 나의 눈과 귀를 홀린다.

집요하게 바라보는 시선에 웃음을 멈춘 강희의 표정이 진지해졌다.

"지금 벌인 일, 나 때문에 시작한 거야?"

목구멍을 화하게 만드는 술은 맛도 없고, 느낌도 좋지 않고, 마음에 들지 않지만 왜 사람들이 중독이 될 만큼 즐기는지 알 것 같았다.

"그렇다면?"

대화의 흐름을 자연스럽게 해주고 좀 더 진솔하게 속에 있던 말들을 털어놓게 만든다.

"네가 지금 털려고 하는 블록 사이트 3년 전에 어느 해커가 먼저 제보했어. 그런데 살해당했고 범인은커녕 증거 하나 안 남겨서 미결 상태로 남았어. 블록에서 다신 건들지 못하도록 본보기로 삼은 거라고 짐작한 게 전부야."

내가 걱정되어 죽겠다는 눈빛.

"국정원에서 블랙리스트로 분류해서 관리할 정도면 너 혼자서 감당할 스케일이 아니란 뜻이야. 네가 그랬지? 블록에서도 널 쫓고 있다고. 그건 개인 해커인지 정부인지 확인하려는 게 아니야. 어쩌면……."

내가 어떻게 될까 봐 어쩔 줄 몰라 하는 표정.

"널 두 번째 본보기로 삼으려는 걸지도 몰라."

애틋하다 못해 애절한 음성.

"너와 내가 해결하기엔 위험도가 너무 높아. 이쯤에서 손 떼고 경찰 쪽으로 넘기면 안 돼?"

그걸 모른 척하며 하준은 또다시 술잔을 비웠다.

"접속 잠깐 했다는 이유로 내 컴퓨터를 다운시켰어. 보안을 더 강화해서 접근을 막았고 아직까지 못 뚫었어."

처음으로 만난 적수는 그를 강렬한 욕망에 사로잡히게 했다. 겹겹의 보안망을 뚫고 침투해서 탈탈 털어버리고 싶다는.

"네가 그때 말한 해커로서의 자존심 말하는 거야? 그 자존심이 밥 먹여줘? 목숨보다 더 소중해?"

"내 목숨은 모르겠고, 강희 네 목숨은 소중하지."

무슨 소린지 모르겠다는 듯, 강희는 살며시 인상을 찌푸렸다.

"80살까지 생각하고 오겠다며. 그럼 그 나이까지 무탈하게 살아있어야 할 거 아냐."

"그 말이 여기서 왜 나와?"

"널 집 앞에서 공격했던 남자, 그 사이트에서 의뢰받은 거야."

"네가 그걸…… 어떻게 알아?"

바라보는 눈동자에 놀라움이 가득 어렸다.

"블록의 룰은 간단하지만 철두철미해. 이용자들에게는 완벽한 신원 보장, 의뢰인의 요구는 거래가 완료될 때까지 책임진다."

블록 사이트를 처음 접속해서 돌아다니던 유식이 대수롭지 않게 했던 말 한마디.

―형, 여기 대박. 현직 형사 살인 의뢰까지 올라왔어요. 여자라서 쉬울 거라는데. 그럼 주 형사님은 절대 아니겠네.

유식과 달리 난 왜 널 떠올렸을까.
말도 안 된다고 생각하면서도 알 수 없는 불안감에 강희 집을 맴돌았고 끊임없이 승남에게 확인을 했다.
그러다가 강희에게 흉기를 휘둘렀던 놈과 마주쳤고, 쉬울 거라는 말에 어설픈 놈이 덤벼든 건 천운이었다.
"근데 주강희 넌 살아있지."
술잔을 바라보며 내리깐 강희의 속눈썹이 잘게 떨렸다.
"네 말대로 국정원조차 알면서도 손 못 대는 사이트야. 범인이 현장 검거됐는데도 수사는 진척이 없고 담당 부서도 딱히 신경 쓰지 않는 눈치라던데. 네가 진짜 죽었다면 또 모를까."
질끈 깨문 입술이 그 떨림을 다시 삼켜낸다.
"그러는 넌…… 뭘 할 수 있는데."
"네가 다시 무슨 일을 당할 때까지, 손 놓고 기다리진 않겠지."

 그 여형사가 혹시라도 주강희 너라면.

 "블록이 내 접근을 막기 전에 추적 바이러스를 심어놨어."

 1%의 희박한 확률이 하준을 민첩하고 노련하게 만들었다.

 "네 살인을 사주한 의뢰인 아이디가 블록에 접속하면 나한테 메시지가 올 거야."

 짧은 시간 동안 블록 사이트에 추적 프로그램을 심었다.

 블록 자체 보안망이나 관리 시스템에 접근을 한 게 아니니 운영자는 눈치채지 못할 것이다.

 "네 말대로 제보자로 경찰서를 찾을 때까지, 적당히 하다 넘기고 물러날 생각이었어."

 제보를 미끼로 널 내 곁에 두어 널 흔들고 또 흔들어서 다시 내게 오게 하는 것.

 "그런데 목표가 바뀌었어."

 예상 못한 변수가 발생했고, 블록은 뒷전으로 밀려났다.

 "블록에서 네 살인을 청부한 의뢰인."

 정 안되면 블록을 털어서라도.

 "말했잖아, 너는 내가 지킨다고."

 그 새끼를 잡아야 난 멈춘다.

 적당히 기분 좋게 술을 마신 후 포차를 나온 강희는 편의점에 들러 박하사탕을 샀다.

 달면서도 싸한 박하사탕을 입 안에서 굴리며 그와 어깨를 나란히 하고 걷는 강희의 머릿속은 아수라장이었다.

 허무할 만큼 너무도 쉽게 단단히 걸어놓았던 마음의 빗장이 풀려버렸다.

 집 앞에 도착한 강희가 머뭇머뭇 돌아서자 하준은 어느새 집 창문을 바라보고 있었다.

 "들어가서 창문 열고 인사해. 그럼 갈게."

 이상한 게 있는지 확인하려는 촘촘한 눈빛에 괜히 가슴이 뭉클하는 강희였다.

 "직접 들어와서 확인하든지."

 하준이 시선을 내렸다.

 "오해하지 마. 너 집에 약 없잖아. 입술에 약 발라주려는 것뿐이야."

 저를 바라보는 눈이 다시 끓었다.

 "내가 다치게 했으니까."

 그 눈을 모른 척하며 따라오든 말든 선택은 자유라는 것처럼 돌아서는 뒤로 느릿한 발걸음이 들려왔다.

 현관문을 열자 하준이 말했다.

 "비밀번호 안 바꿨네."

 조금은 기뻐하는 것 같은 음성.

 "굳이 바꿔야 해?"

 강희도 괜히 입꼬리가 당겨졌다.

"신발 벗을 필요 없어."

이 문턱이 지금 서로가 유지해야 하는 경계선이라는 걸 두 사람은 알고 있다.

무척 가깝지만 넘어서는 안 되는 거리.

"약 가져올게."

돌아섰는데도 떨어지지 않는 집요한 시선에 머릿속이 텅 비어진다.

불을 켤 생각조차 못 하고 내 집이 아닌 것처럼 약상자를 찾는 손길이 어수선했다.

"……찾았다."

연고를 찾아서 하준의 앞에 서자 두 사람을 비추는 불빛은 현관문의 센서 등뿐이다.

은은한 조명 아래서 반들거리는 입술은 생각보다 많이 터졌다.

"……아팠겠다."

내가 긁어버린 가슴처럼, 네 입술도.

"많이 아팠어."

담담한 음색이 흘리는 엄살이 어색했다.

그런 하준이 조금…… 귀엽기도 하고.

"그래서 약 발라주려고 하잖아."

하준이 한 걸음 더 좁혀왔다.

가까이서 아프지 않게 연고를 살살 발라줄 생각이었다.

"얼굴 좀 숙여볼래?"

하준이 얌전하게 허리를 숙이자 묘한 각도로 얼굴이 가까워졌다.

"네가 먹고 있는 사탕 맛, 궁금해."

강희는 생각 없이 물었다.

"박하사탕이야. 먹고 싶으면 너도 하나 줄까?"

그때까지도 아른거리는 옅은 불빛 아래, 우리가 키스할 듯 가깝게 마주 보고 있다는 걸 몰랐다.

생채기가 난 입술이 나른하게 움직였다.

"……줘."

들끓는 눈, 다가오는 입술, 스며드는 숨결.

"새 거 말고."

그게 뭔지 깨닫는 순간…….

"네가 먹던 거."

센서 등이 꺼졌다.

옅은 어둠을 타고 제게 닿는 뜨거운 시선에 심장이 간지럽다. 입술을 적셔오는 숨결에 입 안은 바짝 메말랐다.

어떡해, 어떡하지?

거절하기엔 달콤하고, 받아들이기엔 뒤따르는 책임감이 크다.

"사탕."

톡, 입술을 열어달라는 듯 건드리는 말캉하고 뜨거운 감촉에 눈을 감아버렸다.

"……가져간다."

입술이 조심스럽게 맞닿고 벌어진 입 안으로 파고드는 말캉한 형체가 자극적이지 않게 움직인다. 사탕을 찾으면서 숨죽이듯 토해내는 미미한 숨결을 부드럽게 빨아들이며 질척하게 노닐었다.

손끝 하나 닿지 않은 무척 조심스럽고 점잖은 키스에도 심장이 터질 것만 같았다. 반응하지 않으려고 버텨보지만 애태우는 것처럼 느릿한 움직임에 애가 달았다.

볼 안쪽에 숨어 있던 사탕을 기어이 찾아내선 혀로 휘감아 맛을 보며 여린 입 안까지 휘저어 놓았다.

그렇게 온통 뜨겁게 적셔놓고선 속 터지게 아주 서서히 후퇴하는 건 곧 유혹이었다.

입술이 떨어지려는 순간 강희는 그의 뺨을 감싸 다시 끌어당겼다.

"내 사탕 훔쳐 간 도둑놈."

이건 내 의지가 아니라 이 남자가 들쑤셔놓은 본능이란 놈이었다.

"고소할 거야."

옅은 어둠에 너울진 매혹적인 얼굴과 나밖에 모르는 집요한 눈동자가 온통 흔들어대니 버틸 재간이 없었다.

반쯤 잠긴 허스키한 음성으로 입술을 맞댄 채 속삭여온다.

"……같이 먹으면?"

또다시 그에게 헤집어진 머릿속이 이번엔 싫지 않았다.

단 한 순간도, 나를 놓지 못하는 이 남자의 지독함도.

"합의해줄게."

뜨거운 숨결이 뺨을 스쳤다.

"그럼 합의해줘, 주강희."

입술이 닿는 순간, 싸한 박하 향이 입 안에서 번졌다.

입술을 섞는 것만으로도 머리와 몸이 어떻게 되어버릴 것 같았다.

그런데도 하준은 거칠어진 호흡이 산산조각 날지언정, 키스가 끝날 때까지 강희에게 손끝 하나 대지 않았다.

벽을 짚고 있는 손끝이 바들바들 떨릴지라도.

Chapter 21

못하는 게 없는 남자

아침이 밝아올 때까지 하준은 컴퓨터 앞에 앉아있었다.

눈꺼풀은 뻑뻑했고 굳은 근육은 통나무 같은데도 눈을 감으면 입 안에서 번지는 싸한 박하 맛이 아직도 강렬했다.

주강희의 입술과 어우러진 사탕 맛은 지금껏 먹어본 음식 중에 제일 맛있었고 잊을 수 없는 맛이기도 했다. 떠올리는 것만으로도 하체로 열이 몰리는 걸 느끼며 하준은 휴대 전화 액정을 가만히 바라보았다.

잠이 든 저를 사랑스럽게 바라보는 아름다운 신부는 주강희였다.

"……예쁘네."

넌 항상 눈부시지만 나를 바라볼 때면 더 눈이 부시다.

"주강희, 나 좀 오래 기다리게 하지 마."

어젯밤 강희가 보여준 건 1%의 희망이었다. 하지만 그것만으로도 하준은 평생 그널 기다릴 자신이 있었다.

너만 내게 와준다면.

시간이 되자 집을 나온 하준이 멈추어 선 곳은 버스정류장이었다.

강희가 탄 버스를 기다리는 이 시간이 기분 좋게 설레었다.

"……내 주인님은 언제 오려나."

정류장 벽에 머리를 기대고 눈을 감자 가슴이 걱정 반 설렘 반으로 가득 찼다.

버스가 멈추는 소리가 들렸지만 눈을 뜨지 않았다.

"유하준?"

눈을 뜨자 말간 얼굴로 햇살을 등지고 서 있는 강희가 보였다.

"좀 감동인데? 비도 안 오는데 마중을 나오니까."

반가움이 어린 그 미소가 뭐라고, 얼어붙었던 마음이 녹아내렸다.

"날마다 마중 나올 거야."

또다시 용기를 내게 만든다.

"날마다 배웅해줄 거고."

넌 모르겠지.

이것도 내가 세운 결혼 계획 중 하나라는 걸.

근처 카페에서 커피를 테이크 아웃해서 빌라로 향했다.

소파에 앉아 나른하게 눈을 깜빡거리는 하준을 주시하던 강희가 조심히 물어봤다.

"너 혹시…… 졸려?"

"밤새 작업했어. 피곤해서 죽을 것 같아."

이젠 대놓고 테이블 위에 엎드렸다.

"낮에 작업하지, 왜 굳이 밤을 새워?"

"밤에 할 게 없잖아."

잠을 자라고 찾아오는 게 밤인데.

"밤엔 자야지."

"혼자선 못 자. 밤에 일하는 게 편하기도 하고."

웅얼거리는 음성이 졸음에 빠지기 직전 같았다.

혹시나 하는 마음에 강희는 목소리를 낮추어 물었다.

"그럼 나도 밤에 출근할까?"

그 한마디에 감겨 있던 눈꺼풀 아래로 반쯤 드러난 눈동자가 아이처럼 반짝거렸다.

"……같이 자 주려고?"

"꿈 깨. 너 일할 때 나도 일해야 하니까 한 말이거든?"

"……그냥 낮에 와."

그 한마디에 바로 시무룩해지는 얼굴을 보고 웃음이 나오려는 걸 참으며 강희는 다시 말했다.

"왜? 같이 일하면 좋잖아."

"밤엔 너랑 둘이 있기 싫어."

낮게 잠긴 탁한 음성과 반쯤 감긴 눈꺼풀 아래 드러난 은밀한 눈동자.

"나쁜 짓 하고 싶어질까 봐."

대답 없이 가만히 바라보자 하준이 손을 뻗었다.

"그런 눈으로 나 보지 마."

절제된 손짓이 얼굴이 아닌 흘러내린 머리칼을 어루만졌다.

"네가 나한테 오기 전까지는."

어젯밤 몸에 손끝 하나 대지 않던 키스처럼.

"나 너한테 무슨 짓 안 해."

유리 위에 올라선 것처럼, 미묘하게 다시 시작된 우리의 관계. 미세한 금이라도 갈까 봐 하준은 조심스러워하고 있었다.

"네가 무슨 짓 한다고 내가 호락호락 당한대? 어젯밤 키스도. 너한테 당한 게 아니라 내가 한 건데?"

모른 척 입 싹 닦을 줄 알았는데 먼저 말을 꺼내서 놀란 것 같은 눈치에 강희도 덩달아 기분이 이상해졌다.

얘는 대체 날 뭐로 보는 거야.

"그리고 나, 그 정도 책임감은 있어."

충동적인 키스였지만 생각이 없는 키스는 아니었다.

"아니면, 입 싹 닦을까?"

나른하게 풀어져 있던 눈빛이 순식간에 험악해졌다.

이럴 땐 반응이 아주 칼이다.

"너랑 나, 잠재적 관계라고 생각하면 될 것 같아."

어젯밤의 키스를 나 몰라라 할 생각은 없었다.

하준이 모른 척하면 먼저 말을 꺼낼 생각이었다.

"이 사건 해결하기 전까지, 나 신중하게 생각해볼게."

못하는 게 없는 남자 229

하준이 일하느라 못 잤다면, 강희는 생각들을 정리하느라 잠을 못 잤다.

서로 다른 이유로 날을 샌 덕분에 두 사람의 눈이 빨갰다.

"결혼에 대해서."

'결혼'이란 단어가 흘러나오자 하준이 상체를 세웠다.

제 입에서 흘러나오는 한 자 한 자를 새겨넣을 듯이 눈빛이 진지해졌다.

"연애만 해도 되면 지금 당장 해도 되는데."

"결혼하고 연애해."

……그럴 줄 알았다.

"죽을 때까지 연애하는 기분처럼 설레게 해줄게."

아마도 저 얼굴과 이 정도 언변이면 가능할지도 모르겠다.

죽을 때까지 연애하는 기분으로 산다는 게.

"결혼을 고집하는 이유가 뭐야? 할아버지랑 한 약속? 아니면 가문에 대한 무게?"

"고작 그런 걸로 결혼을 결정하진 않아."

"그럼?"

"네가 연애는 가볍게 생각하고 결혼은 무겁게 생각하는 이유랑 같다고 해야 하나."

그 말엔 강희도 발끈했다.

"난 연애도 어렵거든?"

"결혼은 더 어려워."

하준은 단 한마디로 할 말 없게 만들었다.

"그러니까 너도 신중해지려는 거잖아. 그깟 서류가 뭐라고. 그 정도 표식은 해줘야 네가 뭘 하든 나도 얌전하게 있지."

하준이 유일하게 원하는 결혼은 저를 향한 무서운 집착이자 아름다운 구속이었다.

그걸 알면서도 강희는 다시 빠져들 각오를 할 수밖에 없었다.

"약속 하나만 해줄래? 어제처럼 나 흔들지 마. 내가 충분히 신중해지도록 시간을 주란 뜻이야."

결혼을 깼다는 말에 안타까워하면서도 다 그럴 만한 이유가 있을 거라고 믿고 아무 말도 묻지 않던 옥자 씨를 두 번 실망시킬 순 없었다.

"결혼이란 거, 나 엄청 이기적으로 따져볼 생각이거든. 너도 따질 거 있으면 따져보든지."

하준이 나른하게 웃었다.

"난 처음부터 지금까지 너한테 그래왔어. 이기적으로, 내 방식대로."

너무도 당당한 표정으로, 담담하게 말을 이었다.

"그러면 안 될 이유라도 있나? 오히려 사랑에 있어서 이기적이지 못한 게 바보 아닌가?"

뇌가 멍해졌다. 우리의 사랑에서 희생하는 건 너고 이기적인 건 나라고 생각했는데 오히려 하준은 제 방식대로 이기적인 사랑을 하고 있었다. 그걸 깨닫고 나니 마음이 조금 가벼워졌지만 자신을 그토록 마음에 들어 하지 않던 갑수가 떠올랐다.

"혹시나 해서 하는 말인데 어른들 걱정하지 마, 내가 알아서 해."

 그 생각을 또 귀신같이 읽어낸 하준의 말에 강희는 인상을 확 썼다.

 "네가 날 애 취급해서. 뭐든지 너 혼자 해결하려고 해서. 그래서 이 꼴 났잖아. 그래도 너 혼자 알아서 할래?"

 할 말 있으면 하고, 말씨름도 좀 하고, 우린 진작 이랬어야 했다.

 "이제 일하자."

 "나 좀 더 쉬고 싶은데."

 투정 부리듯 중얼거리며 제 다리를 베개 삼아 눕는 하준을 보니 이상하게 웃음이 나왔다.

 "정말 80살까지 기다리고 싶어?"

 무슨 소리냐는 듯 하준이 강희를 올려다보았다.

 "이 사건 마무리되면 네 소원에 대답 들려주려고 했는데."

 벌떡 일어난 하준은 어느새 컴퓨터 방으로 향하고 있었다. 들어가기 전, 그가 다시 돌아섰다.

 "그 약속 지켜, 주강희."

 컴퓨터 방의 문이 닫혔다.

 하준이 나오지 않은 게 벌써 4시간째, 하는 수 없이 강희는 노크를 하고 문을 열었다.

귀에 이어셋을 낀 채 무서운 속도로 집중하고 있는 하준은 책상 위에 올려놓은 생수조차 입에 대지 않았다.

이렇게까지 혹사하면서 집중하라고 한 말은 아닌데.

강희는 그의 뒤에 서서 모니터를 내려다보았다.

"뭐 하는 건지 나한테도 말해주면 안 돼?"

4시간 만의 첫 대화 시도에 키보드를 두드리던 하준의 손이 드디어 멈추었다.

"딥웹을 추적 못 하는 이유가 우회 아이피를 이용해서라고 했던 거 기억하지?"

설명을 하며 저를 바라보는 두 눈은 안쓰러울 만큼 빨갛고 낮은 음성은 꽉 잠겨 있었다. 피곤하다 못해 나른한 자태가 보는 사람까지 나른하게 만들었다.

맞다, 나도 못 잤지.

몽롱하게 풀어지는 눈에 힘을 주며 강희가 생수를 건네자 다행히도 하준은 그걸 단번에 원샷했다.

"블록이 우회 아이피를 여기저기 엄청 심어놔서 접속이 끊기기 전에 내가 바이러스를 심었어. 그런데 우회 아이피가 많다 보니 그걸 찾아내는 데 시간이 소요되었고, 그쪽에서 눈치채고 인터넷 연결선을 끊는 바람에 실패했지."

키보드를 두드리는 것 말곤 컴퓨터엔 문외한인지라 하준이 하는 말들을 강희는 이해하기 힘들었다.

하지만 하준에게 여유를 주려고 말을 건 거라 나름 목적은 달성한 셈이었다.

"이번엔 회선이 끊겨도 추적할 수 있는 프로그램을 만들고 있어."

몸 안으로 차가운 수분이 퍼지며 무뎌졌던 감각을 깨웠는지 하준의 눈꺼풀이 무거워지는 게 보였다.

"블록 관리자가 이용하는 아이피들 전체에 추적 바이러스를 심을 거야. 접속이 끊겨도 우회 아이피들을 하나씩 하나씩 지워 나가며 추적하는 거지."

강희의 머리로는 도저히 이해할 수 없는 내용들이었다.

"그럼 블록이 이용하는 진짜 회선이 드러날 테고."

한 번 시작하면 끝을 보는 건 하준에게 일이든 사랑이든 예외는 없는 듯했다.

"두 번은 안 놓쳐."

전혀 모르는 분야여서 그런지 몰라도 하준이 진심으로 존경스러워졌다.

"그게 가능해?"

"컴퓨터 안에선 불가능한 게 없어. 불법이든 편법이든 속임수든, 다 안 통해. 오로지 실력으로만 레벨이 정해져, 그게 가장 큰 매력이야."

하준의 얼굴 위로 스치는 만족감을 본 순간 유진이 떠올랐다. 머리 아픈 프로그램을 왜 그렇게 좋아하냐고 물었을 때, 유진도 컴퓨터로 불가능한 건 없다는 똑같은 대답을 했었다. 조작할 수 없는, 오로지 실력으로만 승부하는 냉정한 세계라고.

"해커는 해커만이 잡을 수 있어. 그것도 오로지 실력으로."
그런데 눈에 띄게 눈을 깜빡거리는 속도가 더뎌진다.
"그 매력을 알게 되면…… 절대 빠져나오지 못해."
말을 하는 속도도 느려지면서 하준은 서서히 잠에 잠식당하고 있었다.
이러다 넘어질 것 같아 강희가 의자에서 일어나는 순간, 일은 벌어졌다.
"노력한 만큼…… 내게 돌……."
커다란 몸이 강희를 향해 그대로 고꾸라졌다.
우당탕탕. 하준을 품에 안은 채 강희는 뒤로 벌러덩 넘어졌다. 제 몸을 쿠션 삼아 하준을 받아내는 데 성공했지만 자신의 몸이 그 밑에 깔려버렸다. 하지만 오죽 피곤했으면 이렇게 잠이 들었을까 안쓰러울 뿐이다.
"그래, 까짓거 한 번 자주자."
하준의 머리를 어루만져주는 강희의 입가에 희미한 미소가 번졌다.

눈을 뜨니 창밖으로 어둠이 내려앉고 있었다. 분명 컴퓨터 방 바닥에서 잠이 들었는데 침대에 누워 있는 건 아마 하준이 옮겨놓았을 것이다. 눈을 비비며 침실을 나가자 음식 냄새가 진동했고 하준은 컴퓨터 방이 아닌 주방에 있었다.

"언제 일어났어?"

조금 민망한 목소리로 묻자 담담한 대답이 돌아왔다.

"1시간 전에."

"나도 깨워주지. 업무 시간에 농땡이 깠잖아."

"그게 왜 농땡이지? 너 때문에 나도 푹 잤는데."

하준의 뒤까지 다가간 강희는 눈을 동그랗게 떴다.

"너 설마, 요리해?"

"오므라이스. 레시피 찾아보니 쉽더라고."

처음 해보는 것치곤 손놀림이 능숙했다.

"너한테 어려운 게 있긴 해?"

진심으로 궁금해서 묻는 말에 하준이 비스듬히 몸을 틀었다.

"딱 하나 있지. 주강희 너."

내려다보는 눈빛이 따뜻했다.

"나보다 네가 더 어렵거든?!"

억울함에 강희가 발끈하자 하준이 피식 웃었다.

"앉아, 다 됐으니까."

식탁 위의 비주얼 좋은 오므라이스는 맛도 좋았다.

"요리 좀 한다, 너?"

"안 해서 그렇지 할 수 있는 건 다 잘해. 인정 좀 해주지?"

얄밉긴 하지만 사실이었다.

지금까지 지켜본 결과 안 한 건 봤어도 해서 못하는 건 없는 남자였다.

"백번 천번 인정. 뭐든지 넌 잘하는 것 같아."

"뭐든지라, 예를 들면?"

문득, 하준의 표정이 진지해졌다.

"디자인도 잘하고 글도 잘 쓰고, 프로파일링도 잘하고, 프로그램도 잘 만들고."

"업무적인 거 말고 다른 거."

음식 맛에 홀려 하준이 묻는 말에 필터링을 거치지 않은 말들이 줄줄 흘러나왔다.

"운동도 잘하고 청소도 잘하고 요리도 잘하고?"

정말 오랜만에 느껴보는 미각의 행복에 푹 빠진 강희를 보며 하준은 대수롭지 않다는 듯 담담히 물었다.

"침대에서도 잘하고?"

이 오므라이스 맛있어. 너무너무 맛있어. 많이 먹고 싶어.

"어, 침대에서도 엄청 잘하…… 유하준!"

오므라이스에 홀려 유도 신문에 걸려들 뻔했다. 숟가락을 놓고 노려보았지만 하준은 등을 돌리고 거실로 나가고 있었다. 원하는 대답을 듣고 만족스럽게 웃고 있을 유하준이 보지 않아도 훤했다.

오랜만에 강력 1팀끼리 뭉치자는 승남과의 통화를 끝낸 강희는 컴퓨터 방으로 향했다.

노크해도 대답이 없다 했더니, 역시나 하준은 귀에 이어셋을 끼고 있었다.

저놈의 이어셋.

그의 뒤로 다가가 이어셋을 빼자 그제야 하준은 모니터 화면을 멈춘 후 의자를 돌렸다.

"오랜만에 팀원들이랑 뭉칠 생각인데, 너도 같이 갈래?"

내가 퇴근하면 날 샐 각이니 어떻게든 끌고 나가야 했다.

"나랑 나가서 밥 먹고 술도 가볍게 한잔하고 사람들도 만나서 머리 식혀. 그리고 다시 들어와서 작업해. 그럼 머리가 잘 돌아갈걸?"

"난 그런 거 없이도 잘 돌아가."

이럴 때 보면 참 융통성 없었다.

"그냥 같이 좀 나가면 안 돼? 같이 여유를 즐기자는 거잖아. 넌 일하고 나 혼자 놀면, 내가 맘 편히 놀 수 있을 것 같아?"

그렇게 강희는 하준을 집 밖으로 끄집어내는 데 성공했다.

"프로그램 만드는 거 어렵지?"

"만드는 건 어렵지 않아. 보안망을 뚫는 게 시간이 더 걸리고 어렵지."

"블록 접속이 어려워서?"

"한 번 해킹 당한 이후로 철통 보안이야. 도저히 안 뚫려. 접속을 해야 바이러스를 심을 수 있고 추적도 가능한데."

"보안망을 뚫지 말고 역으로 우리를 추적하게 만들면 안 돼?"

때마침 목적지에 차가 도착했지만 시동을 끄지 않은 채로 하준이 강희를 보았다.

"흉악범이나 테러범 잡는 것보다 꼭꼭 숨어버린 범인을 찾는 게 우리한테도 가장 난관이야."

프로그램에 대해선 잘 모르지만 상황 파악은 빠른 강희의 눈에 하준은 너무 정석으로 뚫으려고 하고 있었다.

천재라 자신감이 있고 결국은 해낼 테지만 너무 잔머리를 안 굴린다.

"그럴 때 우린 미끼를 던져. 살살 건드리면 어설프게라도 흔적은 나타나거든."

하지만 강희는 범인들을 잡다 보면 심리전도 벌이고 추격전도 벌이고 잔머리란 잔머리도 죄다 굴린다. 함정도 파고 속이기도 하고 구석으로 내몰아서 기어이 잡고야 만다.

결론은 그 방면으론 하준보다 강희가 한 수 위란 의미였다.

"형사들이 범인을 잡을 때 무력을 쓰기 전에 최대한 부드럽게 설득을 시도해. 왜일 것 같아? 붙으면 우리가 질까 봐? 처음부터 대놓고 공격성을 드러내면 상대방은 죽어라고 방어해. 생각해봐. 네가 문을 열었는데 칼을 들고 있네? 그럼 나도 칼이야. 본능적인 방어 본능이거든. 네 실력으로 대놓고 덤벼드는데 상대방이 안 무섭겠어? 나 같아도 죽어라고 몸 사리면서 방어할걸?"

하준의 눈이 흥미롭다는 듯 가늘어졌다.

"계속해봐."

"블록에 게스트 입장이라는 거 있던데? 테스트를 통과하면 정회원 자격을 주는 시스템."

강희는 기억을 더듬어 사이버 수사대에서 받아온 블록에 대한 자료를 떠올렸다.

"게스트로 입장해서 의심스럽게 굴면 블록에서 널 쫓지 않을까? 그때 너도 그 프로그램인가 뭔가 돌려서 추적하면……."

"주강희."

하준이 제 이름을 부르며 말을 잘랐다.

왜 부르냐고 고개를 틀자 순식간에 농도 짙어진 눈빛으로 하준이 안전벨트를 풀었다.

"안전벨트는 왜 풀어?"

……사람 긴장되게.

"아, 도착했구나. 내리려면 벨트 풀어야지. 나도 벨트 풀어야겠다."

덩달아 벨트를 푸는 손끝이 괜히 달달 떨린다.

"잠재적 관계니까, 허락 구하면 해도 되나?"

조수석으로 하준의 상체가 넘어오자 지나치게 가까운 거리감에 야한 상상이 폭발해버렸다.

"키스."

저 똑똑한 머릿속엔 지우개가 있나, 경고한 게 오늘 아침인데.

"내가 흔들지 말랬지."

"흔들면, 흔들려 줄 거고?"

무섭게 노려봐도 겁먹긴커녕 사랑스러워 죽겠다는 듯 바라보는 저 남자를 내가 어떻게 이겨.

"뽀뽀만…… 살짝 해."

대답하기 무섭게 하준이 입술로 이마에 도장을 찍고 눈꺼풀 위에 찍고 뺨에 찍고, 입술 주변을 자잘하게 맴돌았다.

그 잔망스러운 입맞춤에 또다시 애가 달은 건 강희였다.

이런 포인트에선 이상하게 융통성에 잔머리까지 좋다.

"일부러 감질나게 한 거지?"

지그시 내려다보는 웃음기 어린 눈빛이 나른했다.

"그럼 제대로 하게 해주든가."

결국 그의 목을 끌어안고 입술을 부딪치는 건 강희였다.

동그란 테이블을 두고 사이좋게 둘러앉은 돼지 껍데기 집.

하준을 격하게 반기는 팀원들은 그만큼 격하게 술을 권했고 이순신처럼 단신으로 여러 명을 상대하던 하준은 금방 취했다.

그런 하준에게 강희는 불만이 한두 가지가 아니었다.

술이 약하면 안주빨을 세우든지, 그것도 아니면 꺾어 마시는 융통성을 발휘하든지.

그럼에도 말릴 수 없는 건 팀원들과 잘 어울리는 하준의 모습이 보기 좋아서였다.

"자자, 이제 동상이 한번 말해봐. 다시 시작한 거 맞지?"

무서워서 강희에게 묻지 못하고 하준에게 묻는 승남의 단점은 바로 눈치 없이 너무 멀리 넘어다보는 것이다.

못하는 게 없는 남자 241

"선배, 관심 좀 끄죠? 우리 아직 아무 사이 아니⋯⋯?"

그런데 하준이 강희의 말을 가로막았다.

"잠재적 관계입니다."

"잠⋯⋯ 뭐?"

승남이 부리부리한 눈을 치떴다.

"아직은 드러낼 수 없는, 하지만 앞으로의 발전 희망은 있는 관계."

잠재적 관계라는 말에도 팀원들은 젓가락으로 테이블을 두드리고 휘파람을 불고 난리가 났다.

이럴 줄 알았으면 같이 오지 말 걸 그랬다는 후회가 들 만큼.

신이 난 승남이 숟가락을 마이크처럼 잡았다.

"자자, 주목! 아무리 그래도 그렇지! 하늘 같은 팀장님을 쉽게 넘겨줄 순 없지 않습니까? 작가 동상 테스트 한번 해봅시다. 어떻소, 동무들?"

"맞소!"

"맞소!"

몇 년간 같이 일한 호흡을 이렇게 또 쿵짝쿵짝 잘도 맞췄다.

모두가 즐거워하니 말릴 수도 없고, 강희도 웃어버렸다.

나의 소중한 사람들이 행복할 수 있다면, 그까짓 안줏거리는 얼마든지 되어줄 수 있으니까.

"험험, 주강희 씨 이후 사귄 여자가 있습니까?"

하준의 앞으로 승남이 숟가락을 불쑥 내밀었다.

"없습니다."

하준도 진지한 표정으로 숟가락에 대고 대답했다.

술이란 게 둘이 마시면 애틋하고 여럿이서 마시면 즐겁고, 여튼 누가 개발했는지 몰라도 상 주고 싶을 정도다.

어느새 강희도 다리를 꼬고 앉아 관전모드였다.

"자자, 마음의 의리는 지켰고 이젠 몸의 의리를 확인해볼까요? 몸 따로 마음 따로 노는 짐승만도 못한 놈이믄 이 형들이 다구리 때려요?"

웃고 있는 강희의 옆구리를 툭, 찌르며 현오가 속닥였다.

"저렇게 남의 연애에 감 놔라 배 놔라 하니 본인 연애를 못 하죠."

"내버려 둬. 저런 재미라도 있어야 웃지."

"마지막 키스는 언제? 어디서?"

승남의 두 번째 질문에, 강희의 얼굴이 굳었다.

자, 잠깐! 이 질문은 좀!

당황해서 막으려고 했지만 하준은 이미 숟가락에 입술을 붙이고 있었다.

"오늘."

삽시간에 고요해진 분위기.

"……주차장에서."

숟가락을 집어 던진 승남이 주먹을 날리자 피하지 못한 하준이 뒤로 넘어졌다.

그런데도 분에 풀리지 않은 듯 승남은 씩씩거렸다.

"나한테 맞아서 열 받냐? 그럼 동상도 나한테 덤벼! 아니믄

못하는 게 없는 남자

고소해!"

 놀란 현오와 김 경위와 달리 강희는 차분하게 다시 하준에게 달려드는 승남의 뒷덜미를 잡아챘다.

 옷에 목이 걸리자 승남이 돼지 멱따는 소리를 냈다.

 "커억!"

 "폭주는 여기까지. 그만 브레이크 밟아요, 선배."

 돌아선 승남이 네가 못 때리니 내가 때려주는 거라고, 여동생을 걱정하는 오빠의 눈빛으로 보았다.

 "여기 영업하는 식당이고 선배 경찰이에요."

 이곳으로 집중된 시선과 함께 바닥에 주저앉아 손등으로 입술을 닦는 하준이 보였다.

 ……왜 하필 또 입술이야.

 "경찰은 뭐 사람 아닙니까? 난 이대로는 못 넘어가니까 팀장님이 참아요."

 사람은 맞지만 다른 사람보다는 이성을 붙들어야 하는 게 경찰이었다.

 "이런 건 남자 대 남자로, 형 대 아우로! 아주 제대로 버르장머리를 고쳐놔야 한다니까요? 멘탈부터 탈탈 털어서 재정비해……."

 살포시 눈을 구기며 강희는 물었다.

 "대체 무슨 버릇을 고치겠다는 건데요?"

 물어본 건 강흰데, 대답은 하준에게 향했다.

 "내가 동상 믿고 제공한 정보가 어마어마한 거 알아 몰러!?"

……이건 또 뭔 소리야.

"근데 감히 나를 배신하고 팀장님을 배신해? 잠재적 관계면 어? 남자가 기다릴 줄 알아야지, 그따구로 주둥이 아무 데나 놀리고 다녀? 주둥이도 아랫도리처럼 관리해야 하는 걸 왜 모르냐고!"

다시 시작도 안 했는데 키스를 했다고 승남이 화내는 줄 알았는데 정말 엉뚱하게 하준이 다른 여자와 키스를 했다는 말도 안 되는 오해를 하고 있었던 거다.

"그 상대가 우리 주 팀장님이라고 해보든지! 내가 퍽이나 믿겠어, 엉?"

엄청난 오해에도 하준은 주저앉은 채로 담담히 승남을 올려다본다.

"우리 팀장님이, 어? 다시 사귀지도 않는 남자한테 그딴 스킨십을 허락할 것 같아? 절대 아니지! 암 그렇고말고! 얼마나 도도하고 명확하고 무시무시한 분인데!"

도도하고 명확한 건 좋은데 무시무시는 왜 붙는 거냐고 물으려는 걸 참으며 강희는 승남에게 나지막하게 속삭였다.

"선배, 입 다물고 좀 앉아줄래요?"

작게 속삭이며 생글생글 웃는 강희는 모르는 사람이 보면 미소 천사지만 아는 이는 다 안다.

채찍을 던지기 전에 주는 그녀만의 당근이라는 걸.

"아니면, 내가 직접 앉혀줄까요?"

그제야 현오와 김 경위가 잽싸게 움직여 승남을 다시 의자에 앉혔다.

바지를 탁탁 털고 일어나 아무렇지 않은 얼굴로 다시 의자에 앉는 하준은 속을 알 수 없게 담담했다.

이번엔 승남이 동생들에게 억울함을 호소했다.

"니들도 한마디 해봐. 우리가 이걸 모른 척해야겠냐? 내가 아무리 작가 동상을 예뻐한다지만 그래도 우리 주 팀장님만 하겠...... 읍!"

보다 못한 현오가 승남의 입을 틀어막았다.

"형님, 무식하게 근육만 키우지 말고 눈치도 좀 키웁시다."

"내아 머어 어애다어(내가 뭘 어쨌다고)!"

김 경위가 한숨과 함께 중얼거렸다.

"오늘이라잖아요. 그리고 주차장이라잖아요."

눈을 부라리던 승남은 이제야 뭔가 감이 잡히는 표정이다.

현오의 손을 쳐 낸 승남이 부리부리한 두 눈으로 하준과 강희를 번갈아 보았다.

"이 새끼야, 그래도 명색이 형사인데 정황만으로 판단하면 안 되는 거 몰라?"

헛기침을 한 승남이 하준에게 진지하게 말했다.

"내 동상 유하준은 믿어, 근데 남자 유하준은 솔직히 못 믿지. 그래서 그러니 제대로 대답해."

이 정도면 알아챌 법도 한데 승남은 그걸 또 굳이 확인하려고 했다.

사실 다른 두 사람도 꼬장꼬장한 우리 팀장님이 다시 시작한 사이도 아닌 남자와 키스를 했을까 궁금해하는 눈치였다.

"오늘 마지막 키스 장소가 혹시 여기 고깃집 주차장이고 그 상대가 혹시 우리 주…… 웃!"

찰싹.

결국 강희의 손에 들려 있던 물수건이 승남의 요망한 입을 후려쳤다.

"제발 좀 그만하라고요, 선배!"

그런데 요망한 입이 하나 더 있었다.

"그 주차장…… 맞는데."

옆에서 조용히 들려오는 대답에 시선을 틀자 하준이 테이블 위에 턱을 괸 채 강희를 보고 있었다.

나른하게 풀린 눈에서 하트가 뿅뿅 넘쳐흘렀다.

아, 술이 깬 게 아니었어.

"키스한 것도 주강……."

"많이 취했네. 유하준 너 집에 가야겠다."

하준의 말을 가로막으며 강희는 어색하게 웃었다.

"……나 아직 덜 마셨는데."

하준에게서 술잔을 빼앗으며 강희는 일어났다.

"그만 마셔. 집에 가서 이제 자야지."

"아까 너랑 잤잖아."

잠깐! 그 잠이 아니잖아!

"근데 또 자?"

그걸 증명하듯, 휘둥그레진 세 쌍의 눈이 제게로 쏠리자 온

몸의 피가 얼굴로 확 몰리는 것 같았다.

"우선 나가자, 하준아. 내 말 좀 들어 응?"

하지만 하준은 순진한 아이처럼 오해 소지가 다분한 엄청난 말들을 잘도 흘렸다.

"네 말 들어주면, 오늘 나랑 또 잘 거야?"

승남이 '흡'소리를 내며 두툼한 손으로 제 입을 가렸고 현오와 김 경위는 벌게진 얼굴로 시선을 어디다 둘지 몰라 했다.

"약속하면 일어나고."

강희에겐 지금 하준을 달래서 데리고 나가는 게 급선무였다.

"알았어, 알았으니까 우선 일어나자!"

강희의 대답을 듣고 나서야 하준이 일어났다.

"우리 먼저 갈게요. 하준이가 많이 취한 것 같아서."

"어이쿠! 얼른 가요, 얼른! 하하하, 우린 멀리 안 나갑니다!"

승남이 얼른 사라지라는 듯 손을 휘이휘이 젓자 강희는 난감한 표정으로 입술을 깨물었다.

뭔가 변명을 해야 할 것 같은데, 변명을 하면 또 우스울 것 같고, 진짜 미치겠네.

비틀거리는 하준을 일으켜 세운 강희는 팀원들에게 경고했다.

"당사자 없는 자리에서 안주 삼는 거, 매너 아닌 거 알죠?"

"우리가 누굽니까? 의리로 뭉친 강력 1반 아닙니까? 그런 걱정 접어두고 팀장님은 어여 갈 길 가세요. 으하하하!"

뭘 해도 씹힐 상황이니 이럴 땐 그저 빠르고 조용히 사라지는 게 최선이었다.

"사랑 고놈이 나쁜 놈이제? 천하의 주강희도 사랑 앞에선 약자야, 약자."

"그 유명한 일화, 형님도 알죠? 알아주는 남자 연예인이 우리 팀장님한테 기습 키스했다가 돌려차기 당한 거."

아직 나가지도 않았는데 벌써 안줏감 확정이었지만 강희는 그냥 조용히 나왔다.

나로 인해 팀원들이 즐겁게 술을 마시겠다는데 오늘 제대로 씹혀주지 뭐.

주차장까진 어떻게 왔다. 그런데 차에 기대고 선 하준은 눈을 감고 있었다.

"유하준, 차 키 어디 있어?"

못 들은 척하는 건지, 잠이 든 건지 대답이 없었다.

"네 몸 더듬는 게 아니라 차 키 찾는 거야, 알았지?"

선전포고를 한 후 몸을 뒤졌지만 차 키는 어디에도 없고 이제 남은 건 엉덩이 쪽 바지 주머니뿐이다.

하준을 안듯이 뒤로 손을 뻗은 강희는 엉덩이 포켓을 더듬었다.

"대체 차 키를……!"

나직한 음성에 옅게 밴 열감 어린 욕망이 고스란히 전달되는 속삭임이었다.

"더듬지 마. 흥분되잖아."

졸음이 묻어나는 목소리가 몽롱하고 묵직했다.

"……책임질 것도 아니면서."

숨결이 닿는 목덜미가 간질거렸다. 얘는 취한 것도 왜 이렇게 야해.

"더듬는 게 아니라 차 키 찾는 거거든?"

"차 키 없어도 돼."

맞다. 유하준 차는 연식이 오래된 내 차가 아니지.

잠 안 온다더니, 강희가 운전하는 동안 하준은 쌔근쌔근 잠이 들었다.

그런데 오피스텔 입구에 낯익은 사람이 보였다.

"……안녕하세요, 할아버님."

조심히 다가서서 건넨 인사에 돌아서는 사람은 바로 갑수였다.

담담한 눈빛을 보니 강희가 여기 왜 있는지 아는 것 같았다.

갑수의 시선이 조수석으로 향하자 강희는 차분히 대답했다.

"술을 좀 마셔서 잠이 들었어요."

"손주 놈이 자니, 강희 양이 대신 늙은이랑 잠시 말동무 좀 해주겠나?"

……거짓말, 날 보러 왔으면서.

골목에 세워진 검은 세단에 같이 타자마자 갑수가 입을 열었다.

"나도 아네. 지금 이 상황에서 강희 양 잘못은 하나도 없다는 거. 어쩌겠는가. 손주 놈이 좋아서 강희 양 동의도 없이 혼자 벌인 일을. 강희 양이 힘들게 마음먹었는데, 이 녀석이 그래도 포기를 못 하니 나도 답답하구먼."

갑수는 단 하나의 질문을 위해 밑밥을 까는 중이고 그걸 알기에 강희는 진짜 질문을 하기까지 기다렸다.

"그래서, 우리 손자 놈이랑 다시 시작할 생각인가?"

떨리는 숨을 고른 강희는 차분하게 질문을 되돌렸다.

"시작한다면, 받아줄 생각은 있으세요?"

"이 상황의 열쇠를 쥐고 있는 건 내가 아닌 강희 양이야. 안 그러나?"

부드러운 미소가 입가에 머무르고 있지만 자신을 바라보는 눈빛은 선택을 번복하지 말라는 무언의 압박을 하고 있었다.

"먼저 할아버님께 감사드려요."

느닷없는 대답에 의도를 파악하려는 듯 갑수의 눈이 가늘어졌다.

"그전에 제가 했던 선택, 후회하지 않습니다. 그대로 결혼했다면 저 정말 후회했을 것 같아요."

하준만을 생각하며 섣불리 결정했고, 닥치면 잘하겠지 하고 안일하게 생각했던 결혼이다.

대화 하나 없이, 서로의 방식대로 일방통행인 결혼은 그 끝이 뻔했다.

하준도 사람이니 끊임없이 부딪치며 서로에게 지쳐가고 감정은 격해졌을 것이고 그토록 사랑했어도 남남이 됐을지도 모른다.

"할아버님 때문에 다시 생각할 수 있었고 각오도 다졌습니다."

너와 내가 뭘 해야 하는지, 작은 후회를 발판 삼아 큰 후회를 비껴갈 수 있는 방법까지.

"강희 양 말은, 다시 하준이와 시작이라도 하겠다는 건가?"

"솔직히 지금도 진지하게 생각 중입니다."

"좀 실망이군. 자네까지 말을 번복하는 성격일 줄 몰랐어."

"실망시켜서 죄송합니다. 근데 저도 실수란 걸 하고 후회란 걸 하는 사람입니다. ……할아버님처럼요."

갑수의 얼굴에서 미소가 사라졌다.

"할아버님도 저와의 결혼을 흔쾌히 허락해놓고선, 뒤에서 반대하셨잖아요. 반 협박까지 하셨고요."

갑수는 앞뒤 다르게 말을 했고, 강희는 결정을 번복하고.

"큰 결심해주신 건, 사회에 정의를 세우는 데 한몫했다고 생각해주시면 될 것 같아요."

서로에게 잘한 것도 없지만 잘못한 것도 없다는 생각이 들었다.

"오랜 세월을 살아오며 연륜을 쌓으신 할아버님도 번복하는 결정, 저는 딱 한 번만 하겠습니다."

기가 찬 눈빛으로 갑수가 바라봤다.

"저랑 하준이, 살아온 인생이 짧은 만큼 실수도 하고 후회란 것도 해요. 하지만 그걸 통해서 저희는 더 성장합니다. 그렇게 성장하는 저희 둘을 지켜봐 주셨으면 해요. 이해해주셨으면 하구요."

결혼 직전까지 갔지만 모든 걸 엎고 헤어질 결심을 한 나와 보내준다고 해놓고 다시 나타나서 나를 흔드는 너는 또 이렇게 만나서 서로를 흔들고 서로를 바라보고 있었다.

"하준이와 결혼 결심을 하게 된다면, 할아버님이 문제 삼은 것들에 대한 합리적인 방안을 제시하겠습니다. 어떤 문제든 돌파구라는 건 항상 있거든요."

갑수의 무거운 침묵해도 강희는 침착함을 잃지 않았다.

"그리고 할아버님, 뭐든지 일방적인 건 없습니다. 쌍방이 함께 노력해야 합의에 도달해요."

나 혼자 희생할 생각도, 일방적인 이해를 바랄 생각도 없다.

"마음에 드는 며느리는 약속 못 하지만 노력하는 며느리는 약속드릴게요."

조용히 듣고 있던 갑수가 드디어 입을 열었다.

"내가 왜 자네 말을 들어줄 거라 생각하지?"

"할아버님과 어떤 약속을 했든, 하준이는 저 아니면 결혼 안 할 거예요. 할아버님 손주가 머리가 워낙 비상하니 상황은 어떻게든 피해 나가겠죠. 그걸 아시니까 절 찾아오신 거 아닌가요?"

그때 하준에게서 전화가 왔고 전화를 돌리자 바로 메시지가 왔다.

어디야.

"죄송합니다, 할아버님. 저 이만 가봐야 할 것 같습니다."

차 문손잡이에 손을 대자, 갑수가 깊은 한숨을 내쉬었다.

"내 손자가 자네 때문에 모든 걸 다 포기했어. 지금 벌여놓은 일도 그렇네. 내 손자가 얼마나 위험한 일을 감수하고 있는지 아나?"

"그 생각은 해보셨나요? 위험한 일을 감수할 각오까지 할 정도라면, 제가 끝까지 흔들리지 않았을 때 하준이가 어떤 선택을 할지요."

한 방 먹은 듯 갑수의 표정이 멍해졌다.

"저는 제 방식대로 최선을 다해서 지킬 겁니다. 그러니 할아버님도 할아버님 방식대로 하준일 지켜주세요."

아무 말도 하지 않지만 강희를 바라보는 갑수의 눈빛이 형형했다.

"그럼 가보겠습니다."

그 말을 마지막으로 강희는 담담하게 돌아섰다.

어차피 각오했던 일이고, 한 번은 부딪쳐야 할 상황이었다.

현관문을 열고 들어가자 하준도 막 욕실에서 나오고 있었다.
허리에 타월만 두르고 있는 근사한 몸은 볼 때마다 느끼지만 참 적응이 안 된다.

당혹스러운 표정으로 휙 돌아선 강희는 심장이 쿵쾅거림을 느꼈다.

"술 깼나 보네. 안전 귀가 확인했으니 난 갈게."

발을 떼기도 전에 어깨가 팔에 감기고 단단한 몸이 뒤에서 밀착해왔다.

향긋한 체취와 달콤한 백 허그 자세로 응석 부리듯 중얼거렸다.

"내가 말했지. 약속은 지키기 위해 하는 거라고."

응석 부리듯이 나직하게 속삭이는 뜨거운 입술이 목덜미를 지분거린다.

"……오늘은 나랑 같이 자."

노골적으로 드러낸 의도가 불순했다.

"지금 나 유혹하는 거야?"

목덜미를 타고 올라온 부드러운 숨결이 귓가에 닿았다.

"유혹하면, 받아주긴 할 거고?"

유혹을 받아주고 싶어서 대답할 수가 없었다.

충동적인 욕망이 아니란 걸 알면서도 섣불리 받아줄 수 없는 건 이게 마지막 경계선이니까.

작게 한숨을 내쉬는 소리에 하준이 강희를 놓아주었다.

"신경 쓰지 마. 술기운에 그냥 해본 말이니까."

……거짓말, 진심이면서.

젖은 머리칼을 느리게 쓸어 올리는 초조한 손짓과 나른하게 내리뜬 긴 속눈썹. 속눈썹 끝에 걸린 끓어오르는 새까만 눈동자와 온몸에서 발산하는 열기까지.

지금 하준은 강희를 원하고 있었다.

"근데 술 마시면 원래 이러냐?"

입 안이 바짝 마른 강희는 박하사탕을 꺼내서 입 안에 넣으며 하준을 보았다.

"컨트롤이 잘…… 안 돼."

뭐가 컨트롤이 안 되냐고 물으려는 그 순간, 하준이 갑자기 휙 시선을 피했다.

"강희 넌 집에 가 그만."

"숙취 음료라도 사다 줄까?"

걱정되는 마음에 발꿈치를 들고 얼굴을 가까이하자 그가 움찔하며 뒤로 물러났다.

"……내가 알아서 할게."

그가 보인 과민 반응에 강희가 가만히 바라보자 그가 다시 낮은 음성으로 으르렁거리듯 부탁했다.

"제발 좀 가주라."

쫓겨나는 것 같은 기분으로 돌아서려던 강희는 하준의 입술에 시선을 고정했다.

"입술, 또 터졌네."

"금방 낫겠지."

긴 손가락이 대수롭지 않다는 듯 입술 상처를 더듬었다.

"나 궁금한 게 있어. 왜 지 선배한테 맞고 가만히 있었어?"

"맞으니까 속이 다 시원하던데. 널 울린 벌을 받은 것 같아서. 아, 그럼 몇 대 더 맞았어야 했나."

하준답지 않은 바보 같은 대답에 강희는 웃어버렸다.

"넌 내가 어디 갔다 왔는지 왜 안 물어봐?"

"내일 말해줘."

"안 궁금해?"

"하루 늦게 들으면 큰일 날 일 하고 왔어?"

"그건 아니고."

"택시 타면 전화하고 집에 도착하면 전화해. 그때 말해주든지."

저를 못 보내서 안달 난 하준에게 강희는 조심히 물었다.

"유하준, 혹시 내가 뭐 잘못한 거 있어? 아니면, 같이 안 잔다고 해서 삐졌어? 네가 날 갑자기 막 급하게 쫓아내는 것 같아서."

"주강희, 넌…… 의식 안 돼?"

"뭐가?"

무심코 눈을 들었다가 들끓는 검은 눈동자와 마주쳤다.

"이 공간에 너와 나 단둘만 있다는 게."

한 걸음 더 좁혀진 거리.

"문만 열면 침실인 것도."

노골적으로 전해지는 욕망.

"너 때문에 흥분하고 있는 난."

닿지 않았는데도 느껴지는 단단한 몸이 뿜어내는 뜨거운 온도.

"지금 내가 널 보고 무슨 생각을 하는지도."

……이제 알겠다.

"알면 좀 가주든지."

하준을 불편하게 만들고 통제에서 벗어난 게 뭔지.

"미안."

그 말을 마지막으로 강희는 그곳에서 도망치듯 빠져나왔다.

아무것도 하지 않았는데, 심장이 벌렁거렸다.

⬤

침대에 벌러덩 누운 강희는 하준에게 전화를 걸었다.

"이제 막 씻고 누웠어. 근데 안 자고 있었어?"

[네가 도착했다는 전화 안 했잖아.]

"열부 납셨네."

[알아주면 고맙고.]

목소리를 듣는 것만으로도 하준이 보고 싶어졌다.

벌써 이러면 곤란한데.

이게 다 하준이 흔들어놔서다.

"유하준, 약속 하나 해줘."

[먼저 들어본 후에.]

호구처럼 맹목적이다가도 이런 면에선 절대 호락호락하지 않았다.

"너랑 키스를 두 번 하긴 했지만 딱 거기까지. 내 대답 듣기 전까지 더 이상 뭘 바라진 마. 오늘처럼 막 사람 심장 떨리게 나 흔들지도 말구."

하준과 함께 있으면 뇌가 정상적으로 작동하지 않았고 흔드는 대로 흔들려주고 싶었다. 아까만 해도 하준이 자제하지 않았다면 어디까지 갔을지 모르는 일이었다.

이래서 일은 어떻게 하고 생각은 언제 해.

이젠 하준과 있으면 짐승 같은 촉도 서질 않았다.

"너 때문에 내가 정신을 못 차리겠어. 제대로 된 사고를 할 수가 없다구."

돌아오는 대답이 없자 강희는 차분하게 말을 이었다.

"이 일을 마무리해야 너한테 대답도 해줄 수 있어, 알지?"

나직한 한숨 소리가 곧 그의 대답이었다.

[말해줘. 날 두고 어디 갔다 왔는지.]

지금까지 통화를 꽤 많이 했지만 이제야 하준의 통화 음성이 무척 듣기 좋다는 걸 깨달았다.

"유하준 너, 통화 목소리 엄청 근사한 거 알아?"

[그럼 앞으로 전화도 자주 하고 통화도 길게 하든지.]

하준의 대답에 강희는 문득 우리가 한 연애는 대체 뭐였을까라는 생각이 들었다.

바쁘다는 핑계로, 또는 방해할 것 같다는 생각에 전화도 자제했고 통화해도 볼일만 보고 바로 끊었는데.

"할아버님을 집 앞에서 만났어."

갑수에겐 미안하지만 하준이 먼저였다.

다른 누군가를 위해 하준을 속이는 것도 싫지만 혼자 고민하기도 싫다.

[할아버지한테 뭐라고 대답했어?]

"한 입으로 두말한 건 쌤쌤이니 퉁 치자고 했어."

[그리고?]

"넌 나 아니면 결혼 못 할 거라고 으름장도 놨어."

또 뭐가 있더라.

"아, 혹시 내가 다시 너와 결혼 결심하면 나 혼자가 아니라 할아버님도 같이 노력해야 한다는 말도 했는데. 너무 건방졌을까?"

[잘했어, 주강희.]

나직한 하준의 웃음소리에 강희의 입가에도 미소가 번졌다.

서로 털어놓고 들어주고 대화하고, 우린 진작 이랬어야 했는데.

"우리 이렇게 통화로 잡담 나눈 적 없는 것 같아. 그치?"

[서로 바빴으니까.]

"앞으로도 바쁠 텐데?"

[지금은 안 바빠서 통화하는 건가?]

강희는 대답 대신 그냥 웃었다.

[졸리면 말해.]

"나 안 졸리는데."

사실 너무 졸렸지만 처음으로 하준과 길게 하는 이 통화를 끊는 게 아쉬웠다.

[그럼 너 졸릴 때까지 통화하든지.]

"내가 끝까지 안 자면 어쩌려고?"

[밤새우지 뭐.]

"그래서 나 출근하면 또 기절하려고? 이젠 안 재워줘."

[들켰네.]

들킨 것치곤 담담한 말투였다.

"나 왜 유진이가 평범함을 그렇게 갈망했는지 알 것 같아."

잠들기 전 서로의 목소리를 듣는 것뿐이고 별 내용도 아니고 사사로운 잡담뿐인데도 이상하게 좋았다.

이런 걸 소확행이라고 하는 걸까.

"우리 너무 평범하지 못하게 사랑한 것 같아. 그치?"

너무 힘들면 돌아가라는 말뜻을 조금은 알 것 같았다.

[더 말해봐, 주강희.]

"뭐를?"

[아무거나, 뭐든지.]

"아무거나, 뭐든지?"

[그냥, 네 목소리 듣는 게 좋아서.]

"그럼 네가 먼저 말해줘."

결혼 직전까지 갔는데도 유진이라는 공통점 말곤, 우린 서로에 대해 아는 게 없었다.

"나를 만나기 전까지 네가 어떻게 살았는지."

[별거 없는데.]

못하는 게 없는 남자

"그래도 궁금해. 네가 말해주면 나도 말해줄게. 널 만나기 전까지 내가 어떻게 살았는지."

하준이 먼저 털어놓았고 그다음은 강희가 털어놓으며 그렇게 얼마나 더 통화를 했는지 기억은 나지 않는다.

어느 순간 잠이 들었고 눈을 뜨니 아침이었다.

휴대 전화를 확인하니 통화 시간이 8시간 59분째.

"전화가 왜 안 끊겼지?"

어리둥절해하는 그때…….

[잘 잤어, 주강희?]

휴대 전화 너머에서 하준이 나직한 음성으로 아침 인사를 건네왔다.

……맙소사.

상쾌한 아침의 시작이었다.

Chapter 22

방어하는 늑대와 덮치려는 여우

오늘 하준은 다른 목적지를 알려주었고, 요구사항까지 있었다.

―대학생처럼 입고 와.

후드 재킷에 하얀 티셔츠와 청바지, 검은 모자와 스니커즈, 거기에 백팩까지 맨 대학생 같은 하준의 모습에 그 이유를 알 것 같았다. 두 사람이 향한 곳은 강남의 번화가에 위치한 3층짜리 카페였고 아침인데도 손님들은 많았고 대부분이 노트북을 하고 있었다.
"이젠 말해줘. 아침부터 왜 여기로 오라고 했는지."
"네 말대로 한번 해볼까 하고. 미끼 던져서 낚는 거."
그 말을 하긴 했지만 하준이 하루 만에 실행에 옮길 줄은 몰랐다.
하여간 추진력 하나는 대단하다니까.

그만큼 머리가 따라줘서 그러는 거겠지만 말이다.

"그래서 어떻게 할 생각인데?"

"블록에 게스트로 접속해서 여기저기 들쑤시고 다닐 거야. 바로 잡히면 수상하니 우회 아이피 몇 개 심어서 숨는 척도 할 거고."

"그러다 진짜 들키면? 아니 여기로 들이닥치면?"

새까만 눈동자가 진지하게 응시해오자 내심 기대가 되었다.

천재의 머리에서 어떤 기발한 아이디어가…….

"도망가야지."

담담하게 말을 한 하준이 백팩에서 꺼낸 노트북을 강희 앞에 놓았다.

"네가 노트북으로 과제 하는 척해. 내가 휴대 전화로 원격 조정할 테니까."

"노트북 화면에 뭘 하는지 드러내는 건 똑같지 않아?"

굳이 내가 연기할 필요가 있냐는 지적에 하준이 오만한 미소를 지었다.

"네가 보는 화면은 내가 짜놓은 프로그램대로 돌아가는 눈속임용이고. 진짜 모니터 화면은 내가 휴대 전화로 조작할 거야."

하준은 정말 천재가 맞나 보다.

"이런 건 또 언제 만들었어?"

"너 잘 때."

상큼한 미모 속에 왜 눈은 토끼처럼 빨갰는지 이제 알겠다.

"그래서 한숨도 못 잔 거야? 난 그것도 모르고 통화 상태로 쿨쿨 잔 거네."

미안함과 걱정이 잔뜩 밴 음성에 휴대 전화를 만지작거리던 하준이 눈을 들었다. 부드럽게 바라보며 흘러내린 머리칼을 넘겨주는 손짓이 다정하다.

"네 숨소리 들으면서 일해서 하나도 안 피곤해."

한시라도 빨리 이 일을 마무리하고 싶은 하준의 마음을 알 것 같아 미안해하는 대신 정신을 바짝 차리기로 마음 먹었다.

"최상의 시나리오가 미끼를 물었는지 확인하고 여기를 빠져나가는 거지?"

대답 대신 고개를 끄덕이며 휴대 전화를 조작하는 하준의 손놀림이 무척 빨랐다.

주변이 꽤 시끄러운데도 무서울 만큼의 집중력을 보이는 하준에게 또다시 유진이 겹쳐진다.

오늘 하준이 대학생처럼 입어서 그런 거라 생각하면서도 뭔가가 자꾸 마음에 걸린다.

왜 요즘 자꾸 하준에게서 유진을 보는 걸까.

떨어지지 않는 시선을 틀어 노트북에 고정하자 하준의 말대로 모니터 화면은 제멋대로 움직이고 있었다.

모니터 화면을 바라보며 강희는 현오에게 전화를 걸었다.

"나 여기 역삼동 XXX 카페야. 하준이랑 둘이 있는데 타격대 출동 가능 여부랑 시간 체크 좀 해줄래?"

혹시 모를 만일의 사태에 대비를 해야 했다.

[지금 역삼 XX 신축 아파트에서 건설시공사 관계자들이랑 아파트 조합원들이랑 충돌이 있어서 그쪽으로 타격대 모두 출동했다는데요? 가장 빨리 출동할 수 있는 타격대가 25분이고 카페 앞 번잡한 것까지 감안하면 30분 예상됩니다.]

아무래도 날을 잘못 잡은 것 같다.

5분 대기조가 30분인 것도 문제지만 그 시간이면 이미 상황 정리 끝인데.

"그럼 수방사(수도방위사령부) 타격대는?"

[비공개 수사라 출동 요청하기에 무리가 있을 거 같아요. 그럴 만한 명목이 없잖아요.]

무거운 침묵에 현오가 조심히 말을 이었다.

[저랑 김 경위님이라도 갈까요?]

"그럴 필요 없어. 현오 넌 전화 끊고 5분 후에 서장님한테 상황 알리고 도와달라고 해."

[우리 서장님이 퍽이나 해줄까요? 그런 걸.]

서장을 움직일 만한 사람이 누가 있을까, 강희의 머리가 빠르게 돌아갔다.

"그건 내가 알아서 할 테니까 넌 결과나 알려줘."

전화를 끊자마자 강희가 메시지를 보낸 사람은 바로 하준의 할아버지였다.

> 할아버님, 안녕하세요. 주강희입니다.
> 지금 손자분이 위험할 수도 있는 상황입니다.
> 그러니 서장님께 전화 한 통만 넣어주세요.

> 저희 쪽 요청이 뭐든 무조건 협조해주라구요.
> 저는 제 방식대로 하준일 지킬 테니
> 할아버님은 할아버님 방식대로 지켜주세요.
> 제발 부탁드릴게요.

목숨이 위험할지도 모르는데 그까짓 자존심 따위, 개나 주라지. 조마조마하게 가슴을 졸이는 그때, 현오에게서 메시지가 왔다.

> 수방사 타격대
> 10분 안에 카페 근처에서 대기 타겠답니다.
> 비상 상황 없이 종료 시
> 조용히 해산할 테니 부담 갖지 말라는 말도 하던데요?
> 팀장님 좀 짱이신 듯.

그때, 하준이 느닷없이 통보했다.

"나가자, 주강희."

"그쪽에서 미끼 물었어?"

"미끼를 안 물어서 방법을 좀 바꿨는데 열 받아서 이쪽으로 사람 보냈을 거야."

"뭘 했는데?"

"잡을 테면 잡아보라고 경고 메시지 좀 띄웠지."

"겨우 그걸로 여기까지 쫓아온다고?"

노트북을 접어 백팩에 넣는 행동이 자연스러우면서도 민첩했다.

"트래픽 과부하 걸어서 사이트 다운시켰어. 복구하는 데 꽤 걸릴 테고 손해가 막심할 거야. 의도적으로 뚫려줬으니까 눈에 불을 켜고 추적했을 거야."

"……얼마나 걸릴까."

딥웹 1위든 뭐든, 설마 수방사 타격대보다 빨리 오진……?

"위치 파악은 1분도 안 걸려. 여기까지 오는 시간이 문제지."

"그러니까 네 말은 그 사람들이 지금 널 죽이러 온다는 소리네."

"해커들이 종종 써먹는 수법이야. 나 좀 알아달라고 과시하고 스카우트 제의받는 거."

이 상황에서조차 몹쓸 자신감을 드러내는 하준을 강희는 노려보았다.

"유하준, 내 손에 장을 지지는데 지금 너 죽이러 오는 거야."

"제안을 거절하면 죽이겠지."

국내의 유명 해커 몇 명이 정말 블록에 넘어갔다고 했으니 가망성 없는 말은 아니었다.

"블록이 내 아이피 파내는 동안에 내가 그쪽 데이터를 긁어왔거든."

멍한 눈빛으로 쳐다보자 하준이 오만하게 웃는다.

"기특한 짓 했는데 칭찬 안 해주나?"

"우선……."

강희는 고귀한 일을 해낸 천재 해커의 손을 가만히 잡았다.

"도망 먼저 치자."

그때, 카페 앞에 검은 승합차가 멈추더니 열린 문 사이로 험상궂은 장정들이 쏟아져 나왔다.

모 아니면 도, 형사거나 조폭이거나 둘 중 하나겠지만 목숨이 걸린 만큼 숨어서 확인해야 했다.

"유하준, 화장실 쪽 뒷문으로 빠져나가자."

자연스러우면서도 빠르게 화장실 쪽으로 향하자 유리 뒷문으로 다가서는 험상궂은 남자들이 보였다.

앞뒤 다 막힌 상황에서 하준과 눈이 마주쳤고 텔레파시가 통하는 순간 동시에 빠르게 움직였다. 뒷문 옆으로 나 있는 적당히 어둡고 비좁은 공간에서 약속이라도 한 것처럼 두 사람은 서로에게 달라붙었다.

언제 어디서나 먹히는 키스 타이밍을 지금 쓸 생각이었다. 누가 먼저 할 것도 없이 서로 입술을 부딪쳤고, 지금 이 순간조차 잊을 만큼 몰두해버렸다.

항상 느끼는 거지만 그는 키스를 너무 잘하고 그와의 키스가 너무 좋다.

키스가 깊어질수록 알 수 없는 갈증에, 가는 손가락이 매끄러운 흑발을 마구 헤집었다. 커다란 손이 뜨거운 열감을 품은 채 셔츠 안으로 파고드는 순간…….

"강남서 주강희 팀장님?"

자신의 이름에 강희가 입술을 떼고 고개를 틀었다.

거친 숨을 몰아쉬며 집요하게 따라오는 입술을 손으로 막은 후, 제 이름을 부른 남자를 빤히 쳐다보았다.

작은 키에 각이 잡힌 어깨, 다부진 체구, 예리한 눈을 가진 남자였다.

"저 서울청 광수대 윤석일 형사인데, 기억 안 나시나 봐요."

남자가 내민 경찰 신분증을 보고서야 강희는 굳은 표정을 풀었다.

"몰라봐서 죄송해요."

"팀장님은 절 모르는 게 당연합니다. 하지만 주 팀장님은 형사들 사이에서 강남서 미모의 로보캅 형사로 워낙 유명해서요."

미모의 로보캅 형사라. 나쁘지 않은 별명인지라 강희는 씨익 웃으며 장난스럽게 말했다.

"강남서의 미친개는 아니구요?"

"하하하! 그럴 리가요. 그런데 이렇게 입고 있으니 하마터면 못 알아볼 뻔했습니다."

두 사람이 대화를 나누는 동안 하준은 벽에 기대서서 윤석일을 관찰했다.

인상은 험할지언정 강희를 바라보는 눈은 초롱초롱했고 말투는 수줍음이 가득했다. 같은 남자라면 모를 수 없게 짙은 감정을 풀풀 풍기는 게 마음에 들지 않았다.

진하게 키스하는 걸 보고도 저런 눈빛을 하다니.

하준이 의도적으로 손을 뻗어 젖은 입술을 엄지로 느릿하게 문지르자 강희가 또다시 찌릿 노려보았다.

"입술이 너무 젖어 있어서."

하준은 태연하게 웃으며 허리를 기울였다.

"근데 닦을 수 있는 게 내 손밖에 없네."

강희의 귓가에 다정하게 속삭이면서도 윤석일을 빤히 보는 건 다시 한 번 드러내는 수컷의 영역 표시였다.

그제야 하준을 본 윤석일의 얼굴이 묘하게 일그러졌다.

처참한 패배를 인정하면서도 희망을 잃지 않은 눈빛이 강희에게 다시 향했다.

"근데 주 형사님도 작전 수행 중입니까? 아니면…… 진짜 애인 분?"

강희가 뭐라고 대답하기도 전에 하준이 강희의 어깨를 감싸 끌어당겼다.

"애인보다 더한 사입니다."

그녀가 딱 한 번 했던 말을 또다시 우려먹었다.

"결혼을 염두에 둔, 잠재적 관계."

"그 말 그만 좀 써먹어."

작게 속삭이는 음성에 하준은 씨익 웃어주었다.

"네가 정해준 우리 관계잖아."

강희가 따라 웃자 한쪽 뺨에 움푹 파이는 볼우물에 두 남자의 눈이 제대로 홀렸다.

사납게 올라선 하준의 눈빛이 넌 무슨 자격으로 이 여자의 미소를 보냐고 따지듯이 응시했다.

시선을 느꼈는지 윤석일도 대담하게 눈을 맞추어왔고 아주 찰나, 파지직거리는 눈빛 싸움이 이어졌다.

아무리 봐도 자신이 이길 구석이 없다는 걸 빠르게 깨달은 윤석일의 패배는 당연한 거였다.

"주 경감님이 얼빼…… 흠흠, 연하를 좋아하는 줄은 몰랐네요. 근데 굳이 왜 여기서……."

웃고는 있지만 윤석일은 충격받은 것 같았다.

"제 사생활이니 대답할 의무는 없는 거죠?"

"그, 그럼요!"

웃음기 없는 강희의 서늘한 반응에 그제야 윤석일도 정신을 차렸다.

"근데 윤 형사님, 카페 앞에 멈춘 검은 승합차도 광수대 소속인가요?"

"아, 네."

"혹시 이번 출동, 블록과 관련된 건가요?"

어떻게 알았냐는 듯 윤석일의 눈이 동그래졌다.

"윤 형사님, 대장님 좀 만날 수 있을까요?"

"물어보고 알려드릴게요."

급하게 카페 안으로 들어가며 윤석일은 고개를 갸웃했다.

"근데 저 남학생, 어디서 본 것 같단 말이지."

얼마 만에 타보는 지긋지긋한 승합차인가.

큰 키에 단단한 체격, 속을 꿰뚫을 것 같은 형형한 눈빛의 김항석은 형사들 사이에서 유명했고 괜히 광수대장이 아닌 만큼 강희도 내심 존경하는 분이었다. 서울에서 일어나는 굵직한 사건 대부분은 김항석이 해결한 거라고 해도 과언이 아니었다.

"저는 설명 끝났으니 이제 대장님이 설명하실 차례인데요."

매서운 눈빛을 하준에게 고정한 채 항석도 간략하게 설명을 했다.

첫째, 블록에서 다양한 범죄가 거래되다 보니 오래전부터 광수대도 지켜보았다는 것.

둘째, 전문 인력이 투입되었지만 블록의 보안망이 견고해서 오랫동안 수사에 진전이 없었다는 것.

셋째, 하준이 의도적으로 뚫려준 아이피를 쫓아 출동했다는 것.

"자네도 알다시피 그전에 블록을 해킹했던 해커가 살해당한 이력이 있어."

"그건 저도 보고서에서 봤습니다."

"보고서는 세세한 사항을 남기지 않지. 그 해커는 스카우트 제의를 거절해서 죽임을 당한 거야."

몰랐던 사실이었기에 강희는 솔직히 조금 놀랐다.

"우리는 손해 볼 것 없는 출동이야. 블록과 맞닥뜨리면 좋겠지만 아니어도 실력 좋은 해커는 구할 수 있으니."

광수대가 패싸움이라도 벌일 것처럼 몰려온 이유였다.

"그런데, 강남서에서 블록을 수사하고 있다는 보고는 못 받은 것 같군."

영역을 침범당한 맹수처럼 항석의 얼굴에 불쾌감이 어렸다.

"강남서로 해커의 제보가 접수되었습니다. 첫 번째 사례 같은 일이 일어나지 않도록 서장님 지시하에 비공개 수사로 전환해서 보고가 안 갔을 겁니다."

"그러니 오늘처럼 위험한 일이 발생한 거 아닌가."

부정적인 항석의 말투에서 그가 이번 사건을 단독으로 진행하고 싶어 한다는 것을 눈치챘다.

이 사건을 해결할 때 팀 전체에 떨어질 실적 때문이겠지만 그런 이유라면 강희도 마찬가지였다.

나도 내가 책임지고 먹여 살려야 할 내 식구가 있는데.

"아이피는 저희가 의도적으로 노출한 거고 충분히 빠져나올 수 있는 상황이었습니다. 대장님도 의심 안 하고 지나쳤으면 말 끝난 건 아닌가요?"

두 사람의 관계를 묻지 않고 확신하는 항석에게 굳이 부정하지 않았다.

"솔직히 궁금하군. 이번 일 때문에 두 사람이 인연이 된 건지, 아니면 그전부터 이런 사이였는지. 뭐 그게 중요한 건 아니네만."

"사적인 질문에 대답할 의무는 없지만 이건 하겠습니다. 그 전부터 알고 있는 사이는 맞지만 제가 의도한 일은 절대 아닙니다. 형사님도 아시다시피 제가 그럴 만큼 실적이 궁색한 형사는 아니라서요."

당당하면서도 태연한 강희의 대답에 항석도 반문은 못 했다.

그도 그럴 것이 서울청 광수대를 위협할 만큼 치고 올라오는 게 강남서의 강력 1팀이었으니까.

"주 형사 자네 능력 있는 거 나도 인정해. 광수대로 영입하고 싶을 정도야. 하지만 욕심이 너무 과해. 자네 혼자 해결할 스케일이 아니야, 이건. 시작이야 어찌 되었든, 애인 목숨이 위험해지는 걸 바라지 않는다면 우리한테 맡기고 자네는 이쯤에서 손 떼. 광수대엔 주 형사 애인을 보조해줄 전문 인력도 있고 또 자네 혼자서 지키긴 무리야."

강희의 침묵을 긍정적으로 받아들인 항석은 목소리에 더 힘을 실었다.

"그렇지 않아도 블록이라는 말만 나오면 프로그래머들이 몸을 사려. 그런 상황에서 두 번째 희생자가 나온다? 그럼 블록은 영원히 못 잡아."

하준은 자신과 관련된 일을 남에게 맡길 남자가 아니었다.

그런 남자가 모든 선택권을 강희에게 주는 것처럼 무관심하게 창밖을 내다보고 있었다. 나 혼자서 지키는 건 버겁다는 광수대장의 말이 맞을지도 몰랐다. 혼자 감당하기엔 블록은 너무 광대한 조직이란 걸 알지만 그렇다고 해도 하준의 목숨을 남에게 맡기기 싫었다. 어느 누구도 나만큼 그를 지키지 못할 테니까.

"광수대에 합동 수사 요청합니다."

항석이 픽, 웃었다.

"내가 그걸 받아들일 거라고 생각하나?"

"제가 사랑하는 사람은 제가 지키고 싶어요. 광수대 실력이 아무리 좋아도 목숨 걸고 지키는 저만 할까요? 거절하시면 지금 이대로 비공개 수사로 진행하겠습니다."

다시 만난 하준을 외면하지 못한 이유도 두 눈으로 보지 않으면 두렵고 불안해서였다.

그때, 하준이 차 문을 드르륵 열었다.

"강희야, 먼저 내려서 기다릴래? 마무리는 내가 해야 할 것 같아서."

응시해오는 검은 눈동자가 차분했다.

하준을 보는 항석의 눈이 가늘어졌.

강희가 내리자마자 남자의 분위기가 삽시간에 바뀌었다.

졸업을 앞둔 파릇파릇한 대학생인 줄 알았는데, 가만히 보니 외모만 앳될 뿐 풍기는 분위기는 보통내기가 아니었다. 속내도 드러내지 않고 파악도 전혀 되지 않는 남자는 지금껏 항석이 전혀 만나보지 못한 부류였다.

어떻게든 파악하려는 항석을 비웃듯이 남자는 느긋하게 입을 열었다.

"합동 수사 지휘권, 주 형사에게 줘요."

실적을 강력 1팀으로 몰아달라는 요구나 마찬가지였다.

"자네가 중요한 역할이란 건 인정하지. 하지만 우리도 무료 봉사는 안 해."

"무료 봉사는 좋은 일이기라도 하지. 하지만 해결을 코앞에 둔 사건에 숟가락 얹는 건 치사한 행동이죠."

항석의 눈빛이 살벌해졌지만 하준은 느긋하게 말을 이었다.

"그쪽 추적까지 막느라 블록 보안망이 일시적으로 나한테 뚫렸어요. 덕분에 내가 데이터를 좀 많이 긁어왔거든요. 그 공을 생각해서 거래 제안하는 겁니다. 물론 손해 보는 거래는 당연히 아닐 테고."

"……들어는 보지."

"유명 정치인들 휴대 전화 해킹 사건, 돈으로 돌려 막고 있다죠? 지금 광수대에서 압박도 심하고 해결하기 난감한 사건이라던데."

"자네가 그걸 어떻게 알지?"

"제가 사전 조사가 좀 완벽합니다."

"사전 조사 방법이 불법일 것 같은데."

"불법이란 증거 있어요?"

남자가 능청스럽게 웃었다.

같은 남자가 봐도 눈이 확 뜨일 만큼, 눈꼬리에 단 눈웃음이 매력적이었다.

"표정 관리하세요. 형사들이 가장 좋아하고 필요로 하는 걸 말한 것뿐이니."

불법과 합법의 아슬한 경계선을 유지하며 남자는 항석을 들었다 놨다 하고 있었다.

"합법적으로 작업하게 영장만 가지고 와요, 그럼 내가 그 해

방어하는 늑대와 덮치려는 여우 277

커 신상 탈탈 털어 넘겨주죠."

블록 사이트를 다운시킨 것만으로도 이미 실력은 입증했다.

"그거 해결하면 윗선에서 알아서 실적 채워줄 거라고 했을 텐데. 특히 대장님 당신."

경찰청장과 은밀한 식사 자리에서 오간 대화 내용을 이 남자가 어떻게 알까.

"고민할 여유가 아직 남았습니까? 여기서 시간 더 끌면 정치 해킹 게이트 바로 열릴 텐데."

"하나만 묻지, 목숨까지 걸 만큼 이런 위험한 일을 자처한 이유가 뭔가?"

건조하게 마른 하준의 눈동자가 창밖으로 향했다.

광수대 형사들과 대화를 나누고 있는 강희가 보였다.

바람에 흩날리는 부드러운 머리칼과 반짝거리는 눈동자, 즐거운 듯 올라간 입꼬리.

저 웃음을 지켜주고 싶고 저 모습을 죽을 때까지 보고 싶다.

"남자가 미친 짓 할 이유는 딱 하나 아니겠습니까?"

내 목적은 오로지 하나, 주강희니까.

수방사 타격대가 철수했고 멀어지는 광수대의 승합차를 바라보는 강희는 복잡한 표정이었다.

그때, 커다란 손이 온기를 잃고 차가워진 손을 감싸왔다.

"무슨 걱정 있어?"

유하준은 잠시도 제게서 눈을 떼지 않는 남자라는 걸 잠시 잊었다.

강희는 몸을 틀어 그를 빤히 올려다보았다.

오늘 계획했던 모든 일이 잘 풀렸는데 난 왜 이렇게 찝찝하지?

느닷없이 곤두선 촉이 불안함을 증폭시켰다.

"블록, 왜 안 나타났을까."

블록이란 사이트의 존재를 알렸다는 이유만으로 해커는 살해당했고, 그 해커에 비하면 오늘 하준이 한 일들은 굉장했다.

그런데 도대체 왜.

"자기들 말고 나를 쫓는 제삼자가 광수대란 걸 알았겠지. 나도 눈치챘는데 그쪽에서 몰랐을 리가 없어."

하준은 의외로 담담한 표정이었다.

"광수대 그렇게 만만하지 않거든?"

지역의 구애를 받지 않고 넘나드는 광역수사대는 대한민국 형사들의 자부심이었다.

"광수대는 만만하지 않아도 그쪽에 배치된 프로그래머는 아닌가 보지."

그럼에도 여전히 가슴 안의 불안함은 존재했지만 하준을 걱정시키기 싫어 싱긋 웃어 보였다.

"듣고 보니 그렇네. 우린 이제 미션 완료했으니까 돌아갈까?"

"좀 더 있다 가자."

"……굳이?"

"철두철미한 놈들이라 쫓아오는 대신 카페 CCTV를 해킹했을 수도 있어. 광수대랑 비슷하게 사라지면 의심받을 거야."

오늘 일도 잘 마무리했겠다, 남은 시간은 데이트하고 싶다는 핑계로 들렸지만 모른 척 넘어가주고 싶은 강희였다.

두 사람은 다시 카페 창가 쪽에 자리를 잡았다.

"유하준 너 노트북 작업할 거야?"

"오늘은 그만할 거야."

"웬일로?"

"내일부터 달려야 하니 오늘은 좀 쉬어야지."

자신이 쿨쿨 자는 동안 잠을 이기며 밤샘 작업했을 하준이 안쓰러웠다.

뭐라도 해주고 싶은데, 뭐가 좋을까.

잠시 고민하던 강희는 결심을 굳히고 하준에게 말했다.

"오늘 저녁은 내가 요리해줄까?"

"주강희 너, 요리도 할 줄 알아?"

대답 대신 강희가 노려보자 하준이 피식 웃었다.

"네가 해주는 건 다 맛있어."

"내가 해준 음식 안 먹어봤잖아."

"그런 건 안 먹어봐도 알아."

콩깍지 단단히 씐 그 말에 강희도 결국 웃어버렸다.

"안 해서 그렇지 나 요리 못하는 편은 아니거든?"

내 몸에 옥자 씨의 피가 흐르는데 나름의 손맛을 내지 않을까.

 강희는 그걸 오늘 실험해볼 생각이었다.

 두 사람이 향한 곳은 하준의 집이었다.

 이곳에 오는 게 강희는 아직 불편했지만, 임시 거처는 하준이 싫다고 하고 마땅히 요리할 만한 곳이 없었다.

 지하 마트에서 하준과 간단히 장을 봤다.

 메뉴는 가장 쉽고 시간도 오래 걸리지 않는 된장찌개, 계란말이, 어묵볶음.

 장을 다 보고 나서야 왜 사람들이 집에서 요리하지 않고 사 먹는지 알 것 같았다.

 메뉴는 간단해도 부가 재료가 이렇게나 많이 필요할 줄 몰랐다.

 전용 엘리베이터가 열리는 순간, 그 안에서 낯익은 얼굴이 내렸다.

 "늦게 가네."

 담담히 건네는 하준의 말에 유식이 불퉁하게 쏘아붙였다.

 "하던 건 마무리하고 가야죠, 작별 인사도 해야 하고. 근데 나 오늘 형이 지문 삭제해서 외출 한 번 못하고 X뺑이 치며 일했어요."

 "지운다고 말했잖아."

"……적응이 안 돼서. 여튼 난 갑니다. 이제 다시 이 집 올 일은 없겠네."

말은 하준에게 하는데 유식의 눈은 강희에게 고정되어 있었다.

"조심히 가고."

"내가 조심할 게 뭐 있어요. 형이 조심해야지."

이번에도 느끼는 거지만 눈빛이 곱지 않았다.

아니, 유식은 처음부터 강희를 마음에 들어 하지 않았었다.

"유식 씨, 저녁 안 먹었으면 먹고 갈래요? 제가 요리란 걸 도전해볼 생각인데. 재료도 넉넉하고 해서."

"됐습니다."

그런데 바로 거절당했다.

"즐길 수 있을 때 실컷 즐기세요, 형사님."

……뭘 즐기라는 거야?

"그럼 저 가요, 형."

엘리베이터에 오른 강희는 하준에게 물었다.

"유식 씨가 날 엄청 싫어하는 것 같은데, 내 착각 아니지?"

"신경 쓰지 마."

"어떻게 신경을 안 써. 네가 아끼는 후배잖아."

"쟤 원래 사람 다 싫어해. 네가 잘한다고 변할 일 없어."

"그런 쓰레기 같은 성격도 있어?"

"나도 그랬었는데. 그래서 유식이랑 코드도 꽤 잘 맞았고."

과거를 떠올리듯이 담담하게 하는 말에 강희는 조금 놀랐다.

강희가 아는 그는 차갑긴 했지만 누구에게나 깍듯하고 정중했던 남자였으니까.

엘리베이터 문이 열리고 바로 현관문이 보이자 하준이 말했다.

"문 열어, 주강희."

"내 지문 안 지웠어?"

"지울 이유가 없으니까."

지문을 대자 스르륵 열리는 문을 보며 강희는 다시 한 번 깨달았다.

하준은 헤어져준 게 아니라 생각할 만큼 하고 다시 돌아오라고 잠시 놓아준 거라는 걸.

물론 그것도 못 기다리고 다시 나타나서 흔들고 있지만.

정말 오랜만에 들어온 집은 모든 게 변함이 없었다.

장 본 것들을 주방으로 가져가며 강희는 중얼거렸다.

"그래도 난 유식 씨랑 잘 지내고 싶은데."

하준의 유일한 지인이자 후배가 자신을 싫어한다는 게 신경 쓰였다.

"유식이 그 녀석도 좋은 사람 만나야 변할 거야."

돌아선 하준이 식탁에 몸을 기대며 강희를 빤히 응시해왔다.

"내가 널 만나고 변한 것처럼."

이젠 그에게 다가가는 게 두렵지 않은 강희는 하준의 앞에 서서 그를 가만히 올려다보았다.

보기만 해도 행복하다는 그 말을 깨달으며 강희는 수줍게 속삭였다.

"엄청 맛있게 해줄게. 기대해도 좋아."

싱크대에서 손을 씻는데 뒤에서 불쑥 튀어나온 손에 고개를 틀자 하준의 얼굴이 보였다.

"나도 손 씻으려고."

뒤에서 바짝 다가온 몸이 닿을 듯 말 듯했다.

"넌 욕실 가서 씻어."

"물 아껴야지."

기가 막혀서 반박하려고 했지만 행복해 죽겠다는 눈을 하고 있는 그에게 아무 말도 할 수 없었다.

그래서 잠자코 있었는데 손을 다 씻고도 하준은 요지부동이었다.

싱크대 양쪽에 손을 짚고선 자신을 품에 가두는 이 자세가 얼마나 신경 쓰이는지도 모르고선.

물을 잠근 강희는 한숨과 함께 속삭였다.

"요리를 하라는 거야 말라는 거야."

"해줘. 네가 해준 요리 먹고 싶어."

"그럼 좀 떨어지던……."

투욱—.

목덜미에 얼굴을 파묻은 하준이 뜨거운 숨을 함께 토해냈다.

"주강희, 네가 좋아."

낯 뜨거우면서도 간질거리는 순진무구한 고백을.

"너무 좋아서 죽을 것 같아."

크고 단단한 체구로 이렇게 사랑스럽게 해오면 나보고 어쩌라고.

조심히 돌아선 강희는 하준의 허리에 팔을 감았다.

"나도 네가 좋아. 넌 상상도 할 수 없을 만큼, 말도 안 되게 엄청 많이."

돌아오는 대답이 없어 조심히 고개를 들자 지금 당장 저를 집어삼킬 것 같은 검은 눈동자와 맞닥뜨렸다.

무슨 일이 일어날 것만 같아 침을 꼴깍 삼키는 순간, 하준이 먼저 시선을 틀었다.

"재료 손질 도와줄게."

냉정할 만큼 휙 돌아서서 식탁으로 향하는 하준을 바라보는 강희의 입에서 절로 한숨이 새어 나왔다.

제 입에서 나오는 한숨이 안도인지 아쉬움인지도 모르겠다.

"요리, 요리에 집중하자."

그럴싸한 요리는 30분 만에 완성이 되었고 옥자 씨가 물려준 유전자 때문에 똥손까진 아닌 것 같았다.

첫 요리치고 비주얼도 맛도 그럴싸했고, 먹는 욕구가 쥐꼬리만큼도 없던 하준이 밥 두 그릇을 뚝딱 해치웠다.

이래서 사랑하는 사람에게 요리를 해주는구나 싶기도 하고.

식사가 끝나자 자연스럽게 치우는 하준을 바라보는 강희의 눈빛이 흐뭇했다.

지금 이 상황이 결혼해서 같은 집에 살면서 벌어지는 일상이라면 행복할 것 같다. 오로지 나만 볼 수 있는 내 사람의 모습,

어쩌면 그게 결혼의 가장 큰 묘미가 아닐까.

둘만 생각하면 행복하지만, 결혼은 두 사람이 아닌 두 가족이 만나는 거였다.

한국에서 하는 결혼의 가장 큰 장점이자 단점이었다.

거실로 나와 소파에 앉자마자 강희의 휴대 전화가 울렸다.

> 주 팀장님, 잘 들어가셨어요?
> 두 시간 전에 메일 보냈는데
> 확인을 안 하시길래 겸사겸사 연락드립니다.

메시지 발신인은 윤석일 형사였다.

"아, 맞다. 광수대에 보고서 공유해준다고 했는데. 전화로 말해야겠다."

"누구한테 전화하려고?"

"낮에 보았던 광수대 윤석일 형사."

소파에 몸을 파묻고 눈을 감고 있던 하준이 눈을 뜨자 차가운 눈동자가 드러났다.

"광수대장한테 직접 해."

"나도 대장님은 어렵거든요? 윤 형사가 상대하기 편해."

"윤석일이란 형사가 널 좋아하는데도?"

시선 한 번 주지 않더니, 어떻게 알았을까.

조금 당황하긴 했지만 강희는 솔직하게 말했다.

"윤 형사가 대놓고 표현하지 않는 이상 나 신경 안 써. 남이 멋대로 품은 감정까지 내가 책임져야 할 이유는 없잖아."

유진의 죽음 이후 자신을 짝사랑하는 남자들은 수도 없이 많았다. 제 잘난 맛에 사는 몇 놈들이 들이대긴 했지만 고백을 받아본 적은 단 한 번도 없었다.

그만큼 강희는 남자들에게 철옹성이었다.

허리를 세우고 강희를 바라보는 그의 눈동자엔 더 이상 잠기운은 없었다.

"나도 네 허락 없이 멋대로 감정을 품었어."

두려울 만큼 잘 알고 있었다.

"넌 감히 상상할 수도 없고 감당할 수도 없을 만큼."

처음 만난 순간부터 지금까지.

오로지 나에게만 폭발하는 이 남자의 수많은 감정들을.

"그런 나에게도 책임감을 못 느껴?"

거대한 파도처럼 다시 몰아붙이는 하준을 보며 더 이상 대답을 미루는 건 시간 낭비라는 걸 깨달았다.

"유하준 네가 나한테 어떤 감정을 품었든. 그게 뭐든지."

이젠 내가 널 놓지 못할 것 같아.

"죽을 때까지 책임질 거야."

그래서 스스로가 지금 얼마나 위험한 발언을 하고 있는지 깨닫지 못했다.

하준의 몸이 전하는 무게감에 휩쓸려 소파에 등을 대고 누운 건 순식간이었다.

꽤 익숙한 자세와 낯 뜨거운 각도로 그가 자신을 내려다보고 있었다.

"지금 내가 품은 감정도 책임져줄 수 있어?"

하준은 사람을 헷갈리게 만드는 재주가 뛰어났다.

곧 죽어도 선을 넘지 않을 것처럼 악착같이 참아내서 나까지 안심시켜놓고선 또 이렇게 경계선을 거침없이 넘으려고 한다.

"내가 어떻게 해주면 좋겠어?"

떨리는 입술 위로 뜨거운 숨결이 내려앉았다.

"오늘 밤은 나랑 같이 있어."

허락을 구하듯 느리고 천천히, 간절함이 어린 하준의 키스를 강희는 거부하지 않았다. 조심스럽게 입술을 눌러오는 하준의 머리칼에 손을 묻고 헤집었다.

더 자극적인 키스를 바라는 마음에 제게로 끌어당겨 입을 벌리자 말캉한 혀가 기다렸다는 듯 파고들었다.

아랫배가 간질거리면서 통증에 가까운 소양감이 살결을 쑤셔댔다. 머리칼을 헤집던 손을 내려 등에 손톱을 박자 거친 숨결이 강희의 목 안까지 밀려들었다.

제대로 자극당한 듯 파고드는 입술이 더 집요해졌지만 그 이상의 진도는 없었다.

아랫배를 묵직하게 압박해오는 단단한 몸체의 감촉은 이토록 아찔한데 왜 더 이상 하지 않을까.

애가 달은 작은 손이 탄탄한 허벅지 안쪽을 파고들자 하준이 급하게 입술을 뗐다.

당장이라도 집어삼킬 것처럼 들끓는 눈을 하고선 가만히 내려다볼 뿐 어떤 행위도 하지 않는다.

달뜬 숨을 토해내며 가는 팔로 하준의 목을 휘감은 건 강희였다.

멈추지 마. 더 해줘.

그런데 하준이 목을 감은 손을 풀어내서 깍지를 끼더니 열 손가락에 경건한 키스를 끝낸 후 소파에 반듯하게 앉았다.

"왜 그만해?"

반쯤 상체를 세운 강희는 열감에 흐릿해진 눈으로 하준을 보았다.

"더 이상 하면 안 될 것 같아. 못 참겠어."

마른세수를 하는 하준의 커다란 손에 묘한 초조함이 묻어났다.

"안 참으면 되잖아."

"너랑 결혼 전까지 안 잘 거야."

"뭐어!?"

청천벽력 같은 소리였지만 지금 하준은 진지해도 너무 진지했다.

"처음부터 나 자신한테 한 약속이었어. 근데 그걸 깨서 너랑 이렇게 된 것 같아. 징크스라고 해야 하나."

말도 안 되는 징크스를 핑계 대며 하준이 거칠게 머리칼을 쓸어 올렸다.

"네가 다시 나한테만 와주면, 결혼 전까지 너랑 안 자겠다고 내 스스로와 약속했어."

"그럼 방금 키스는 뭐였는데?"

하준이 조금은 억울한 듯 낮게 말했다.
"뽀뽀하려던 거였어, 근데 네가 끌어당겼잖아."
지금 어디서 피해자 코스프레야, 그렇게 분위기를 몰아간 게 누군데.
"그럼 오늘 밤 같이 있자는 말은 뭐였어?"
"말 그대로야. 네가 곁에 있으면 푹 잘 수 있으니까."
"잠만 자자는 의미였다구? 그걸 그렇게 야리꾸리한 눈빛으로 말해?"
"그냥 쳐다본 건데."
"말도 안……!"
강희는 격한 숨을 골랐다.
그래, 그건 그렇다 치고 이건 꼭 따져야겠다.
"그럼 소파에는 왜 눕혔어?"
"넌 내려다보는 게 더 예뻐."
"그래서 오늘은 아니, 결혼식 올리기 전까지 잠만 자겠다고?"
대답 대신 가만히 바라보는 눈빛에서 결연한 고집이 느껴진다.
"나 결혼 승낙은 안 했는데?"
"나랑 할 거잖아."
……귀신같은 놈.
하지만 여기서 멈추기에 몸은 이미 달아올랐고 이대로는 못 잔다. 말로는 절대 못 이기니 차라리 육탄전으로 가는 게 나을 것 같았다.

강희는 하준의 다리 사이로 파고들어 무릎을 꿇고선 속삭이듯 불렀다.

"유하준."

너만 유혹하란 법 있어?

나도 유혹할 줄 알거든?

"나 이제 무슨 일이 있어도 절대 안 떠나."

탄탄한 허벅지를 어루만지듯 달래며 서서히 안쪽으로 파고들자 성난 듯 탄탄해지는 근육의 텐션이 손바닥에 고스란히 느껴졌다.

터질 것처럼 흥분한 하준의 욕망을 확인한 강희의 입가에 희미한 미소가 피어올랐다.

내가 이렇게 유혹하는데 네가 안 넘어오고 버텨?

"그러니까 걱정하지 말고……."

하준이 벌떡 일어났다.

"나 샤워 좀."

긴 다리를 성큼성큼 뻗으며 욕실로 사라지는 하준을, 강희는 너무 기가 막혀서 쫓아갈 생각도 못 했다.

기껏 흥분시켜놨더니 샤워로 몸을 식히겠다니, 어림없는 소리. 빠르게 쫓아가 욕실의 손잡이를 돌리던 강희의 눈이 휘둥그레졌다.

맙소사, 문을 잠갔어?

여자의 자존심에 금이 가며 야릇한 흥분이 고집스러운 오기로 바뀌었다.

"유하준, 문 좀 열어봐."

노크를 해도 문은 절대 열리지 않았다.

"진짜 치사하게 이러기야? 너 자꾸 이러면 나 확 가버린다?"

그제야 욕실 문 너머에서 나직한 목소리가 넘어왔다.

"문 열면 뭐 할 건데."

"뭐 하긴, 같이 샤워해야지."

2차 유혹 작전이었다.

"물 아껴야지."

네가 한 말이니까 얼른 문 열어.

"나 돈 많으니까 걱정하지 마."

너무도 태연한 대답에 강희는 떨리는 숨을 골랐다.

"유하준, 좋은 말 할 때 문 열어."

잠긴 문인 걸 알면서도 살짝 문고리를 흔들자 느껴진다.

"문 열라고."

욕실 너머에서 단단히 문고리를 잡고 있을 하준이.

"너 덮치려고 그러는 거 아니라니까? 유하준, 나 못 믿어? 우선 문만 열……."

말을 멈춘 강희는 웃어버렸다.

나 지금 뭐 하는 거야, 욕실 문을 사이에 둔 묘한 대치 상황이라니. 방어하는 늑대와 덮치려는 여우라니, 이게 말이 돼?

진짜 유하준 때문에 별짓을 다 해본다.

"나 침실 욕실에서 씻을게. 그러니까 편히 샤워하고 나와."

문고리에서 손을 떼자 그걸 느낀 걸까.

"……가려고?"

조심스러운 음성에 그의 절절한 마음이 느껴졌다.

얼마나 불안했으면 이런 말도 안 되는 징크스를 지키려고 하는 걸까, 여튼 모두 제 잘못이었다.

"안 가. 재워주라며."

침실로 향하는 강희의 입가에 미소가 번져 있었다.

옅은 어둠에 몸을 숨긴 채 휴대 전화를 들고 있는 남자는 높은 주상복합 오피스텔 건물을 올려다보았다.

누가 그랬던가, 모르면 몰랐지 한 번 맛본 마약은 절대 끊을 수 없다고.

여자는 조금도 관심이 없지만 돈과 도박은 아니었다.

돈이 절실했고 그러던 차에 딥웹 사이트인 블록을 알게 되었다. 온갖 불법이 공공연하게 거래되는데도 흔적 하나 남기지 않는 천국을 해킹해서 협박하려다가 된통 걸려버렸다. 블록은 감히 자신이 넘볼 만한 영역이 아니었고 도움을 받아 흔적은 어떻게 지웠지만, 블록이라는 거대한 천국은 이미 머릿속에 각인처럼 새겨졌다.

홀리듯이 다시 접속하자 순식간에 블록은 추적해왔고 접촉까지 하게 되었다. 수십억을 만질 수 있는 기회, 실력 발휘를 제대로 하며 엄청난 대우를 받을 수 있는 달콤한 제안. 그런데 빌어먹을 주강희, 그년 때문에 일이 틀어져 버렸다.

"여자만 잘 처리해주세요."

남자가 한 번 놀 거면 큰물에서 놀아야 하고 그런 의미에서 블록은 사라져선 안 된다. 악마 같은 자신을 제어해주던 사람에게서 버림받은 이상, 갈 곳은 거기밖에 없었다. 빚도 갚고, 보호를 받으며 마음껏 실력 발휘도 할 수 있고, 그에 맞는 대우도 상상 이상으로 받고.

"그럼 스카우트 제의 받아들일게요."

처음엔 도도한 그 자신감이 꺾일 만큼만 혼내주고 싶었지만 지금은 마음이 바뀌었다.

이 세상에서 사라져버렸으면 하고 바랄 만큼 증오스러운 주강희가 죽어버렸으면 좋겠다.

"제 실력은 이미 한 번 증명해 보였습니다. 아시죠?"

자신이 중간에 손쓰지 않았다면 상위 1%의 두뇌를 가진 천재 해커에게 블록은 진즉 털렸을 것이다.

"제가 있는 한 블록이 뚫릴 일은 없을 겁니다. 혹시나 해서 묻는 말인데 오늘 털린 건 없죠?"

서버가 2시간 반 동안 다운되었지만 보안망이 뚫리진 않았다는 확신에 찬 대답이 돌아왔다.

"다행이네요. 저도 오늘 공격에 대해선 듣지 못해서 말씀을 못 드렸습니다."

토사구팽, 남자는 자신이 딱 그 꼴이라고 판단을 했다.

"어차피 오늘은 바빠서 아무것도 안 할 겁니다."

천재 해커는 지금 마녀에게 홀려 있으니까.

"내일 저녁이면 괜찮을 것 같습니다. 이 집은 좀…… 힘들 것 같고."

최악으로 내몰린 상황에 남자는 얼른 해결해야 했다.

제3 금융권에서 끌어다 쓴 엄청난 빚, 사채업자가 장기까지 털어버리겠다고 협박하고 있었다.

"신림 쪽 집은 괜찮을 겁니다. 외진 데다 CCTV가 없는 사각지대에 있어요. 일 처리하고 흔적 감추는 것도 수월할 테…… 아, 감사합니다."

필요한 자금을 먼저 입금해주겠다는 말에 남자의 입가에 희미한 미소가 어렸다.

"몇 시 예상하세요? 워낙 의심도 많고 사람을 믿지 않는 철두철미한 성격입니다. 미리 보냈다가 낭패 볼 수 있으니 1시간 전에 사이트 쪽지로 주소를 보내드리죠."

나를 주울 땐 마음대로 해도 상관없었다.

하지만 버릴 때만큼은 아주 비싼 대가를 치러야 할 것이다.

통화를 끊은 남자는 이를 아드득 깨물며 소름 끼치게 웃었다.

"오늘을 즐기라고, 주강희."

다가오는 내일, 넌 죽게 될 테니까.

주강희가 육탄전으로 덤벼들면 그걸 버틸 자신이 있는가, 당연히 없다. 그런데 침실 안으로 들어온 강희의 모습에 하준의 동공이 격하게 확장되었다.

"여분 옷이 없어서 네 셔츠 하나 빌렸어. 괜찮지?"

살며시 미소 짓는 부드러운 입술과 걸을 때마다 물결치는 탐스러운 머리칼, 그리고 물기 젖어 반짝거리는 뽀얀 피부에 하얀 와이셔츠 아래로 뻗어 있는 늘씬한 각선미까지.

지독히도 야한 모습으로 거리를 좁혀오는 강희에게 넋을 잃은 하준의 옆에 그녀가 앉았다.

짙은 향기를 어지러울 만큼 흘리며 아무렇지 않게 수건으로 젖은 머리칼을 말리자 비스듬히 기울어진 각도에 가늘고 긴 목덜미가 무방비하게 드러났다.

"주강희 너……."

꽉 잠긴 목소리에 강희는 비스듬히 시선을 틀며 웃어주었다.

"덮칠 생각 없으니까 걱정하지 마."

욕실 문까지 뜯을 기세로 흔들땐 언제고 자신은 그렇게 밝히는 여자가 아니라며 마음을 고쳐먹었다고 했다.

지독하게 밝혀주면 좋겠는데, 지금 말고 결혼 후에 말이다.

얼마든지 상대해줄 자신 있으니까.

"아까는 좀 열 받기도 했고, 살짝 흥분도 했고."

뜨거운 시선을 느꼈는지 눈이 마주치자 예쁘게도 웃었다.

"여자라고 유혹하지 말고 흥분하지 말란 법은 없잖아?"

이런 순진무구한 솔직함이 오히려 더 자극적이라는 걸 정말 몰라서 이러는 걸까.

"나도 찬물로 샤워하고 가라앉혔어. 그거 효과 좋더라?"

더는 못 볼 것 같아 하준은 고개를 홱 틀어버렸다.

"우리 내일부터 정신없겠지?"

"블록 데이터 긁어왔으니 보안망 뚫는 건 시간문제야."

"그럼 이제 자러 가자."

침대에 먼저 올라간 강희가 옆자리를 팡팡 두드렸다.

"이리 와, 유하준. 재워줄게."

무심히 튼 자세 덕에 아찔하게 드러난 굴곡을 보니 오늘 과연 잠을 잘 수 있을지 의문이다. 옆에 눕자 타들어 가는 제 속도 모르고 강희가 품으로 파고들었다.

"유하준 네 의견, 존중해주려고 노력할게. 결혼 전까지 참을게, 나도. 새롭게 시작하는 마음으로."

품에 안겨 무방비하게 웃고 있는 눈앞의 주강희는 참을 수 없을 만큼 유혹적이지만 독하게 인내하기로 했다.

너에게 아내란 자격을 주고 나에게 남편이란 자격이 주어지면, 그렇게 합법적이고 당당한 관계가 되면 원 없이 널 안을 거라고 다짐하고 또 다짐하면서 말이다.

그러기 위해선 얼른 블록 건을 마무리 지어야 한다.

"주강희."

"……응?"

"잘 때는 떨어져서 잤음 하는데."

이상한 걸 느꼈는지 살짝 고개를 숙인 강희의 입에서 작은 탄성이 터졌다.

"미안, 진짜 미안."

눈으로도 확연하게 보이는 성난 형체를 확인한 강희는 화들짝 놀라 품에서 벗어났다.

"절대 고의로 자극하려는 건 아니었어. 샤워 다시 하고 올래?"

"……됐어."

"손은 잡고 자도 돼?"

그렇게 두 사람은 손을 깍지 낀 채 모로 누워 서로를 바라보았다.

어둠을 타고 서로에게 얽혀드는 시선은 뜨거운데도 도란도란 대화가 이어진다.

"이렇게 손만 잡고 자는 것도 나쁘지 않은 것 같아."

"……좋지도 않아."

"네가 먼저 하자고 한 거거든요?"

강희는 재밌다는 듯 웃지만 하준은 웃을 만한 여유가 없었다.

"침대에서 대화를 나누다니, 상상이나 했겠어? 그치?"

입이 아프지도 않은지 주강희는 다양한 주제를 끊임없이 종알거렸다. 그녀가 말이 많다는 걸 처음 알게 된 순간이지만 싫지는 않다. 옅은 조명 아래 즐겁다는 듯 빛나는 눈동자와 예쁘게 말려 올라간 입꼬리, 조곤조곤 흘러나오는 가늘고 부드러운 음성까지.

별것 아닌 이 시간을 강희는 행복해하고 있었으니까.

"오늘 유하준 너 좀 멋있었어."

대화를 하며 몰랐던 것들을 알게 되고 소통을 하며 작은 것 하나까지 서로를 공유하고.

이렇게 쉬운 걸 나는 왜 어렵게만 생각했을까.

너를 웃게 하고 행복하게 하고 싶었을 뿐인데.

폭발하듯이 빠르게 타오른 사랑에 눈이 뒤집어져서 그걸 몰랐다.

소소한 데이트 한 번 제대로 못 했는데도 만나기만 하면 발정 난 짐승 새끼처럼 안지 못해 안달이 나서 달려들기만 했다.

그런 하준을 기꺼이 받아준 건 강희였다.

"근데 유식 씨는 날 왜 그렇게 싫어하지? 윤재인이나 그러지, 남녀노소 가리지 않고 내가 좀 먹히는 스타일인데."

유식이란 이름이 나오자 하준은 현실로 돌아왔다.

"두고 봐, 유식 씨랑 꼭 친해지고 말 거야."

사실 그도 이해가 되지 않았다.

유식이 부정적이고 패쇄적인 성격이지만 특정된 누군가를 그렇게 미워한 적은 없는데 어느 순간부터 강희를 티가 나도록 싫어하고 있었다.

아마도 결혼 소식을 전한 후 감정이 극에 달한 것도 같았다.

"네가 봐도 나 요리에 소질이 좀 있는 것 같지 않아?"

사실 강희에게 말은 안 했지만 오늘 그녀의 음식을 하준은 사랑의 힘으로 먹었다.

"내일 아침은 에그 스크램블 도전해볼까? 레시피 검색해봤는데 쉽더라."

앞으로도 기꺼이 사랑의 힘으로 먹어줄 생각은 있지만 가급적이면 강희에게 요리를 맡기지 않는 게 낫다는 판단을 내렸다.

더 잘하는 사람이 잘하는 걸 하면 되는 거고 내가 시간도 남아돌고 실력도 나으니 말이다.

"먼저 일어나는 사람이 하는 걸로 해."

하준은 강희에게 천천히 손을 뻗어 흘러내린 머리칼과 갸름하게 빠진 얼굴선을 부드럽게 어루만졌다.

손길이 좋았는지, 가만히 감기는 얇은 눈꺼풀이 잘게 떨렸다.

"너무 좋다. 자기 전에 너랑 같이 누워서 얼굴 보며 이야기하는 거."

반짝 눈을 뜬 강희가 다시 눈을 맞추더니 배시시 웃었다.

"아무리 힘든 하루여도 피로가 싹 풀릴 것 같아. 이래서 연인들이 결혼하는 건가 봐."

사랑한다고 하면서도 결혼만큼은 부정적인 강희를 기어이 설득한 건 자신이었다.

결혼하고 싶게 만든 게 아니라 저를 향한 그녀의 마음을 협박하듯 이용해서 받아낸 거고 그것부터가 잘못되었던 거였다.

"유하준."

지금 난 그녀에게 해준 게 아무것도 없었다.

그냥 네가 너무 좋아서 같이 누워있었을 뿐이고, 네 모습을 눈에 담았을 뿐이고, 너의 목소리에 귀 기울이고 있을 뿐이다.

"내가 진짜 노력하면서 엄청 사랑해줄 테니까."

그런데도 세상에서 가장 행복하다는 듯 미소 지으며 프러포즈를 해왔다.

"나랑 결혼할래?"

하준은 아무 말도 할 수 없었다.

이렇게 예고도 없이, 넌 도대체 왜 자꾸 나를.

"왜, 내가 먼저 프러포즈해서…… 꺄악!"

숨이 막히도록 강하게 강희를 품에 껴안았다.

"내 곁에만 있어줘."

정신 못 차리게 홀리고 또 홀리는 건데.

"나도, 남은 내 인생도."

얼른 내일이 왔으면 좋겠다는 생각이 들었다.

"다 네 거야, 주강희."

너와 함께 맞이하는 아침이, 다가오는 내일이, 반짝반짝 눈이 부실 것 같아 기다려졌다.

Chapter 23

살아도 같이 살고 죽어도 같이 죽어

새벽 6시.

조금은 답답한 느낌에 눈을 뜨자 제 품에 꼭 안겨 잠이 든 강희가 보였다.

"언제 잠들었더라."

하준도 어젯밤의 마지막 기억이 흐릿했다.

웃음 짓는 반짝거리는 눈이, 종알거리는 도톰한 입술의 움직임이, 예뻐서.

새처럼 지저귀는 달콤한 속삭임이 좋아 한없이 듣고 바라보다가 강희가 먼저 잠이 드는 것까지 보았고 그 후 자신도 잠이 들었던 것 같다.

"아침 준비를 해볼까."

강희가 맛있게 먹을 걸 생각하며 미련 없이 침대에서 벗어난 하준은 샤워를 하자마자 주방으로 향했다.

어젯밤, 사랑하는 여자에게 프러포즈를 받은 거만한 남자의 아침이 시작되고 있었다.

내가 어제 몇 시에 잠들었더라.

졸음 가득한 눈으로 시계를 확인한 순간…….

"에그 스크램브으으을!"

강희는 비명을 지르며 욕실로 내달렸다.

빠르게 씻고 나왔지만 이미 거실에선 음식 냄새가 진동했고 주방으로 가자 자신의 존재도 모른 채 열심히 뭔가를 하고 있는 하준이 보였다.

살며시 뒤로 다가가 백 허그를 하며 강희는 작게 웅얼거렸다.

"……나 깨우지."

나만의 전용인 단단하고 따스한 등과 향긋한 체취.

아, 너무 좋아.

"잘 자는데 왜 깨워."

"아침 해주고 싶어서."

"내가 하면 되지."

"아침밥은 챙겨주는 여자가 되고 싶거든?"

웃으면서 몸을 튼 하준이 강희의 허리를 팔로 감쌌고 서로를 바라보며 이마를 맞대었다.

말 한마디 없는, 눈빛만이 오가는 아침 인사.

생크림 같은 눈빛으로 세상 다정하게 바라보더니 이마에 가볍게 입을 맞추었다.

"네가 남자인 날 목숨 바쳐 지켜주겠다고 한 것처럼. 아침밥은 여자가 챙겨줘야 한다는 법칙은 없는 것 같은데."

"너 그거 알아? 뭐든지 아주 제대로 우려먹고 제대로 이용해 먹는 거."

얄밉다는 듯 노려보자 하준의 입가에 나른한 미소가 번졌다.

"그리고 내가 여자라서 챙겨준대? 유하준 너니까 챙겨주고 싶다는 거지."

"결혼 후에, 네가 나보다 일찍 일어나는 날 해주든지. 그런 날이 올지 모르겠지만."

"유하준!"

발끈해서 쏘아보는 강희의 어깨를 하준이 잡아서 돌려세운 후 의자를 빼고 무릎에 딱 맞추어 밀어 넣어준다.

"빈속에 화내면 속 쓰려. 아침 먹고 화내든지."

곧이어 강희의 앞에 차가운 우유 한 잔과 에그 스크램블, 그리고 신선한 닭 가슴살 샐러드가 놓였다.

마주 앉아 가볍게 아침을 먹고 난 후 하준이 향긋한 커피까지 대령했다.

전면 통유리로 쏟아지는 햇살이 눈이 부실 만큼 아름다웠다.

통유리 너머 풍경과 햇살을 즐기며 커피를 마시던 강희가 조용히 입을 열었다.

"이 집 마음에 들어. 나 몸만 들어와서 살아도 돼?"

"마음까지는 들고 들어와. 나머진 내가 알아서 할 테니까."

하준과 눈이 마주치자 강희는 장난스럽게 윙크를 찡긋 보냈다.

"천재 유하준 씨, 방금 내가 한 말에 두 가지 의미가 있는데 맞혀볼래?"

"맞히면, 상은 있고?"

"당연하지."

그제야 하준은 따뜻한 아메리카노가 들어 있는 머그잔을 내려놓은 후 강희의 눈을 가만히 바라보다가 천천히 입을 열었다.

"첫째, 이 집은 다 갖추어져 있으니 혼수는 스킵하겠다."

역시 머리는 잘 돌아간다니까.

"나 좀 뻔뻔하나?"

"예뻐. 기특하기도 하고."

하준의 대답은 간결했지만 이제 강희도 알 것 같았다.

뭐가 예쁘고 뭐가 기특하다는 건지 말이다.

"믿어줘서 예쁘고 네 재력에 꽉꽉 기대줘서 기특해?"

대답이 마음에 든다는 듯, 하준이 입꼬리를 당겼다.

"똑똑하네, 주강희."

"그냥 받아들이기로 했거든."

복권 당첨이 수백 번 돼도 추월할 수 없는 재력 앞에 자존심이 상해 결혼 준비를 하는 그 순간까지 자존심을 세웠다.

지금 생각해보면 바보 같은 짓이었고, 그래서 이제 그만두려고 한다.

네가 나를 보려고 목숨까지 내건 그 순간, 쓸데없는 자존심은 다 녹아버렸으니까.

"남은 하나도 맞혀봐."

"결혼하게 되면 여길 신혼집으로 원하는 거고."

아무 대답도 하지 않는 강희를 보며 하준이 천천히 입술을 움직였다.

"정확히는 분가, 맞나?"

감탄스러움에 입이 살짝 벌어졌다.

뇌만 천재가 아니라 눈치까지 천재면 나보고 어쩌라고, 어찌 되었든 척척 눈치채주니 대화하기 편하긴 했다.

기혼녀들의 최대 고민 중 하나가 눈치 없는 남편이라던데 아마도 자신은 그럴 걱정은 없을 것 같다.

"유하준 네 의견 존중해줄게."

"분가는 너랑 결혼 생각했을 때 이미 염두에 둔 거야."

"집안 어른들이 싫어하시겠지?"

"싫다면, 안 할 거고?"

"결혼하는 건 너랑 나지, 어른들이 아니잖아."

걱정이 되긴 하지만 강희의 대답은 단호했다.

하준과의 결혼을 결심하며 다짐한 것 중 하나가 양보할 건 확실히 하고 양해받아야 할 건 확실하게 받자는 거였으니까.

"주강희, 나쁜 짓이 아닌 이상 우린 어른들께 허락을 받는 게 아니라 미리 알려드리면 돼. 그게 우리가 지킬 기본 도리고 예의야."

하준의 목소리는 조용하면서도 강했다.

누가 그랬던가, 남편은 남의 편이란 뜻이라고.

어떤 남편들은 그렇겠지만 하준은 죽을 때까지, 남의 편이 아닌 나의 남편이 될 남자라고 강희는 확신했다.
"우리 이제 같은 실수는 안 하겠다. 그치?"
실수는 누구나 하고 어쩌면 인생 자체가 실수투성이일지도 모른다. 하지만 그 실수로 교훈을 얻고 똑같은 실수를 되풀이하지 않으면 되는 거 아닐까.
식탁을 돌아온 하준이 무릎을 꿇고 강희를 가만히 올려다보았다.
"이제 걸핏하면 무릎 꿇어?"
웃음기 어린 목소리에도 하준은 진지했다.
"난 항상 네 목소리에 귀 기울일 거야."
다신 널 잃기 싫다는.
"그러니까 지금처럼, 나한테 뭐든지 다 말해줘. 작은 것 하나라도."
간절함이 밴 부탁이었고.
"나도 너에게 다 말할게. 그게 뭐든지."
애틋함이 밴 다짐이었다.

버스를 같이 타보고 싶다는 강희의 말에 하준은 처음으로 버스란 걸 타 보았다.
손을 잡고 걷다가 종종 시선이 느껴져 고개를 틀면 하준이 보고 있었고 눈이 마주치면 서로를 보며 웃었다.

같이 있는 것만으로도 그냥 이유 없이 좋았다.

하지만 집에 들어서는 순간, 두 사람의 분위기가 순식간에 달라졌다.

"블록에서 발신되고 수신되는 메시지, 저 컴퓨터로 실시간 확인할 수 있게 해놨어."

"오케이."

부연 설명을 하지 않아도 강희는 알아들었다는 듯 손으로 동그라미를 해 보였다.

머리 회전도 빠르고 눈치도 빠르고, 궁합도 잘 맞고.

환상의 콤비처럼 하준은 프로그램 만들기에 돌입했고 강희는 옆의 컴퓨터에서 제 할 일을 시작했다.

대화 한마디 없이 둘 다 무서운 집중력이었다.

점심시간이 되자, 가공 완제품으로 가볍게 식사를 한 후 다시 컴퓨터 앞에 앉았다.

빨리 이 사건을 마무리하고 싶은 생각에 두 사람 모두 열정적으로 제 몫을 하고 있었다.

해가 저물고 밖이 어둑해지자 강희가 입을 열었다.

"블록에서 메시지 보내거나 받을 때 알림 울리게 해줄 수 있어?"

"가능해."

하준은 바로 옆 컴퓨터를 원격으로 조정했다.

"나 커피 좀 가져올게. 인공지능인 누구와 달리 난 사람인지라."

얼마 후 텀블러에 옮긴 따뜻한 커피를 들고 온 강희가 책상 위에 올려놓고선 하준의 의자 손잡이에 걸터앉았다.

"내가 심한 컴알못이니까 알아듣기 쉽게 계획 좀 알려주면 안 될까?"

커피를 한 모금 마셔 목을 축인 후 하준은 담담히 입을 열었다.

"바이러스를 만들어서 심으려고 할 때마다 블록의 방화벽이 매번 달라졌어. 마치 내가 언제 어떻게 공격할지 알고 있다는 것처럼."

새로 만들고 수정하고 덤벼들 때마다 상황은 같았고 이런 적은 처음이었다.

누군가를 꿰뚫기만 했지 지금처럼 역으로 당해본 적은 없기에 나보다 레벨이 높은 해커가 드디어 등장했나 의심까지 했다.

"그래서 한동안 공격하지 않았어. 어제 오랜만에 공격한 게 먹힌 거고."

어제도 실패했다면 자존심에 제대로 금이 갔겠지만 성공했고 이렇게 허망하게 뚫릴 실력이 지금껏 어떻게 제 공격을 막아냈는지 의문이 생길 정도였다.

데이터를 훑어오며 블록에 심어놓은 프로그램은 단순했고 해리포터의 투명 망토처럼 블록을 휘젓고 다녀도 그쪽에서 눈치채지 못할 것이다.

"블록에 저장된 로그기록을 긁어왔어. 그걸 참고해서 새로 만들 거야."

 자기복제를 해서 시스템을 파괴하고 작업을 지연시키는 프로그램을 깔아놨으니 블록에서 우왕좌왕하는 동안 하준은 이제 원래의 할 일을 하면 되는 거다.

 수도 없이 많던 우회 아이피를 일일이 다 쫓아가서 걷어낸 후, 블록이 실질적으로 이용하는 아이피를 찾을 때까지.

 "……자신 있지?"

 강희가 묻는 의미를 알고 있다.

 자신의 실력을 못 믿어서가 아니라 제 안위가 걱정되어서 확인하는 말이란 걸.

 "시간 싸움일 뿐 처음부터 자신은 있었어. 이번 주 안에 마무리할 생각이고."

 "내가 또 도와줄 건 없어?"

 생각에 잠긴 강희의 시선이 모니터로 향했다.

 "네가 어제 블록에서 긁어온 데이터, 내가 지금 확인할까? 블록이 의외로 착수신 메시지가 많지 않더라구. 회원들에게 알림 메시지 자동으로 발신되는 거 말곤."

 강희가 알림을 울리게 해달라는 이유가 두 가지 일을 동시에 할 생각이었던 것이다.

 "양이 꽤 될 텐데."

 긴 속눈썹 끝에 걸린 눈동자가 미소 지었다.

 "원래 증거란 게 따끈따끈할 때 빨리 확인해야 해. 그리고 내가 컴퓨터는 못 해도 자료 분류나 분석은 기가 막히거든? 광수대나 우리 팀에 도움받긴 아직 위험할 것 같으니까 내가 틈틈이 해놓는 게 도움도 될 것 같구."

의외의 말에 하준은 흥미롭다는 듯 물었다.

"네 팀에 공유하는 것도 위험하다고 생각해?"

"공유하려면 인터넷 또는 기기를 이용해야 하잖아. 블록에 유명한 프로그래머들 많다며. 어디서 어떻게 지켜볼지 어떻게 알아? 여기는 뭐 실력 좋은 유하준이 버티고 있으니 못 뚫을 테고. 안전한 곳에서 내가 혼자 하는 게 낫지."

별일 아니라는 듯 말하는 강희에게서 하준은 시선을 뗄 수 없었다. 이렇게 멋진 여잔데 어떻게 반하지 않고 버틸까.

다시 제자리에 앉는 강희에게 하준의 시선이 따라 움직였다. 호텔에서 강희를 처음 본 순간부터 강렬하게 사로잡혔고, 그 이유는 당연히 형의 기억과 가슴에 품고 있는 심장 때문이라고 치부했었다.

하지만 주강희가 형의 여자란 걸 알아차리기 전, 본능이 먼저 그녀를 마음에 들어 했다. 그녀의 또렷한 이목구비와 당당한 분위기, 하이톤의 야무진 목소리까지, 무엇 하나 마음에 들지 않은 게 없었다. 그 순간 하준은 세차게 뒤통수를 한 대 얻어맞은 기분이었다.

형의 심장이고 뭐고 그건 핑계였고, 자신은 그냥 주강희 그녀에게 순수하게 반한 거였다.

그걸 깨닫자 가슴 안에서 뜨거운 무언가가 끌어올라 하준은 강희의 허리를 팔로 휘감아 허벅지 위에 앉혔다.

"네가 해줄 게, 하나 있긴 한데."

서로 마주 보는 야릇한 자세.

"커피로도 잠이 안 깰 것 같아서."

긴 속눈썹 끝에 맺힌 또렷한 갈색 눈동자가 잘게 떨리는 건 수줍음의 표현이다.

그것조차도 하준을 돌아버리게 만드는 강희의 무수한 매력 중 하나였다.

"키스해줘, 주강희."

좀 더 허리를 끌어당기자 하체가 민망할 만큼 밀착되었고 압박해오는 무언가를 느꼈다.

도톰한 아랫입술을 질끈 깨문 이 사이로 쌕쌕거리는 숨이 새어 나온다.

"내가 잠 깰 때까지."

커다란 손으로 뒷목을 휘감아 끌어내리는 순간 기가 막힌 타이밍으로 컴퓨터에서 알림이 울렸다.

"나중에 확인해."

내가 더 급해, 지금.

"업무 시간이니까 일이 먼저거든요?"

이미 강희는 잽싸게 자리로 복귀한 후였다.

"유하준."

어떻게 해야 널 다시 내 다리 위에 끌어 앉힐까, 고민하는 하준의 이름을 부르는 그녀의 목소리가 묘하게 떨린다.

곧이어 목소리만큼 긴장된 떨림을 품은 눈동자가 하준에게 향했다.

"방금 수신된 블록 메시지, 여기 주손데?"

짧은 순간 두 사람의 눈빛이 허공에서 충돌했고, 각자의 역할에 맞게 상황 판단을 빠르게 내렸다.

> 안전가옥 위치 노출, 지원 요청

강희는 팀 단톡방에 짧고 굵은 메시지를 남겼고, 그 동안에도 하준은 키보드를 두드리는 손을 멈추지 않았다.

파지직, 두 개의 모니터에서 폭발하는 것 같은 소리와 함께 전원이 나간 후에야 노트북이 든 백팩을 매고 하준도 일어났다.

"나가자."

미련 없다는 듯, 낮고 간결한 목소리에 짧게 고개를 끄덕인 강희가 챙긴 건 휴대 전화와 삼단봉이었다.

어떤 상황이 들이닥칠지 모르는 절박한 순간엔 짐은 최소한이어야 했다.

문으로 향하는 하준의 옷깃을 강희가 덥석 잡았다.

"내가 먼저 나갈게."

까만 눈동자가 불만스럽게 날아들었다.

"이런 상황은 내가 경험자고 선배야."

그제야 하준이 뒤로 물러났고 아무 소리가 나지 않는 걸 확인한 강희는 거실로 나가 베란다로 향했다.

평소에도 인적이 드문 골목이지만 오늘은 유독 휑했다.

"나가자, 유하준."

현관문을 열고 나가 엘리베이터가 아닌 비상계단으로 올라가도 하준은 묵묵히 뒤를 따랐고 강희 또한 부연 설명을 하지 않았다. 그만큼 서로가 서로를 믿고 있었다.

옥상에 도착하자마자 강희가 한 건 건물 간의 거리를 가늠하는 거였다. 건물을 쉽게 넘나들 만큼 좁은 건물 간격은 사는 사람들은 불편하겠지만 지금 이 순간만큼은 두 사람에게 유리했다.

"건물 두 개만 넘어가면 다른 골목으로 빠져나갈 수 있어."

내 여자를 향한 감탄과 뿌듯함이 어린 눈빛으로 바라보며 하준이 물었다.

"기특하게 그런 건 또 언제 파악했을까."

임무를 부여받고 이 집에 발을 들인 후 강희는 허투루 시간을 낭비한 적 없었다.

할 게 없으면 할 일을 만들면 되는 거다.

만일의 상황을 다양하게 가정해서 생각했고, 그중 하나가 탈출 시뮬레이션이었다.

우선 살아남는 게 가장 큰 목적이니까.

"내가 제일 싫어하는 게 농땡이 부리는 거거든?"

먼저 옆 건물로 넘어간 강희는 건물 근처에 수상한 놈들이 있는지 수시로 확인했다.

"뭐 해, 얼른 안 넘어오고."

픽 웃은 하준도 긴 다리로 훌쩍 뛰어 넘어왔다.

"꽤 위험한데?"

말과 달리 표정이 꽤 신이 나 있었다.

"이번엔 손잡고 뛰어."

"설마, 혼자서 못 뛰겠어?"

놀리듯 하는 말에 하준이 허리를 숙여 예쁘게도 눈을 맞춰 왔다.

"살아도 같이 살고 죽어도 같이 죽고."

낮게 속삭이며 손깍지를 껴왔다.

"너 만나고 나서 생긴 내 신조야."

말이 끝남과 동시에 두 사람은 다음 건물 옥상으로 폴짝 뛰었다.

안전가옥 주소가 털렸으니 서로의 집도 위험할 수 있었다.

추적을 당하는 거라면 인파가 혼잡한 곳이 낫다는 강희의 말에 하준도 동의했고 두 사람은 택시를 타고 번화가로 이동했다.

북적거리는 카페에 앉아 휴대 전화를 확인하는 하준의 얼굴이 어둡다.

"우리 나가고 20분 후에 침입자가 있었어."

"그걸 어떻게 알아?"

"컴퓨터에 재부팅 락 걸어놨으니까."

블록이 들이닥친다면 가장 먼저 컴퓨터를 확인할 테니 혹시나 해서 걸어놓았던 거다.

"내가 지원 요청해놨어. 혹시 모르니 지 선배한테 전화 좀 해볼게."

강희가 통화를 하는 동안 하준은 깊은 생각에 잠겼다.

어디에서 실수가 있었던 걸까. 어제? 아니면 그 전에?

"20분 후에 경찰이 출동했대. 강제 침입 흔적도 없고 집 안도 파손되거나 뒤진 흔적 없이 깨끗하다고. 근데 컴퓨터 두 대가 본체 없이 모니터만 있던데 원래 그런 거냐고 물었다는데."

"가져가봤자 무용지물이야."

"근데 추적당하면 원래 호수까지 다 털리는 거야?"

형사 아니랄까 봐 강희의 질문의 포인트는 예리했다.

"인터넷 회선 추적한 거면 딱 번지수까지야."

사실 하준도 그게 신경 쓰였다.

차라리 내 실수라면 어차피 오늘 무사히 넘어갔으니 조심하면 되는 거다.

그런데 그게 아니라면, 누군가가 블록에 정보를 제공했다는 거고 훨씬 더 위험한 상황이었다.

강희도 하준과 같은 생각을 하고 있었다.

"광수대는 아니겠지?"

"……확신은 못 해."

"사건이 해결되기 전까지 어느 누구도 믿으면 안 되겠네. 팀원들에게 공유하는 것도 자제해야겠고."

작게 중얼거리며 테이블 위를 톡톡 두드리는 가는 손가락에 초조함이 진득하게 묻어났다.

"주강희, 설마 겁먹었어?"

"나를 지키는 것보다 남 지키는 게 배로 힘들고 무섭거든?"

작게 쏘아붙인 강희는 깊게 한숨을 내쉬었다.

"블록이 노리는 게 차라리 나였으면 좋겠어. 왜 하필 너야."

"내가 들쑤셔놨으니까."

저를 바라보는 강희의 눈빛에 원망이 한가득이다.

"넌 겁 안 나?"

"유능한 주 형사님이 목숨 바쳐 지켜준다는데 겁먹을 이유가 있나?"

입꼬리를 느슨하게 당기며 하준은 일어났다.

"가자, 주강희."

"……또 어딜?"

얼떨결에 손을 잡고 일어나며 강희가 물었다.

"우리의 새로운 임시 거처."

오성급 호텔 스위트룸은 잠복근무를 하다 하준과 처음 만났던 장소였다.

통유리 너머 끝내주는 뷰를 바라보던 강희는 불만스럽게 물었다.

"임시 거처가 너무 사치스러운 거 아냐?"

"주변 환경이 좋으면 일의 능률도 올라. 보안도 괜찮고."

하준의 말은 틀리지 않았다.

잠복근무를 하든 위장 조사를 하든, 수사비만 많이 지원된다면 누리고 싶은 호사였다.

"여긴 결제를 안 해도 되니 추적당할 일도 없고."

무슨 소리냐는 듯 살짝 돌아서자 하준이 바로 뒤에 서 있었다.

"독일에서 입국하자마자 1년 치를 미리 지불했거든."

"너 진짜…… 돈 많구나?"

하준이 피식 웃으며 전화를 받았다.

"어, 유식아."

[형, 내가 방금 기발한 거 하나 만들었는데 도움 될까 싶어서요. 지금 신림동이죠? 그리 갈까요?]

"오지 마."

[형사님과의 러브 라인에 내가 방해될까 봐?]

"쓸데없는 소리 할 거면 끊던가."

[그럼 왜 못 오게 하는데요. 거기 일하는 곳이잖아요.]

"이제 거기 갈 일 없어. 나도. 김유식, 넌 이 일에서 손 떼. 내가 알아서 마무리할 테니까."

[형, 진짜 왜 그래요? 진짜 나랑 인연이라도 끊으려는 거야, 뭐야.]

"오버하지 말고."

[이건 이미 만들어놓은 거니 메일로 보내놓을게요. 언제 확인할 수 있어요?]

"지금 보내면 바로 확인하고. 아니면 밤 정도."

[지금 바로 보낼게요.]

"유식아."

[네, 형.]

"이젠 너도 독립해야지. 하고 싶은 거 생각해봐. 뭐든지 지원해줄 테니까."

전화가 끊기자 강희는 하준에게 한마디 했다.

"왜 그렇게 말을 매정하게 해? 오늘 일은 왜 말 안 하고."

"일이 이렇게 된 이상 유식이까지 끌어들일 순 없어. 모르는 게 약이야."

강희는 고개를 작게 내저었다.

유식을 아끼고 걱정하는 마음은 알겠지만, 다 큰 어른을 저렇게 애 취급하는 건 아닌 것 같은데.

"내가 먼저 놔줘야 그 녀석도 찾을 거야. 너 같은 존재 말이야."

이럴 때 보면 남자들은 참 냉정했다.

여자들은 대부분을 대화로 해결하는데, 남자들은 혼자 결정하고 통보하는 식이다.

이러니까 의가 상하고 주먹다짐하고 살인까지 하지.

"나 샤워 좀 하고 나올게."

노트북으로 메일을 확인하는 하준에게서 등을 돌려 몇 걸음

살아도 같이 살고 죽어도 같이 죽어

을 걷기도 전에 몸이 번쩍 들렸다.

"뭐, 뭐야?"

"샤워 같이해."

하준이 저를 안아 올린 채 웃음기 어린 눈으로 바라보았다.

"자신 있으면 언제든지 말하라며."

그런 말을 하긴 했지만 이렇게 갑자기? 이런 긴박한 상황에?

조금 기가 막힌 듯 바라보자 하준이 귓가에 속삭였다.

"여기 자쿠지 욕조가 끝내줘."

"우리 지금, 정확히는 네 목숨이 위험한 상황인 건 인지하고 있는 거야?"

새빨개진 얼굴로 중얼거리는 강희의 귀에 하준이 은밀하게 속삭였다.

"그러니까 더 순간순간을 너랑 즐겨야지."

하준의 말대로 스위트룸의 자쿠지 욕조는 끝내줬다.

피곤함이 풀리자 컨디션도 좋아졌고 굳어 있던 머리도 기름칠한 것처럼 잘 돌아갔다.

"시원한 맥주 한잔할래?"

미니바로 향하는데 들려오는 벨 소리에 강희가 경계하자 하준이 웃으면서 말했다.

"룸서비스 시켰어. 밥은 먹고 일해야 할 거 아냐."

하준은 문으로 향했고, 미니 바 냉장고에서 맥주를 꺼내면서도 강희는 이상하게 기분이 찝찝했다. 등줄기를 훑어 내리는 본능적인 촉이 이유 없이 섬뜩하다고 할까. 알 수 없는 불안감에 사로잡히는 그때, 응접실 쪽이 소란스러웠다.

휴대 전화를 손에 쥐고 있는 걸 다행으로 여기며 상황 설명 없이 단톡방에 호텔 주소만을 남겼다.

알아서 눈치채고 빨리 달려와 주기를.

112보다 더 빨리 출동할 팀원들을 믿어서였다.

응접실로 나가자 체격이 단단한 남자가 셋이었다. 카트 밑에서 숨겨놓은 칼을 손에 움켜쥐는 동작에서 느껴지는 노련미를 보니 저건 스카우트 제의가 아니라 죽이러 온 거다. 그걸 깨닫는 순간 살벌한 텐션이 강희를 에워쌌다. 하준에게 한 놈이 달려드는 순간, 아무거나 집어 든 게 꽃병이었다.

"피해!"

하준이 몸을 숙이자 날아든 꽃병이 남자의 머리에 정통으로 맞고 바닥으로 떨어져 산산조각이 났다.

그 틈에 다가온 하준이 강희가 손에 쥔 삼단봉을 마음에 안 든다는 듯 바라보았다.

"그거 말고 총 없어?"

"총 가지고 다니는 게 더 머리 아프거든?"

발포하기까지 얼마나 복잡한 과정이 있는지 오로지 경찰만이 안다.

총알 하나라도 잃어버렸다간 사직서를 내야 할지도 모르는데 차라리 삼단봉이 편하지.

하준보다 좀 더 앞으로 나오며 강희는 놈들에게서 눈을 떼지 않았다.

"유하준, 넌 내 뒤에서 나오지 마."

불리한 상황일수록 움직임을 읽어야 했다.

"내가 아니라 널 노리는……."

동시에 두 놈이 달려들었다.

한 놈에겐 발차기를, 한 놈에겐 삼단봉을 휘둘렀다.

퍼억! 콰다당!

급소를 가격당한 한 놈은 바닥에 쓰러졌고 한 놈은 비틀거렸다.

"여기 보안 좋다며?"

비틀거리는 놈에게 발차기를 날리며 하준이 대답했다.

"안 그래도 따지려고."

이번엔 꽃병에 머리를 맞은 놈이 또다시 달려들며 서슬 퍼런 칼을 휘둘렀다.

날아드는 칼을 삼단봉으로 막아내는 순간 전기가 나갔지만 다행스럽게도 테라스에서 스며드는 환한 빛이 놈들을 드러내 주었다.

짧게 숨을 내뱉으며 강희는 하준에게 말했다.

"우리 5분만 버티자."

팀원 중 누군가 메시지를 확인하고 조치를 취했을 거라고 간절히 믿고 싶은 순간이었다.

또다시 날아드는 칼을 강희가 상체를 숙여 아슬하게 피하는 순간, 칼에 베인 머리카락이 후드득, 바닥에 떨어졌다.

그런데도 강희는 침착하게 상황을 대처했다.

힘으로 붙으면 질 게 뻔하니 요리조리 직접적인 대면을 피하면서 상대방을 공격했다. 숨이 막힐 듯한 이 공포감에 휩쓸리는 순간, 하준의 목숨이 위험해질 것 같아 이를 앙다물고 독하게 침착함을 유지했다. 그사이 다른 한 놈이 하준에게 달려들었지만 강희도 도와줄 만한 여력이 안 되었다. 운동 좀 배웠으니, 잘 버틸 거라 믿을 수밖에 없었다.

그런데 마치 강희가 목적인 듯 두 놈이 제게 죽어라 달려들었다.

나를 처리한 후에 하준을 어떻게 하려는 건가.

강희는 몸을 숙인 채로 발을 걸어 한 놈을 넘어뜨린 후 온 힘을 실어 삼단봉으로 놈의 머리를 가격하며 빌었다.

제발 기절 좀 해라!

다행스럽게도 충격이 컸는지 몸을 부르르 떨더니 움직이지 않는 놈을 보며 다른 한 놈을 그대로 들이받았다.

바닥을 뒹굴며 엎치락뒤치락, 위아래가 수도 없이 바뀌었고 힘에 있어선 압도적으로 놈이 유리했다.

얼굴과 배에 차례로 주먹이 꽂히는 순간, 끔찍한 고통에 순간적으로 숨이 끊긴 것 같았다.

헐떡거리면서도 강희는 허리의 탄력을 이용해 놈의 목에 다리를 걸었다.

"크억!"

넘어지는 놈의 배에 삼단봉을 거꾸로 잡아 있는 힘껏 찔러 넣으며 제게로 무너지는 몸을 피해 상체를 비틀었다.

"……더럽게 아파."

갈비뼈에 금이라도 갔나, 숨을 쉴 때마다 송곳이 후벼 파는 것 같았다.

상대하던 놈을 쓰러뜨리고 제게 달려오는 하준을 본 강희는 인상을 썼다.

하준의 뒤에서 빠르게 일어나 칼을 다시 쥐는 놈을 보자마자 이를 앙다물고 일어났다.

그런데 놈이 먼저 하준을 몸으로 밀쳐내고선 강희에게 달려들어 칼을 휘둘렀다.

날카로운 무언가가 옆구리를 파고든 건 순식간이었다.

"주강희!"

절규에 찬 하준의 목소리가 귓가에서 메아리쳤고 강희는 비틀거리면서도 무너지지 않았다.

나 다음은 너일 테니까, 딱 한 방 급소만을 노리자.

삼단봉의 손잡이로 놈의 목에 있는 급소를 후려쳤고, 비틀거리는 놈을 제대로 아작낸 건 하준이었다.

그걸 보고 나서야 무너져 내리는 강희를 하준이 품으로 받아냈다.

곧이어 복도를 울리는 어수선한 발소리.

"경찰이다!"

그 소리마저도 아득하게 들려오는 걸 느끼며 강희는 하준만을 보고 또 보았다. 축축하게 젖어드는 시야로 보이는, 풍랑을 맞은 듯 눈동자를 떨고 있는 남자에게 웃어주고 싶은데 입꼬리가 올라가지 않는다.

눈가를 적시는 눈물처럼, 배를 누르고 있는 손을 따뜻하고 끈적한 피가 적시고 있었다.

왜 하필 지금, 미치도록 끔찍하고 간절하게, 살고 싶어지는 걸까.

"유하준."

그 순간조차 내가 아닌 네가 살아있다는 것에 대해 안도하고 또 안도했다.

신유진은 그렇게 보냈지만, 유하준 넌 그렇게 못 보내.

"무사해서······."

그의 얼굴을 한 번만 만져보고 싶어 뻗은 손끝에 하준의 얼굴이 닿았다.

"다행이야."

나는 널 더 보고 싶은데, 눈꺼풀이 너무 무거워.

"주강희, 자고 싶으면 자."

하준이 힘을 잃고 떨어지는 손을 잡아 제 입술로 가져갔다.

"근데 이거 하나는 기억해."

무서울 만큼 차분한 그 음성이 독처럼 번져 나갔다.

"너와 나."

힘겹게 눈꺼풀을 들어 올리자 보였다.

"살아도 같이 살고."

나를 찾아오는 죽음마저도 몰아낼.

"죽어도 같이 죽어."

독기라는 폭우에 흠뻑 젖은 하준의 검은 눈동자가.

"비켜주세요!"

한발 늦게 들이닥친 구급대원들이 강희에게 응급처치하는 모습을 하준은 바닥에 주저앉은 채 퍼석해진 눈동자로 지켜보았다.

눈을 뜨고 싶은 의지조차 사라진 것처럼 고집스럽게 내려앉은 긴 속눈썹과 너의 몸을 적시고 바닥을 적시고 내 손을 적신 붉은 피를.

구급차에 타는 대신 호텔 앞 벤치에 앉아 지켜보는 하준에게 다가온 건 승남이었다.

"동상은 괜찮은 겨? 좀 더 빨리 왔어야 했는데. 망할 전기가 나가서리."

가장 고층에 있는 스위트룸을 경찰과 강력 1팀은 계단을 헐떡거리며 올라왔고, 좀 더 빨리 오지 못한 것에 대한 미안함이 두 눈에 담겨 있었다.

"강희가 괜찮으면 나도 괜찮을 겁니다."

무서울 만큼 고요하고 침착한데도 영혼이 빠져버린 듯 하준의 눈동자는 공허했다.

그게 안타까워 승남은 하준의 어깨를 가볍게 다독거렸다.

"지금 전해줄 좋은 소식은 아니지만 사실 이런 일 몇 번 있었어. 못 죽어 안달 난 사람처럼 덤비는데 칼빵 한 번 안 맞았을 것 같아? 그때마다 잘 이겨냈다. 아주 대단한 사람이야, 주강희 팀장님. 저렇게 약해 보여도 강골이야 아주. 정신력은 더해, 우주 최강 울트라 파워급이라니까? 험험, 그러니까 내 말은 동생도 나쁜 생각하지 말라고."

승남은 지금 이 순간 하준이 가장 듣고 싶어 하는 말을 해주었다.

"세 놈들 다 상태가 좋지 않던데. 다 우리 팀장님 작품인가?"

"거의요."

괴한들이 침입했고, 불이 꺼졌다.

이론과 실전에서의 싸움은 확연히 달랐고, 하준은 한 명 상대하는 것도 버거웠다.

그런데 강희는 그 여린 몸으로 나를 지키겠다는 일념 하나로 두 놈을 목숨 걸고 상대했다.

"하여간 대단하니까. 근데 동상은 같이 안 가봐?"

승남이 구급차를 눈짓했지만 하준은 가만히 시선을 내려 피가 묻은 제 손을 바라보았다.

내가 의사였다면 과다 출혈로 위급한 너에게 어떤 조치라도 취했겠지만 어떤 것도 해줄 수 없었다.

난 의사가 아니었으니까.

곧 죽을 것처럼 식어가는 손의 온기와 나만 두고 떠날 것처럼 맑은 눈의 총기가 흐려지는데도 말이다.

두려움이란 폭우로 흠뻑 젖어 독기가 있는 대로 올라 너에게 할 수 있는 건 치졸한 협박밖에 할 수 없었다.

―너와 나, 살아도 같이 살고 죽어도 같이 죽어.

네가 죽으면 나도 죽을 거라고, 네가 없는 세상 나도 미련 따위 없다고, 그걸 가차 없이 뇌리에 박아 넣어 편히 죽지 못하게 했다.

경찰차의 호위를 받으며 구급차가 시야에서 사라지자 하준은 일어났다.

"전 할 일이 있어서요."

수술실 앞에서, 심장을 시꺼멓게 태우며 아무것도 하지 못한 채 시간을 죽이고 싶지 않았다.

"설마, 일하려는 건 아니지?"

"하던 건 마무리해야죠."

지독한 놈, 저를 바라보는 승남의 눈에 그렇게 쓰여 있었다.

"그놈들 타깃, 내가 아니라 강희였습니다."

자신이 타깃이었다면 문을 여는 순간 공격했겠지만, 놈들의 눈은 다른 누군가를 찾았고 강희를 발견하자마자 눈빛에 살기가 어렸다.

그 의심은 저를 밀쳐낸 놈이 강희를 찌르는 순간, 확신이 되었다.

승남이 놀란 눈으로 바라보았다.

"확실해?"

그녀를 다시 죽음으로 몰아넣기까지, 놈들은 멈추지 않을 것이다.

실력 좋은 해커들의 영입, 한 번 의뢰받은 사건은 끝까지 해결해주는 책임감.

수많은 딥웹 사이트 중에서 블록이 빠르게 치고 올라가 1위를 유지하고 있는 이유였다.

"주강희, 저렇게 만든 놈들, 나만 잡을 수 있어요."

그게 지금 하준을 숨 쉬게 하는 원동력이자 들끓는 분노를 누르고 차분함을 유지하게 해주는 독기였다.

주강희를 그렇게 만든 놈을 잡아야 한다.

"24시간 안에 내가 잡아냅니다. 그러니까 형님은 준비해주세요. 절대…… 놈들 놓치지 않도록."

이 끔찍한 상황이 벌어지는 와중에도 하준이 심어놓은 착실한 아이들은 블록이 심어놓은 우회 아이피를 끝까지 추적해서 하나씩 하나씩 걷어내며 제 몫을 하고 있을 테니까.

승남이 벌떡 일어났다.

"나도 같이 가."

"형님 있으면 방해만 돼요."

"나 없으면 동상 지금 당장 경찰서 가야 할걸? 현장에서 다 지켜본 증인인데 진술해줘야 할 거 아냐."

부리부리한 눈이 쫓을 테면 쫓아보라는 듯 으름장을 놓았다.

"그리고 동상은 작은 스크래치라도 몸에 나선 안 돼. 팀장님 성격 알지? 눈을 뜨자마자 날 먼저 잡아먹을 거야."

승남은 자신보다도 그녀가 죽을 리가 없다고 믿고 있었고, 그 믿음이 얼어붙은 하준의 마음을 움직이게 해주었다.

"아니, 여기는 왜 또 온 거야? 뭐 좋은 거 있다고."

승남이 말리는데도 하준은 기어이 사건이 일어난 객실을 다시 찾았다.

경찰들과 감식반이 바쁘게 움직이고 있는 곳을 하준은 붉게 충혈된 눈으로 보고 또 보았다.

주강희의 피로 검붉게 물든 바닥을 독하게 바라보며 저곳에서 어떤 일이 있었는지 생생하게 기억을 되살렸다.

"가요, 형님."

그리고 하준은 미련 없이 돌아서서 다른 객실을 잡은 후 노트북을 켠 채 차분하게 생각들을 정리했다. 신림동의 위치가 발각되었지만 무사히 도망쳐 나왔고 여기 호텔을 임시 거처로 잡은 건 충동적인 계획이었다. 하지만 괴한들이 침입하기까지 고작 3시간이었고 그 짧은 시간 동안 벌인 일이라고 하기엔 잔인했고 치밀했으며 수법도 대담했다.

현장에서 세 놈 모두 체포되었지만 각오하고 얼굴도 가리지 않고 칼을 쥐고 덤벼든 놈들이니 입을 열 일은 없을 것이다. 하지만 아무리 머리를 회전해보아도 모든 것들이 의문투성이였다.

여긴 어떻게 알았고, 주강희는 왜 그렇게 죽이지 못해 안달인 건지, 그걸 풀 만한 실마리가 없었다.

이제 남은 방법은 모든 의문점이 연결된 블록을 터는 수밖에.

하준의 손이 빠르게 키보드를 두드리기 시작했다.

　　이른 아침에 하준에게 걸려온 전화 한 통에 어젯밤의 일들이 갑수에게 빠짐없이 보고되었다.
　　병원에 실려 간 건 주강희만이라고 했지만 갑수는 입 안이 바짝 말랐다. 죽을 정도가 아니면 병원에 안 간다고 했을 게 뻔한 손자 성격을 잘 알아서였다.
　　하준이 한국에 들어온 순간부터 하나부터 열까지, 제 마음대로 흘러가는 게 하나도 없었다.
　　해커를 취미 삼아 하는 건 알고 있었지만 그 아이만 아니었으면 취미로 끝났을 일이었다. 그랬다면 이런 무시무시한 일도 일어나지 않았을 테고.
　　결론은 이 모든 게 주강희, 그 아이 탓이었다.
　　"……괘씸한."
　　며칠 전, 강희가 일방적으로 보내온 메시지만 생각해도 갑수는 노기가 치밀었다.
　　건방진 명령질에도 들어줄 수밖에 없는 부탁이었다.
　　그랬으면 잘 지킬 것이지, 이 사달이 나도록 뭘 했는지.
　　노크를 하자 웬 산적같이 생긴 남자가 문을 열어주었다.
　　"누구신지?"
　　"하준이 할아비 되는 사람일세."

남자는 그 말에 깜짝 놀라며 갑수에게 길을 터주었고 안으로 들어서자 손자 녀석이 보였다.

자신이 들어왔는데도 아랑곳하지 않고 노트북을 하고 있는 손자는 모른 척하는 게 아니라 정말 모르고 있었다.

하준을 찬찬히 훑어보던 갑수의 눈꺼풀이 휙 들렸다.

노트북을 두드리고 있는 손가락과 상체가 온통 피투성인데도 손자는 무감각하게 노트북만 두드리고 있었다.

저 정도 출혈이면 최소한 중상일 텐데.

"이 녀석아 어딜 어떻게 다친 거야! 당장 병원을……!"

어깨를 잡았던 손을 매정하게 쳐낸 하준은 기계처럼 한마디만 했다.

"20분만 기다리세요."

항상 차갑고 어두운 손자 녀석이지만 오늘은 유독 저승사자 저리 가라 할 만큼 심하다.

갑수조차 다시 건들 엄두가 나지 않을 만큼.

그래도 말라붙은 그 피가 손자 녀석 피는 아닌 것 같아 안도하며 갑수는 소파에 앉았다.

정확히 20여 분 후, 하준이 일어나서 맞은편에 앉았다.

"대체 언제까지 네 멋대로 굴……."

무심하게 내리깔고 있던 핏발 선 눈이 올라서는 순간, 갑수는 흠칫했다.

"지금 바로 경하대 병원장한테 전화해서 대성 병원으로 헬기 띄우라고 하세요."

지금 하준이 제게 하는 건 부탁이 아니었다.

"주강희 데려가서 수단 방법 가리지 말고 살려놓으라고도."

"하준아."

"나를 지키려다가 주강희가 심하게 다쳤어요. 수술 후에도 생명을 보장할 수 없을 만큼 위독하다고……. 거기 의료진들, 죽기 직전인 사람도 살려낼 만큼 실력 끝내주잖아요. 불법이든 뭐든, 할아버지 말엔 무조건 복종하고."

손자가 내보이는 느긋함은 진실이 아니었다.

새까만 눈동자를 흠뻑 적시고 있는 건 죽음 직전까지 내몰린 사람의 무모함이었다.

"주강희 없으면 남자로서 저, 무용지물입니다. 할아버지도 남자니 잘 아실 텐데요. 의지로 되는 게 아니라는 거."

핏발 선 눈동자에 피곤함이 가득했다.

"대 끊기기 싫으면 저한테서 증손자 보셔야죠."

10여 년 전의 일이 데자뷔처럼 일어나고 있었다.

"주강희가 못 일어나면 내 정자라도 줄게요. 그걸로 증손주를 보시든지 말든지 알아서 하시고요."

죽음에 다가선 사람을 다시 끄집어 올리라고, 주강희가 죽으면 나도 죽는다고, 고집스러운 눈동자로 자신을 협박했던.

소파 팔걸이를 쥐고 있는 갑수의 손이 파들파들 떨렸다.

"마지막 거래 제안하는 거예요."

핏줄이 아닌 남에게 말하듯이, 모질고 매정한 말이었다.

'뇌에 강한 충격이나 자극만 없다면 평생 갈 겁니다.'

하준이 눈을 뜨기 전 경하대 병원 센터장이 했던 말이었고 그런 손자에게 강한 자극이 될 건 주강희밖에 없었다.

그래서 떼어놓으려고 했던 건데.

하지만 지금 눈앞에서 무섭게 자신을 몰아붙이는 하준을 보니 자신의 판단이 잘못되었다는 걸 깨달았다.

그 녀석이 원하는 단 하나였고, 그 단 하나를 진즉 손아귀에 쥐여주었으면 이런 사달이 안 났을 것을.

그랬다면 진즉 증손자를 봤을지도 모르고, 평생토록 유순하고 완벽한 손자가 되어주었을지도.

생각이 후회로 꼬리를 무니 그때의 판단이 어리석고 또 어리석었다.

"······예비 손주며느리가 좀 다쳤네."

병원장과 통화를 시작하자 하준의 눈빛이 조금은 풀리는 것도 같다.

"그리로 보낼 테니 자네가 최선을 다해주게."

갑수는 오랜 세월을 허투루 산 기분이었다.

제가 살아갈 삶도 아니면서 손자 녀석의 삶을 왜 재단하려고 했고, 왜 손자 녀석을 이길 거라고 착각했던 건지.

자식 이기는 부모 없듯이, 손자 이기는 할아비도 없었다.

블라인드로 새어 들어오는 환한 빛과 안정적인 기계음이 울리는 중환자실로 그림자처럼 조용히 스며들어 TV를 켜는 남자는 하준이었다.

아침 8시 뉴스가 흘러나왔다.

"강남서 강력팀의 주도하에 추적이 불가능했던 온라인 범죄 거래 딥웹 사이트인 블록 운영자들이 대거 검거되었습니다. 딥웹 사이트가 검거된 건 이번이 처음인데요. 5년 전에 만들어진 블록은 까다로운 회원 가입 절차를 통해 회원 1900여 명을 끌어모았습니다. 마약과 성매매, 살인 청부 등 다양한 범죄를 비트코인으로 알선했으며 거래된 암호 화폐 액수만 해도 수천억 원에 달합니다. 검거 당시 프로그래머 19명과 운영자들 7명을 체포했지만 사이트 최고 운영자는 없었다고 합니다. 앞으로도 수사를 계속……."

블록에 대한 뉴스가 끝나자 TV를 끈 하준은 산소 호흡기에 의존한 채 잠이 든 강희의 머리칼을 부드러운 손길로 쓸어 올려 주었다.

"주강희, 뉴스 들었지?"

마치 그녀가 듣고 있는 것처럼 하준은 일상의 대화를 나누기 시작했다.

"좋은 소식이야. 드디어 블록을 잡았다는."

감탄이 나올 만큼, 블록은 우회 아이피를 끊임없이 생성하고 있었다. 아이피를 걷어내는 속도보다 생성되는 속도가 더 빨라서 추적이 불가능했기에 블록이 구축한 가상 사설망을 추적하고 블록의 주거지를 특정해서 강력팀으로 넘겼다.

살아도 같이 살고 죽어도 같이 죽어

"그래서 좀 늦었어. 미안, 주강희."

두 번의 수술 끝에 고비는 넘겼지만 의식 불명이라고 했다.

병원 측으로부터 보고만 받으면서 블록이 검거되기 전까지 하준은 일에 매달렸다.

널 이렇게 만든 놈들은 보란 듯이 활보하고 다니는데 내가 어떻게 무슨 낯으로 널 봐.

그리고 너에게 오기까지 8일이 걸렸다.

"근데 내가 지각한 벌은 네가 일어나서 경찰한테 직접 따져."

주거지만 알아내면 끝날 줄 알았는데 경찰 쪽에서 압수된 컴퓨터를 풀지 못해 애먹었고 특히 하드가 망가져서 복원이 힘들다며 하준에게 도움을 요청해왔다.

거절하고 싶었지만, 깨어나서 활짝 웃을 널 떠올리며 알겠다고 했다.

며칠 밤을 꼬박 새워 망가진 하드 안에 살아남은 자료까지 긁어모아 넘겼다.

―그 새끼들, 돈을 얼마나 많이 벌었는지 비싼 동네에 5층짜리 건물을 통째로 쓰고 있더라고. 마지막 5층을 딱 덮쳤는데 완전 고급진 피시방이었어. 다 범생이처럼 생긴 놈들이 컴퓨터 앞에 앉아 있길래 우리 모두 나갈 뻔했다니까?

승남의 말에 의하면 그들 모두가 블록에서 영입한 실력 좋은 프로그래머들이라고 했다.

―그 많은 프로그래머들을 동상 혼자 상대한 거잖아. 멋있다, 이순신 같은 내 동생!

모두가 감탄했지만 하준은 전혀 기쁘지 않았다.
그 칭찬을 네가 해주었으면 기분이 남달랐을 텐데.
사막처럼 메말라 쫙쫙 갈라진 심장이 기근에 시달리고 있었고 그 심장에 비를 내릴 사람은 주강희뿐이었다.
"착한 짓 했으니까 일어나서 상 줘야지, 주인님."
하지만 잠이 든 그녀는 대답이 없었다.
"더 자고 싶어? 그럼 더 자."
창백한 뺨을 지나 꾹 감긴 속눈썹을 어루만지는 손끝이 애틋했다.
"꿈에서라도 유진 형 실컷 만나. 마지막 만남일 테니까."
이젠 꿈속에서도 내가 널 독차지할 생각이니까.
하준은 얼굴을 기울여 머리와 이마와 뺨에 부드럽게 키스를 해주었다.
"너 눈 뜨고 회복하면 최소 며칠은 안 재워."
하준은 여유롭게 기다리기로 했다.
난 아직 할 일이 남아 있으니까.
그때 노크 소리가 들려왔고, 들어온 건 유식이었다.
"이리 와."
돌아보지 않아도 느껴졌다. 조심히 다가서는 유식이.
"인사해야지."

"……예?"

"예의 바르고, 깍듯하게."

소름 끼치도록 차가운 음성에 유식은 마지못해 인사했다.

"……안녕하세요."

"이제 나가자."

두 사람은 병실을 나와 병원 뒤쪽에 위치한 공원에 도착했고, 나란히 벤치에 앉았다.

"강희 자는 것도 예쁘지?"

"……예쁘네요."

그렇다고 대답하지 않으면 큰일 날 것 같았다.

"깨어있는 게 더 예쁜 여잔데."

알 수 없는 공포감에 유식의 심장이 두근거렸다.

"유식아."

하준이 얼음처럼 차가운 눈을 비틀어 응시해왔다.

"왜 그랬냐."

나긋나긋한데도 묘하게 소름이 끼치는 음성이었다.

"궁금하더라고."

하준을 너무 잘 알기에 유식은 공포에 질려 있었다.

"아무리 생각해봐도 강희가 너한테 잘못한 건 없어서."

블록의 시작은 유식이었다.

블록에서 추적하지 못하도록 흔적 좀 지워주라는 유식의 부탁에 하준의 머리는 빠르게 돌아갔다.

너와 나를 만나게 해줄 수 있는, 너와 내가 함께해야만 하는,

네가 절대 피할 수 없는 그런 상황을 만들기 위해서.

"어떻게…… 알았어요?"

쥐어짜서 나온 유식의 첫마디였다.

"모르길 바랐으면, 중간에 멈췄어야지."

바라보는 눈빛이 고요한 겨울 호수처럼 잔잔했지만 얼음송곳처럼 날카롭다.

"내가 널 의심하지 않았을 때."

강희를 싫어했지만 나름대로 응원했던 녀석이라 단 한 번도 의심하지 않았다. 하지만 강희가 그렇게 된 순간 몸속의 모든 피가 식어버렸고 냉철하게 상황을 되돌리니 모든 것들이 유식을 가리키고 있었다.

"경찰에 신고할 거예요?"

"그런 걸 왜 해."

입꼬리를 희미하게 당겨 올리는 하준의 눈은 전혀 웃고 있지 않았다.

"……귀찮게."

유식이 네가 한 짓에 비하면 너무 쉽게 가는 거잖아, 고작해야 몇 년 살고 나올 텐데.

"블록과 접촉하기 전에 유어넷과도 이미 몇 번 일을 같이했던데. 그런데도 빚은 다 못 갚았고."

유어넷은 블록 다음으로 거대해진 딥웹 범죄 사이트였다.

"아직 잡히지 않은 블록 최고 운영자가 러시아에서 활동하던 프로그래머와 국내 최대 마약 범죄조직 두목인 건 너도 알

테고. 잡히지 않으면 몸 좀 사리다가 조만간 다시 사이트를 열겠지."

갑작스러운 주제의 전환에 유식은 불안하게 눈을 떨었다.

"그래서 내가 한 것들, 다 네 업적으로 돌려놨다. 블록이 다시 널 찾아내면 네 몸값 더 크게 불러보라고."

블록을 밟고 1위로 올라서기 위해 유어넷이 유식을 보낸 것처럼 조금만 파보면 연결고리는 나올 것이다.

"아, 유어넷 소속인 줄 알고 있으니 알아서 크게 부르려나."

이제야 감이 잡히는지 유식의 얼굴이 창백하게 질렸다.

"근데 나도 장담은 못 하겠다."

널 내 손으로 처리하지 않는 건 나름의 마지막 자비였다.

"블록이 여전히 널 영입하려 할지, 아니면 죽이려고 할지."

아마도 후자일 듯싶지만.

병원으로 향하는 하준의 뒤에서 유식의 절규가 들려왔다.

"형이 그 여자한테 빠지지만 않았어도 나도 도박에 손댈 일은 없었다구요!"

내 잘못을 남에게 미루고 덮어씌우는 전형적인 핑계였다.

"나한텐 형은 유일한 가족이고 한 줄기 빛이고 신이었어요."

유식이 저를 우상처럼 바라보는 건 알고 있었다.

"그런 나를 형이 나 몰라라 하며 그 여자만 찾았어요. 그래도 난 받아들이려 했다고요. 근데 쥐뿔도 없는 그 여자가 주제 파악도 못 하고 형을 힘들게 하잖아. 지가 뭔데 형을 버리고 아프게 해!"

하지만 그 감정이 서서히 어긋나고 있다는 건 알지 못했다.

"형 힘들어하는 거 보고 내가 얼마나 힘들었는지 알아요? 처음에는 혼만 좀 내주려고 했어요. 블록 회원 가입 조건이 그거이기도 했고."

경찰의 접근을 막기 위한 블록의 가입 조건은 범죄 의뢰, 거래가 완료되면 회원 가입이 되었다.

"내가 살짝 운 띄웠을 때 형도 별말 안 했잖아, 그래서 한 거라고요!"

의심받지 않기 위해 먼저 운을 띄우며 제 눈치를 본 거였고 그 방법은 정확히 먹혔다. 정말 하준은 유식을 의심하지 못했으니까.

"형이 나 버려도 쿨하게 떠날 생각이었어. 블록이 빚도 다 갚아준다 했고 내 실력도 마음껏 발휘하게 해준다고 했으니까. 근데 형이 그 여자 때문에 계획을 바꿨어! 내가 수십 번 수백 번 말했잖아. 흔적만 지우고 조용히 물러나면 안 되느냐고."

천천히 돌아서자 비 오듯이 눈물을 흘리고 있는 유식이 보였다. 눈물에 뒤섞인 감정들이 다양했다.

"형이 나한테 그랬잖아요. 너도 이제 네 갈 길 가라고. 제대로 된 인생을 살라고. 그래서 나도 그러려고 했다고요!"

내가 아닌 다른 관심 대상을 찾으란 말이었지, 범죄를 저지르란 말은 아니었다.

"형도 날 떠나고 블록도 없어지고. 그럼 난 갈 데가 없잖아요. 그래서 죽여주라고 했어요. 그 여자만 없어지면…… 형은 다 포기하고 아무것도 안 할 테니까."

엉망진창이 된 하준의 곁에 머물거나, 계획대로 블록 멤버가 되거나, 그것도 아니면 둘 다 되는 게 유식의 계획이었지만 참 멍청한 생각이었다.

"그간의 정을 봐서. 내가 형한테 해온 걸 봐서. 나 좀 이해해 주면 안 돼요? 그 여자도 어차피 안 죽었잖아."

"그럼 이해를 바라는 선에서 멈췄어야지. 그리고 네가 내게 해준 것들, 난 항상 그보다 더한 대가를 치렀어. 운이란 게 있으니, 살아남게 되면 인생 똑바로 살고."

미련 없이 하준은 돌아섰다.

Chapter 24

그녀만의 교육 방식

 더 자고 싶었다. 이토록 오랜 휴식은 처음이었고, 그래서 더 달콤했지만 어디선가 들려오는 강렬한 심장 박동이 잠을 자지 못하도록 강희를 괴롭혔다.

 집요할 만큼 귀찮게 구는 그 감각 때문에 결국 더 자려는 걸 포기한 강희는 힘겹게 눈을 떠보려 했지만 떠지지가 않는다.

 수십 번, 수백 번을 반복하고 나서야 눈꺼풀을 움직이는 데 겨우 성공했다.

 희미하게 들린 눈꺼풀 사이로 희미한 빛이 비집고 들어오고 뿌연 안개가 낀 너머로 물풀처럼 하늘거리던 형체가 점점 또렷해졌다.

 "깨어났네, 주강희."

 담담히 말을 건네는 하준의 가슴 위에 제 손이 놓여 있었다.

 이거구나, 긴 잠에서 나를 끌어내 준 게.

 "잘 잤어?"

 잘 잔 것도 같고 아닌 것도 같고.

"기다리느라 지루해 죽는 줄 알았어."

그가 토해낸 작은 불만에 웃어주고 싶지만 지금은 그저 다시 잠에 빠져들지 않고 바라보는 게 할 수 있는 전부였다.

침대맡에 턱을 괸 하준이 그런 강희를 가만히 바라보았다.

"이렇게 보고 있으니까."

눈꺼풀 안에 가려져 있던 눈동자가 보고 싶었다는 것처럼.

"기다린 보람 있네."

강희는 느리게 눈을 감았다 떴다.

그게 지금 할 수 있는 유일한 대답이었다.

나도…… 좋아.

널 다시 볼 수 있어서.

긴 잠에서 깨어난 강희는 상태가 안정적이라면서 반나절 만에 산소 호흡기를 뗐다. 당장은 무리가 있지만 재활을 잘하면 일상생활도 무리 없을 거라고 했다.

일주일 후, 옮겨간 요양 병원은 자연과 어우러져 공기도 좋고 풍경도 좋았다. 병원 뒤쪽에 위치한 작은 산의 산책로를 두 사람은 아침마다 산책했다.

오늘도 햇살은 따사롭고 불어오는 바람은 선선했으며 코끝으로 스며드는 공기는 청량했다.

휠체어를 천천히 밀며 그 모든 것들을 강희와 함께 여유롭게 만끽하며 하준은 시선을 내렸다. 그러자 제 삶의 전부인 그녀가 보였다.

휠체어를 멈춘 하준은 강희 앞으로 가서 무릎을 꿇었다.

눈높이가 같아지자 하준에게 향하는 강희의 눈동자는 햇살에 반사돼 반짝거렸고 희미하게 미소 짓는 입술은 불어오는 바람처럼 부드러웠다.

바람결에 흩날리는 풍성한 머리칼마저 눈과 심장에 각인하고 싶을 만큼, 아름다웠다.

"왜 멈춰?"

약간의 웃음기가 어린 부드러운 음성에 하준은 다리를 덮고 있는 모포 위에 떨어진 풀잎을 떼어냈다.

긴 손가락이 차분하고 느리게 풀잎을 걷어내는 걸 강희는 말없이 지켜보았다.

"여기 있는 거 답답하지 않아?"

"전혀."

"궁금한 건."

"없어."

지나치게 깔끔하고 미련 없는 대답에 하준이 걱정스럽게 바라보자 강희는 생긋 웃었다.

"급하고 촉박하게 하루하루를 살아왔어. 그땐 그렇게 살지 않으면 죽을 것 같았거든. 사람이 쉴 줄도 알아야 다시 달릴 수 있는 건데. 그치? 다시 죽을 고비를 겪고 나니까 정신이 번쩍 들었어. 지금부터라도 인생 즐기면서 살자. 사람답게, 그리고 행복하게."

천천히 뻗은 손끝이 하준의 날렵한 턱선을 조심스럽게 어루만졌다.

"네가 있으니까."

우리가 너무 멀리, 그리고 힘들게 돌아왔다는 것을 서로가 잘 알았다.

부딪치고 넘어지고, 길을 잘못 들어서 다시 돌아가야 하고, 그 길에 실수도 있고 후회도 있고 미움도 있었지만 결국 우린 다시 만났고 여전히 사랑하는 중이고 죽을 때까지 사랑할 계획이다.

"목숨 걸고 지킨 내 남자랑 행복하게 오래오래 잘 살 거야. 나 그러고 싶어."

잔잔하게 미래 계획을 말하는 강희의 손을 잡고 만지작거렸다.

이 손의 온기가 사라질까 봐 얼마나 가슴 졸였던가.

하준은 잠이 든 강희의 곁을 지킨 순간부터 재킷 안쪽에 고이 간직하고 있던 혼인 신고서를 꺼내 그녀의 손에 쥐여주었다.

"나를 지켜냈으면 책임도 져야지."

혼인 신고서였다.

하지만 강희는 그걸 다시 하준에게 내밀었다.

"나 지금 사인 못 해."

하준이 눈을 가늘게 뜨자 그 눈을 손으로 덮어버렸다.

"또 내 머릿속 들여다보게? 나도 프라이버시란 게 있거든?"

"……나한테 프러포즈했잖아."

"누가 영원히 안 하겠대? 지금 당장 안 하겠다는 거지. 유하준, 뭐든지 순서란 게 있어. 우선 나의 소중한 장기들이 쾌차할 때까지 좀 기다려주면 안 돼?"

"사인은 배가 아니라 손이 하는 걸로 아는데."

"이 상황에도 나랑 말장난이 하고 싶어?"

고집스럽게 입을 다무는 하준을 강희는 가만히 바라보았다.

겉모습은 변한 게 없지만 하준의 내면에서 꽤 많은 변화가 있었던 것 같다. 신체적인 보살핌을 받는 건 저지만, 감정적인 보살핌은 오히려 강희가 하고 있었다.

응석이 많아졌다고 해야 할지, 감정 표현이 풍부해졌다고 해야 할지.

이제야 그에게서 인간다운 냄새가 조금씩 나는 게 좋았고 그렇게 자신 때문에 평범해지는 남자의 귓가에 바람처럼 부드럽게 속삭여주었다.

"유하준, 나 도망 안 가."

내가 어떻게 널 지키고 뭘 버리고 살아 돌아왔고 지금 내가 어떤 마음으로 네 곁에 있는 건데.

"휠체어 신세라 가고 싶어도 못 가."

하준이 미간을 구겼다.

"휠체어에서 일어나면, 도망갈 거고?"

"어쭈? 너 지금 나한테 인상 쓴 거야?"

찌푸려진 미간을 엄지로 꾹, 누르자 햇살을 받은 검은 눈동자가 흑요석처럼 아름다웠다.

"도망가고 싶으면 가보든지."

그렇게 예쁜 눈으로 조용하게 협박을 하면 그게 나한테 먹히겠냐구요, 유하준 씨.

"추적하는 거, 나도 꽤 잘하거든."

예전에 하준에게 자신이 했던 말을 되돌려 들으니 기분이 묘했다.

강희는 입꼬리를 당기며 손바닥으로 하준의 뺨을 감쌌다.

"내가 도망을 왜 가? 죽을 때까지 거머리처럼 평생 네 옆에 달라붙을 건데."

마음의 여유가 생겨서인지 하준을 향한 사랑이 넘치도록 가슴에서 흐른다.

"그러니까 급하게 서두르지 마. 천천히, 그리고 차분하게 함께하자. 그래 줄 수 있지?"

촉촉한 숨결이 한숨과 함께 손바닥을 적셨다.

"내가 무슨 힘이 있나. 주인님이 하라는 대로 해야지."

내리깐 긴 속눈썹은 촘촘했고 손바닥에 비벼오는 입술의 감촉이 말캉하고 부드러웠다.

하지만 하준은 긴 잠에서 깨어난 이후로 강희에게 의도적인 스킨십을 하지 않았다.

같이만 있어도 욕망을 드러내던 남자가 갑자기 금욕적으로 변한 것이다.

"유하준, 키스해줘."

거동은 좀 불편하지만 입술과 혀를 움직이는 덴 문제 없으니까.

"……지금?"

조금 당황한 기색이 역력한 눈빛으로 다시 바라보았다.

"키스가 무슨 예약제야? 시간을 묻게."

"지금은 좀, 곤란한데."

"그럼 언제 되는데?"

"당분간은 안 돼."

이게 말이야 방구야.

반박하려는 순간, 하준이 일어나서 휠체어를 빠르게 밀기 시작했다.

아니, 키스해 달랬더니 달리긴 왜 달리는 건데!

"유하준 멈춰, 멈추라구! 나 물어볼 것도 많고 할 말도 많다구!"

그럴수록 하준은 더 빠르게 달렸고 결국 강희는 최후의 수단을 꺼내 들었다.

"됐어! 나도 치사해서 너랑 키스 안 해! 딴 놈이랑 실컷 하면 되지!"

거짓말처럼 휠체어가 멈추고 강희의 앞에 선 그가 여유롭게 물었다.

"어떤 놈이랑 키스할 건지 들어나 볼까."

"꿈속에서 신유진이랑 실컷 할 거다, 됐어?"

그녀만의 교육 방식

"그럼 해보든지. 그래 봤자 꿈이고, 대리 만족도 안 될 텐데."

눈앞의 그에게선 예전처럼 불안함이나 초조함은 찾아볼 수 없었다.

내가 요즘 사랑을 너무 넘치게 줬다, 그래서 그래.

"키스는 형보다 내가 훨씬 잘할걸."

"유하준 너, 너무 자신감 넘치는 거 아니야?"

조금은 불만스럽게 말하자 하준이 살며시 얼굴을 기울여왔다.

"자신감이야 넘쳐나지."

사락거리는 머리칼이 간지럽게 뺨을 스치며 낮은 속삭임이 심장을 울렸다.

"내가 키스만 하면 정신 못 차리는 누구 때문에."

그의 가슴을 팔로 밀어내는 강희의 얼굴이 새빨갛다.

"화, 환자한테 못 하는 말이 없어!"

"못 하는 말은 없어도 못 하는 짓은 많잖아."

시선을 고정한 채 가슴을 밀어낸 손을 잡아 하준이 다시 입술로 가져갔다.

"그러니까 얼른 회복해야지, 주인님."

아아, 이제야 알겠다.

"혈기왕성한 네 애완견."

'헨젤과 그레텔'에 나오는 마녀처럼, 통통하게 살이 찌운 저를 잡아먹기 위해.

"더 못 참고 폭발해버리기 전에."

하준이 그날을 고대하며 독하게 참고 있다는 것을.

"정선아, 말린 나물 불려놓은 것들, 들기름에 달달 볶아라, 어여."

강원도에 갑자기 찾아온 귀한 손님 때문에 지금 옥자와 정선은 멘탈이 나간 상태였다. 볼일이 있어 내려왔다가 갑자기 생각났다고, 갑수가 예고도 없이 들린 것이다.

굳이 됐다는 데도 점심부터 먹자고 앉혀놓은 후 후다닥 차려놓은 한 상이 진수성찬이었다.

삼삼하게 무쳐 놓은 건강한 나물 맛에 갑수의 눈가에 감동이 번졌다.

"사돈어른께서 요리 솜씨가 보통이 아니십니다."

"어떻게든 살겠다고 6살 때부터 음식에 손을 댔어요. 부끄럽지만 이 나이 되도록 할 줄 아는 것도 이것뿐이더라고요."

음식은 손맛이라 했던가, 얼마나 고생을 했을지 짐작이 갈 만큼 옥자의 손은 세월의 험한 흔적이 가득했다.

"허허, 피는 못 속인다는데. 강희 양도 요리를 꽤 잘하겠습니다."

"어후, 내 손녀딸이지만 강희 고것은 그 뭐지? 똥손, 똥손입디다!"

옥자는 격하게 손을 내저으며 말을 이었다.

"우리 강희는 남자로 태어났어야 했어요. 몸으로 하는 건 죄다 잘하는데 손으로 하는 건 어쩜 그리 못하는지. 요리하라면 냄비를 태워 먹고, 바느질하라면 지 손에 구멍 내놓고. 청소하라면 더 난장판 쳐놓고. 말도 마요. 그것 시키느니 늙은 내가 하고 말지."

욕으로 시작을 해서.

"하도 답답해서 사주를 보니 흔하지 않은 장군감이랍디다. 그래서 하고 싶은 거 하게 내버려 뒀어요. 학원도 못 보내줬는데 혼자 공부해선 경찰대를 떡하니 수석으로 졸업해선 나쁜 놈 잡는 형사가 되었습니다. 뉴스에도 수시로 나오더니 그 어린 나이에 떡하니 팀장까지 달고."

칭찬의 아우토반을 달린 후, 갑자기 소매로 눈가를 훔쳤다.

"그 어린 나이에 팀장 달고선 얼마나 고군분투하는지. 걸핏하면 다치고 집에도 못 들어가고 잠도 잘 못 자고. 팀원들 챙기느라 지 주머니도 가벼우면서 돈은 꼬박꼬박 보내왔어요. 내가 그것 때문에 흘린 눈물만 모아도 펜션 뒤에 있는 댐도 넘칠 겁니다. 아이구, 내가 주책이죠?"

갑수는 조심스럽게 젓가락을 내려놓았다.

"그럴 리가요. 자식 걱정하는 부모 마음이 다 같지요. 오히려 제가 이렇게 불쑥 찾아와서 면목이 없습니다."

"그런 말씀 마세요. 아침에 웬 까치가 우나 했더니, 이리 반가운 손님이 오셨고만요."

"두 아이 그리되고, 지금은 제가 반길 존재는 아닐 텐데."

"어휴, 그런 게 어디 있어요? 헤어진 건 지들 개인사고, 우리까지 얼굴 붉힐 일 있습니까? 전 여전히 반갑습니다. 그때 식사 대접을 거하게 받아서 저도 꼭 한 번 대접하고 싶었는데. 너무 잘 오셨어요."

옥자는 정말 반기는 기색이었다.

"두 아이 결혼이 무산된 거, 사돈께선 언짢지 않습니까?"

"절대 결혼 안 하겠다는 손녀가 결혼한다고 바람 넣어났다가 빼버렸는데 힘은 빠지죠. 그래도 뭐 어쩌겠어요. 두 아이가 하는 결혼인데 어른이 끼어서 왈가왈부할 일도 아니고."

옥자와 달리 끼어들어서 심하게 왈가왈부한 갑수는 뜨끔했다.

"그냥 믿고 지켜봐주는 거지요. 다시 결혼한다고 해주면 고맙고, 안 한다고 하면 죽기 전에 등짝 한 번 아프게 때려주고 가야죠."

주강희 성격이 왜 그렇게 똑 부러지고 시원시원하나 했더니 요리에서 받지 못한 옥자의 유전자를 성격으로 받았나 보다.

"우리 강희, 결혼 안 해도 이리 잘 지내고 있습니다. 전 그걸로 만족하려고요."

갑수는 살며시 눈썹을 씰룩거렸다.

칼에 찔려 두 번이나 대수술 끝에 겨우 목숨을 건진 애가 잘 지내고 있다니.

"강희 양과는…… 마지막으로 언제 통화하셨습니까?"

"갑자기 전화해선 결혼 안 하기로 했다고 말한 후로 아직 통화한 적 없어요."

갑수가 놀란 표정을 짓자 옥자가 사람 좋은 웃음을 지었다.

"이 늙은이는 한가하지만 형사 손녀가 워낙 바빠야 말이죠. 전화하면 괜히 방해하는 것도 같아서. 하고 싶어 하는 거 하는 데 방해는 말아야죠."

괜찮은 척하는 목소리가 떨리고 있었다.

"통화할 때마다 내가 속상해하니 강희가 그럽디다. 무소식이 희소식이고, 모르는 게 약이라고. 내가 전화할 때마다 그 아이가 더 미안해하며 억지로 씩씩한 척하니 그게 더 마음 아파서 전화를 못 하겠더라고요."

"……"

"내 손녀딸이 안쓰러웠습니다. 편히 기댈 사람 하나 없이 혼자 서울에서 고군분투하는 게. 그래서 눈에 넣어도 아프지 않은 자랑스러운 손녀딸, 선이라도 보게 하려는데 경찰 며느리는 다들 피하더라구요. 누구 때문에 지들이 안전하게 사는데."

"……"

"근데 막상 강희가 결혼한다고 하니 저도 속 좁게 바랐습니다. 결혼하고 나면 경찰 일 좀 그만두었으면 좋겠다고."

옥자의 한 마디, 한 마디가 갑수의 가슴을 아프게 쿡쿡 쑤셔왔다.

젊은 나이에 모든 걸 감당하려는 속 깊은 강희의 마음과 그런 손녀를 이해하려고 하는 옥자의 사랑이 말이다.

"그래서 전 감사했습니다. 상견례 때 허물없이 저희를 맞아주시고 우리 손녀딸 배려까지 해주시니. 역시 대인배구나 느꼈고, 제가 배운 게 많았습니다."

두 아이의 결혼을 더는 말릴 순 없지만 주강희가 경찰 일은 그만두었으면 했다.

직업도 너무 위험했지만, 아내의 뒷바라지도 못 받는 손자 꼴은 왠지 보기 싫어 여길 찾은 건데 괜한 헛걸음이었다. 아니, 스스로가 부끄러워서 갑수는 일어나서 옥자의 주름 진 손을 잡았다.

"제가 사돈 때문에, 오늘 아주 많이 깨닫고 갑니다. 감사합니다. 조만간 좋은 소식으로 다시 만나기를 바랍니다."

차에 오르기 전 정선이 무언가를 손에 가득 들고나왔다.

"어르신께서 잘 드시는 반찬 좀 챙겼습니다."

제 손자와도 얼핏 닮은 고운 얼굴을 갑수가 가만히 바라보자 정선은 어쩔 줄 몰라 하며 시선을 피했다.

"그리 겁먹지 말게. 우리 집안에 은인 같은 자네가 왜 그리 죄인처럼 굴어."

"……제게 은인은 어르신이세요. 평생 그렇게 생각하며 살 겁니다, 저는."

어찌 보면 원망스럽고 어찌 보면 나쁜 마음을 먹을 수도 있을 텐데, 참 한결같은 여인이었다.

"조만간 또 봄세, 우리."

그렇게 돌아선 갑수는 하늘을 잠시 올려다보았다. 시릴 만큼 청명한 하늘이 맑고 푸르렀다.

저를 대하는 이 사람들의 진심처럼.

한 달 만에 퇴원을 했고, 하준의 집으로 거처를 옮겼다. 그리고 드디어 다가온 출근 날은 하준이 차로 태워다 주었다.

"이게 뭐라고 떨려."

경찰서에 첫 출근을 할 때도 이렇게 떨리진 않았던 것 같은데.

기나긴 병가의 시작은 거짓이었지만 결론은 진짜 아팠다. 그것도 죽을 만큼.

"주강희."

하준이 가만히 손목을 잡아끌더니 허리를 숙이고 목덜미에 얼굴을 묻었다.

"……출근 잘해."

출근 잘하라면서 마지막에 한숨은 왜 흘리는데.

보내기 싫어죽겠다는 티를 팍팍 내는 걸 보니 그렇게 지긋지긋하게 붙어있었는데도 지겹지도 않나 보다.

"출근을 잘하라는 거야, 말라는 거야."

작게 투덜거리면서도 나 없는 하루 혼자 잘 지내보라고 너른 등을 토닥여주었다.

"퇴근 시간 맞춰서 데리러 올게."

"나 언제 퇴근할지 모르는데?"

"나 시간 많아."

생긋 웃어주며 돌아서는 제 여자의 뒷모습에서 하준은 눈을 떼지 못했다.

하지만 강희는 특유의 당당한 걸음으로 주차장을 벗어날 때까지, 한 번을 돌아보지 않았다.

그런 냉정함도 매력적으로 느껴지는 걸 보니 미치긴 제대로 미쳤나 보다.

"역시 여기서 보네."

귀에 익은 여자의 목소리에 돌아선 순간, 오른쪽으로 고개가 확 돌아갔다. 열이 오른 왼쪽 뺨을 손으로 쓸며 눈을 들자 재인이 서 있었다.

"내 연락 씹을 만큼 바쁜 척하더니, 강희 첫 출근은 시켜주니? 행복해? 행복해 죽겠냐구. 대답해봐. 나 이 꼴로 만들어놓고 넌 행복해 죽겠냐고 묻잖아."

"내 대답 들을 자신 있어서 묻는 거야?"

담담하게 되묻자 독기 어린 커다란 눈에서 눈물이 또르륵 뺨을 타고 흘러내렸.

"이 나쁜 자식!"

제 품에 와락 안겨드는 작은 몸을 굳이 밀어내지 않고 가만히 있던 하준은 주차장 입구에 서 있는 주강희와 눈이 마주쳤다. 자칫하면 오해할 수도 있는 상황이지만, 재인을 밀어내지 않았고 강희는 담담히 바라보다가 손짓으로 메시지를 보냈다.

'내 가방 네 차에 두고 내렸어. 상황 잘 마무리하고 나중에

알려줘.'

그리고 쿨내가 진동하게 돌아서는 그녀의 뒷모습을 하준은 부드러운 눈빛으로 바라보았다.

믿음이라는 거 참 좋은 거네.

"좀 더 안겨 있는 건 참아줄 수 있는데 눈물은 묻히지 마."

눈물이 범벅된 커다란 눈을 재인이 들자 하준은 그 눈을 무감하게 바라보며 말했다.

"네 눈물, 좀 찝찝해서."

차라리 품에서 밀어내는 게 나을 만큼 잔인한 말이었다.

"주강희 눈물이었어도 찝찝하다고 했어?"

"걘 우는 게 미치게 예뻐."

윤재인 너와는 달리.

"그래서 더 울리고 싶어져."

제 밑에서 흐느끼는 주강희가 너무 예뻐서 더 몰아붙일 만큼, 그래서 앞으론 침대에서만 울릴 계획이지만.

"이 나쁜 자식!"

품에서 벗어난 재인은 아직도 눈물이 뚝뚝 떨어지는 커다란 눈에 원망을 가득 담고 하준을 보았다.

"내가 강희보다 더 좋은 아내가 되어줄 수 있어! 헌신하고 도움도 많이 되는, 완벽한 너에게 어울리는 완벽한 아내가. 왜 나는 안 되는데. 내가 너를 먼저 좋아했어! 내가 네 가치를 먼저 알았어. 더 오래 기다렸어. 단 한 번도 잊은 적 없다구!"

울음 가득한 넋두리가 끝날 때까지 하준은 가만히 들어주었고, 재인은 망연자실하게 서 있었다.

"뭐라고 말 좀 해봐. 응?"

오랜 시간 동안 저를 향한 재인의 진심을 알면서도 거부하지 못한 건 그녈 향한 알 수 없는 책임감 때문이었다.

아무리 미운 짓을 해도 버릴 수가 없는 존재가 재인이었고 스스로도 그 이유를 몰랐다.

"윤재인, 네가 전에 내게 했던 말 기억해?"

또한 자신 때문에 누군가가 강희에게 앙심을 품는 건 유식이 마지막이었으면 했다.

"남잔 자신이 사랑하는 여자와, 여잔 자신을 사랑해주는 남자와 결혼해야 행복하다고."

어떻게 해야 네 마음에 돋아난 가시를 뽑아낼 수 있을까.

하준은 가만히 허리를 기울여 눈물 가득한 눈을 바라보았다.

"너도 나처럼 행복해졌으면 해."

제발, 진심이 전달되길 바라며.

"널 진심으로 아끼고 사랑해주는 남자를 만나서."

아주 어릴 적, 키가 작은 그녀에게 자주 해주었던 것처럼 작은 머리를 쓰다듬어주었다.

"요즘 시대가 어떤 시대인데 남자에게도 헌신하고 도움이 되는 아내가 되려고 해. 네 가치를 낮추지 마."

재인의 눈에 가득 차 있던 독기가 서서히 빠져나가는 게 보였다.

"그리고 난 죽었다 깨어나도 주강희 아니면 안 돼."

그녀만의 교육 방식

주강희여야 하고 주강희 아니면 안 되는 건 이미 제 의지를 벗어난 일이었다.

"그러니까 나 때문에 악역 자처하지 마. 난 이제 너한테 친구도 못 해주니까."

문득 이상한 기억이 뇌리를 스쳤다.

―재인이한테 좋은 친구가 되어줘.

누가 내게 한 말일까.

"미안하다, 윤재인."

"……흐윽!"

그 눈물에 강희를 향한 미움과 원망이 모두 쓸려 내려가기를 바라며 하준은 안겨 오는 재인의 등을 토닥여주었다.

서 안으로 들어가자 안부 인사와 함께 축하가 이어졌다.

"주 과장님, 축하드립니다!"

병가로 쉬는 동안 보직이 결정되었고, 경정으로 진급과 동시에 과장을 달았다.

다양한 범죄에 손을 뻗은 만큼 부서마다 잡지 못해 안달이 난 게 블록이었다. 비록 최고 운영자는 아직 잡지 못했지만 블록을 서장의 지시하에 일인으로 움직였던 비공개 수사로 잡아냈다. 그 덕에 강희는 칼에 찔려 죽을 뻔했지만 본거지를 덮칠 때만 출동한 그들 입장에선 가만히 누워서 입 벌리고 있다가 받아먹은 꼴이었다.

그러니 급행을 탄 것처럼 이루어진 강희의 초고속 진급에 불만은커녕 고마워하고 존경을 표했다. 광수대를 추월한 실적에 강남서의 기상까지 덩달아 올라가서 그런지 서장도 강희를 살갑게 대했다.

정신없는 오전을 보낸 강희는 야외 휴게실에서 자판기 커피를 즐기며 하준에게 전화를 했다.

[주 과장님, 점심은 잘 먹었습니까?]

"너까지 그렇게 부르지 마. 아직 어색하니까."

[난 능력 있는 애인 자랑하고 싶어 죽겠는데.]

여기저기 떠벌릴 성격도 아니지만 자랑할 친구도 없으면서.

"아침 일 이제 변명해봐. 아주 너그러운 마음으로 들어줄 테니까."

하준의 말이 끝날 때까지 담담히 들을 수 있었던 건 어쩌면 가진 자의 여유이고 못된 마음일지도 모른다.

이래서 믿음이라는 게 중요하다 보다.

또한 하준이 재인을 모질게 못 대하는 이유가 유식이라고 어렴풋이 짐작까지 했다.

자신을 해하려 한 일에 모두 유식이 관련되어 있었고 하준은 재인까지 그런 마음을 품지 않기를 바란 것이리라.

미움은 또 다른 미움을 낳을 뿐이니까.

그녀만의 교육 방식

"오늘 10시 정도 퇴근할 것 같은데 그때 데리러 올래?"

[첫날인데 너무 무리하는 거 아닌가?]

당장이라도 서장한테 전화할 것처럼, 나직한 음성에 살얼음이 잔뜩 껴 있었다.

"일이 많아서가 아니라 회식할 것 같아서. 진급도 했고 팀원들과 작별 인사도 할 겸. 내가 쏠 거야."

[아직 너 완전히 회복된 거 아니야. 건강 관리해야지.]

회식이 반갑지 않다는 말투였다.

"걱정하지 마, 나도 조금만 마실 생각이니까."

[나도 너 얼른 보고 싶은데.]

10시는 너무 늦다는 은근한 불만이었다.

"그럼 9시에 와서 네 카드로 계산해주고 나 빼……."

[콜.]

말이 끝나기도 전에 하준이 얼른 대답했다.

[회식 인원만 알려줘. 내가 최고급 한우 식당으로 예약해놓을 테니까.]

벌써 강남서 근처 한우집을 검색하고 있을 유하준이 상상이 되어 입가에 웃음이 피어올랐다.

"메시지로 남겨줄게."

전화를 끊고 바라본 하늘은 먹구름이 걷힌 자신의 마음처럼 봄기운이 완연하게 느껴지는 푸르름을 머금고 있었다.

"내가 잘 버틸 수 있을까."

현장에서 발로 뛰며 긴장감과 보람을 더 느끼고 싶은 제게 사무실에서 대부분의 시간을 보내는 과장이란 자리는 답답할 것 같았다.

하지만 이 자리에 있으면 더 많은 걸 형사들에게 해줄 수 있을 것 같고 결혼이란 것과 타협도 더 잘 할 수 있을 것 같았다.

"내일부턴 정신없겠지?"

강희는 기분 좋게 털고 일어났다.

＊

식당에 도착하니 헤실헤실 웃고 있는 강희의 손에 들린 넥타이와 그녀의 옆에서 어쩔 줄 몰라 하는 승남과 현오가 보였다.

하준을 발견하곤 반색하며 승남이 다가왔다.

"도, 동상! 왜 이제 오는 거야! 팀장님, 아니 주 과장님 좀 얼른 데려가! 넥타이가 과장님 손에만 가면 살상 무기라니까?"

딱 보니 항상 정장을 입는 김 경위의 넥타이가 분명했고 승남이 벗어난 덕에 넥타이에 목을 졸리고 있는 건 현오였다.

"형님, 이걸로 2차, 3차까지 원 없이 달리시고 카드는 내일 강희에게 주세요."

승남의 손에 카드를 쥐여준 하준은 강희에게 다가갔다.

"강희야."

그 부름에 현오의 목을 졸라매고 있던 넥타이가 느슨해졌다.

"켁, 켁!"

다가선 하준의 목 뒤로 미끈하게 두른 넥타이를 확 잡아당

그녀만의 교육 방식 363

기자 가까워진 그의 얼굴에 강희는 뽀뽀 세례를 퍼부었고, 끝나지 않은 입맞춤 소리가 민망할 정도였다.

술기운이라지만 다른 남자 목은 조르면서 사랑하는 남자는 뽀뽀 세례라니 좀 너무한 거 아닌가.

모두 그런 표정이지만 당사자인 하준만이 태연하게 강희를 품에 안고 일어났다.

"나머진 집에서."

낮은 속삭임이지만 모두에게 들렸고 특히 모태 솔로인 승남이 심장을 움켜쥐며 극적인 반응을 보였다. 그렇게 두 사람이 사라진 후 김 경위와 현오가 옥신각신했다.

"형은 진짜! 과장님한테 넥타이 주지 말라고 몇 번 말해요? 아니면 회식 때라도 넥타이를 매질 말든가!"

"이거 내 콘셉트거든? 그리고 넥타이 안 주면 내 목을 조를 것 같은데 어떡하냐?"

둘이 그러든 말든, 승남은 금방이라도 울 것 같은 표정으로 소주잔을 비웠다.

"씨발, 나도 연애하고 싶다."

김 경위는 결혼했고, 현오는 연애 중이며 강희는 조만만 결혼 각, 나만 슬픈 모태 솔로 인생이로구나.

샤워를 한 후 가운만 걸치고 나오자 소파에 앉아 있던 하준이 뜨거운 눈빛으로 강희를 바라보았다.

"나 사과 먹고 싶어."

그 한마디에 하준이 주방에서 사과를 가지고 나왔다.

단단하고 긴 손가락이 끊김 없이 사과를 깎는 걸 강희는 홀린 듯이 바라보았다.

"얼굴만 예쁜 줄 알았더니, 과일도 예쁘게 잘 깎네?"

하준이 적당한 크기로 자른 사과 한 조각을 포크로 찍어 입 앞으로 가져왔다.

"너한테 예쁜 것만 보여주고 예쁜 것만 먹이고 싶어서."

먹여주는 사과를 받아먹다 보니 한 개는 금방 다 먹었다.

"나 사과 더 먹고 싶어."

"편한 옷으로 입고 와. 그럼 더 깎아줄게."

"난 이게 편…… 악!"

갑자기 다가온 하준이 느닷없이 목을 깨물어버렸던 것이다.

"주인은 안 문다며?"

"물라고 목 드러낸 거 아니었나?"

하준이 다시 몸을 숙여오자 베스 가운을 목까지 끌어올렸고, 그 바람에 드러난 뽀얀 허벅지로 그의 시선이 내려갔다.

문득 장난기가 솟은 강희가 발끝을 천천히 들어 올리자 하준의 눈빛이 돌변했다.

"다리도 물고 싶어?"

이런 야하고 이중적인 애완견을 봤나.

단정한 얼굴과 달리 짙게 휘몰아치는 눈동자가 끈적했다.

"그럼 물어보든지."

하준은 결혼 후에 자겠다는 그 약속을 지독하게 지키고 있었다.

느릿하게 올라온 시선이 나른하게 강희를 옭아매 왔다.

"내가 무슨 짓을 할지 알고 도발을 할까."

"······진짜 물게?"

목도 세게 물었는데 다리를 물지 못할 이유는 없는 것 같아 슬그머니 다리를 내리려 했지만 이미 늦었다.

"왜 내가 무는 것밖에 못 한다고 생각하지? 넌 날 잘 알 텐데."

하준의 긴 손가락이 강희의 종아리를 꽉 움켜쥐고 있었다.

"내가 뭘 잘하는지."

시선을 강하게 얽은 채 하준이 감각적으로 손을 움직였다.

"포인트 공략."

혀처럼 움직이는 감각적인 긴 손가락의 움직임에 강희는 움찔했다.

"그, 그만할래."

"나 아직 대답 안 했는데."

다신 이런 도발을 못 하도록 잊지 못할 벌을 주려는 게 분명한 짙은 눈빛으로 하준이 씨익 웃는다.

"나의 주인님이 뭘 좋아했더라."

멍뭉이가 가장 좋아하는 간식을 입에 물려준 꼴이었다.

순식간에 몸을 비튼 하준이 다리 사이를 파고들어 자리를 잡았다.

"예쁜 목은 깨물리는 걸 좋아하고, 섹시한 다리는……"

강희에게 시선을 떼지 않은 채, 무릎 바로 위에 입술을 댔다.

"녹여주는 걸 좋아하지."

그 말을 증명이라도 하려는 듯 뜨겁고 말캉한 혀가 손길로 자극해놓은 살결을 적시며 녹이기 시작했다.

그간의 경험상, 이럴 때는 빨리 백기를 들고 물러나야 했다.

"하, 항복!"

항복 선언을 했지만 하준은 멈출 생각이 없는 것 같았다.

"잘못했어, 하준아."

"벌써 빌면 곤란한데."

어림도 없다는 듯 뜨거운 입술은 허벅지를 타고 올라와 은밀한 곳까지 파고든 후였다.

귓가는 붉어졌고 파르르 떨리는 긴 속눈썹에 닿을 듯 말 듯 한 눈물점마저 흔들리며 몸이 저절로 들썩거렸다.

얼마 버티지 못하고 한껏 뻗은 발끝이 파르르 떨리며 눈가가 촉촉해지는 걸 보고 나서야 하준이 젖은 입술을 뗐다.

"2차전은 침대에서 시작할 거야."

수면제가 퍼진 것처럼 흐릿한 시야로 보이는 그에게 강희는 속삭이듯 말을 했다.

"결혼 전까지 참는다고 했던 건 너야."

"당연히 나는 참을 거야."

욕망으로 그늘진 검은 눈동자가 아찔하게 속삭여왔다.

"근데 넌 참지 마."

끝까지 가지 않아도 너 하나쯤은 만족시켜줄 수 있다는 자신감이었다.

"일어나, 주강희."

귓가를 스치는 다정한 속삭임에 이어 얼굴 곳곳에 기분 좋게 쏟아지는 감촉에 강희는 부스스 눈을 떴다. 흐릿한 시야에, 자신과 달리 푸짐한 만찬을 즐긴 것처럼 하준은 컨디션이 좋아 보였다.

"미인은 잠꾸러기라더니, 신빙성 있는 말이네."

낮고 부드러웠지만 꽤 짓궂은 말투였다.

강희는 제대로 뜨지도 못하는 눈으로 어설프게 하준을 노려보았다. 이게 다 누구 때문인데. 끝까지 가지도 않았는데 2차전이 그리 길 줄 몰랐고, 새벽이 넘어서 잠이 들었던 것 같다. 아픈 곳은 없지만, 온몸이 물먹은 솜처럼 나른했다.

"너 때문이야. 오늘부턴 따로 자."

따로 자자는 말에 여유가 사라진 얼굴로 하준이 귓가에 속삭였다.

"주강희, 네 몸의 반만큼 솔직해져 봐. 내 아래에서 좋다고 울부짖은 게 누군…… 윽!"

강희가 손으로 하준의 머리칼을 움켜쥔 것이다.

"우리 멍뭉이, 내가 요즘 좀 풀어줬나 봐?"

잠기운이 달아난 눈동자는 영롱했고.

"교육 다시 받아야겠어."

입가에 머금은 희미한 미소는 마녀처럼 사악했다.

"그 교육, 언제 시켜줄 건데."

그대로 얼굴을 내려 강희의 목덜미에 하준은 얼굴을 묻었다.

"음, 오늘 밤?"

"기대되네."

야무지게 움켜잡았던 머리칼을 놔준 대신 그의 품에 안겨 잠시 서로의 숨결에 귀를 기울였다.

잠시의 이 침묵이 평온하고 달콤해서 출근하기 싫어지는 마음이 드는 강희를 다독이는 건 오늘도 하준이다.

"주강희 지각시키면 안 되지. 씻고 나와. 아침 준비해놓을게."

"재택근무하시는 분이 아침부터 너무 부지런한 거 아냐?"

지금껏 여유 없이 급하게 달려왔으니 조금은 여유롭게 풀어져도 될 텐데.

하준은 시계처럼 빈틈없는 하루를 반복하고 있었다.

5시 기상 후 1시간 동안 아침 운동을 한 후 샤워하자마자 아침 준비.

"너 데려다줘야지."

유하준은 아침 챙겨주기와 출근 시켜주기라는 결혼 후 버킷리스트를 결혼하기 전부터 실행하는 착실한 남자였다.

점심시간, 갑자기 갑수가 들이닥쳤다.

뒤늦게 시간이 괜찮냐고 묻지만, 강희 입장에선 없는 시간이라도 내야 할 상황인지라 서 근처 적당한 한식당을 잡았다.

"룸 있는 곳이 여기뿐이라서요. 갈치조림 괜찮으시죠?"

"애도 아니고. 나는 아무거나 잘 먹으니 걱정말게."

음식 세팅이 되는 동안 노골적인 갑수의 시선을 강희는 생글생글 웃으며 잘도 받아냈다.

넉살이 좋은 건지, 얼굴이 두꺼운 건지.

"자넨 내가 불편하지 않은가?"

"불편하진 않지만 편하지도 않습니다."

"그럼, 어렵진 않고?"

"어렵진 않은데 조심스럽습니다."

"이유는?"

"어른이시고 하준이 할아버님이니까요."

재깍재깍하는 대답이 신선하면서도 당돌했지만 건방지진 않았다. 선을 넘지 않는 선에서 깍듯하게 예의는 다 지키면서 제 할 말은 다 하는 주강희는 어른들을 능숙하게 상대할 줄 알았다. 얼굴도 예쁘고 성격도 싹싹하고 경찰이란 직업이 탐탁지 않지만 능력도 꽤 있고.

부정적인 콩깍지를 벗고 나니 이제야 제대로 주강희의 매력이 보였고, 제 손자가 보자마자 빠져들었던 것도 이제 이해가 되었다.

"내가 왜 찾아왔을 것 같나?"

한참 후에야 강희는 차분하게 입을 열었다.

"예전처럼 저와 하준이를 헤어지게 하려고 오신 건 아닌 것 같아요, 맞나요?"

"맞혀보라고 했지, 내게 물어보라곤 안 했네."

엄하게 말해보지만 소용없었다.

"맞는지 알려주시면 성의껏 계속 맞힐게요. 맞나요?"

적당히 생글생글 웃으며 되물으니 대답을 안 할 순 없지만 그렇다고 바로 대답해주자니 괘씸하다.

"내가 헤어지라면, 그럴 생각은 있고?"

"흔들 생각 없으신 거 알아요. 다시 흔들려고 하셔도 저도 이제 안 흔들리겠지만요. 할아버님 덕분에 저와 하준이 관계, 무척 견고해졌습니다. 할아버님께 감사드리고 그래서 할아버님을 원망하지 않습니다."

가만히 생각해보니 이 아인 항상 그랬던 것 같다.

단 한 번도 말을 끊은 적이 없고 항상 눈을 직시하며 시선을 피한 적도 없었다.

켕기는 게 많은 것들은 눈을 마주하지 않으려 하고, 노련한 정계 인사들은 느긋한 척 시선을 여유롭게 다른 곳으로 돌렸다. 거짓을 일삼는 입술과 달리 눈만큼은 거짓말을 못 하니까. 이 아이가 아니면 안 되는 손자 녀석 때문에 갑수는 간 보기를 그만하기로 했다.

"그건 왜 안 가져오나? 합리적인 방안을 제시한다던 그 제안 말이네."

갑수가 안달 나서 찾아온 이유였다.

벌여놓은 일도 대충 마무리가 되었고 두 아이도 결혼하겠다고 결정을 내렸으며 병원에서도 빠르게 회복한 강희의 건강 상태를 확신했다.

그런데 왜 안 가지고 오냐 이거다. 내가 뻔히 허락할 걸 알면 그걸 가져와서 얼른 결혼 진행을 착착하고 손주도 낳고 해야 하는데.

"죄송합니다, 할아버님. 제가 업무 복귀한 지 이제 겨우 이틀째라서 작성할 틈이 없어서요. 굉장히 신중하게 작성해야 하는 것도 있지만."

진심으로 미안해하는 눈빛으로 강희가 목소리를 작게 낮추었다.

"쌍방이 함께 노력해서 합의해야 하는 거라, 할아버님과 제가 같이 작성해야 하거든요."

나랑…… 같이?

"물론 할아버님이 바쁘시다는 거 압니다. 보시다시피 저도 좀, 바쁘구요. 그래도 할아버님 스케줄에 제가 맞추겠습니다. 일주일에 한 번, 저와 점심이나 저녁 한 끼 어떠세요? 할아버님 재력에 비하면 아무것도 아니지만. 일주일에 한 번 식사 대접할 능력은 됩니다."

참 이상하게, 귀가 솔깃해지는 말이었다.

"저 할아버님이랑 친하게 지내고 싶어요. 진짜 제 친할아버지처럼. 그래서 데이트 신청하는 거예요."

수줍게 웃자 한쪽 뺨에 파이는 볼우물이 참 매력적이다.

"험험, 노인네랑…… 무슨 재미로 데이트를 한다고."

"손녀랑 손자가 같나요? 괜히 주변에서 딸 찾고 손녀 찾는 거 아니거든요. 장담하는데 손녀딸 하나 생긴 기분이 드실 거예요. 제가 어른들에게 친화력이 장난이 아닙니다."

자신에게 말하는 게 참 스스럼없는 강희를 보니 벌써부터 애교 많은 손녀딸과 같이 있는 기분이었다.

이렇게 빨리 무너져 내리면 건방져질지도 모르니 버텨야 하는데, 반짝거리는 저 눈을 좀 더 보고 있으면 심장이 흐물흐물 녹아버릴 것 같았다.

결국 갑수는 시선을 피해버렸다.

"거참, 바쁜 사람한테."

"바쁜 시간, 일주일에 저한테 한 번 내주실 거죠? 주말엔 제가 할아버님께 맞추고, 평일엔 할아버님이 제게 맞춰주시면 될 것 같아요."

아무 말도 안 했는데 이미 대답을 들은 것처럼 강희는 매끄럽게 말을 이어갔다.

"할아버님, 주말이 괜찮으세요? 평일이 괜찮으세요?"

이미 친근한 손녀딸처럼 제게 묻는 강희를 보고 있으니 문득, 손자 녀석이 자신의 취향을 물려받은 것 같다는 생각까지 들었다.

그녀만의 교육 방식

저녁 9시가 다 된 시각에 주차장에 도착하자 하준이 차에서 내려 조수석의 문을 열어주었다.

"타시죠, 주인님."

집으로 가는 동안 갑수와 나누었던 대화를 차근차근 털어놓았다.

"나 믿지? 할아버님은 내가 알아서 공략할게. 며느리 사랑은 시아버님이라는데 시아버님이 안 계시니 시할아버님을 공략해야지. 내가 맘먹어서 넘어오지 않은 사람이 없었다니까?"

물론 한 명 있긴 하지만. 다행스럽게도 하준은 유식을 기억 못 하는 것처럼 픽 웃었다.

"뭐든지, 주인님 뜻대로."

집에 도착한 강희는 샤워를 끝낸 후 침실로 향했다.

편안한 자세로 침대에서 노트북을 하는 하준은 강희가 들어오는 줄도 모른 채 무섭게 집중을 하고 있었다.

살짝 젖어 있는 앞머리와 서늘한 눈빛과 짙은 눈동자, 그리고 노트북을 두드리는 단정하게 긴 손가락까지.

이지적인 그 모습을 엉망진창으로 헝클어뜨리고 싶다는 충동적인 욕구를 느끼며 강희가 다가서자 하준이 고개를 들었다.

평퍼짐한 잠옷 대신 아찔한 슬립을 입은 강희를 보곤 눈매를 굳혔다.

"……감기 걸리면 어쩌려고."

"그렇게 내 걱정하는 사람이 어제는 홀라당 벗기더라?"

침대 위에 올라선 강희는 손으로 노트북을 닫고선 하준을 마주 본 채 가슴을 손으로 확 밀었다.

흥미로운 표정으로 침대에 반쯤 누운 하준의 단단한 배 위에 요염하게 올라타 상체를 기울인 강희는 귓가에 달콤하게 속삭여주었다.

"내 멍뭉이, 교육받을 시간이야."

그러자 기다렸다는 듯 단단한 손이 허리를 잡아 더욱더 밀착시켰다.

"그 교육 기대되는데."

허리를 쥐고 있던 커다란 손으로 벌써 살결을 문지르는 그는 정말이지 겁 없는 멍뭉이였다.

이미 욕망으로 흐려진 관능적인 검은 눈동자가 나로 인해 들끓는 걸 보고 싶다.

셔츠 안으로 손을 밀어 넣어 더듬자 단단한 근육이 팽팽했고, 살며시 입꼬리를 올린 강희는 고개를 숙였다.

사락거리는 머리칼이 하준의 얼굴로 매끄럽게 흘러내렸다.

"유하준, 내가 멈추길 바라면 잘못했다고 빌어."

얼굴을 간질이는 머리칼의 부드러운 감촉에 하준이 지그시 눈을 감았다.

"……하던 거 계속해."

느릿하게 움직이는 입술이 여유로워 오기가 치솟았다.

널 어떻게 해야 안달 나게 하고 잘못했다고 빌게 만들까.

그녀만의 교육 방식

"그럼 잘 버텨보든지."

예고도 없이 하준의 귓불을 물고 아프지 않게 잘근잘근 씹자, 제 밑에 깔린 커다란 몸이 움찔했다. 입술이 점점 더 흘러내릴수록 셔츠 속의 손은 점점 더 타고 올랐다.

살며시 고개를 들자 꾹 감은 눈에 얼마나 힘을 줬는지 촘촘한 속눈썹이 잘게 떨리는 게 보였다.

수도 없이 쾌락의 낭떠러지로 떨어뜨리면서도 하준만은 절제를 잃지 않던 이유를 강희는 알 것 같았다.

……이거였어.

그가 보이는 반응은 짜릿했고, 몸으로 느끼는 쾌감과는 또 다른 것이었다.

"어깨 좀 들어 줄래?"

셔츠를 순식간에 벗겨낸 후 단단하고 따뜻한 피부에 입술을 대자 요동치는 단단한 근육들이 아름다웠다.

고개를 든 강희는 이미 단단해서 터질 것 같은 그의 하체에 노골적으로 앉았다.

이래도 버티나 보자구요, 내 멍뭉이님.

잘록한 허리를 앞과 옆으로 리드미컬하게 움직이자 뜨거운 숨을 훅 토해내며 하준이 상체를 일으키려 했다.

하지만 강희는 손으로 다시 꾹 눌러 못 일어나게 했다.

이제 시작인데, 어딜 감히.

"내 멍뭉이, 아직 버틸 만하나 보네."

그와 입술을 맞댄 채 속삭이는 입술의 움직임이 요부처럼 요염했다. 거친 숨을 토해내는 입술에 깊게 키스하며 다시 엉덩이를 움직이는 순간, 하준은 결국 무너져 내렸다.

지독히도 달콤한 고문 앞에서, 무기력하게.

"……잘못했어, 주강희."

쾌감에 가까운 만족스러움을 느끼며 강희가 몸에서 내려오자마자 그는 욕실로 향했다.

차가운 기운을 풍기며 욕실에서 나온 하준이 강희를 품에 안고 누웠다. 하준은 곧 쌔근쌔근 잠이 든 듯했지만 그의 품에서 강희는 눈을 말똥말똥 뜨고 있었다. 이러다간 내가 먼저 욕구 불만으로 어떻게 될 것 같으니 얼른 결혼식 날짜를 잡아야 한다.

그건 곧 갑수를 빨리 만나야 한다는 의미였다.

Chapter 25

이성적인 유하준과 본능적인 신유진

테라스 정원에서 하준의 품에 안겨 야경을 내려다보던 강희는 문득 궁금해졌다.

"유하준, 이 집 자가야?"

"참 빨리도 묻네. 난 뭐든지 빌리는 거 딱 질색이야."

하긴, 저 성격에 남의 걸 빌릴 이유가 없지.

"한강 뷰은 아파트는 비싸다던데. 게다가 이 집은 평수도 넓고. 장만하는데 할아버님 도움 좀 받았지?"

"내 능력으로 충분한데 굳이."

희미한 미소에 어린 건 바로 오만함이었다.

"대출 조금도 안 꼈어?"

"걱정돼? 내가 대출 감당 못 하고 빚에 허덕일까 봐?"

하준은 자신이 출근했을 때 일을 한다고 했지만 이 넓은 집을 혼자 관리한다는 건 하루를 온전히 쏟는다는 의미였다.

그렇다고 절대 집에 손 벌릴 스타일은 아니고.

혹시라도 나 때문에 일 못 하고 전전긍긍하는 건 아닐지 걱정하는 그 속을 읽었는지 하준이 웃으면서 귓가에 속삭였다.

"대출 없으니 걱정하지 마. 이런 아파트 몇 채는 현금으로 바로 살 수 있을 만큼 나 돈 많아. 주강희, 너 봉 잡은 거라고."

누가 걱정한댔나, 그냥 궁금해서 그렇지.

작게 중얼거리며 강희는 하준의 가슴에 뺨을 댔다.

"유하준, 앞으로의 계획은 뭐야?"

하준이 그랬다.

회사는 전문 경영인에게 맡기고 간간이 확인만 할 것이고 프로그래머로 전향할 거라고.

"별거 없는데."

"그래도 말해줘. 나도 제대로 업무 시작하면 너한테 다 말할 거야. 난 너도 그랬으면 좋겠어."

강희에겐 작은 걱정이 하나 있었다.

유식과 그렇게 된 후, 하준의 주변에 자신을 제외하곤 아무도 없었고 그렇다고 다른 사람을 제 영역 안에 들일 성격도 아니다. 아무리 좋아하는 일을 한다고 해도 업무 스트레스는 쌓일 테고, 그걸 풀지 않으면 하준도 힘들어 할 것이다.

그래서 네게 허락한 유일한 존재인 내가 그 역할까지 해주고 싶었다.

하준이 자신에게 그런 것처럼 아내로서, 친구로서, 파트너로서, 가족으로서 말이다.

"말해도 모르겠지만 말해줘. 계속 듣다 보면 나도 전문가 될지 누가 알아?"

피식 웃은 하준이 담담히 입을 열었다.

"오래전부터 양자 컴퓨터 등장에 대한 암호화 알고리즘을 준비하고 있었어."

예상대로 난생처음 듣는 용어가 튀어나왔지만.

"쉽게 말하면 우리가 주고받는 데이터의 70%가 암호화 과정을 거쳐. 그 암호화를 쉽게 뚫을 수 있는 게 양자 컴퓨터야. 국가 기밀도 뚫는 건 시간문제지."

양자 컴퓨터는 몰라도 국가 기밀, 이 단어에 스케일이 얼마나 큰 건지 감이 잡혔다.

"그 엄청난 걸 혼자 할 수 있어? 대부분 팀 꾸려서 하지, 맙소사. 그 프로젝트 유식 씨랑 준비했던 거지?"

하준은 대답 대신 테라스 너머를 어두운 눈빛으로 바라보았다.

그는 어떤 말도 하지 않았지만 그가 유식을 자신만의 방식으로 아꼈고 그래서 더 용서 못 한다는 걸 알고 있었다.

"하준아, 이제 그만 블록 운영자들 잡게 도와주면 안 돼? 너 아니면 그놈들 추적할 사람 없잖아."

블록의 최고 운영자를 잡으면 유식을 향한 집요한 추격전도 끝이다.

"부족해, 그 녀석은 더 고생해야 해."

"죄에 대한 벌은 네가 아니라 법이 결정해."

"……네가 죽을 뻔했어."

강희를 내려다보는 눈동자에 다시 두려움이 차올랐다.

그게 안타까워 강희는 몸을 틀어 그를 안고 귓가에 속삭여주었다.

"네가 나 살려냈잖아. 나는 하준아, 범인 잡을 때마다 항상 같은 고민을 해. 정당방위 핑계로 확 죽여버릴까. 억울한 피해자들은 이미 죽었는데 왜 이놈들은 사지 멀쩡하게 살아서 국민 세금으로 세끼 밥 먹여주고 햇빛을 보게 해줘야 하는 걸까."

경찰을 하며 가장 힘든 건 부족한 수사비도, 강도 높은 업무도 아니었다.

"유식 씨를 용서하라는 게 아니야. 지은 죄만큼 벌을 받을 수 있도록 심판대 앞에 세우자는 거지. 그러기 위해 법이 존재하는 거고. 사람이 법 위에 설 순 없잖아."

범죄자들을 잡는 순간 미란다 원칙을 고지해주는 것도 모자라 시민들의 분노 속에서 범죄자들을 지켜주는 것.

기분 참 뭣 같았다.

"내가 널 어떻게 이겨. 네 말대로 할게."

결국 하준이 백기를 들었고 그게 고마워서 강희는 그의 얼굴 이곳저곳에 뽀뽀를 해댔다.

"고마워, 유하준."

이번에도 내게 양보해줘서.

"고마우면 몸으로 보답하든지."

하준이 강희를 안고 벌떡 일어났다.

문득문득 걸음을 멈추며 거북이 같은 속도로 침대에 도착했을 땐, 두 사람 모두 실오라기 하나 걸치지 않은 채였다.

다음 날 아침, 하준은 약속 장소까지 강희를 태워다 주었다.

명희와 옥혜의 가운데에 선 강희가 두 분의 팔짱을 야무지게 꼈다. 뭐가 그리 신났는지 조잘거리며 양쪽으로 고개를 돌려가며 활짝 웃었다. 강희가 웃으면 두 분도 따라 웃고, 그걸 보고 있는 하준도 절로 미소가 지어졌다.

세 사람이 번화가의 사람들 틈에 섞여 보이지 않자 다시 집으로 돌아온 하준은 평소와 다를 게 없는 집 안을 가만히 훑어보더니 천천히 입을 열었다.

"이제 그만 나와."

복도 끝, 정확히는 컴퓨터 방에서 덥수룩한 헤어에 검은 안경을 쓰고 나온 남자는 유식이었다. 유식은 하준이 내미는 와인 잔을 받지 않고 피식 비소를 날렸다.

"이제 이따위 거 안 먹어요. 입이 싸졌거든, 소주 없어요?"

와인을 마시면 스스로가 고상해지는 기분이었다.

어린 시절과는 비교도 되지 않는 고귀한 삶을 살면서 비싼 와인을 마시며 스스로가 개츠비가 된 것 같은 착각까지 빠져들었다.

하지만 지금은 누구 때문에 도망자 신세가 되어서 싸구려 술맛을 알아버렸고 그토록 알고 싶지 않았던 인생의 쓴 맛까지 죄다 알아버렸다.

하준이 다시 가져온 소주를 병째로 벌컥벌컥 마신 후 젖은 입술을 더러운 소매로 슥, 닦고는 툭 쏘아붙였다.

"비번은 왜 예전 걸로 해놨어요? 겁 드럽게 없네."

"왜, 들어와서 무슨 짓 하려고?"

무심하게 묻는 하준을 유식은 묘한 눈빛으로 바라보았다.

"나한테? 아니면 또 주강희?"

뭘 해도 나를 능가하고 모든 상황을 멀리 내다보고 미리 계획하고 통제하는 남자였다.

괴물 같은 천재에 감정 따윈 결핍되어 있는, 걸어 다니는 인공 지능 같은 남자를 존경했고 기꺼이 따랐으며 나의 멘토로 삼고 유일한 내 삶의 등대로 여겼다. 여자에 미쳐서 애완견처럼 꼬리를 흔들며 나를 버리기 전까진.

"내가 이렇게 된 거 다 형 때문이야! 주울 땐 쉽게 주웠어도 버리는 것도 그렇게 쉽게 해선 안 됐다고요!"

"그러게 주강희는 건드리지 말았어야지."

와장창창-.

분노에 찬 유식이 테이블 위를 모조리 쓸어버렸다.

"씨발! 그 여자 안 죽었잖아!"

"그래서 너도 살아 있는 거야."

이 눈물조차 이 남자에겐 발밑의 먼지만도 못하다는 걸 알면서도 눈물이 죽죽 흘러내렸다.

"한 번만 더 강희 건드려 봐. 그땐 강희의 생사에 상관없이 너 죽어."

 깨진 유리 조각을 하나 집어 하준에게 던졌다.

 "그걸로 바로 날 찔러서 죽여요! 근데 그 여자가 살인자가 된 형을 봐줄 것 같아요? 아마 본인 손으로 수갑 채울걸요? 웬 줄 알아요? 형이 사랑하는 만큼, 그 여잔 형을 사랑하지 않거든, 하하하하!"

 "난 네가 아니야, 김유식. 이왕 할 거면 완전 범죄를 저질러야지. 굳이 증거를 남길 필요가 있나?"

 유식은 침을 꿀꺽 삼키며 주먹을 불끈 쥐었다. 하준조차 모르는, 그의 안엔 제2의 인격체가 있는 걸 유식은 알고 있었다. 불면증에 시달리며 하준이 수면제에 의존했던 몇 달, 정말 우연히 그 인격체를 맞닥뜨렸다.

―발톱의 때만큼도 못한 널 거두어서 사람 노릇 하게 만든 건 유하준이 아니라 나야. 그러니 기회가 되면 내게 은혜를 갚아야지.

 그 인격체는 하준보다 훨씬 더 매혹적으로 유식에게 다가왔다. 별짓을 다 해도 법의 경계망을 넘어선 안 된다는 이성적인 하준과는 너무도 다른 그 인격체는 자신을 넘어서는 사이코패스 천재였다.

―유하준이 사랑에 빠져서 널 버리면. 그때 날 깨워.

딱 죽지만 않도록 머리에 강한 충격을 주면 자신이 깨어날 거라는 말에 유식은 바보 같은 소리라고 생각했다.

유하준이 사랑에 빠져서 나를 버리다니 말이 안 되잖아?

하지만 남자가 한 말은 예언이었고 몇 년 후 하준은 사랑에 빠졌고 그 여자 때문에 자신을 버렸다.

"형은 미친 사이코패스에 소시오패스예요."

문득 유식은 저 안에 있는 또 다른 인격체도 주강희란 여자를 과연 사랑할지 궁금해졌다.

또한 강직하고 올곧은 주강희도 자신보다 더한 사이코패스 천재를 사랑할 수 있을까.

"그걸 언제까지 숨길 수 있을 것 같아요? 그걸 알아도 그 여자가 과연 형을 사랑할까요?"

유식은 이 세상에서 오로지 나만이 당신 같은 사이코패스를 감당할 수 있다고 말하고 싶었다.

그런데 피식 웃은 하준이 테이블 위로 상체를 기울이며 목소리를 낮추었다.

"주강희가 내 기폭 장치야."

마치 엄청난 비밀을 알려준다는 것처럼.

"그녀만 있으면 난 평범하게 살 수 있어."

그녀가 내 삶이고 곧 행복이라는 그 말에 유식의 얼굴에서 핏기가 가셨다. 날 점점 어둠의 나락으로 빠뜨리면서 정작 자신은 그곳에서 천천히 벗어나고 있었다. 온기와 빛이 있는 곳으로, 주강희가 잡아끄는 손을 잡고서 말이다.

"이제 대화를 마무리할까. 내 주인님이 오실 시간이거든."

유식은 바보같이 너무도 늦게 깨달았다.

블록 운영자들의 추적에 잡힐 듯 잡히지 못하게 흔적을 교묘하게 지우며 시간을 끈 것도, 그래서 이 집에 찾아오게 만든 것도 모두 하준의 계획이라는 걸.

"형, 내가 찾아올 거 알고 있었죠?"

지금의 이 배려도 자신이 진짜 죽으면 죄책감을 느낄 주강희 때문이란 것도.

사람이 너무 벼랑에 몰리면 오히려 머릿속이 차가워진다는 말을 유식은 실감하며 씨익 웃었다.

하지만 이를 어쩌지?

난 형 혼자 행복하게 사는 꼴은 못 보겠는데.

강희는 얼른 하준에게 달려가서 오늘 있었던 일들을 미주알 고주알 말해주고 싶었다.

두 분이 오늘 얼마나 소녀처럼 즐거워하고 행복해했는지, 또 한 갑수를 타깃으로 해서 작당한 계획까지 모조리 말이다.

그런데 하준은 거실 테이블에 누군가와 마주 앉아 있었다.

덥수룩한 머리에 초라한 행색의 남자가 고개를 튼 순간 강희의 눈이 휘둥그레졌다.

……김유식?

당황한 강희와 달리 무서울 만큼 침착한 두 남자를 보니 묘하게 닮은 구석이 있었다.

하준이 초대했을 리는 없고 유식이 숨어든 게 분명했다.

"유식 씨가 번지수를 잘못 찾았네요. 자수할 거면 이 집이 아니라 경찰서로 갔어야죠."

하지만 빠르게 침착함을 찾은 강희는 태연하게 다가섰다.

"자수하기 전에 형을 다시 한 번 만나보고 싶어서. 그래서 왔어요."

붉게 충혈된 눈과 떨리는 손과 지독한 술 냄새, 유식은 알코올 중독이었다.

"김유식 당신을 주거침입죄 위반으로 서까지 임의 동행하겠습니다. 피의자는 묵비권을 행사할 수 있고 변호인을 선임할 수 있으며 피의자의 발언은 법정에서 불리하게 적용할 수 있습니다."

"얌전히 끌려가 줄게요. 대신 부탁 하나 합시다."

"들어줄 수 있는 거라면."

"수갑 채워도 좋으니까 계단으로 내려가요."

"이유는?"

"이 건물 벗어나면 바로 차 타고 서로 갈 거잖아요. 마지막 자유도 못 누려요? 근처 공원 산책시켜줄 것도 아니잖아요."

당연히 산책은 안 된다.

"수갑 채우게 손 내밀어요."

유식을 데리고 비상계단으로 향하는데 하준이 따라왔다.

"경찰차 도착했을 거야. 인계하고 바로 올 거니까 하준이 넌 집에 있어."

"내 성격 알잖아."

유식을 바라보는 하준의 눈에 의심이 가득했다.

하준만큼은 아니어도 유식도 천재란 걸 인정하지만 나도 경찰대 수석인 나름 천재인데.

하준과 말씨름하는 것도 싫지만 어쩌면 유식의 마지막을 배웅해주고 싶어서라는 생각에 강희는 고개를 끄덕거렸다. 연행하는 건데도 유식에게 닿는 걸 하준이 끔찍이도 싫어해서 하는 수 없이 먼저 내려가는 두 남자의 뒤를 강희는 따라갔다. 중간쯤 내려갔을 때 유식이 문득 강희에게 물었다.

"형사님은 우리 형을 얼마나 사랑해요?"

이 와중에도 남의 사랑의 깊이가 왜 궁금한지 원.

"그쪽한테 대답할 이유가 없으니 노코멘트 할게요."

"뭐 상관없어요, 어차피 난 알게 될 거 같으니."

실실 웃는 유식의 미소가 기분 나쁘다고 생각할 때쯤…….

"그냥 궁금했거든요. 형의 어디까지, 형사님이 감당할 수 있을지. 그리고 형사님을 향한 형의 마음도."

갑자기 걸음을 멈춘 유식이 하준을 불렀다.

"하준 형."

걸음을 멈추고 돌아선 하준에게 유식이 몸으로 덤벼든 건 순식간이었다.

"안 돼!"

비명을 지르며 강희가 손을 뻗었지만, 계단 밑으로 추락하는 하준에게 닿을 수 없었다.

쾌적한 공기와 습도를 유지하고 있는 1인 병실에 누워 있는 손자를 갑수는 한참 동안 아무 말 없이 바라보았다.
어떤 풍파에도 속을 드러내지 않는 태산 같은 분의 그런 모습이 강희에겐 낯설었다.
"이 녀석이 꽤 오래 잘 듯한데 나랑 차 한잔할 텐가."
병실 맞은편에 위치한 쾌적한 휴게실에 두 사람은 나란히 마주 앉았다.
"자네에게 해주고 싶은 이야기가 있는데 좀 길 듯해. 들어줄 수 있겠나?"
어둑한 창밖을 바라보는 눈빛에 어려 있는 비장함에 강희는 덜컥 겁이 났다.
때론 모르는 게 나을 수도 있다는 말이 떠올랐지만, 그러지 않기로 결론을 내린 강희는 차분하게 대답했다.
"저 시간 많습니다, 할아버님."
"저 녀석 성격에 강희 양에게 모든 걸 말해줬겠지."
착각일지 몰라도 갑수의 눈빛이 떨리는 것도 같았다.
"병실에 누워 있는…… 내 손자의 진짜 이름은…… 신유진이네."

말도 안 되는 소리에 웃어보려 하지만 웃음이 나오지 않았다.

"할아버님, 제가 좀 이해를……."

"이해하기 힘들겠지. 감당하기도 힘들 테고."

"할아버님이 말씀하시는 신유진이 하준이 쌍둥이 형 신유진이 맞나요? 교통사고로 죽은…… 신유진이요?"

꿈을 꾸는 것도 같았다.

"미안하단 말은 하지 않겠네. 나도, 그리고 아이들 어미도 그땐 그게 최선이었으니."

긴 세월 동안 쉬쉬 덮어놓았던 모든 진실을 밝히려는 갑수를 어떻게 받아들여야 할지 감이 잡히지 않았다.

그저 멍하고 놀랍고 두렵고 혼란스러웠다.

"유진이가 교통사고를 당했다는 연락을 받았어."

손자의 사고 소식을 전해듣고 이 병원에 도착하기까지 얼마나 많은 생각들을 했던가.

하지만 모두 부질없는 생각들이었다.

뇌진탕이라는 말을 듣고 침대에 누워 있는 손자 놈을 본 순간, 이 상황을 정리할 수 있는 유일한 이 아이에게 진실을 털어놔야겠다고 결심을 굳혔다.

"그 당시 하준이는 살아 있는 게, 살아 있는 게 아니었네. 몸이 약해질 대로 약해져 뇌사 상태까지 갔으니."

태어난 순간부터 몸이 약했던 아이지만 제 핏줄이고 가문의 장손이었기에 보내줘야 편한 걸 아는데도 차마 놓을 수가 없어 온갖 최첨단 의학 기술을 동원해서 끊어질 것 같은 손자의 생명을 기어이 부여잡고 있었다.

그때 울면서 전화를 한 정선을 외면하지 못한 건 당연한 거였다. 두 아이 모두 제 핏줄이었고 마찬가지로 두 아이의 엄마인 정선과 함께 한 아이라도 살리자는 냉철한 결단을 내렸다.

천륜을 거스르는 죄라는 걸 알면서도 하나를 죽이고 하나를 살리고, 그렇게 두 아이를 뒤바꿨다.

수술은 성공적이었고 쌍둥이였던 만큼, 심장은 원래 주인을 만난 것처럼 완벽하게 적응했다. 문제가 된 건 건강을 회복한 유진의 고집스러움이었다. 호적상으론 완벽하게 남남인 쌍둥이들이었고 신유진은 이제 이 세상에 존재하지 않았고 유진 대신 차가운 땅에 묻힌 건 동생인 하준이었으며 이게 밝혀지면 가문마저도 끝이 난다.

고집스럽고 독단적이지만 약속은 지키는 아이였고 경하 병원에 부속되어 있는 심리 연구 센터를 스스로 찾아갔다. 갑수의 말에 죽는시늉까지 하는 센터 원장에게 최면을 걸어달라고 했다. 쌍둥이의 깊은 교감이 있었으니 기억을 바꾸어도 유하준으로 살아가는 데 문제없을 거라면서 말이다.

최면은 성공적이었고 센터장은 손자분이 세기에 나올까 말까 한 천재라고 칭찬 일색이었다.

자신의 뇌까지 컨트롤하는 건 아마 손자분이 유일할 거라며 도전해보고 싶은 논문감이 떠오른다는 말에 갑수가 노려보자 센터장은 얼른 말을 돌렸다.

―저도 이유는 모르지만 하준 군이 최면을 걸 때 머리에 강한 충격을 받으면 원래의 기억을 되찾도록 해놓았습니다. 이건 어르신께 말씀드려야 할 것 같아서요.

그 말이 거슬렸지만 잠에서 깨어난 유진은 완벽한 손자가 되어주었고 오랜 세월 동안 아무 일도 일어나지 않았기에 안심하고 한국으로 불러들인 거였다. 하지만 죽을 날도 얼마 안 남아서 손자를 곁에 두려던 그 욕심이 이런 사달을 낼 줄 몰랐다.

입국한 지 얼마 되지 않아 주강희를 만나고, 무섭게 사랑에 빠져들 줄이야.

"자네가 욕을 해도 할 말은 없네. 하지만 다시 돌아가도 우리는 똑같은 선택을 할 거야."

손자를 잡아줄 유일한 존재가 이 아이기에 털어놓을 수밖에 없었다.

"그 아이가 모든 기억을 되찾았다면, 자네가 그 아이를 잡아줬으면 해. 지금 제 위치에서 벗어나지 않고 유지하도록. 그게 내 부탁이네. 너무 많이 와버렸어. 염치없는 말이네만 진실을 바로잡기엔 희생하고 감내할 것들이 많네."

"할아버님 마음 이해합니다. 그리고 엄마도요."

가망성이 있는 아들을 살리기 위해 가망성 없는 아들을 포기하고 내게 유진이 죽었다고 말을 할 때 정선은 어떤 마음이었을까.

그렇게 마음 여린 분이 얼마나 독하게 마음먹었을지 감히 상상도 안 되었다.

 제 가슴을 스스로 쥐어뜯으며 평생 품고 있는 죄책감을 드러내지 못한 채 하루하루를 지옥처럼 사는 정선은 자신보다 더 힘들었을 것이다.

 "하지만 제가 결정할 건 아닌 것 같습니다. 유진이 인생이 제 것이 아닌 것처럼, 본인 인생은 유진이가 스스로 선택해야 하니까요."

 목소리는 떨릴지언정, 차분하게 한 자 한 자 내뱉었다.

 "감히 유진이의 인생을 담보로 거래하고 싶지 않습니다. 전 유진이 의견을 존중해줄 겁니다."

 물론 이 모든 것들은 유진이 기억을 되찾았다는 가정하에 하는 말이었다.

 하준은 꿈속을 헤매고 있었다.

 어릴 때부터 천재라고 세계적으로 주목받는 남자아이를 동네 아이들은 무서워하면서도 괴롭혔다.

 처음엔 무시하던 아이는 이윽고 한계라는 걸 느꼈고 이런 멍청한 바보 새끼들은 살 가치가 없으니 죽여버릴까, 생각하며 단단한 돌을 하나 손에 쥐었다.

 그때 한 여자아이가 나타나 남자아이의 손에서 돌을 빼앗고선 앞을 막아섰다.

―애한테 누구든지 괴물이나 외계인이라고 한 번만 더 놀리고 괴롭혀 봐! 내가 다 쥐어패 줄 거니까.

 태어날 때부터 남매처럼 같이 자란 여자아이는 항상 이런 식이었다. 천재라고 주목받는 남자아이를 유일하게 평범하게 대해줬다. 걸핏하면 쥐어패고 놀리면서도 위험할 땐 히어로처럼 나타나 지켜준다.
 언제부턴가 여자아이는 살아가는 데 절대 없어서는 안 될 산소 같은 존재가 되었다.

―미안, 나는 널 친구 이상으로 생각해본 적 없어. 우리 이대로 사이좋게 지내면 안 돼?

 백합처럼 청초한 여자아이에게 떨리는 목소리로 고백을 했지만 거절당했다. 그런데도 그 여자아이가 좋아서 미칠 것만 같았다.
 지금은 몸도 많이 아프고 특출나게 잘하는 것도 없지만 빨리 건강해지고 능력 좋은 남자가 되어서 다시 고백할 거라고 마음을 다잡았다.

―전 세계를 다 뒤져도 우리 같은 쌍둥이는 없을걸? 어른들이 뭐라고 해도 우리는 죽을 때까지 연락하면서 사이좋게 지내. 그럴 거지?

일란성 쌍둥이는 정신적인 교감을 통해 서로의 존재를 알게 되었다. 그 후 어른이 된 쌍둥이들에게 일어난 교통사고로 한 명은 깊은 잠에 빠졌고, 다른 한 명은 생명이 위독해졌다.

―미안해, 아들. 엄마는 이미 결정했어. 두 아들 다 잃느니…… 단 한 명이라도 끝까지 지킬 거야. 못난 엄마 탓이고 죄책감도 다 엄마 거야. 그러니 넌 독하게 살아주렴.

여자는 쌍둥이의 친모였다.
그럼 나는 버림받는 아들일까, 구원받는 아들일까.
내 것 또는 내 것이 아닌 기억들이, 머릿속에서 진흙탕처럼 뒹굴었다.

"네가 신유진이었어?"
잠이 든 하준을 바라보는 강희의 눈빛이 무거웠다.
신유진이 살아 있으니 기뻐해야 마땅한데 지금 느끼는 감정들은 훨씬 미묘했고 복잡했다.
죽은 줄 알았던 첫사랑이 기적처럼 살아 돌아와 서로를 못 알아본 채 운명처럼 사랑에 빠졌다는 스토리는 참 동화 같았다. 가슴 아프게 사랑했고 잊지 못했던 남자가 살아 돌아왔으니 더 애틋하게 사랑하면 되는 거라고 동화를 들은 사람들은 말하겠지만 이 동화를 현실로 겪은 당사자는 아니었다.

기억을 되찾은 신유진이 깨어난다면, 예전처럼 나를 사랑할 수 있을까. 오랜 시간이 흘렀고, 지금 자신은 신유진이 사랑하던 그 모습이 아닐지도 모른다. 또한 자신을 동생으로 착각해 놓고 사랑에 빠진 건 어떻게 보면 변심 아닌 변심이었다.

그 변심을 지독히도 고집스럽고 융통성 없는 성격이 어떻게 받아들일지도 감이 잡히지 않았다.

그래서 강희 자신도 잠이 든 그가 눈을 떴을 때 누구이길 바라는지도 모르겠다.

"……주강희."

그때 지독히도 낮은 음색이 강희를 상념에서 끄집어냈고 눈꺼풀에 반쯤 잠긴 검은 눈동자가 저를 바라보고 있었다.

"하준아, 괜찮아?"

여전히 자신으로 가득 차올라 있는 눈동자가 왠지 낯설어 심장이 터질 것처럼 뛴다.

내 눈앞의 넌 신유진일까, 유하준일까.

머리가 터져버릴 것 같고 가슴이 미어질 듯 아파 와서 하준에게 모든 감정을 고스란히 드러낸 것조차 인식하지 못했다.

눈가를 어루만지는 서늘한 손끝에 정신이 번쩍 들었다.

"너 울었어?"

"우, 울기는. 네가 너무 오래 자서 조금 걱정한…… 꺄악!"

손목이 잡혀 확 끌어 당겨지고 앞으로 고꾸라지는 강희를 하준은 으스러질 듯이 품에 안았다.

결이 거친 숨결을 토해내는 입술이 귀 바로 옆에 있었다.

"미안, 내가 너무 오래 자서 널 걱정시키고 힘들게 했어. 이젠 다신 안 그럴게. 약속해."

뜨거운 가슴으로 전해오는 그의 진심이 파도처럼 밀려와 복잡했던 감정을 쓸어버렸다.

신유진이고 유하준이고 다 내가 사랑하는 남자인데 그 이름이 뭐가 중요할까.

네 심장이 뛰고 있고 너를 볼 수 있다는 게 중요한데.

물기 어린 눈동자로 바라보는 작은 턱을 하준의 긴 손가락이 잡아 올렸다.

"나를 봐, 주강희."

얼굴을 어루만지는 하준의 손끝이 떨리는 것 같은 건 내 착각일까.

"여전히 예쁘네."

검은 눈동자에 애틋함이 어렸다.

"여전히 사랑스럽고."

그에게 항상 듣는 달콤한 말이지만 오늘따라 간지러웠다.

"여전히 생기 있고 여전히……."

하준이 손을 잡아 제 가슴으로 이끌었다.

"내 심장을 두근거리게 하고."

속삭여오는 그의 목소리는 더욱 낮아졌고 눈빛은 한결 깊어졌다.

이상해, 왜 숨이 쉬어지지 않지? 왜 심장이 떨리지?

"주강희."

뜨겁게 젖은 숨결이 입술 점막을 간질였다.

"이 말을 다신 못 할까 봐 겁이 났어."

강희의 심장이 저 밑으로 떨어지는 순간, 입술이 부딪쳐왔다.

점심 식사 초대를 받아 도착한 하준의 본가인 한옥집은 오랜 연륜이 묻어나지만 부드럽고 고귀한 운치가 있었다.

특히 조선 시대 왕도 울고 갈 연못을 품은 정원 풍경은 무릉도원 같았다.

현관문이 열리고 명희가 치맛바람을 휘날리며 넓은 정원을 가로질러 달려왔다.

"우리 아기 왔니?"

다음에 만날 땐 호칭을 편하게 불러주라는 부탁을 명희는 잊지 않은 것이다.

"할머님!"

몇 번 본 적 없는데도 살가운 손녀딸처럼 강희를 안고선 도란도란 이야기를 나누며 집 안으로 들어간다.

뒤에 서 있는 자신을 잊은 것 같은 두 사람에게 서운함은커녕 입가에 절로 미소가 지어진다.

이제야 비로소 비틀려 있던 것들이 제자리를 찾아가는 기분이었다. 주강희 하나로 인해 너무도 많은 것들이 송두리째 흔들리며 변하고 있었다.

"우와, 잘 먹겠습니다!"

상다리가 부러질 만큼 푸짐한 한 상에 씩씩한 인사와 함께 식사를 시작한 강희에게 어른들의 시선이 고정되었다.

원래 김치만 내놔도 두 그릇 뚝딱할 만큼 먹성이 좋은데 비주얼 좋고 맛 좋은 건강식에 먹성이 폭발했다.

강희가 세 그릇째 밥을 뚝딱 비워내자 저 마른 몸 어디로 음식들이 다 들어가는지 이제 어른들의 눈엔 경외감이 어렸다.

명희와 옥희는 저번 만남에서 강희의 먹성을 보았지만 제대로 처음 보는 갑수는 그저 신기하고 기특하고 예뻤다.

사람이란 모름지기 밥 먹는 자리에서부터 제 복을 타고난다는데 그걸로 치면 손자가 고른 저 아이는 제대로 복을 타고났다. 복 타고난 건 좋은데 말이야, 더 이상 참지 못하고 갑수는 또다시 묻고 말았다.

"그래서, 결혼 날짜는 대체 언제 잡을 거냐?"

"할아버지, 강희 아직 식사 중입니다."

먹을 땐 개도 안 건든다는데 이러시지 말라고 손자 녀석이 차갑게 눈빛으로 따져 든다.

"……오냐, 알았다."

"아니요, 할아버님! 저 다 먹었습니다."

"아니다, 더 먹어라. 잘 먹으니 나도 보기 좋다. 네가 먹는 것만 봐도…… 한 달은 밥 안 먹어도 되겠구나."

"세 그릇째에서 배 찼는데 한 그릇 더 먹은 건 남은 반찬들이 아까워서요. 제가 음식 남기는 꼴은 절대 못 보거든요."

반찬 리필은 극구 사양하며 남은 음식들로 네 그릇을 뚝딱 비운 강희에게 어른들은 모두 백 점이라는 점수판을 들어 보이고 싶은 심정이었다.

자신이 점수를 딴 걸 알 리 없는 강희가 옥혜에게 말했다.

"어머니, 혹시 버리실 거면 남은 반찬 저 싸주시면 안 될까요? 최소 아침저녁 두 끼를 둘이서 집에서 해결하는데 매번 반찬 하기에는 하준이가 좀 번거로워서요."

강희의 말에 어른들은 너무 놀라서 할 말을 잃었다.

"하준이 저 녀석이 아침을 먹는다고? 그리고, 요리를 해?"

제게로 쏠리는 시선들을 하준은 담담히도 받아냈다.

"제가 더 시간도 많고 요리 실력도 낫습니다. 요리하는 게 어려운 것도 아니고 혼자 먹으면 맛없대서 먹는 시늉만 살짝 합니다."

이 집에서 아침 식사는 유일하게 가족들이 모여 앉아 얼굴을 보는 시간이지만 그런데도 얼굴 한 번 안 비치던 손자였다.

그런 손자가 기가 막히고 괘씸한데 뭐라 할 수도 없으니 더 기가 막히다.

식사가 끝난 후 두 어른을 따라 강희가 치우는 걸 돕자 하준도 자연스럽게 도왔다.

딱 봐도 손자의 모든 신경은 저 아이에게 쏠려 있었고 상을 치우는 게 뭐라고 갑수를 제외한 네 명의 분위기가 화기애애하다. 지금껏 제집에선 볼 수 없었던 장면에 화가 나긴커녕 입 안이 써졌다.

세상이 이리도 변했다는 걸 깨달았다고 해야 하나.

저 아이 하나로 인해 참 많은 것들을 깨닫는 시간들이, 갑수에게 끊임없이 찾아들고 있었다.

"차 맛이 좋아요, 할아버지."

정원에 마련된 정자에서 차를 한 모금 마신 강희는 갑수와 눈이 마주치자 예쁘게도 웃는다. 자신이 아무리 엄한 표정을 짓고 무섭게 정색해도 저 아인 저러겠지.

지치지 않고 달려들어 기어이 저를 함락시킬 아이니 뭐 어쩌겠는가. 체력이 달리고 살날 얼마 남지 않은 내가 다 포기하고 양보해줘야지. 내 나이의 반도 살지 않은 저 아이와 신경전을 벌이는 것도 우스운 짓이니 말이다.

"네가 원하는 건 뭐든 다 들어주마. 그러니 결혼 날짜나 빨리 잡아라."

"혹시 그 원하는 것에 할머님과 어머님에 대한 부탁도 해당이 되나요?"

"널 만나고 들어온 날, 두 사람에겐 내가 이미 허락했다."

오지랖이 저리도 넓으니 경찰을 하는 게 분명했다. 그런데 제 앞가림도 수습 못 했으면서 남의 앞가림까지 걱정하는 게 싫지만은 않다.

마음을 열고 포기란 걸 하고 나니 이 아이의 장점만 눈에 쏙쏙 들어왔다.

"내 부탁은 하나야. 결혼 후 한 달에 한 번, 본가로 식사하러 와라. 그거면 된다."

옥자와의 만남 후 갑수는 모든 욕심을 내려놓았다. 그게 뭐 어렵다고 붙잡고 있었던지, 내려놓고 나니 그렇게 편할 수가 없다. 간간이 얼굴만 비치고 잘 사는 걸 보여주면 그걸로 만족하기로 했다.

"그건 곤란한데요, 할아버님."

정말 곤란한 표정을 짓는 강희에게 갑수는 다시 말을 할 수 없었다. 지난날 지은 죗값을 이리 돌려받는 거구나, 생각하는 그때…….

"이 집 오는 횟수에 조건 안 걸면 안 될까요?"

"이유는?"

"밥이 목적이긴 하지만 제가 좀 외롭게 자랐거든요. 맛있는 밥 얻어먹으러 시도 때도 없이 쳐들어오고 싶고 또 하준이랑 싸우면 제 친정은 머니까 여기로 가출도 하고."

배시시 웃는 강희의 애교에 갑수도 웃어버렸다.

요즘 며느리들은 시댁에 오는 걸 싫어한다던데 이 아이는 참 신기한 마인드를 가지고 있었다.

"안 되나요?"

"아, 아니다! 자주 와도 된다!"

알 수 없는 흥분감에 언성이 절로 높아졌다.

"피할 시간 말씀해주시면 알아서 컨트롤하겠습니다! 제 직업 특성상 이른 새벽이나 늦은 밤에 올지도 몰라서요."

"여기가 남의 집이냐? 아무 때나 오너라! 임자, 임자!"

명희가 후다닥 뛰어나왔다.

"대문이랑 현관 비상키 하나씩 챙겨서 손자며느리 주구려! 이거 줬으니 앞으로 벨도 누르지 말고 그냥 들어와라, 알았지?"

"감사합니다, 할아버님!"

그제야 활짝 웃는 강희를 보니 갑수는 기분이 이상했다.

이 아인 도대체, 어떻게 된 게.

"저 진짜 지겹도록 쳐들어옵니다? 나중에 딴말하기 없으시기예요."

다 늙은 노인 심장까지 이리 뛰게 만드는지.

유식을 담당한 형사가 하준을 만나게만 해주면 그가 모든 것들을 실토하겠다고 했다는 말을 전해왔다.

용산 경찰서 3층의 녹화실로 들어서자 유리 너머로 답답해 죽겠다는 표정의 형사와 달리 초연한 표정의 유식이 보였다.

조사실에서 나온 형사에게 하준이 거두절미하고 말했다.

"바로 들어가면 됩니까?"

"아, 예."

"녹화 중단하면 바로 들어가겠습니다."

하준이 들어가자 푹 꺼져 있던 유식의 눈에 희미한 불이 점화되었다.

"날 보자고 한 목적이 뭐지?"

유식의 눈이 천장에 달린 카메라로 향했다.

"녹화는 중단됐어. 그게 내가 협조하는 조건이었으니까."

그제야 벌게진 눈으로 하준을 집요하게 살핀 유식이 키득거렸다.

"내가 성공한 거 맞죠? 그 말뜻은 내가 당신을 해방시켜준 은인이라는 의민데, 언더스탠?"

하준이 어떤 반응도 보이지 않았는데 유식은 신이 난 듯 의자를 바짝 당겨 앉았다.

"당신 깨우려고 나 살인 미수까지 저질렀어. 그러니 내 궁금증은 좀 풀어줘야지?"

비열한 눈이 반짝거렸다.

"왜 나를 선택했는지. 왜 하필 지금 깨어나길 원했는지. 그 정돈 말해줄 수 있지 않나?"

다시 의자에 등을 느긋하게 기대며 유식이 유리 너머를 바라보았다.

"근데 굳이 취향도 아닌 남의 여자는 그냥 버리는 게 낫지 않나?"

균열 없이 무감각한 검은 눈동자가 유식의 시선을 좇았다.

정확히는 이 안을 보고 있는 주강희에게.

"누가 남의 여자란 거지?"

담담하면서도 낮은 음색에 고개를 튼 유식은 하준과 눈이 마주친 순간 소름이 확 돋았다.

"처음부터 내 여자였어."

부드럽게 휘는 눈매 속에서 검은 눈동자가 차갑게 빛이 났다.

"내가 깨어난 이유도, 주강희고."

이 사이코가 지금 뭐라고 지껄이는 거지?

이해할 수 없어 눈만 깜빡거리는 유식에게 하준은 태연하게 물었다.

"김유식, 넌 날 또 다른 인격으로 생각하지?"

"맞잖아, 아니야?"

"원래 나였어. 내가 원해서 잠들었던 것뿐이야. 그런데 네가 날 아주 훌륭한 타이밍에 깨워줬지."

"무슨."

"아직도 모르겠어? 네가 알고 있는 유하준은 내가 만들어낸 가짜라고."

유식의 머리가 빠르게 돌아가면서 하준이 드문드문 해주었던 말들이 떠올랐다.

하준에게 심장을 이식해준 괴짜에다 상위 1%에 꼽히는 천재 쌍둥이 형. 그런데 형의 심장을 이식받은 후 그 심장에 잠식당해 나 자신을 잃어가는 것 같다고 힘들어했었다.

"잠깐! 그, 그럼 당신이 그…… 쌍둥이 형?"

대답 대신 한쪽 입꼬리를 희미하게 올리는 미소가 느긋했다.

"말도 안 돼! 그게 가능해? 도대체 어떻게?"

"어차피 뇌도 내 몸의 일부분이야. 그거 컨트롤하는 게 뭐 어렵다고."

별것 아니라는 듯 대답하는 눈앞의 남자가 괴물 같았다.

"왜 너냐고 물었지? 나는 널 간파하고 선택했어. 그리고 넌 네 역할을 충분히 해줬고. 그게 널 찾아온 이유야."

격앙된 표정의 유식을 바라보는 하준의 눈빛은 겨울 호수처럼 냉랭했다.

"난 빚지는 걸 싫어하거든."

한 마디 한 마디가 유식에겐 엄청난 충격이었다.

하준이 유일하게 자신만을 곁에 두고 신임하고 비밀까지 털어놓은 건 믿음을 주고 신뢰를 주기 위해서였다.

버림받았다는 생각을 할 때, 자신이 원하는 대로 움직이게 하려는 계획 중 하나이며 자신은 그저 체스판 위의 말에 불과하다는 걸 뒤늦게 깨달았다.

"개새끼! 당신이 내 인생을 망쳤어!"

예전의 하준은 이성적인 인간미가 조금이라도 있었지만 눈앞의 남자는 진짜 악마였다.

"남 탓하지 마. 여기 오기까지 수많은 선택의 갈림길에 넌 섰어. 그리고 넌 온전히 너의 선택으로 여기까지 왔어. 내 선견지명은 그런 널 미리 내다봤을 뿐이야."

내가 정말 미친 짓을 해서 미친놈을 깨웠구나.

후회의 물결이 유식의 가슴 안에서 거칠게 일렁였다.

"당신은 악마야!"

"그 악마를 깨운 건 너지."

분노에 부르르 떨던 유식이 갑자기 큰 소리로 웃었다.

"뭐 나쁘지 않네. 당신한테 못 하는 복수, 저 여자한텐 복수한 셈이니."

저 정도 미친 집착과 소유욕, 그리고 사이코에 가까운 천재성을 가진 남자가 집착하는 여자와 과연 행복할 수 있을까.

"내가 당신을 깨운 덕에 악마와 평생을 함께해야 하는 저 여자는 인생이 통째로 불행해질 게 뻔하잖아?"

"내가 악마라는 건 주강희가 없을 때 이야기고."

히죽히죽 웃는 유식을 향해 하준이 상체를 기울였다.

"주강희 옆에 있으면 난 그냥 평범한 남자야."

그게 주강희일 수밖에 없고 주강희여야만 하는 이유였다.

"저 여자에게 사랑받을 수만 있다면, 난 뭐든지 해."

네 사랑을 얻어서 네 곁에만 있을 수 있다면 꼬리를 흔들고 바닥을 길 수 있다.

"모범수가 되어서 출소해. 그럼 네 빚도 다 청산해주고 새 출발 할 기반도 마련해주지."

이로써 빚은 청산하는 셈이었다.

서를 나온 두 사람은 이번 주만 벌써 세 번째 하준의 본가에 들리는 거였다.

그 자리에서 결혼식은 한 달 후 강원도 옥자 씨의 펜션에서 하고 싶다는 말에 갑수는 흔쾌히 고개를 끄덕거렸다.

"할아버님, 저희 할머니 펜션이 고급은 아니지만 객실은 많아요. 할아버님만 괜찮으시면 할머님 어머님도 며칠 묵었다 올라가시면 어떨까요? 저희 할머니 음식도 입에 맞으셨다고 하던데, 강원도 공기도 맑고 근처에 구경할 데도 많고. 여행 간 셈치고요."

"흠흠, 늙은이들이 거기까지 가서 뭘 구경하겠다고."

"저희랑 같이 구경하면 기분이 다르실걸요? 제가 가이드 노릇 제대로 할게요."

솔깃한 제안에 갑수의 귀가 쫑긋, 세워졌다.

"할아버님, 외국에선 결혼식을 며칠 잡고 소중한 사람들과 함께 보낸대요. 저와 하준이도 그러고 싶고 할머님도 내심 기대 중이세요. 저희 할머니가 할아버님을 엄청 좋아하시거든요."

눈에 뭐가 씌었나 몰라도 웃는 것도 예쁜데 하는 말 하나하나가 아주 이뻐 죽겠다.

"내가 워낙 바쁘기는 하다만……."

가족 여행을 단 한 번도 생각해보지 않았지만 손자 부부와 함께라면 해봐도 나쁘지 않을 것 같다.

"2박 3일 정도는, 뭐 시간 내보지."

마음은 일주일이지만, 그럼 너무 눈치 없는 일이니.

"할아버님, 최고예요!"

윙크까지 날리며 손가락 총까지 발사하는 강희는 참 애교스러웠다.

그 옆에 있는 목석같은 손자가 더 돌덩이로 보일 만큼.

"거봐, 할아버님은 나한테 맡기라고……."

서재에서 나온 두 사람의 시선은 마주 보고 있는 재인과 옥혜에게 향했다. 윤재인이 여전히 이 집을 드나드는 게 거슬리지만 안쓰러울 만큼 재인의 안색이 창백해서 우선은 내색 안 하기로 했다.

그런데도 강희를 노려보는 눈빛만큼은 여전히 살벌한 상태로 재인이 하준의 앞에 멈추어 섰다.

"하준아, 나한테 잠깐 시간 좀 내……."

재인이 갑자기 바닥에 쓰러졌다.

"재인아! 하준아, 얼른 119에 전화해서……?"

하준이 빠르게 재인을 안아 올렸다.

"제가 직접 병원 데리고 가는 게 빠를 겁니다."

집을 빠져나가기 전 하준이 고개를 삐딱하게 기울이며 가늘게 뜬 눈으로 허락을 구했다. 대답이 없자 미간을 좁히며 무의식적으로 한쪽 눈을 윙크하듯이 느리게 깜빡거렸다.

그걸 본 강희가 느리게 고개를 끄덕이자 그제야 하준은 재인을 안고 나갔다.

영양실조에 과로 누적인 재인은 링거를 맞고 나서야 정신이 돌아왔다. 소파에 앉아 있던 하준이 다가오자 올려다보는 눈빛이 애틋했다.

"강희 서운해하면 어쩌려고 네가 지키고 있어?"

"고작 이런 걸로 의심하고 서운해할 여자 아니야."

그녈 바라보는 하준의 눈은 건조하고 무감각했다.

"넌 항상 이래. 마지막까지 내게 냉정하지 못해. 나 너 기다릴 거야. 이건 강요도 협박도 아니야. 그냥 내가 널 기다리고 있다는 것만 알아줘. 그거면 돼."

미소 짓는 창백한 뺨이 눈물로 촉촉하게 젖자 하준이 손수건을 꺼내 내밀었다.

"눈물 닦아."

그 손수건을 받아드는 손끝이 가늘게 떨렸다.

"윤재인, 내가 왜 너에게 냉정하지 못하다고 생각하지?"

"난 네 첫사랑이고 지울 수 없는 너의 일부니까."

"그건 내가 아니라 내 동생이겠지."

심장이 철렁 내려앉았다.

"무슨…… 소리야?"

재인은 떨리는 눈동자를 들었다.

"시치미 그만 떼. 윤재인 넌 진실을 알고 있잖아. 내가 진짜 누군지."

그 눈을 보며 하준은 나른하게 웃었다.

"최면은 깨졌고 모든 걸 기억해. 그건 곧 내게 주강희밖에 없다는 의미고."

하준의 머릿속에 아프게 박혀 있던 기억.

―재인이에게 좋은 친구가 되어줘.

그건 바로 뇌사 상태였던 동생이 생명의 끈을 놓는 순간 보냈던 마지막 메시지였다.
"내가 강희밖에 모르는 것처럼, 동생도 너밖에 몰랐어."
동생이 각인시켜 놓은 재인과의 추억은 강희와의 추억처럼 찬란했다.
"난 동생을 사랑했고 내 동생이 죽기 전에 마지막으로 내게 부탁한 게 너였어. 그게 이유야."
"거짓말하지 마! 아무리 쌍둥이가 교감을 한다고 해도 그때 걘 뇌사 상태였어!"
일어나서 재인을 바라보는 눈동자는 예전의 신유진처럼 어떤 감정도 없이 무감각했다.
"적어도 양심이 있다면, 죽은 내 동생에 대한 예의는 지켜."
문이 닫히는 소리가 났고 그건 하준이 제 인생에서 영원히 나가는 소리였다.

다사다난했던 하루를 보낸 두 사람은 침대에 누워 서로를 마주 보았다. 언제나 그렇듯 잠들기 전에 나누는 소소한 이 대화가 하준은 좋다. 재인과 잘 풀었다는 말에 강희는 더 묻지 않고 고개를 끄덕거렸다.

"근데 낮에 유식 씨랑 무슨 이야기 했어?"

"이런저런 필요한 이야기들."

하준답지 않은 모호한 대답에 강희는 눈썹을 치켜세웠다.

"좋은 말 할 때 자진해서 알려줄래? 아니면 내 방식대로 알아낼까?"

그런 강희를 보며 하준은 옅게 웃었다.

불만이 있을 때마다 눈을 치켜뜨는 표정이 얼마나 예쁜지, 넌 알까.

"그간의 정을 생각해서 지은 죄는 다 자백하라고 충고했어. 죗값 다 받고 나오면 제2의 인생을 시작할 수 있도록 도와준다고 했고."

"별말도 아닌데 왜 말 안 해주려고 해?"

"네가 서운해할까 봐."

눈을 동그랗게 뜬 강희가 손가락으로 자신을 가리켰다.

"내가? 왜?"

"널 죽이려 했던 놈에게 내가 자비를 베풀었으니까."

"그런 걸로 내가 왜 서운해해? 난 오히려 잘했다고 칭찬해주고 싶은데."

하준이 가만히 바라보자 강희는 말을 이었다.

"유하준, 복수보다 어려운 게 용서고 자비야. 근데 넌 그걸 다 한 거잖아. 유식 씨를 위해서가 아니라 너와 날 위해서. 아니야?"

　유식에게 한 건 용서나 자비도 아닌 역할을 충실히 해준 것에 대한 보상이 다였다. 하지만 그것까지 말할 필요는 없다고 생각을 하는 하준의 머리칼을 강희가 다정하게 어루만졌다.

"난 이제 누구한테도 미움받기 싫고 우리 때문에 누가 불행해지는 것도 싫어. 재인이도 그렇고 유식 씨도 그렇고."

　묘한 떨림을 품은 손길이 좋아 하준은 가만히 눈을 감았다.

　이 손길이 얼마나 그리웠던가.

"그거 알아? 주강희 넌 나를 항상 작게 만드는 거."

　정선의 말에 의하면 우리는 처음 만난 순간부터 '갑과 을'이 정해졌다고 했다. 몇 달 빨리 태어났음에도 내가 아들인 데다 나의 엄마보다 네 할머니가 어른이라는 이유로 난 항상 너에게 양보해야 했고, 네가 잘못해도 내가 혼났다. 그렇게 남매처럼 부대끼며 자라서인지 항상 넌 날 밑에 깔고 난 너를 내 위에 두었다.

　하늘이 내린 천재라는 나를 유일하게 바보 취급한 것도 너고 어른들이 유리 다루듯이 조심스러워하는 나를 호구처럼 부려먹고 쥐어패며 평범한 인간처럼 대해준 것도 네가 유일했다.

　그렇게 변함없이 내 안에서 커져가는 괴물 같은 인격을 눌러준 것도 바로 너였고. 채찍과 당근을 잘 이용하는 너에게 난 그렇게 길들여졌고, 그런 네 곁을 지키면서 널 사랑하는 건 내게 본능이고 운명이었다.

"목숨도 구걸하게 만들 만큼."

구차하게 목숨을 구걸하고 동생의 심장을 받아서라도 살아서 널 다시 만나고 사랑하고 싶었다.

"살아남은 보람이 있어."

최면으로 기억을 억눌렀지만 수천만 분의 일도 되지 않는 확률적인 희망을 끝내 놓지 못했다.

너와 난 본능이고 운명이니 언젠가는 분명 만나게 될지도 모른다는 희망을 놓지 않고 치밀하게 준비했다.

다시 한국으로 돌아와 비현실적인 확률로 널 다시 만났을 때 내가 널 알아보고 사랑에 빠질 수 있도록.

"주강희, 넌 네가 얼마나 예쁜지 몰라."

하이톤의 독특한 음성과 후각을 마비시키는 풋풋한 향기.

시각을 자극하는 앙칼진 이목구비와 눈가 밑의 매혹적인 눈물점.

그런 여잘 본 순간, 날 감싸고 있는 공기가 온통 변하도록.

심장이 세차게 뛰어 첫눈에 반했다는 착각에 빠져들도록.

"널 위해서라면 뭐든지 할 거야. 미친 짓이든, 나쁜 짓이든. 그게 뭐든지."

주강희가 유하준이기를 바란다면, 기꺼이 그래 줄 생각이다.

너만 내 곁에 있어 준다면 내 이름이 뭐든 난 상관없고 얼마든지 연기해줄 수 있으니까.

"대답해, 주강희."

나는 항상, 네 관심과 사랑이 목말라.

"이런 날 계속 사랑해줄 거라고."

영롱할 만큼 맑은 눈동자가 하준을 깊게 응시했다.

머리칼을 어루만지던 손끝이 하준의 얼굴을 섬세하게 어루만졌다.

"사랑해. 죽을 때까지 난 너만 사랑할 거야. 근데 뭐라고 불러줘야 해? 유하준? 아니면 신유진?"

나른하게 올라선 눈꺼풀 아래로 드러난 새까만 눈동자에 곤란함이 어렸다.

"설마 내가 끝까지 모르길 바란 건 아니지?"

그 눈을 마주 보며 생긋 웃은 강희는 달콤하게 속삭였다.

"언제부터 알았어?"

하준의 반응은 그게 전부였다.

"나도 잘 모르겠어. 내가 언제부터 알았는지. 네가 입원해 있을 때 할아버지한테 최면에 대한 이야길 들었고 네가 깨어났을 땐 반신반의했거든."

하준이 막 깨어났을 땐 뭔가 이상하다고 느꼈지만 신유진이란 생각까진 안 했다. 본능은 눈치챘지만 이성은 그걸 인지하지 못했다는 표현이 옳았다.

"무의식적으론 알았던 것 같아. 제대로 깨달은 건 재인이를 안고 네가 날 보았을 때."

단단한 어깨를 뒤로 밀며 강희는 하준의 몸 위에 올라탔다. 신유진이든 유하준이든 변함없는 것 중 하나가 이 남자를 내려다보는 기분은 무엇과도 바꿀 수 없는 만족감을 선사한다는 것.

에베레스트 정상에 올라 깃발을 꽂은 기분이라고 해야 할까.

"낮에 재인이를 안고 나가기 전에 네가 보였던 그 버릇, 신유진 거잖아."

눈으로 묻고도 대답을 받아내지 못하자 무의식적으로 나온 한쪽 눈의 깜빡거림.

"그거, 신유진이 자주 하던 행동이거든."

별것 아닌 걸지도 모르지만 뇌진탕을 당한 후 그 버릇이 나왔다는 게 중요했다.

"사람이 그래. 복잡하고 어렵게 생각할 땐 모르다가 단순한 무언가에 깨달음을 얻는 거."

그때의 의심은 저녁이 되자 확신이 되었다.

"난 왜 몰랐을까. 지금껏 수도 없이 넌 내게 암시하고 있었는데."

온몸으로 나는 신유진이라고 외치고 있던 너를 늦게 알아봐 줘서 미안하고 지금까지 맘 편히 제대로 부르지 못했던 그 이름을 강희는 지금에서야 입에 조심히 담아본다.

"신유진."

얼굴을 내려 코끝을 마주했다.

"네 동생이라고 생각했으면서도 난 흔들렸고 사랑했어. 내가 밉고 원망스러워?"

입술에 와 닿는 부드러운 숨결에 눈이 절로 감겼다.

"내가 말했지. 우린 서로에게 본능적이라고. 넌 처음 본 순간부터 날 알아봤어."

사실 강희도 그렇게 생각하고 있었다.

그때 느꼈던 심장의 두근거림이 아직도 선연했고 오로지 신유진이었기에 반응하는 심장이었으니까.

"나라서 흔들린 거고 사랑한 거야. 그게 내가 알고 있는 진실이야."

눈시울이 뜨거워졌다.

"날 기다려줘서 고마워. 다시 사랑해줘서 고맙고."

"그만해, 나 울 것 같단 말이야."

크고 단단한 손이 뒷머리를 잡아 지그시 눌렀다.

"실컷 울어."

다정한 속삭임이 눈물샘을 콕콕 찔러댔다.

"내 품에선, 그래도 돼."

"흐윽!"

하준은 기어이 참고 있던 울음을 터지게 만들었다.

단 한 번도 제대로 흘려보지 못했던 유진을 위한 눈물을 한 방울도 남기지 않고 쏟아냈다.

떨리는 눈꺼풀 위로 뜨거운 입술이 닿고 눈물 자국을 지워 나가자 후련해진 가슴 안에 뜨거운 열기가 자리 잡았다.

순식간에 위아래가 뒤바뀌고 단단하고 뜨거운 몸이 짓눌러 오자 강희는 싱긋 웃으며 그의 목에 팔을 둘렀다.

"유하준, 오늘도 참을 거야?"

내려다보는 하준의 눈동자에 어린 욕망을 느끼며 강희는 유혹적으로 웃었다.

"유하준은 참겠지."

이 남자 안에 두 남자가 살고 있었다.

이성적인 유하준과 본능적인 신유진.

그리고 지금 주인 노릇을 하는 건, 본능적인 신유진이었다.

"근데 신유진은 못 참아."

옷 안으로 파고드는 커다란 손은 건조했지만 데일 듯 뜨거웠다.

순식간에 알몸이 되어 뒤엉켰고 그렇게 신유진이란 이름으로 사랑하는 여자를 천천히 집어삼켰다.

Chapter 26

세상에서 가장 행복한 신부

결혼식 전날 아침 강원도에 먼저 내려가자 옥자와 정선이 마중 나와 있었다.

"할머니!"

오페라에서 내린 강희는 달려가서 옥자의 품에 안겼다.

옥자의 뒤에 서 있던 정선은 바닥에 뭐라도 있는 듯 고개를 푹 숙이고 있었다. 땅바닥만 쳐다보고 있는데 미끈한 구두코가 야속하게 밀려들어 고개를 든 정선은 흠칫했다.

바로 앞에서 하준이 정선을 서늘한 눈빛으로 바라보고 있었다.

"잘 계셨습니까?"

그 시선을 감당 못 하겠는지, 정선이 다시 고개를 틀어버렸다.

"……어머니."

하지만 그의 입에서 흘러나온 호칭에 다시 고개를 든 눈동자가 촉촉이 젖어 들고 있었다.

"손녀사위는 엄마한테 맡기고 할머닌 나랑 가요. 의논할 거 무지 많단 말이에요."

눈치껏 빠져주며 강희가 윙크를 보냈다.

이곳에서 결혼식을 올리고 신혼여행까지 여기서 보내자고 한 건 모두 강희 생각이었다.

모든 걸 알게 되었지만 굳이 바로잡고 싶지도 않았고 딱히 뭘 하고 싶지도 않은 하준을 설득한 건 강희였다.

모든 걸 바로잡을 필욘 없지만, 해야 할 일은 꼭 해야만 하는 거라고.

"저랑 같이 가요, 어머니."

"어디를……."

"동생 묘에 들리려고 하는데. 혼자 가긴 싫어서요."

동생이란 말에 휘청거리는 작은 몸을 부축해주며 하준은 담담히 진실을 털어놓았다.

"저 기억 돌아왔어요."

더 이상 모른 척하지 말라는 뜻이었다.

"무슨 말인지…… 모르겠구나."

그럼에도 정선은 독하게 시선을 피했다.

"하나 남은 아들까지 나 몰라라 하면 속이 편하세요? 아니잖아요."

"나는…… 그러니까…… 나는."

붉어진 눈으로 하준을 보며 마주 잡은 손끝이 덜덜 떨렸다.

"어머니와 내가 같이 가면 좋아할 겁니다, 하준이가."

그렇게 대화 한마디 없이, 모자는 손을 꼭 잡은 채 걷고 또 걸었다.

"하아, 하아……."

오르막길 중간에서 숨 가빠하는 정선에게 하준은 제 등을 기꺼이 내주었다.

"업히세요."

"괜, 괜찮아!"

사실 두 사람은 친근한 모자 사이는 아니었다.

정선은 천재인 아들을 뿌듯해했고 어디를 가든 자랑하고 싶어 했지만, 그게 전부였다. 또래 아이들과 달라도 너무 다른 아들을 이해하려고 하지 않았고 아들이 무엇 때문에 힘들어하고 괴로워하고 번뇌하는지, 알려고 하지도 않았다.

생계 때문에 바쁜 걸 알지만 그렇게 무방비하게 방치된 저를 엇나가지 않게 곁에서 지켜주고 잡아주고 감싸준 건 강희였다.

"제가 안 괜찮아요."

그렇게 시간이 흘렀고 사고로 인해서 심장이 좋지 않다는 걸 알게 되었다.

그때 자신보다 먼저 독한 결단력을 내린 건 멀쩡한 아들 하나라도 살려야겠다는 정선의 독한 의지였다.

서로 생각해주는 방식이 달랐을 뿐, 그녀도 엄마였다.

"늦은 거 알아요. 하지만 지금부터라도 아들 노릇 하게 해주세요."

한참을 머뭇거리다가 등에 업힌 정선은 무척 가벼웠다.

정선을 업고 일어난 하준은 동생의 묘를 향해 다시 걸었다.
"너무 멀리 와서 제자리로 돌아갈 생각 없어요."
"나도 바라지 않는다."
울음기 가득한 목소리가 전해오는 다부진 결심.
"고마워요, 어머니."
그래서 하준은 뒤늦은 진심을 전해보기로 한다.
"나를 낳아주고 살게 해주고 살려줘서요."
정선의 눈에서 기어이 눈물을 터지게 만들었다.
"……흐윽!"
묘지에 도착할 때쯤엔 울음을 멈추었고 하준은 신유진으로서 드디어 동생의 묘 앞에 섰다.
"형 왔어."
나를 먼저 찾아와준, 용기를 내어준 내 동생아.
심장을 기꺼이 내게 주고 먼저 떠난 내 동생아.
"아들, 엄마 왔어."
머뭇거리던 정선도 용기를 내어 말을 했다.
처음으로 갖는, 가족 모임이었다.

높고 청명한 하늘과 선선하게 불어오는 봄바람에 섞인 꽃향기가 결혼식을 축복해주는 날이었다.
옥자와 정선이 운영하는 펜션은 이른 아침부터 분주했고 동네 사람들 모두 달려와서 음식 준비에 바쁜 일손을 도왔다. 크고 작은 법적 문제가 발생할 때마다 강희의 도움을 받은 분들이었다. 축구장으로 이용했던 잔디밭엔 업체 직원들이 테이블과 의자를 빼곡하게 채웠다.

오늘의 주인공인 아름다운 신부가 걷게 될 버진로드 밑에 흠잡을 데 없이 완벽한 자태의 하준이 서 있었다.

"하준 씨, 결혼 축하해요!"

현오의 팔짱을 끼고 다가온 혜리를 향해 하준이 돌아섰다.

"먼 곳까지 와줘서 고마워요."

제 옆에 사랑하는 남자가 있는데도 완벽한 신랑의 자태에 혜리의 눈이 몽롱하게 풀렸다. 현오가 눈을 부라리며 옆구리를 툭 찌르는 바람에 정신을 차렸다.

"부케 받으러 당연히 와야죠. 근데 강희는요?"

대답 대신 하준이 어딘가를 손으로 가리켰다.

"저흰 그럼 신부에게 가볼게요."

이번에도 하준이 가볍게 고개를 숙이는 걸로 답을 대신하자 혜리는 작게 투덜거렸다.

"신부 기다리는 신랑 표정이 왜 저래? 잔뜩 기대하거나 아니면 긴장하거나. 그것도 아니면 행복해서 입이 찢어져야 하는 거 아냐? 너무 담담하잖아. 계약 결혼하는 남자도 아니고."

"언제는 저런 대단한 남자랑 결혼하는 과장님이 부럽다며?"

"그거야…… 흠흠. 하여튼 난 애정 표현 적극적이고 감정 표현 잘하는 내 남자가 좋아."

세상에서 가장 행복한 신부

그때 문이 열리고 한 여자가 걸어 나왔다.

바닥에 신발을 내려놓으려고 몸을 숙이는 여자의 뒤로 드러난 신부의 모습에 두 사람은 입을 쩍 벌렸다.

유리 가루가 쏟아진 듯 찬란한 햇빛을 몸에 두른 신부는 눈부시게 우아하고 아름다웠다.

"꺄아, 주강희! 너무 예……."

섹슈얼한 향기를 흘리며 강희에게 다가가는 하준은 항상 차분하던 남자라고 하기엔 걸음이 급했다.

"……어머."

손으로 입을 가리고 현오에게 얼굴을 기댄 혜리의 눈엔 부러움이 한가득했다.

무릎 꿇은 남자가 저렇게 근사하게 보여도 되는 걸까.

"현오야, 나 말 정정할래."

무슨 소리냐는 듯 현오가 보자 혜리는 만족스럽다는 입꼬리를 올렸다.

저렇게 대단한 남자를 무릎 꿇게 만들다니, 내 친구 짱.

"대단한 건 신랑이 아니라 신부라고."

새하얀 슈즈를 신부에게 차례로 신겨주는 신랑의 손길이 무척 섬세했다.

"오늘은 무릎 꿇지 말지. 바지 더러워지잖아."

작고 빠르게 속삭이는 음성이 맑은 새소리 같았다.

"앞으로 수도 없이 꿇을 무릎, 뭐 어때."

신발을 다 신겨준 하준은 그 자세 그대로 한참 동안 신부를 올려다보았다. 긴장한 듯 차갑게 식은 손을 잡고 손등 위에 가만히 입술을 댔다.

중세 시대, 귀부인이나 레이디에게 기사들이 했던 손등 키스의 의미는 바로 당신을 위한 존중과 헌신, 그리고 변치 않고 널 지켜주고 싶다는 마음.

"너무 예뻐."

하준의 찬사에 강희는 수줍게 미소 지었다.

그 미소가 찬란하고 아름다운 빛이 되어 온통 어둠뿐인 가슴을 밝게 비추었다.

나를 살아가게 하고 나를 웃게 하는, 나의 태양이자 나의 여신.

"너도 엄청 멋있어."

긴 속눈썹을 살며시 내리뜨며 살그머니 허리를 기울인 강희는 예쁜 입술로 속삭였다.

"신, 유, 진."

달콤한 그 부름에 하준은 느릿하게 눈을 감았다 떴다.

햇살을 품고 반짝거리는 눈동자와 긴 속눈썹 밑에 화룡점정으로 찍힌 매혹적인 눈물점, 그리고 싱그러운 두 뺨과 부드럽게 속삭여주는 입술까지.

머리부터 발끝까지 미치도록 사랑스러운 신부에게 하준은 일어나서 팔을 내밀었다.

"준비됐어?"

만개한 꽃처럼 미소 지으며 팔짱을 끼는 신부를 바라보는 신랑의 눈동자에 복잡한 감정이 뒤엉켜 있었다.

첫 만남은 가족이고 남매였지만 친구에서 연인이 되었다. 그 후 기약 없이 헤어져 있던 고통스러운 긴 시간이 지난 후 우린 다시 만났고 사랑에 빠졌고 이제 부부가 되려고 한다.

뜨겁다 못해 잔뜩 비틀어져버린 사랑이었고, 그런데도 어찌하지 못하는 내 사랑을 변함없이 받아준 나의 신부 주강희.

하준은 살포시 떨리는 긴 속눈썹을 바라보며 귓가에 속삭여주었다.

"사랑해, 주강희."

이제야 온전하게, 널 가질 수 있게 되었다.

펜션 너머의 푸르른 절경과 산뜻한 공기까지 어우러진 식사는 맛까지 최고였다.

식사가 끝날 때 즈음 결혼식이 시작되었고 강희 쪽 하객은 혜리와 현오가 유일했다. 남은 하객들 모두 갑수가 고르고 고른 최측근 친인척들이었다. 하객들은 오랜만에 힐링하는 기분에 흠뻑 젖은 채로 신랑 신부를 기다렸다.

눈부신 햇살을 받으며 나타난 오늘의 주인공인 신랑 신부가 서로에게 사랑의 서약을 맹세한 후 신부가 품고 있던 부케가 푸르른 하늘 위로 던져졌다.

10분 만에 끝나버린 결혼식이지만 진짜는 지금부터였다.

우리나라식으로 말하면 잔치, 외국식으로 표현하면 파티.

어디선가 흘러나오는 신나는 노래에 하객들의 어깨가 들썩거렸고 테이블 위로 세팅되는 술에 여기저기서 환호성이 터져 나왔다. 옥자의 유일한 취미이자 보물 1호인 다양한 담금주들이 오늘 제대로 다 풀렸다.

그래도 이건 우리 사돈에게 줘야지.

끙끙거리며 담금주 두 통을 품에 안은 옥자가 갑수의 테이블로 향했다.

"야관문으로 담근 술입니다. 이건 우리 사돈 선물이니 올라갈 때 챙겨가세요."

벌떡 일어난 갑수가 귀한 상을 하사받듯이 담금주를 받은 건 거의 본능이었다.

"어이쿠, 이 귀한 걸! 근데 팔순을 기다리는 나보단 저 녀석에게 주는 게……."

"아이고 사돈! 손자 못 믿으십니까?"

"아니 내 말은 그게 아니라……."

갑수가 하준을 찾는 듯 두리번거리자 옥자는 격하게 손을 내저었다.

"젊고 건강한 사람들은 이런 거 없어도 너끈해요. 그리고 사돈, 야관문주는 사실 정력보다 활력에 좋다고 안 합니까. 하루에 한 잔씩 꾸준히 드시고 건강 챙기세요. 그래야 나중에 증손자도 보고 증손녀도 보지 않겠습니까?"

증손자라, 증손녀라. 듣는 것만으로도 기분 좋아지는 단어였다.

"혹시 애들한테 들은 이야기 있습니까?"

"난 우리 강희 키우며 아무것도 안 묻고 잔소리도 안 했습니다. 오히려 강희 저것이 나한테 그랬음 그랬지."

갑수가 이해할 수 없단 표정을 짓자 옥자는 기분 좋게 웃으며 말을 이었다.

"엇나가면 모를까, 알아서 잘하는 아이들한테 뭘 간섭하고 궁금해합니까? 그리고 원래 똑 부러지는 아이들이 훈수 두면 더 비틀어져요."

옥자의 말은 일리가 있지만 갑수는 생각했다. 그래도 내가 해준 게 있는데 고마운 줄 알면 2세 소식을 들려주지 않을까.

―강희만이 아닙니다. 할머니 어머니도 고생 그만 시키세요. 그 많은 돈 아껴서 가져가실 것도 아니고. 고용인 좀 늘리세요.

고용인을 대폭 늘렸고 절대 양보할 수 없는 집안 대소사에 관한 일들도 한 발짝 물러났다. 결론은 두 아이가 요구하는 걸 다 들어준 셈이었다.

당연히 강희는 고마워했고 애교도 부리며 예쁜 짓을 골라 했지만 제 손자 녀석은 아니었다. 강희한테만 눈꼴 시릴 만큼 팔불출이었다. 그럼 옆에 있는 이 할아빈 뭐가 되라고.

항상 수더분하던 안사람까지 요즘 들어 눈까지 흘기며 은근히 할 말 다 했다.

그런 변화까지 기꺼이 받아들이겠지만 2세 문제는 쉽게 넘어갈 수 없었다. 이참에 한 소리 하자는 생각에 갑수가 눈으로 하준을 찾자 옥자가 얼른 빈 잔에 술을 가득 따랐다.

"살날 많은 젊은 애들은 신경 끄고 살날 얼마 안 남은 우리 인생 즐겨요, 사돈! 자 받으시오, 받으시오."

넉살 좋게 흥을 돋우며 옥자가 따라준 술을 마신 갑수의 얼굴에 놀라움이 번졌다.

"아이쿠, 솔향이 아주 기가 막힙니다."

"솔방울주예요. 이게 고혈압이랑 신경통에 그리 좋답니다."

술 마시면서 건강해지는 기분은 처음이었다. 갑수에게 연이어 술을 권하던 옥자는 신부를 데리고 빠져나가는 신랑과 눈이 마주치자 윙크를 보냈다.

결혼식장을 빠져나온 두 사람은 손을 잡고 펜션 근처를 거닐었다.

아름다운 풍경을 눈에 담다가 텔레파시라도 통한 것처럼 서로를 바라보다가 실없이 웃었다.

오늘 내 신부가 너무 예쁘고 내 신랑이 너무 멋있어서.

꽤 걸어왔는데도 결혼식이 아니라 동네잔치가 열린 것처럼 와자지껄한 소리가 들려왔다.

강희는 문득 이상함을 느꼈다.

옥자가 그렇게 아끼던 담금주들을 선뜻 내놓은 것과 갑수를 집중 케어하던 옥자가 하준과 눈빛 교환을 한 것도 아무래도 수상하다.

"유하준, 너 결혼식장 빠져나오려고 우리 옥자 씨 꼬셨지?"

강희의 말에 하준은 무슨 말인지 모르겠다는 듯 웃는다.

"맞구나?"

오늘은 하루 종일 하객들에게 붙들려서 술 마시고 어른들의 흥을 돋우기 위해 춤출 각오까지 했는데.

시치미 떼지 말라는 듯 눈을 가늘게 뜨고 흘겨보자 하준은 그제야 담담히 실토했다.

"꼬신 건 아니고."

"그럼?"

"어젯밤 우연히 푸념 한마디 한 게 다야. 사위 사랑에 할머니께서 직접 나서주신다는데 거절하는 건 예의가 아니기도 하고."

어찌 되었든 하준 덕분에 이렇게 오붓하게 시간을 보내고 있으니 강희도 결국 웃어버렸다.

그런데 걷다 보니 드레스 자락 밑으로 뾰족하게 나오는 구두 코에 또다시 의심이 들었다. 대부분의 웨딩드레스는 바닥을 끌 만큼 긴데 자신의 드레스는 제 키에 맞춘 것처럼 딱 떨어진다. 마치 오늘 이렇게 걸을 걸 알고 있었다는 것처럼.

이것도 계획 중 일부냐고 묻는 대신 강희는 하준에게 몸을 기대었다.

계획이면 뭐 어때, 지금 이렇게 행복한데.

타이트한 드레스와 하이힐 때문에 걷는 게 불편하지만 지금 이 순간이 꿈만 같았다. 그걸 눈여겨보고 있던 하준이 강희를 번쩍 안아 올렸다.

"걷는 거 불편해 보여서."

"괜찮아."

"그냥 편히 안겨 있어."

강희를 내려다보는 눈빛이 햇살처럼 따사로웠다.

"내가 안고 걷고 싶어서 그래."

오로지 나에게만 보여주는 다정함이 좋다.

"첫날부터 너무 공주 취급해주는 거 아냐?"

너에게만큼은 공주가 되고 싶다는 욕심을 부려도 될 것 같았다. 좋은데도 괜히 투정을 부리고 싶을 만큼 말이다.

"넌 공주님이 아니라 여왕님이야."

"늙어 죽을 때까지 해줄 자신 없으면 감당 못 할 소리 하지 마. 그러다 나중에 나한테 바가지 긁힌다?"

그걸 알기에 하준은 세상 진지한 표정으로 받아주었다.

"나는 얼마든지 감당해. 그러니까 너나 적응해. 죽을 때까지 내 여왕님으로 모실 테니까."

강희는 가만히 눈을 감은 채 하준에게 몸을 맡겼다.

살랑거리며 불어오는 바람이 좋았고, 적당히 서늘한 공기가 좋았다.

펜션 주변으로 조성된 산책로는 길었다. 하지만 강희를 안고 걷는 하준의 숨소리는 한 번도 흐트러지지 않았다.

"주강희, 네가 봐야 할 게 하나 있는데."

눈을 뜨고 하준의 시선을 따라가자 언덕 밑에서 놀고 있는 여자아이에게 접근하는 남자가 보였다.

"수상한 거 맞지?"

물론 제 눈에도 수상해 보이기는 하지만 강희를 진짜 놀라게 한 건 하준이었다.

나야 오랜 직업병이라 그렇다 치고, 너는 왜?

"섣불리 단정 지을 순 없어. 그래도 확인은 해봐야겠지."

신중하게 대답하면서도 강희는 시선을 떼지 않았다.

남자를 잔뜩 경계하던 여자아이가 서서히 긴장을 풀고 웃으면서 남자의 손을 잡고 걷기 시작하기까지.

그럴 줄 알았다는 듯 하준이 담담히 물었다.

"만약 아니면?"

"미안하다고 가던 길 가시라고 해야지."

"수상한 게 맞으면?"

"나쁜 놈은 잡아야지."

이미 일어난 범죄의 대부분은 미리 방지할 수 있다는 것을 형사라면 누구나 알고 있다.

누군가 조금 더 관심을 갖고 남 일처럼 나 몰라라 하지 않는다면.

그렇게 쉬운데도 쉽게 하지 못하는 것들.

"훗날 저 아이가 우리 아이일지도 모르잖아."

내 아이가 아니니까 별일 아니겠지 무심히 흘려버리는 순간, 또 다른 범죄가 발생하는 것이다.

"나 내려주고 현오한테 전화해줘."

확실한 게 아니니 신고를 할 순 없고 지금 할 수 있는 건 직접 가서 확인하는 것뿐.

하지만 아이가 차에 타기 전에 저기까지 달려가야 하는 걸 깨닫곤 작게 한숨을 내쉬었다.

오늘만큼은 이 모습 그대로 유지하고 싶었는데.

"유하준, 이 드레스 좀 찢어도 될까?"

강희가 무슨 생각을 하는지 이미 들여다본 하준이었다.

"얼마든지."

대답을 듣자마자 강희는 비싼 드레스의 치맛자락을 거침없이 찢어버렸다. 시원한 소리와 함께 찢어진 치마에 뽀얀 허벅지가 드러나자 강희는 씨익 웃었다.

킬힐까지 획획 벗어 던진 강희는 언덕 아래를 향해 거침없이 뛰기 시작했다. 그걸 본 하준은 옅게 웃으며 역시 이게 주강희라는 생각을 했다.

뛰는 건 딱 질색이지만, 오늘도 한번 뛰어볼까.

강희가 벗어 던진 신발을 들고 따라 뛰며 사랑하면 닮아간다는 그 말이 어느 정도 일리가 있다고 판단을 내렸다. 물론 자신은 강희처럼 정의감에 불타오르는 성격은 아니지만 사랑하는 여자의 삶을 같이 추구해줄 순 있으니까.

세상에서 가장 행복한 신부

그게 그녀의 행복 중 하나라면, 기꺼이.

불어오는 바람에 찢어진 새하얀 레이스 치마가 나풀거렸다.

맨발로 거침없이 뛰는 주강희는, 그리스 신화의 님프처럼 정말 아름다웠다. 적어도 하준의 눈에는 말이다.

남자를 태운 경찰차가 출발했고 정확한 상황 보고를 위해 현오가 동행했다. 아이의 부모는 감사하다는 말을 수십 번도 더했고 부모의 손을 잡고 가면서도 아이는 몇 번을 돌아보았다. 갑작스러운 상황에 놀라서 못한 말을 눈빛으로 건네는 것도 같았다.

'구해주셔서 감사합니다.'

아이의 마음이 느껴져서 강희가 활짝 웃으며 손을 흔들자 그제야 아이의 얼굴에도 환한 미소가 번졌다. 그 미소에 찢어져서 너덜거리는 드레스와 발에 난 상처까지 모두 보상받는 기분이었다.

저 미소를 지켰으니까 된 거다.

부모님과 아이가 멀어지자마자 기다렸다는 듯 혜리의 잔소리가 쏟아졌다.

"미쳤어, 주강희! 결혼식 날만큼은 얌전하게 지내면 어디 덧나? 예쁜 드레스 걸레가 다 됐잖아!"

"그럼 모른 척해? 사람이라면 그럼 안 돼. 그리고 난 경찰…… 아악! 아파, 혜리야!"

혜리가 등에 스매싱을 날린 것이다.

"누가 모른 척하래? 우리 귀염둥이가 몇 분 거리에 있는데 못 믿어서 그런 거잖아! 그러니까 그새를 못 참고 드레스 찢고 추격전 한 것도 모자라서 엎어치기까지 했겠지. 너 오늘 결혼한 신부 맞니??"

"혜리야, 네가 뭘 몰라서 그러는데 범죄는 타이밍이야. 자칫하다가 놓치면 끝이거든. 엎어치기도 엄연히 정당방위였구. 그리고 혜리야, 봐봐. 머리는 완전 멀쩡하다? 이게 바로 스프레이의 위력인가 봐."

너덜거리는 드레스와 달리 틀어 올린 머리만큼은 한 올도 흘러내리지 않는 걸 자랑스럽게 말하자 혜리가 기가 찬 표정을 지었다.

"경찰은 사람 아니니? 하루 정도는 편하고 행복하게 지내면 덧나?"

"혜리야, 나 지금 엄청 마음 편하고 행복해."

비록 몰골은 말이 아니지만, 정말이었다.

"너 오늘 정말 예뻤는데."

더러워진 발과 너덜거리는 드레스를 바라보는 혜리는 정말 속상한 표정이었다.

신부인 자신보다 더 속상해하는 혜리를 어떻게 위로해야 할지 감이 안 잡혔다.

"하준 씨도 속상하죠? 근데 얘가 이래요. 결혼식 날까지도 직업 근성 못 버리니 앞으로도 쭉 그럴 거예요. 그건 하준 씨가 이해해주면 안 될까요?"

친정 엄마처럼 말을 하는 혜리에게 하준은 놀라운 대답을 했다.

"제가 먼저 보았고 수상하다고 확인해보자고 했습니다. 앞으로도 이런 상황이 발생하면 또 그럴 생각이고."

"하준 씨가요? 왜요? 아니 내 말은 하준 씨가 정의롭지 못하다는 게 아니라 그러니까……."

"저한테는 당연한 겁니다."

"……네?"

"형사 남편이잖습니까."

벙 찐 표정을 짓던 그다운 대답이라고 생각하며 웃어버렸다.

난 착하고 정의롭지 않지만 내 여자가 이러니 나도 그렇게 맞추는 것뿐이라는데 뭐라 하겠는가.

"그리고……."

하준은 사랑스럽다는 듯 강희를 바라보며 허리를 휘감아 품으로 끌어당겼다.

"난 지금이 더 예쁜데."

……헐.

"드레스야 뭐."

그 눈빛에 담긴 의미를 혜리도 알 것 같았다.

"강희가 원하면 또 사면 되니."

그게 뭐든지 주강희 마음대로, 능력 되고 여유 되고 아량이 넓은 남자의 너그러움이다. 진혁조차 버거워하던 주강희를 그래서 너끈히 감당하는지도.

혜리는 부럽다는 듯 강희에게 시선을 옮겼다.

이 계집애 부러워 죽겠네, 시집 정말 잘 갔어.

남편이 돈 많으니 비싼 드레스 찢고도 구박은커녕 또 사준다고 하고 별짓을 다 해도 기꺼이 응원해주고 같이 해주겠단다. 비록 드레스는 찢어졌지만, 지금껏 봤던 신부들 중 강희는 가장 아름다웠다.

눈부신 햇살처럼 활짝 웃으며 신랑을 바라보는 신부의 눈엔, 오로지 행복만이 가득했다. 그런 신부를 내려다보는 신랑에게도 행복 이외의 어떤 감정도 묻어나지 않았다.

그래, 까짓것 드레스 좀 찢어지면 뭐 어때? 주강희 네가 행복하면 된 거고 네 남자가 예쁘다고 하면 된 거지.

두 사람을 바라보는 혜리의 입가에 미소가 서서히 번졌다. 아무래도 치명적인 바이러스에 감염된 것 같았다. 행복 바이러스에 말이다.

옥자는 걸출한 입담과 끝내주는 담금주로 갑수 부부를 완벽하게 케어했다.

정선은 처음 마셔보는 술에 인상을 살포시 찌푸리는 옥혜에게 다가가 말을 걸었다.

"담금주가 좀 많이 독하죠?"

"한 잔만 더 주실래요?"

그럼에도 옥혜는 용기 있게 다시 잔을 내밀었다.

"그 아이 어렸을 때 어땠는지 이야기해주실 수 있나요?"

"무슨 말씀을 하시는지……."

죽을 때까지 비밀로 간직해야 할 걸 물어 오니 정선은 당황했다.

"그 아이 기억 되찾은 거 알아요."

"그, 그걸 어떻게."

주먹을 꼭 쥔 정선의 손 마디마디가 새하얗다.

"그런데도 그 아인 여전히 날 엄마라 불러요. 제가 배 아파 낳지도 않았고, 내 손으로 키우지도 않았는데. 당신의 두 아이를 빼앗은 제가 그런 말을 들을 자격이 없는데."

"맹세하는데 절대 그렇게 생각한 적 없어요! 원망한 적도 없고 미워한 적도 없습니다. 은인으로 생각하고 감사하게 생각해요."

정선은 진심이었다. 옥혜가 아니었다면 쌍둥이 중 동생은 엄청난 비용이 들어가는 의료 기술의 혜택을 받지 못하고 죽었을 것이다. 그 말은 훗날 심장 이식을 받지 못한 쌍둥이 형도 죽었을 거라는 의미였다. 그래서 정선은 그때로 다시 돌아간다고 해도 똑같은 선택을 할 것이다.

배 아파 낳은 아이와 생이별을 하고, 그 아이를 희생시켜 다른 아이를 살리는 것.

어머니라는 말을 듣지 않아도, 평생 보지 못하고 남남처럼 산다고 해도 모든 죄는 나중에 혼자 기꺼이 받을 테니, 한 아이라도 건강하게 살게 할 수 있다면.

"믿으실지 모르지만 그 아이는 제 인생의 유일한 낙이고 단 한 순간도 내 아들이라고 생각하지 않은 적 한 번도 없습니다. 그 아일 사랑해요."

옥혜의 간절한 마음이 전해져 정선은 먼저 용기 내어 손을 잡았다.

"이런 말 하기 뭐하지만 난 그 아이에게 좋은 어미가 아니었답니다."

죽은 남편이 남기고 간 건 빚뿐이었고 아이가 딸린 몸으로 생계를 책임져야 했다.

그래서 아이를 돌보지 못했고 옆집에서 어린 손녀딸을 홀로 키우던 옥자의 도움을 많이 받았다.

"고마워하는 그 마음, 내가 아니라 강희한테 해주세요. 며느리가 아니라 딸처럼 품어주세요. 그 아이의 전부가 강희고, 그 아이 어린 시절도 모두 강희투성이거든요."

엄마보다도 아들이 더 소중히 여겼던 여자아이를 정선은 서운해하지 않았다.

또래 아이들과 다르게 유별났고 월등히 뛰어났던 아들을 돌봐주지 못했고 이해해주지 못했고 곁에 있어 주지 못했다.

"그 아이를 돌봐주고 이해해주고 보살펴주고 지켜준 건 내가 아니라 강희였거든요."

엄마인 자신조차 어려운 그 아들을 유일하게 컨트롤한 게 강희였다. 강희가 아니었다면 아들이 어떻게 엇나갔을지 감히 상상도 안 되었다.

"강희가 있어서 그 아이도 있는 겁니다."

정선은 기억을 더듬으며 옛이야기를 서서히 풀고 옥혜는 귀 기울여 들었다.

"강희가 있었기에 살고자 하는 의지를 가졌고 끝까지 살아남아준 거예요."

강희가 아니었으면 죽음을 선택했을 아들이다.

"강희는 내 은인입니다. 그 빚 평생 갚아도 부족할 겁니다."

아들을 살게 해준 것도 모자라 어머니란 소리까지 다시 듣게 되었으니 된 거다.

이야기를 끝낸 정선의 손을 옥혜도 꼭 마주 잡았다.

"그럼 우리 둘 다 같은 아들과 딸을 둔 엄마네요. 그렇게 생각해도 될까요?"

"당연한 말씀을 하세요."

"그럼 제가 언니라고 부를게요. 사돈이라는 말, 너무 불편해서."

"저야 당연히 좋죠."

서로를 바라보는 눈빛이 행복했다.

그때 정선의 전화가 울렸다.

"우리 아들 전화네요."

정선이 미소 짓자 옥혜도 같이 미소 지었다.

밑에서 무슨 일이 벌어진 줄도 모른 채 언덕 위 펜션에선 아직도 잔치가 열리는 중이다.

전화 한 통에 몰래 빠져나와 하준에게 쇼핑백과 바구니를 건넨 정선은 강희를 보고 아무것도 묻지 않았지만 하준이 담담히 알려주었다.

"강희가 뛰고 싶다고 해서. 달리기 좀 했어요, 저랑."

원래도 말수가 없는 아이라 묻지도 않았는데 대답한 이유는 자신이 걱정할까 봐 그런 것이리라.

"어른들 모두 즐거워하고 계시니 걱정 말렴."

정선이 간 후 하준은 커다란 나무 그늘에 돗자리를 폈고 찢어진 드레스를 입은 채로 강희는 풀썩 앉았다.

정선에게 편한 옷까지 부탁했지만 드레스를 벗으면 결혼식 분위기가 깨진다나 뭐라나.

오늘따라 불어오는 바람이 선선했다.

"너무 좋다."

바람을 만끽하며 고개를 뒤로 젖힌 채 눈을 감은 아름다운 얼굴이 하준에게 각인처럼 박혔다.

결혼식 날 웨딩드레스를 찢고 힐을 벗어 던지고 언덕 밑으로 뛰는 건 주강희였기에 가능한 거였다. 어떤 상황에서도 변함없이 초심을 잃지 않아서 더 빛이 나는, 영원토록 내 삶을 밝게 비추어줄 존재.

"손 줘봐."

눈을 감은 채로 가만히 내미는 손을 차례대로 깨끗하게 닦아준 후 다리를 끌어당기자 강희가 눈을 떴다. 빤히 쳐다보는 시선에도 더러워진 발바닥을 물티슈로 세심하게 닦아주었다.

"왼발도."

다리를 교차해서 왼발을 얌전하게 내미는 강희는 무척 사랑스러웠다.

"서비스 좋은데?"

"뭐 이 정도 가지고."

두 발을 모두 깨끗이 닦아주자 이번엔 강희가 하준의 손목을 잡아끌었다.

"내 다리 베고 누워."

"괜찮아."

"나도 해주고 싶어서 그러거든?"

햇살을 품은 부드러운 미소는 하준에게 불가항력이었다.

강희의 다리를 베개 삼아 커다란 몸을 눕히자 부드러운 손길이 뺨을 어루만지고 머리칼을 어루만진다.

"눈 감고 바람 소리 들어봐. 좋지?"

얌전하게 눈을 감자 들려온다.

"……좋네."

바람 소리를 머금은 달콤한 네 숨결이.

"이제 우리 미래 계획 한번 세워볼까? 아니면, 철두철미하게 계획적인 우리 신랑님이 벌써 세워놨으려나?"

"뭐가 궁금한데."

"우리 2세 계획. 넌 언제 아이 갖고 싶어?"

어른들은 숨넘어가게 기다릴 소식이지만 사실 그쪽은 계획은커녕 생각도 안 해봤다.

"솔직히 말해줘?"

"응."

"관심 없어. 생각해본 적 없고."

"……왜?"

조심스럽게 묻는 목소리에 담긴 의미가 실망감인지 안도감인지는 모르겠다.

"아들이라면 널 공유해야 해. 널 닮은 내 딸이라면."

이건 정말 상상조차 하기 싫었다.

"다른 놈에게 널 양보하는 것 같아 기분 더러울 것 같아."

"딸이 널 닮았을 수도 있잖아."

"엄마인데 널 닮은 부분은 분명 있겠지."

"……그렇겠지."

"주강희, 나에게 아기는 불필요한 제2의 존재야."

이런 놈이라서 미안하지만 둘 사이에 다른 존재가 끼어드는 건 싫었다. 모두가 아이 때문에 싸우고 아이 때문에 산다면 굳이 낳을 필요가 있을까.

적어도 하준의 논리는 그랬다.

"그래서 굳이, 필요할까 생각도 들고."

지독히도 이성적인 하준의 대답에 강희는 잠시 할 말을 잃은 듯했다.

"난 네가 힘들어하는 꼴 못 봐. 내가 대신 애를 낳아줄 수 있으면 모를까."

"네가 어떻게 애를 낳아, 말이 되는 소리를 해."

진지하게 한 말에 강희는 재밌다는 듯 웃었다.

"만약 내가 갖고 싶다고 하면 어떻게 할 건데?"

"존중해줘야겠지."

탐탁지 않더라도, 네가 원한다면.

머리를 어루만지는 손을 끌어와 손가락마다 입을 맞추었다.

"그거 알아? 지금의 넌 신유진보다 유하준 같다는 거."

작게 건네는 말이 속삭임에 가까웠다.

"솔직히 신유진이랑 로맨틱은 거리가 멀잖아."

눈을 뜨자 내가 미치도록 사랑하는, 나의 본능이고 심장이고 생명인 여자가 심장 떨릴 만큼 예쁘게 웃고 있었다.

"주강희, 나는 다 기억해."

예전의 신유진은 강희를 사랑하면서도 로맨틱은 불필요한 부유물 같은 거였다. 하지만 제2의 인격은 로맨틱하면서도 바보에 가까운 팔불출이었고 두 인격체의 합체가 마음에 든다면 앞으로도 기꺼이 그래 주는 수밖에.

"신유진도, 그리고 유하준도 나니까."

저를 바라보는 강희의 눈빛이 애틋해졌다.

"그럼 지금 내 신랑이 된 남자는 완벽한 걸작이란 거네?"

하늘이 내려주신 뛰어난 두뇌와 외모 말곤, 인격과 인성은 실패작에 가까웠지만 그녀가 그렇게 생각해준다면 그렇게 생각하는 수밖에.

"두 남자의 장점만 모아놓은 게 지금의 너니까."

반짝거리는 얼굴이 내려오고 보드라운 입술이 가까워졌다.

들끓는 감정을 참지 못한 하준은 상체를 일으켜 커다란 손으로 가녀린 목을 잡고 끌어당겨 입술을 집어삼켰다.

이 마음을 넌 알까, 아마 영원히 모를지도.

눈앞에 있는 너와 입술을 섞는 순간조차도, 네가 그립고 네가 너무 고파서 미칠 것 같다는 걸.

폭풍처럼 휘몰아치는 짙은 키스가 끝난 후, 강희는 발그레한 얼굴을 하준의 가슴에 묻었다.

이제야 온전한 둘만의 시간이 찾아들었지만 하준은 풍경 따위, 눈에 들어오지 않았다. 제 품에 안겨 있는 아름다운 신부만이 눈에 보이고 느껴질 뿐.

너무 멀리 힘들게 돌아온 긴 시간들이 무색할 만큼 평화롭고 아름다운 결혼식 날이었다.

Chapter 27

이 시대의 살아 있는 현부양부

"어머니, 오늘은 반찬 좀 다양하게 많이 챙겨주세요."

하준의 한마디에 옥혜와 고용인들이 주방에서 부지런히 움직였다.

"요즘이 어떤 세상인데 일회용기를 사용해요. 작은 유리통에 소분해서 정갈하게 담아요."

새로 온 고용인들 몇은 아직 적응 단계인지라 알려줄 게 많지만 그게 싫지만은 않았다. 이런 작은 변화 하나하나가 그녀에겐 행복이었다.

반찬 때문이지만 일주일에 한 번은 꼭 본가를 들리는 하준도 말이다. 불쑥 강희가 처들어오는 것까지 하면 일주일에 두세 번 볼 때도 있었다.

음식을 싸는 시간 동안 할아버지와 손자는 티타임을 가졌다.

"고맙구나."

갑수의 느닷없는 말에 차를 마시던 하준이 눈을 들었다.

"이 집에 남아줘서 말이다."

결혼식을 올리기 전 기억을 되찾았노라고 툭 내던져서 심장 철렁하게 해놓은 손자는 지독하게 담담했다.

그런데도 '유하준'이란 이름으로 아무 일도 없다는 듯 하루하루를 살아가는 건 모두 그 아이 덕분일 것이다.

두 집안을 하나로 끈끈하게 이어준 손자며느리.

"물이 더 채워져도 국화차는 국화차죠."

"그렇긴 하다만."

"저도 그렇습니다."

영문을 몰라 바라보자 하준이 잔잔히 웃었다.

"기억이 더 추가되었다고 해서 제가 다른 놈이 되는 건 아니잖습니까."

신유진의 기억을 되찾았지만 난 여전히 유하준이고 또 신유진이기도 하다는.

"강희만 곁에 있으면 굳이 궤도에서 벗어날 이유도 없고 이름 따위 중요하지 않습니다."

친모에게도 어머니라고 부르며 왕래까지 자주 하고 있는데 굳이 일을 복잡하게 만들 필요가 없다는 의미였다.

"오늘은 이만 가보겠습니다."

손자의 뒤를 따라 나간 갑수의 눈에 사이좋은 모자의 모습이 보였다.

흐뭇하게 지켜보던 갑수의 옆구리를 명희가 콕 찔렀다.

"당신도 좋죠? 며느리 하나 잘 들여서 손자 얼굴 자주 보잖아요."

"험험."

"그러게, 반대 안 하고 더 일찍 결혼시켰으면 얼마나 좋아. 애들만 괜히 고생시켰잖아요."

명희의 잔소리 아닌 잔소리에 헛기침만 하는 갑수였다.

명희만이 아니라 옥혜도 조금씩 변하는 중이었다. 자신만 보면 덜덜 떨고 죄지은 듯 고개를 수그리던 며늘아기가 눈을 맞추기 시작했다. 기똥찬 손자며느리를 등에 업고서 아주 작긴 하지만 제 목소리를 내며 할 말을 조곤조곤했다.

물론 이 모든 것들을 겸허하게 받아들인 이유는 집안의 여자들이 웃고 행복해하니 삭막했던 집 분위기가 화목해져서였다.

이까짓 구박이나 잔소리 얼마든지 듣겠지만 이건 짚고 넘어가야 했다.

"임자도 이건 알아야 돼. 나 때문에 아이들이 더 서로를 믿고 사랑하는 거야."

"그게 무슨 소리예요?"

"강희가 그럽디다. 그때 바로 결혼했다면 아마도 이혼했을 거라고."

"설마요! 둘이 그렇게 좋아 죽는데."

말도 안 되는 소리라는 듯 명희가 눈을 동그랗게 떴다.

"허허, 모르는 소리. 사랑이면 다 되는 줄 아나? 맞춰가고 이해하고 참을 게 얼마나 많은데. 그걸 넘어서야 백년해로하는 진짜 부부가 되는 거지."

참 많은 걸 생각하게 하는 말이었다.

"하긴, 그건 그렇지요."

복잡한 표정으로 생각에 잠긴 명희의 손을 갑수는 조심히 잡았다. 수십 년 동안 집안의 대소사를 군소리 안 하고 도맡아 했던 고마운 아내의 손을 말이다.

"그런 의미로 내가 참 명희한테 미안하고 고마우이."

"에구머니나, 망측해라!"

기겁하며 빼내려는 손을 갑수는 기어이 잡아 포개었다.

한국에서 손꼽히는 재력가의 아내 손이 무척 거칠었다.

타인들에게는 한없이 베풀고 정작 평생 동반자인 아내는 온갖 고생을 다 시키면서 자신은 근검절약을 외치며 엉뚱한 짓을 하고 있었던 것이다.

"당신 혼자 나한테 맞추고 이해하고 참아주느라 맘고생 많이 했지?"

그래서 갑수는 팔순을 바라보는 나이에 뒤늦은 용기를 지금이라도 내려고 한다.

"험험, 앞으로 남은 생은 내가 그리할 테니 당신은 이제 편히 살아."

"우리 손자며느리가 복덩이긴 하나 보네요. 당신한테 내가 이런 말을 다 듣다니."

뒤늦게 아내 팔불출이 된 갑수의 앞엔 원조 팔불출이 있었다.

"혹시 다음 주는 못 와서 많이 가져가는 거니?"

조심스러운 옥혜의 질문에 하준은 픽, 웃었다.

이 시대의 살아 있는 현부양부

"내일 강희 친구들 집들이해요."

"어머! 그럼 반찬으로만 되겠니? 메인 요리도 있어야지. 소갈비 재워놓은 거랑 신선로랑 장어도 좀 가져가렴."

"어머니가 챙겨주시면 감사히 가져갈게요."

아마도 하준이 기억을 되찾은 이후부터 그런 것 같았다.

하준에게 어머니라는 소리를 들을 때마다 세상 다 가진 행복감이 밀려드는 건.

결혼식을 올린 지 3개월 만에 하는 집들이였다.

"일 때문에 네 결혼식 못 간 게 다행이네."

소파에 앉아 있던 진혁이 불쑥 건넨 말이었다.

"너 무지 예뻤다며? 혜리가 네 아름다움이 아프로디테 뺨을 때릴 정도였다던데."

아프로디테가 뺨을 맞은 건 아니고 자신이 혜리한테 등짝을 맞았고 아름다운 드레스는 찢기고 발은 더러워졌다.

그런데도 그날의 기억은 부유하는 먼지조차 아름다웠던 날로 기억되었다.

"내가 또 한 예쁨 하지? 나 그때 완전 여신급이었어."

뻔뻔하게 칭찬을 받아들이는 강희를 보며 진혁이 씨익, 입꼬리를 올렸다.

"우리 주강희가 예쁘긴 하지."

그런데 말을 흐리는 뉘앙스가 왠지 묘했다.

"근데 여신급었던 신부보다 신랑이 더 존잘이었다는 소문이 돌더라?"

"무슨, 누가 그런 말을……."

그날 자신의 하객은 현오와 혜리가 유일했는데.

강희가 노려보자 혜리는 쫄지 않고 잘도 재잘거린다.

"하준 씨가 워낙 인물이 좋아야지. 근데 강희 너도 알고 있었던 거 아니야?"

"너 내 친구 맞아?"

"네 친구야 맞지. 근데 굳이 편을 따지자면 난 하준 씨 쪽이야. 하준 씨한테 받은 게 너무 많아서."

"너 물질만능주의에 심하게 빠졌다? 청렴결백해야 할 형사 아내가 될 몸이."

"주강희, 누가 들으면 내가 무슨 뒷돈이라도 받은 줄 알겠다?"

강희와 혜리는 변함없이 서로에게 으르렁거렸다.

하늘 같은 상사와 우주 같은 제 여자가 싸우니 감히 현오는 끼어들 엄두를 못 내고.

"워워, 둘 다 그만. 그리고 혜리가 틀린 말한 것도 아닌데. 강희 넌 현실 좀 받아들이지?"

두 사람을 말리면서 진혁이 혜리 편을 들었다. 기가 막혀서 바라보는 강희에게 나를 택하지 않은 복수라는 듯 진혁이 씨익 웃어 보였다.

"그러게 비주얼은 너보다 덜한 신랑을 골랐어야지. 예를 들면 나 같은?"

현오의 덩치에 숨어 쌤통이라는 듯 혜리가 혀를 날름 내밀어 보였다.

그 둘을 보고 있던 강희도 결국은 웃어버렸다. 예전과 변함없는 혜리도 혜리지만 다시 자신을 친구처럼 편히 대하는 진혁 때문에.

청첩장을 받았을 때의 진혁의 표정을 강희는 아직도 잊을 수 없었다. 그래서 바쁘다면서 결혼식에 못 갈 거라는 그 말도 이해했다.

"앞치마 둘러도 멋진 남자가 턱시도를 입었다? 게임 종료지."

진혁의 말에 네 사람의 시선이 동시에 주방으로 향했다. 거실에서 전쟁이 나든 말든, 자신만의 요리 세계에 푹 빠진 하준이 보였다. 검은 앞치마를 두르고 군더더기 없이 움직이는 게 마치 전문 셰프 같았다.

넋을 잃고 바라보던 혜리가 다가와 강희를 툭, 쳤다.

"강희야, 네 남편은 도대체 못 하는 게 뭐니?"

"아직까진 없어."

못 하는 게 없는 건지, 못 하는 건 아예 손도 안 대는 건지 몰라도 지금까지 지켜본 바로는 못 하는 게 없었다. 신혼집이 된 후 집기류와 물품들이 확 늘어난 집을 하준은 깔끔하게 관리했다.

재택근무를 하면서도 모든 살림을 도맡아 했고, 단 한 번도 잔소리를 한 적 없었다. 집에 들어오자마자 지쳐서 소파에 널브러져 잠이 들 때도 종종 있었지만 눈을 뜨면 침대였다.

잠이 든 자신을 씻기고 옷까지 입혀서 침대에 눕힌 건 당연히 하준일 것이다. 눈치는 귀신같은지라 체력 달리는 날은 손끝 하나 대지 않았지만 체력이 조금이라도 남아 있는 날은 뜨거운 눈빛으로 돌변해서 덤벼들어 쪽쪽 빨아먹고 나서야 놔주었다.

결론은 후회 없는 하루를 바쁘고 활기차게 살아가고 있다는 게 모두 하준 덕분이라는 것.

미안하기도 하고 고맙기도 해서 사람을 부리자는 말에 하준이 그때 했던 말이 아직도 선연하다.

―내가 좋아서 하는 일이야. 네 유일한 쉼터인 이곳이 항상 아늑하고 깨끗했으면 좋겠어.

그 말을 지키려는 듯 퇴근하고 돌아왔을 때 집은 항상 따뜻했고 퇴근을 하면 하준이 다가와 품에 안아주고 달콤하게 속삭여주었다.

―오늘도 고생했어, 주강희.

그것만으로도 하루의 피로가 싹 풀리는 기분이었다.

이 집이 나의 쉼터이고 유일한 휴식 공간이 된 건 하준이 있기에 가능한 것들이었다. 배가 안 고프다면 가벼운 식사 메뉴를, 배고프다고 하면 상다리가 부러지게 음식들이 차려졌다. 그나마 고집을 부려서 치우는 건 같이했지만 어찌 되었든 하루하루가 행복해 죽을 만큼 반복되고 있었다.

"무슨 생각을 하길래 대답이 없어?"

문득 정신을 차리자 혜리가 잔뜩 궁금해하는 눈빛으로 바라보고 있었다.

"미안, 못 들었어. 뭐라고 했어?"

싱긋 웃은 혜리는 갑자기 현오와 진혁에게 말을 했다.

"난 강희랑 테라스 구경 좀 할 테니까 너희 둘은 가서 하준 씨 좀 도와줘."

"나 요리 못하는데?"

"나 요리 못해."

그러자 둘의 입에서 동시에 같은 말이 나왔다.

"요리하라는 게 아니라 세팅이라도 도와주란 거지. 다 준비되면 우리 불러. 오케이?"

두 남자의 대답도 듣지 않고 혜리는 강희를 잡아끌었다. 끌고 나온 의도가 따로 있는데도 테라스로 나오자 감탄하는 혜리였다.

"우와, 테라스 완전 좋다. 너무 예뻐."

"식사 끝나면 여기서 술 마실 거니까 좀 이따 봐."

다시 들어가려는 강희의 손을 잡은 혜리는 흔들의자로 이끌었다.

"이제 우리 둘만 있으니까 제대로 대답해봐. 하준 씨, 밤일도 잘해?"

기가 막혀서 눈을 깜빡거리는 강희를 혜리는 재촉했다.

"왜? 네가 하준 씬 못 하는 거 없다며? 그럼 그것도 잘하냐구 묻는 게 이상한 거야?"

"우리 부부의 사생활까지 내가 왜 털어놔야 해?"

"뭐 어때, 친구끼리."

"미안한데, 난 친구랑도 그런 주제로 수다 떨기 싫거든?"

둘만의 야릇하고 은밀한 시간을 왜 공유해야 하는데.

그런데 가늘게 뜬 눈으로 혜리가 의심스럽게 바라보았다.

"혹시 하준 씨가 그쪽 분야에서 좀 달리는 건 아니고?"

"그런 거 절대 아니거든?!"

"나한테는 솔직하게 말해도 돼. 하준 씨가 그 분야까지 뛰어나면 너무 불공평하잖아. 누가 아니? 문제 있으면 내가 대안을 제시해줄지."

기어이 대답을 듣겠다는 고집이 가득했다.

"그러니까 대답해. 유하준 씨가 못 하는 걸 하나 대든지, 아니면 내 말을 인정하든지."

그제야 강희는 혜리가 원하는 게 뭔지 서서히 감이 잡혔다.

자신의 귀염둥이인 현오가 하준보다 더 나은 점을 알고 싶은 것이다.

연하인 만큼 체력이 넘치는 현오 자랑을 그렇게 해대더니 그것만큼은 자신이 이겼으면 하는 것이다. 장단에 맞춰주고 싶지만 이건 하준의 자존심인지라 거짓말을 할 순 없었다.

"난 내 남편한테 불만 없어. 아주아주 대만족하고 무지무지 잘해서 힘들 정도야. 됐지? 더 이상은 캐묻지 마."

일어나려는 손목을 혜리가 다시 잡았다.

"아, 또 왜?"

"남자 경험도 없으면서 네가 잘하는 건 어떻게 알아?"

"경험 없으면 어때. 나만 좋으면 되지."

"그럼 하준 씨는, 너처럼 만족한대?"

혜리의 말에 강희는 말문이 막혀버렸.

단 한 번도 그런 걸 물어본 적이 아니, 물어볼 틈이 없었다.

매번 기절하는 건 자신이었으니까.

"하준 씨가 어느 정도인지 알아야 내가 전수해주지. 남자 정신 쏙 빼놓는 테크닉을."

"그런 거 필요 없거든?"

친구라고 해도 강희는 이런 주제가 쑥스러웠다.

"얘가 뭘 모르는 소리 하네. 부부 궁합이 좋아야 평생 바람 안 피우고 잘 사는 거 몰라? 서로에게 익숙해지면 남녀가 아니라 가족이 돼. 시들해지고 지겨워지고 흥미 없어지고 관심 없어지고. 그러다 바람나는 거다? 네 남편은 늙어 죽을 때까지 여자들이 따라붙을 인물이고 넌 그 여자들과 죽어라 경쟁해야 하는 팔자고. 그럼 제대로 사로잡는 것 하나는 있어야 되지 않아? 보아하니 청소랑 요리, 애교까지 다 물 건너간 것 같은데."

 반박해야 하는데 혜리가 옳은 말만 하고 있었다.

 "남자들 좋아 죽는다니까? 우리 귀염둥이도 정신을 못 차리고 나한테 더 푹 빠졌잖아."

 하준을 못 믿어서가 아니라 하준이 좋아할 거라는 생각에 귀까지 빨개진 얼굴로 강희는 다시 털썩 앉았다.

 "흠흠, 그럼 뭐 알려줘 보든가."

 그럴 줄 알았다는 듯 혜리가 음흉하게 웃었다.

 "하준 씨 기본 몇 시간 해? 30분? 아니면…… 1시간?"

 "그런 것까지 알아야 해?"

 호기심 가득한 사심을 채우려는 것 같아 대답을 꺼리자 혜리는 눈을 동그랗게 떴다.

 "어머, 당연히 알아야지. 어떤 상대이냐에 따라 대처법도 다 다른데."

 그쪽은 전문이 아닌지라 혜리의 꼬임에 넘어가 강희는 진지해졌다. 하준을 기쁘게 해줄 수만 있다면, 뭐든지, 기꺼이.

 "바쁠 때 아니면 2시간 정도?"

 "뭐 우리 귀염둥이도 힘쓰면 그 정도 돼. 의외로 둘이 비슷하네?"

 완벽한 유하준과 우리 귀염둥이가 그 방면은 대등하다?

 혜리의 만족스러운 미소를 강희는 보지 못했다. 후배의 알고 싶지 않은 비밀까지 알게 되어 민망하기만 할 뿐.

 "최소 2시간이면 나쁘지 않은 거네. 그럼?"

강희의 작은 혼잣말에 혜리가 벌떡 일어났다.
"잠깐 그 2시간이 최장이 아니라 최소라고?"
영문을 몰라 바라보자 혜리가 씩씩거렸다.
"말도 안 돼! 우리 귀염둥이가 4살이나 어린데! 최소 2시간이랬지? 오케이, 알았어."
혜리의 눈에서 불꽃이 피어올랐다. 그리고 두 여자는 대화에 빠져 식사하라고 말하러 왔던 하준이 대화를 다 듣고 있는 걸 몰랐다. 조용히 테라스를 나온 하준에게 진혁이 물었다.
"강희랑 혜리는 어쩌고?"
"둘이 대화 중이라, 우리 먼저 먹고 있으면 될 것 같은데."
하준은 현오의 앞으로 매콤한 장어구이를 내밀었다.
"어이, 친구. 나도 장어구이 좋아해."
서운한 듯 말하는 진혁의 말을 하준은 가볍게 무시했다.
영문을 몰라 순박하게 바라보는 현오를 보며 하준은 의미심장하게 웃었다.
"오늘 밤 무사히 넘기고 싶으면 다 먹어, 최현오."
오늘 밤은 현오에겐 무척 고된 밤일 테고 제게는 무척 기대되는 밤이 될 것이다. 주강희가 뭘 배워올지 설레기까지 했다.

집들이 내내 하준을 지켜보며 진혁은 결론을 내렸다. 저건 남편이 아니라 시종이며 이 시대의 살아 있는 현부양부가 여기 있다고 말이다.

물 한 잔까지 떠다 바치고 강희가 뭐 필요한 게 없나 시종일관 눈을 떼지 못했다. 집들이 음식도 혼자 준비하고 치우는 것도 혼자 하면서 심각할 만큼 가만히 있질 못했다. 보는 저는 안쓰러운데 하준은 인상 한 번 쓰지 않고 온몸으로 애정을 표현한다.

"담배 한 대 피우러 나가자."

진혁의 말에 현오가 일어났다. 그런데도 하준은 요지부동.

"유하준, 너도 인마."

"나 담배 안 피워."

대답하는 순간조차 강희에게 시선을 떼지 않았다. 저 정도 바라보는데도 얼굴 안 닳는 강희가 신기할 정도였다. 보다 못한 강희가 하준에게 한마디를 했다.

"같이 나갔다 와. 담배 안 피워도 대화하며 바람 쐬고 오면 되지."

"바람도 안 쐬고 싶은데."

"어휴, 정말. 최 검이 친구 된 기념으로 큰맘 먹고 말한 거잖아."

진혁을 힐끗 본 하준이 강희에게 귓속말을 했다.

"너도 알 텐데. 내가 옛날부터 저 녀석 마음에 안 들어 했던 거."

"그럼 이참에 좀 친해지든지."

웃음을 터뜨리며 강희는 하준의 어깨를 떠밀었다. 다행스럽게도 진혁은 하준의 말을 듣지 못했다.

테라스에서 현오와 진혁이 담배를 피우는 동안 하준은 멀찌감치 떨어져 있었다.

담뱃불을 끄자 그제야 다가오는 하준에게 진혁이 툭 말을 건넸다.

"담배 냄새를 그렇게 싫어하는지 몰랐다?"

"내 몸에 냄새 배면 주강희가 싫어할까 봐."

"얼씨구? 걔도 한때 흡연자였어, 모르냐?"

"금연은 평생 참는 거라던데. 냄새 맡으면 피우고 싶어 할 수 있으니 나부터 조심해야지."

기가 막혀서 진혁이 바라보자 하준이 더 기가 막힌 말을 했다.

"최진혁, 넌 상관없으니 그냥 피워. 나만 조심하면 되니까."

넌 주강희 남자가 아니니 신경 쓰지 말라는 뭐 이런 의미?

진혁은 숨을 가다듬고 다시 물었다.

"강희 혹시 임신했냐?"

"아니."

"그래? 네가 하도 강희를 유리 다루듯이 하길래 임신한 줄 알았지."

"여자는 임신할 때만 소중히 다뤄야 하는 게 아니야. 사랑하는 순간부터 죽을 때까지, 변함없이 그래야지."

진혁은 눈을 확 찌푸렸다. 주변에 지인이 없어서 그러나, 이 녀석 참 몰라도 너무 몰랐다. 유부남들이 아내들에게 가장 많이 듣는 레퍼토리 중 베스트가 결혼 초나 연애 땐 안 이랬는데 왜 이렇게 변했느냐, 마음이 식었느냐라고 했다.

술 마실 때마다 나오는 남자들의 지긋지긋한 이야기.

"너 그러다 나중에 주강희한테 된통 당한다. 처음만 간 쓸개 다 빼줄 것처럼 행동하다가 나중에는 배 째라 모드. 여자들이 서운해하는 거 다 남자들 잘못이라고."

그럴 때마다 진혁은 같은 남자의 편을 들지 않고 다 니들 잘못이라고 질책했다.

"그러니까 정신 차리고 지금부터라도 적당히, 그리고 변하지 않고 지킬 수 있는 것만 해."

결론은 처음부터 일관성 있게 적당히 하는 게 좋다는 것. 그게 연애든 결혼이든, 평생 할 수 있는 것만 적당히, 그리고 최선을 다해서. 그게 진혁의 연애관이자 결혼관이었다.

"그 정도 자신 없었으면, 사랑도 안 했어."

어쭈, 자신 있다는 소리네 지금.

"내가 행복해서 하는 거니 힘들지도 않고 변할 이유도 없고."

"그래서 평생 이렇게 살겠다?"

하준이 짧게 고개를 끄덕이자 두 남자의 입이 쩍 벌어졌.

좋아서 한다는데 뭐라고 해. 당연히 할 말 없지.

이 시대의 살아 있는 현부양부

"좋아. 그건 그렇다 치고 우리 있을 때만큼은 자제 좀 해라. 솔로 서러워서 살겠냐? 눈에서 꿀이 뚝뚝 떨어지는 것도 모자라 손은 또 왜 가만히 안 둬? 정서 불안이냐 뭐냐."

강희를 보고 있거나 만지고 있거나 안고 있거나, 셋 중 하나는 꼭 하는 하준이었다.

"그건 불가항력이야."

"뭐든지 너무 과하면 부작용 있어. 그리고 그건 사랑이 아니라 집착이고. 그것도 상대방 숨통 조이는."

하준의 눈이 짙어졌다.

"상대방이 행복해하면 된 거 아닌가?"

숨통 조이는 여자라기에 강희는 정말 행복해했고 그렇게 환히 웃는 것도, 여유로워 보이는 모습도 처음이었다.

"주강희는 나한테 뜬구름 같은 존재야. 내 눈으로 보고 있고 내 옆에 있는데도 현실감이 안 느껴지는."

하준으로선 주강희의 존재감을 어떻게든 확인해야 했다. 내 눈앞에 있는 네가 꿈이 아닌 현실이라는 걸. 하지만 그가 신유진이라는 걸 알 리 없는 진혁과 현오로선 이해하기 힘든 부분일 것이다.

"그래, 네 맘대로 해라. 사랑에 미친놈 같으니라고."

마침내 진혁이 두 손 두 발 다 들자 하준이 씨익 웃었다.

"사랑 말고 미칠 게 또 있으면 말해주든지."

세상 다 가진 것 같은 그 미소에 진혁은 고개를 내저었다.

미친놈. 이런 놈은 진짜 약도 없다.

근데도 이상하게 부럽다. 부러우면 지는 건데.

가만히 듣고 있던 현오가 조심스럽게 말을 꺼냈다.

"저기 하준 형, 그래도 저희 있을 땐 조금만 자제해주세요. 제가 이렇게 부탁 좀 할게요."

현오로선 이제 좀 친해진 것 같으면서도 어렵고 멀기만 한 하준에게 용기를 낸 거였다.

"저 진짜 혜리한테 잘하거든요? 근데 형 하는 거 보면 그 자신감이 팍 쪼그라들어요. 그 외모에 자상하고 배려심까지 넘치면 우리 같은 일반 남자들은 어쩌라고요."

사랑꾼인 현오의 눈에도 하준은 대단했다.

"혜리랑 과장님이랑 엄청 베프잖아요. 날마다 연락하고 뭐든지 숨기지 않고."

"그래서?"

응시해오는 검은 눈동자가 너무 차가워서 찔끔했지만 나의 혜리를 위해서라면.

"전 형처럼 재력이나 시간이 여유롭지 않아요. 우리 곧 결혼할 텐데 혜리가 과장님 보면서 부러워하고 혼자 속앓이할까 봐……."

스스로 최선을 다하고 있지만 이상과 현실은 달랐다. 여왕님처럼 대우받으며 사는 베프를 보면서 혜리가 마음고생 할까 봐 걱정이었다. 하지만 결혼을 2개월 앞둔 예비 신랑에게조차 하준은 가차 없었다.

"조건을 따져서 고를 거면 혜리 씨는 널 선택 안 했겠지."

"혀엉!"

자기 여자한테는 간 쓸개 다 빼줄 것처럼 다정하면서 다른 사람들한테는 완전히 팩트 폭격기였다.

"혜리 씨도 강희처럼 눈에 보이는 게 아닌 다른 걸 보는 좋은 여자야."

현오의 가슴을, 정확히는 심장 부근을 하준이 검지로 툭 찔렀다.

"네 마음이면 충분하다고."

현오는 뭔가 엄청난 걸 깨달은 표정이었다.

"설마, 그 마음도 나보다 못하나?"

"그럴 리가요!"

"거짓말한 건?"

"당연히 없죠!"

그럴 줄 알았다는 듯 하준이 피식 웃었다.

"그럼 된 것 같은데."

하준이 현오에게 어깨동무를 해왔다.

"너랑 난 행운아야. 물질적인 조건 따위 따지지 않고 우리 마음만 봐주는 여왕님을 모시고 있으니. 저 꼰대 녀석은 절대 갖지 못할 행운이지."

훅 들어오는 공격에 진혁이 발끈했다.

"솔로도 나름 편하거든?"

변명을 해도 짙은 패배감이 느껴지는 건 있는 자와 없는 자는 위치가 달라서였다.

애인 없고 아내 없는 놈은 찌그러져 있어야지 원.

둘 다 제 여자한테 꽉 잡힌 팔불출이면서도 세상 다 가진 것처럼 웃고 있으니 결국 진혁도 따라 웃었다.

아내한테 잡혀 살면서 집안일은 다 도맡아 하는데도 하준은 비굴하거나 힘들어 보이긴커녕 어떤 유부남보다 행복해 보였다.

사람이 사람을 저렇게 사랑할 수가 있을까.

그리고 나는 과연 저런 사랑을 할 수 있을까.

자신 없지만 그래도 부러운 건 부러운 거였다.

밤 10시가 되자 하준이 집들이를 끝내겠다고 했다.

"10시 이후는 부부만의 시간이야. 그 시간은 누구도 방해할 순 없어."

"자주도 아닌데 예외란 건 있어야지. 우리 모두 시간이 남아도는 사람들도 아니고."

진혁의 말에 현오도 동의한다는 의미로 열심히 고개를 주억거렸지만 하준은 단호했다.

"가족에게도 허락 안 하는 걸 너희한테 해주면 안 되지."

"집안 어른들도?"

"예외 없어."

질렸다는 듯 고개를 내저으며 진혁이 결국 일어났다.

"와, 대박이네. 얄짤없는 새끼 같으니라고."

두 사람을 보며 웃고 있던 강희의 어깨를 진혁이 툭, 쳤다.

"네 남편 저렇게 인간미 없어서 어떻게 데리고 사냐?"

마치 하준에게 들으라는 듯이.

"데리고 사는 건 내가 아니라 남편인데?"

"에이 설마."

"최 검, 아직도 나에 대해 잘 모르겠어? 너도 그랬잖아. 나랑 같이 살려면 엄청난 각오가 필요하다고."

강희를 바라보는 진혁의 눈이 가늘어졌다.

지독한 워커홀릭에 오지랖은 넓고 성질은 불같아서 주변에서 사건 사고가 끊이지 않고 그걸 보고 그냥 넘기지도 못한다.

결론은 업무적으로 너무 훌륭해서 피곤하고, 사생활에선 빈틈이 많아 손이 참 많이 가는 여자였다. 뭐 그게 매력이긴 하지만.

다시 한 번 느끼지만 주강희는 절대 감당할 수 없는 여자였다. 하준처럼 할 자신도 없고, 그럴 만한 여력도 안 되고. 유하준을 꽉 틀어쥐고 제 입맛대로 휘두를 정도면 나는…….

어느새 다가온 하준이 강희의 어깨를 감싸 품으로 끌어당겼다.

"각오는 무슨. 굉장히 기쁜 마음으로 모시고 사는 중인데."

강희를 내려다보는 눈빛에 또다시 달콤한 꿀이 뚝뚝 떨어졌다. 하여간 주강희만 있으면 사람이 확 변한다니까, 보는 사람 적응 안 되게.

"앞으로도 평생 그럴 생각이고."

근데 내가 왜 지금도 여기 있지?

얼마나 더 눈꼴 시린 꼴을 보겠다고.

진혁은 넌덜머리 난다는 듯 고개를 내저으며 긴 다리를 뻗어 현관으로 향했다.

집 안 정리는 눈이 마주치면 웃고 손이 스치면 손장난을 치면서 두 사람이서 같이했다.

거의 마무리가 되어갈 무렵 하준에게 전화가 왔고, 통화가 끝나자 꽤 곤란한 눈빛으로 강희를 보았다.

"무슨 일 있어?"

"회사 일 때문에 나가봐야 할 것 같아."

"회사? 손 뗀 거 아니었어?"

"경영 쪽만 전문 경영인을 투입한 거고 디자인 최종 컨펌은 내가 하고 있었어."

하긴, 재택근무에도 한계는 있을 것이다.

이럴 땐 쿨하게 보내줘야지!

"얼른 가봐. 급한 일이니까 이 늦은 밤에 연락한 걸 텐데."

웃으면서 고개를 끄덕여주는 강희를 하준이 품에 와락 안고 목덜미에 코를 비비며 속삭였다.

"미안. 너 혼자 집에 있게 해서."

고작 외출 한 번을 하준은 미안해하고 있었다.

난 일주일에 최소 5번은 하준을 혼자 집에 두었는데.

"네가 미안하다고 하면 날마다 집에 널 혼자 두는 난 뭐가 되는데. 그러니까 미안하단 소리 하지 마."

현관문으로 향하는 하준의 뒤를 쫄랑쫄랑 따라오는 강희를 귀엽다는 듯 그가 바라보았다.

노트북 가방을 건네받은 하준에게 발꿈치를 들어 입을 맞춘 건 충동적이었다.

"일 잘하고 와."

출근하는 남편을 배웅하는 아내들이 이런 기분일까.

처음 느껴보는 기분이 묘했다.

"늦을 것 같으니까 먼저 자고 있어."

이번엔 하준이 얼굴을 기울여 짙은 키스를 퍼부었다.

"나 뭐 하는지 궁금하면, 알지?"

현관문이 닫히고 처음으로 혼자 남게 된 강희는 집 안을 둘러보았다. 공기는 여전히 따스하고 내부는 환한 빛이 가득한데 하준이 사라졌다는 이유만으로도 이상하게 휑하게 느껴졌다.

자신이 있을 땐 항상 집에 있던 하준의 첫 부재가 그만큼 크게 다가왔다.

너도 이런 기분으로 나를 기다렸던 걸까.

왜 하준이 자신을 집에 혼자 두지 않으려 했는지 알 것 같은 순간이기도 했다.

휴대 전화에서 위치 추적 어플을 열고 하준의 위치가 표시

되는 걸 보고 나서야 안도감이 밀려들었다.

"오늘 안에 끝내고 들어오면 상 줄게, 유하준."

혜리가 입 아프게 말을 해줘도 절대 할 일 없을 거라고 호언장담했던 그 이벤트를 강희는 샤워 내내 곱씹었다.

─주강희, 고깔모자 쓰고 숨어 있다가 우와! 하는 서프라이즈만 이벤트인 줄 알아? 너도 이벤트 정도는 해준 적 있을 거 아니야. 그리고 하준 씬 남자 아니니? 해주면 좋아 죽을걸?

작년 크리스마스가 떠올랐다.

딱히 뭔가를 한 것도 아니고 그저 깨끗이 샤워 후 가운을 입고 기다렸을 뿐인데도 하준의 반응은 폭발적이었다.

딸깍, 스위치를 누른 것처럼 눈빛이 바뀌고 주변 공기가 바뀌었다.

좋아하기는…… 엄청 좋아할 것 같은데.

"뭘 해줘야 네가 좋아할까."

샤워기에서 쏟아지는 물을 맞으며 중얼거린 강희는 웃어버렸다.

사실 하준에겐 그런 이벤트는 필요 없다는 걸 알고 있었다.

내가 곁에 있는 것만으로도 좋아 죽는 너니까.

"……그래서 더 해주고 싶어."

하지만 집엔 혜리가 말했던 것 중 아무것도 없었다.

작정하고 준비해온 듯 혜리가 슬그머니 가방에 꽂아주고 간 망사 스타킹뿐이지만 이걸로라도 한번 해볼까.

밤 11시, 대표 이사실.
집무 의자에 깊숙이 몸을 파묻은 채 눈을 감은 하준의 입가에 희미한 미소가 어렸다.
아내의 절친만큼 든든한 아군은 없고 그 아군은 집들이에 와서도 톡톡히 그 역할을 해주고 갔다.

―너무 집에만 있지 말고 오늘 모른 척 외출 한 번 해줘요.
집을 비워줘야 강희가 하준 씨를 위한 이벤트를 준비할 거 아니에요?

지금 나의 주강희는 뭘 하고 있을까.
떠올리는 것만으로도 가슴이 뻐근해지는 하준이었다.
노크 소리에 이어 문을 열고 들어온 건 해외 프로젝트 팀장이었다.
해외 프로젝트를 맡은 팀은 저녁 출근이었다. 저녁부터 일하는 게 능률도 좋지만 거래처와 연락도 바로 할 수 있어서였다.
"이사님, 회의 준비 끝났습니다."
회의실에 들어가자 앉아 있는 직원들 모두 잔뜩 긴장한 표정이었다. 컨펌을 받을 게 있어 전화를 걸었다는데, 대표 이사가 직접 행차한다고 했으니 그럴 만도 했다.

하지만 긴장감으로 가득 차 있던 회의실 안은 어느새 열정으로 가득 찼다. 상사로서 회의를 관전하는 게 아닌 디자이너로서 참여하는 하준 때문이었다.

"오늘 회의는 여기까지. 모두 수고했어요. 난 회사에서 밤샐 것 같으니 알아서들 퇴근해요."

회의실을 벗어나는 하준에게 남녀노소 불문, 모두가 눈을 떼지 못했다. 그가 사라지고 나서야 직원들은 자리에 앉아 수다를 떨었다.

"우리 이사님 예전처럼 날마다 출근했으면 좋겠다. 저 얼굴 보고 일하면 능률이 오백 퍼는 오를 텐데."

"저도요, 과장님."

급하게 왔는데도 완벽한 슈트발을 선보이는 조각상 같은 몸매와 준수한 외모, 듣기 좋은 저음과 일에 대한 열정까지. 외모가 열일하는 대표라는 걸 새삼 느끼는 직원들이었다.

"항상 자택에 있으시면서 어떻게 저렇게 관리를 하시지? 정작 사회 활동하는 남자는 똥배가 이렇게 나왔는데."

나란히 부부로 입사한 김 과장이 남편인 박 팀장을 힐끗 보았다.

"어헛, 30대 남자의 똥배는 인격이라니까. 그리고 찬바람 쌩쌩 날리는 이사님과 달리 난 다정다감하잖아. 세상에 완벽한 남자 없다?"

"말만 다정해서 뭐해요, 행동으로 보여주는 게 없는데. 집안일을 도와줘? 요리를 도와줘? 그렇다고 애를 잘 봐줘?"

김 과장이 연이어 공격하자 박 팀장도 맞대응에 나섰다.

"이사님이 집안일에 요리하는 거, 당신이 본 적 있어?"

그러자 김 과장이 코웃음을 날렸다.

"형사 아내 뒷바라지하려고 재택근무하려는 거라고 이사님이 말한 거, 우리 같이 들었거든요? 그리고 오후 1시 전에 연락 드리면 항상 요리에 청소 중이니 그 후에 연락하라고 지시 내린 것도 팀장님이고."

박 팀장이 입을 꾹 다물자, 다른 직원들은 쌤통이라는 듯 키득거렸다.

"근데 전 이해가 안 돼요, 과장님. 사모님보다 이사님이 훨씬 더 능력 좋은데 왜 이사님이 집에 눌러앉는 거죠?"

"난들 아니? 보진 못했지만 난 그저 사모님이 부러워. 도대체 어떻게 생겼으면 이사님 같은 남자를 그렇게 구워삶을 수 있지? 하다못해 오징어 남편도 그렇게는 안 해주는데."

오징어란 말까지 듣자 참지 못한 박 팀장이 다시 반격했다.

"어헛! 하나만 알고 둘은 모르네. 황금 같은 주말의 야심한 시간에. 왜 굳이, 그리고 갑자기, 그것도 정장까지 입고 회사에서 밤샌다고 나오셨을까?"

직원들의 시선이 집중되자 박 팀장이 신나서 말을 이었다.

"사랑꾼의 한계가 온 거지. 내 전화를 핑계로 집에서 탈출하신 거라고. 유부남들만이 아는 설움을 내가 아니면 누가……

이, 이사님!"

모두가 사색이 되었지만 당사자인 하준만은 아무것도 못 들었다는 것처럼 평온했다. 테이크아웃 해온 다양한 종류의 커피가 테이블 위에 올려졌다.

"대화 끝날 때까지 기다리려고 했는데 생각보다 열띤 대화를 나누길래."

천천히 돌아선 하준은 김 과장에게 휴대 전화를 들이밀었다.

"볼래요?"

"예? 뭐를……."

"내 아내. 궁금해하는 것 같아서."

묘한 압도감에 짓눌려 김 과장은 얼른 시선을 내렸다.

"어때요? 사람 미치게 아름답죠?"

휴대 전화 사진은 마지못해 봤지만 흘러나온 중얼거림은 진심 어린 감탄이었다.

"사모님이 정말…… 미치게 아름다우시네요."

하준은 담담히 아내 자랑을 이었다.

"경찰대 수석 졸업에 최연소 과장 진급. 강남서의 로보캅 형사로 유명합니다. 아, 서 안에서는 미친개로 통하지만. 굉장한 인재이고 나쁜 놈 잡는 범국민적인 일까지 하고 있어요. 이 정도면 나보다 훨씬 능력 있는 거 아닙니까?"

"그렇…… 죠."

"내가 뒷바라지하는 것도 당연한 거고, 김 과장이 안전 귀가 할 수 있는 것도 다 내 아내 덕이고. 맞습니까?"

"그, 그렇죠! 지당하신 말씀입니다!"

만족스러운 대답을 듣고 나서야 하준은 박 팀장에게 돌아섰다.

"그리고 박 팀장, 기막힌 타이밍에 박 팀장이 전화해줘서 탈출한 거 맞습니다."

맙소사, 다 들으셨구나.

박 팀장의 얼굴에 절망감이 어렸다.

"내 아내가 이벤트를 해주려는 것 같은데 모른 척 빠져나올 만한 핑계가 없어서 곤란했는데. 탈출시켜줘서 고마워요."

차라리 화를 내면 사과라도 할 텐데 아무 일도 아닌 듯 매너 있게 나오니 더 무섭다.

"그럼 커피 마시면서 대화들 나눠요."

결국 잘생긴 뒤통수에 대고 모두가 사죄를 했다.

"죄송합니다, 이사님!"

다시 천천히 돌아서는 하준의 얼굴에 옅은 미소가 어려 있었다.

"원래 내 자리가 칭찬보다 욕을 더 먹는 자리 아닌가?"

얼굴만큼 부드러운 음성에 직원들은 바짝 긴장했다.

"의사 표현의 자유를 침해할 생각도 없고."

도무지 속을 알 수 없는 포커페이스.

"지금처럼만 유능하게 일해줘요. 그럼 얼마든지 안줏거리 되어줄 테니. 단……."

미소가 사라진 얼굴에 차디찬 냉기가 어렸다.

"내 아내 욕하는 건 그게 뭐든지. 절대 용납 못 합니다."

회의실을 나가기 전 하준은 박 팀장의 앞에 마지막으로 멈춰 섰다.

"박 팀장, 나도 내 아내한테는 무척 다정합니다. 같은 유부남으로서 조언하는데 아내분에게 더 잘해줘요."

집무실에 들어오자 강희에게 메시지가 왔다.

> 언제 와?

> 생각보다 밀린 업무가 많아서 확답을 못 하겠어.

모호하게 말을 하자 나의 강희는 역시나 숨김없이 털어놓았다.

> 나 작은 이벤트 준비했는데.
> 정확한 시간을 알아야 한단 말이야.

이런 순진한 솔직함마저 내겐 사랑스러운 이벤트라는 걸 넌 모르겠지.

하준은 입꼬리를 말아 올리며 기꺼이 강희가 원하는 답을 해주었다.

> 나 기다린다고 소파에서 자지 마.

물론 주강희가 어떤 이벤트를 하든, 그 종착점은 침대일 것이다. 그러기 위해선 나의 아내를 우선 푹 재워야겠지.

> 내일 아침 7시에 들어갈게.

 내가 한 번 뱉은 말은 꼭 지킨다는 걸 나보다 잘 아는 너니까. 맘 편히 자라고, 말이다.

아침 6시.
 주방에서 심호흡을 한 강희는 야무지게 사과 머리로 머리를 묶은 후 앞치마를 동여매었다.
 "이제 시작해볼까?"
 단 하루도 운동을 거르지 않는 지독한 운동광을 위해 가볍게 먹을 샌드위치와 주스를 만들어놓을 생각이었다. 진짜 이벤트는 따로 있지만 금강산도 식후경이니까.
 레시피를 찾아서 디톡스 주스도 만들고 샌드위치를 거의 만들었을 때쯤 남편이 돌아왔다. 이제 좀 익숙해질 법도 한데 느릿한 걸음 소리를 듣는 것만으로도 심장이 쿵쾅거렸다.
 싱크대에서 손을 씻고 돌아서려는 강희보다 하준이 더 빨랐다. 단단한 팔이 허리를 휘감아 끌어당기며 그대로 백 허그를 했고 부드러운 숨결이 목덜미를 간질였다.
 "이벤트가 끝내주는데."

무슨 이벤트? 난 아직 보여준 게 없는데?

"앞치마가 잘 어울려. 물론 이것만 하고 있으면 더 좋았겠지만."

"앞치마는 이벤트 아니거든요?"

"이거보다 더한 게 있다고? 어디?"

어디긴. 내 바지 안에 있지.

"그 이벤트 하지 마. 나 심장 마비 오면 어쩌려고."

정말 망사 스타킹 보고 하준이 쓰러질지도 모른다는 생각까지 들었다.

물론 그 이벤트를 곱게 보여줄 생각도 없지만.

"몸 뻐근할 텐데 운동하고 잘 거지?"

"너랑 같이 운동하는 게 더 좋은데."

더욱 밀착해오는 단단한 몸이 뜨거웠다.

은밀한 메시지를 알아들었지만 강희는 시치미를 뚝 떼고 품에서 벗어났다.

"남편이 원한다면, 아내로서 기꺼이 같이 해줘야지."

곧 두 사람은 가벼운 차림으로 테라스에 마주 섰다.

둘은 서로에게 좋은 스파링 상대지만 매번 하준이 봐주는 게 불만이었다.

이 운동을 말했던 게 아닌지라 꽤 불만스러운 표정의 하준에게 강희는 시합을 제안했다.

"이벤트가 궁금하면 날 이겨."

글러브를 끼기 전, 강희는 슬그머니 바지 밑단을 들어 올려

아찔한 망사 스타킹을 보여주었다.

그걸 본 하준의 눈빛이 순식간에 짙어졌다.

"못 이기면?"

"국물도 없지. 할 거야, 말 거야?"

"콜."

그럴 줄 알았다.

제대로 한 판 붙을 것 같은 예감에 짜릿한 흥분감이 등골을 훑었다.

스파링 전에 스트레칭 겸 팔을 위로 올리며 옆으로 허리를 기울이는데 하준이 레슬링 선수처럼 덤벼들었다.

"꺄악!"

몸을 번쩍 들어 올려 옆에 있던 흔들의자에 내리꽂았다.

숨이 턱 막힌 강희의 위로 하준이 노련하게 올라탔다.

"내가 이겼으니 이벤트 오픈해도 되나?"

격한 숨을 토해내며 강희는 쏘아붙였다.

"아직 시작 안 했거든? 반칙이라구, 이건!"

"우리가 언제부터 그런 걸 했지?"

고르고 하얀 치아를 드러내며 하준은 목소리를 낮추었다.

"시작 땡을 외친 적도, 규칙 같은 걸 정한 적도 없던 것 같은데."

승리를 확신한 하준이 한쪽 글러브를 벗어 던지곤 우승 상품을 확인하려 했다. 긴 손가락이 허리춤 사이를 파고드는 그 순간을 강희는 놓치지 않았다. 자유로워진 오른손으로 하준의 턱에 펀치를 날렸다.

"……윽!"

그런데 터져버린 아랫입술을 보니 또 마음이 약해졌다.

"방심은 금물이란 거 몰라? 조심했어…… 야지."

저를 내려다보고 있는 새까만 눈동자를 보니 문득 동물의 세계가 떠올랐다.

피를 본 맹수들은 더 흥분하고 발광한다고 했던가, 자신을 내려다보는 검은 눈동자가 들끓었다.

본능에 눈을 뜬 짐승처럼.

그간의 경험상 이런 눈을 한 하준은 굉장히 위험하니 재빨리 꼬리를 내려야 할 때였다.

"미안, 많이 아팠……."

예고도 없이 입술이 집어 삼켜지며 뜨겁게 비벼오는 말캉한 형체에서 나는 비릿한 피 맛에 강희는 눈을 감았다.

거친 숨결보다 더 갈급한 손길이 허리춤 밑을 파고들었다.

이벤트가, 오픈되고 있었다.

암막 커튼은 눈부신 햇살과 함께 이성까지 차단해버렸고 너른 침대는 완벽한 공간을 제공해주었다.

본능에 사로잡힌 유하준이란 짐승이 마음껏 미쳐 날뛰도록.

나른하면서도 묵직한 감각이 물결처럼 온몸을 뒤덮자 격하게 몰아붙이는 몸짓과 달리 맞닿아오는 입술은 눈물 날 만큼 섬세했다.

"하아……."

젖은 입술 사이로 끊어지듯 토해내는 숨결과 마디가 새하얘지도록 시트를 꾹 움켜쥐는 손이 가여울 법한데도 하준은 멈추지 않았다.

볼썽사납게 구겨진 시트에 비벼지는 건 여린 살과 긴 속눈썹의 떨림뿐.

"……이제 그만."

그러자 밑에서부터 천천히 올라온 긴 손가락이 조심스럽게 깍지를 껴오며 귓가에 꽉 잠긴 음성으로 야릇하게 속삭여왔다.

"조금만 더."

그 속삭임이 건네오는 짙은 감각과 몇 번인지도 모르게 몸을 겹쳐오는 하준에게 강희는 또다시 그렇게 잠식되어갔다.

언제 어떻게 잠이 들었는지도 모르겠다.

무거운 눈꺼풀을 들어 올리자 짙은 어둠과 함께 초침 소리가 고막을 울렸다.

오늘 강원도에 내려가자고 했는데.

자그맣게 뒤척거리자 커다란 몸이 그걸 감지하곤 바로 품으로 끌어당겼다.

"좀 더 있어."

……내 곁에, 내 품에.

"네가 준비한 이벤트, 나 아직 손도 안 댔어."

몇 번이고 찢어버릴 듯 손이 가면서도 용케 참아낸 하준 때문에 허벅지까지 감싸고 있는 망사 스타킹은 멀쩡했다.

침대에서만큼은, 짐승 같은 이 남자가.

"풀기 아깝잖아."

가장 맛있는 음식을 아꼈다가 나중에 먹으려는 어린아이 같은 모습에 강희는 살며시 웃었다.

그의 맨가슴에 입을 맞추며 손으로 등을 토닥여준 건 정말 순수한 의도였다.

"나 어디 안 갈 테니까 더 자."

하지만 그 순수한 의도에 어린아이 같던 하준의 숨결이 거칠어졌다.

"잠 다 깼어."

떨리는 시선을 내린 순간 맞닥뜨렸다.

"너 때문에."

잠이 달아난, 열기 짙은 검은 눈동자와.

Chapter 28

죽을 때까지 함께하기

 달달한 자판기 커피까지 한 잔 먹은 강희가 물먹은 솜처럼 늘어진 몸을 눕히려 할 때였다.
 "과장니이임!"
 달콤한 휴식을 방해받고 싶지 않아 자는 척해보지만 눈치없는 방해꾼에겐 먹히지도 않는다.
 살그머니 뜬 눈에 기어이 버티고 서 있는 현오가 보였다.
 "네 눈엔 나 자는 거 안 보이니? 졸려 죽겠다구. 점심시간 얼마 안 남았으니 좀 가줄래?"
 지금 강희는 출근 전까지 하준의 품에서 과한 사랑을 받은 덕분에 손끝 하나 들 힘조차 남아 있지 않았다.
 "과장님은 졸려 죽겠어요? 저는 아주 시달려 죽겠습니다."
 ……앤 또 갑자기 나타나서 뭔 소리야.
 하는 수 없이 자세를 고쳐앉자 기다렸다는 듯 현오가 따발총처럼 말을 쏟아냈다.
 "이거 보이시죠? 며칠 잠복근무해도 쌩쌩하던 저한테 드디어

생긴 다, 크, 서, 클! 이거 과장님 탓이라구요!"

현오가 제 눈두덩이를 가리켰다.

"과장님이 저보다 4살 많은 하준 형 자존심을 세워주려는 마음은 아주 잘 압니다. 근데 혜리 성격 아시잖아요. 과장님 때문에 저 진짜 주말 내내 죽다 살아났어요. 과장님이 하준 형 자존심 세워주려 할수록 제 허리는 혹사당한다니까요?"

강희는 정말 영문을 몰라서 물었다.

"내가 뭘 어쨌다고?"

"과장님이 집들이할 때 혜리한테 하준 형 체력 자랑했다면서요. 형 자존심 세워주려는 건 알지만 4살 어린 저는 그럼 어쩌라고요. 제가 진짜 주말 내내……."

혜리에게 주말 내내 시달린 것만 생각해도 그저 억울하고 속상해서 말이 안 나오는 현오였다.

"현역 형사가 얼마나 체력 빨리는 일인지 과장님도 아시잖아요, 네?"

혜리 고것이 그렇게 집요하게 캐물으며 알아내더니 주말 내내 막내를 잡은 게 분명했다. 하준의 타고난 두뇌와 재력과 외모는 어쩔 수 없어도 체력에서만큼은 밀리기 싫었나 보다. 그 마음은 이해하지만 강희도 억울한 건 마찬가지다.

"야아! 솔직히 나도 피해자거든?"

그런데 현오가 더 큰소리를 쳤다.

"과장님이 왜요?!"

이게 보자 보자 하니까.

"자랑질한 것도 아니고 오버해서 말한 것도 없거든? 나도 혜리 꼬드김에 넘어가서 분 거라고! 솔직하게 말해줘야 알려줄 수 있다고 해서."

"말도 안 돼. 그럼 하준 형의 그 최소 체력이…… 현실이라고?"

현오의 넋두리 같은 말은 강희에게 들리지 않았다.

"나도 혜리 말 듣고 안 해도 될 거 했다가 어제 하루 내내 시달렸거든? 넌 왜 그런 걸 격하게 좋아해줘선 혜리가 나한테까지 그런 말을 하게 만들어?"

"제가 뭘 좋아해요?"

"너 혜리가 해주는 이벤트, 좋아죽는다며?"

"무슨 이벤트요?"

어쭈, 시치미를 떼시겠다?

강희는 현오를 보며 입술을 모아 후 불며 총을 쏘는 시늉을 했다.

"저 유혹하시는 거예요? 과장님도 저도 둘 다 임자가 있는, 악!"

강희에게 정강이를 걷어차인 현오가 발을 동동 굴렀다.

"이게 미쳤나, 혜리가 너한테 수시로 해주는 이벤트 말한 거거든요?"

"헉! 그, 그런 것까지 둘이 말했어요?"

"하아, 누구 잘못인지 따져서 뭐 하겠니. 지금 중요한 건 나도 너처럼 피곤해 죽을 지경이고 쪽잠 좀 자려는 날 네가 방해했다는 거지."

강희가 노려보자 그제야 흥분을 가라앉힌 현오가 꼬리를 내렸다.

"……죄송합니다. 과장님."

"알면 됐어."

강희는 그만하자는 듯 손을 내저었다.

"근데 과장님은 형한테 뭘 했길래 하루 종일 잡혀 있었어요?"

"별거 안 했어. 그냥……."

잠깐, 내가 지금 얘랑 뭐 하는 거지?

"미치겠네, 너랑 내가 왜 이런 대화를 나누고 있는 거야?"

그제야 현오도 깨달음을 얻은 듯 멍한 표정이었다.

"……그러게요?"

이런 대화는 대부분 같은 성별끼리.

그것도 굉장히 가까운 지인과 큰맘 먹고 나누는 대화 아닌가.

하지만 지금 두 사람 모두 쪽팔리고 부끄러울 것도 없이 미치도록 피곤할 뿐이었다.

"뭐 해? 옆에 앉지 않고."

"저는 왜요?"

벤치에 몸을 기대고 목을 뒤로 젖히며 강희는 말을 이었다.

"인생 선배로서 충고하는데 지금 눈 좀 붙여놔. 그래야 버티지. 우리 직업이 체력을 많이 요하잖아. 특히 너."

그제야 현오도 강희와 같은 자세로 하늘을 바라본 채 선선한 바람과 나른한 공기를 느끼며 잠시의 휴식을 취했다.

"……현오야."

"……네."

"형사 자존심이 말이 아니다, 그치?"

"적극 동감합니다."

강력계 형사가 일반인에게 체력적으로 밀리다니.

"내일부터 점심시간에 복싱장에서 운동할래? 시간 맞을 때."

"갑자기요?"

잠깐 눈 붙인다고 회복될 체력이 아닌 것 같으니 장기전으로 길게 보고 준비하는 게 나을 것 같았다.

"쪽잠 잘 시간에 운동해서 체력 관리하는 게 더 낫잖아."

"좋은 생각인 것 같아요."

현오도 적극 동참하겠다는 의지를 비쳤다.

"너 결혼식 2개월 좀 넘게 남았지?"

"예."

"지금부터라도 운동 열심히 해서 신혼여행 때 강력계 형사의 위력을 보여줘."

"알겠습니다!"

"혜리한테 내일부터 점심은 단백질 위주 도시락으로 싸달라고 해."

"과장님도 것도 싸달라고 할까요?"

"됐어, 난 내 남편한테 싸달라고 하면 돼. 요리 무지 잘하거든."

 강희는 원래 음식을 가리지 않는 편이지만 이젠 시댁이나 남편의 손으로 만든 음식이 아니면 식욕이 당기질 않았다.

 점점 더 그에게서 벗어나지 못하도록 철저하게 길들여지는 기분이지만 그래도 행복하면 됐지 뭐.

 너무 막무가내로 살아왔던 내 삶이 누군가로 인해 안정감을 찾고 통제를 받는 것도 나쁘지 않잖아?

 "헐, 집들이 때만 그렇게 한 거 아니었어요?"

 "평소에도 해줘. 아침에는 가볍게 해주고 퇴근할 땐 맛있는 저녁 차려주고."

 현오가 벌떡 몸을 일으켰다.

 "으악, 말도 안 돼! 그거 혜리한테는 절대 말해주지 마세요! 해줄 시간도 없지만 저 요리는 진짜 자신 없단 말이에요!"

 울부짖는 현오의 어깨를 격려차 두드리며 강희는 여유롭게 일어났다. 다른 건 몰라도 침대에서 사랑받기 위한 혜리의 욕심은 뭐라 못할 것 같았다.

 그건 현오가 분발해줘야지.

 간만에 하는 칼퇴근에 신이 나서 주차장에 도착한 현오의 눈이 휘둥그레졌다.

 명함과도 같은 차 오페라를 본 현오는 손을 오므려서 차창

안을 들여다보았다.

"하준 형."

차창을 가볍게 두드리자 태블릿에서 시선을 뗀 하준이 천천히 차에서 내리더니 팔짱을 낀 후 느긋한 눈빛으로 바라본다.

말하기도 귀찮은 듯 왜 나를 불렀냐고 눈빛으로 묻는 그에게서 겨울의 한기가 차갑게 느껴졌다.

다시 한 번 느끼지만 강희가 있어야만 살아 숨 쉬며 인간처럼 보이는 남자였다.

그래도 물어볼 건 물어봐야지.

"형 진짜 요리도 하세요? 청소까지 다 하고? 집들이 때만 그러신 거죠? 다 사람 부리고 음식은 집에서 공수해오는 거죠? 남자끼리 진실하게 말 좀 해줘요."

제발 아니라고 해주길 바라는 간절한 눈빛에도 하준의 메마른 눈동자가 현오에게 향했다.

"내가 직접, 그리고 날마다. 요리하고 청소해. 그게 뭐 잘못된 건가?"

안 돼, 이럴 순 없어!

현오는 어떻게든 빈틈을 찾아보려 했다.

"형 집에서 일하신다는 거, 거짓말이죠?"

강희를 위해 자신이 집에 눌러앉은 게 미안해서 핑계 댄 거라고 현오는 생각했다.

어차피 일 같은 거 안 하고 평생 놀고먹어도 될 남자니까.

"왜 그렇게 생각하지?"

코딱지만 한 원룸도 관리하고 유지하는 데 시간을 꽤 투자해야 하는데 대궐 같은 집의 살림에다 요리까지 다 하고 날마다 출퇴근까지 해준다고?

절대 말이 안 되는 소리다.

"그런 것들을 할 시간이 안 되잖아요, 시간이."

"난, 돼."

대답이 간결했다.

"하루 몇 시간 일하시는데요?"

"두세 시간."

"어떻게 그 시간만 일할 수 있어요? 엄청 한가한 건 아니고요?"

하준이 제 머리를 손으로 가리켰다.

"이게 워낙 잘 돌아가서 말이야."

머리가 좋으니 오랜 시간을 투자할 필요 없다는데 뭐라고 하겠는가.

아이큐 낮은 내가 입 다물고 있어야지.

"그래도 의심되면 사이버 수사대에 확인해보든지. 내가 무보수로 가장 많이 도와준 곳이 거기니까."

사이버 수사대란 말에 현오의 머리가 빠르게 돌아갔다.

현역 프로그래머들 중에서 가장 몸값도 높고, 실력도 좋은 천재 프로그래머가 강남서의 일을 무보수로 도와주고 있단 소리를 들었다.

압수한 컴퓨터나 노트북, 휴대 전화의 잠금을 풀지 못할 때,

추적을 해야 하는데 기술이 안 되어 막막할 때, 요즘 부쩍 늘어난 유명인들 휴대 전화 해킹 피해들까지.

합법적인 요청이라는 것만 증명하고 영장을 보여주면 말이다.

"형이 프로그래머 Y예요?"

그가 굳이 대답하지 않아도 현오는 하준이 Y임을 알 수 있었다. Y가 사랑하는 여자가 이곳에 있기에 강남서는 특별 대우를 받고 있는 거였다.

하준의 대단한 능력도 능력이지만 강희를 향한 그의 사랑 스케일에 다시 한 번 놀랐다. 본받을 게 참 많은 형이라는 생각도 들고 이내 반성이 되었다. 이런 남자와 동등해질 생각을 하다니, 혜리에게 미안하지만 포기해야 할 것 같다.

"우리 서 형기차도 형이 싹 바꿔준 거죠?"

저번 달은 갑자기 출동에 이용되는 형기차와 승합차가 모두 새 차로 바뀌었다.

"그건 나 아냐."

현오가 그래도 의심을 거두지 않자 하준이 담담히 말했다.

"네가 봐도 손자며느리 사랑이 좀 과했지?"

······이번엔 시할아버님이구나.

"뉴스를 봤다고 하더군. 추격전을 벌이던 경찰 승합차가 교통사고가 났는데 너무 오래된 차라 경찰들이 크게 다쳤다나 어쨌다나."

그런다고 경찰서 차를 다 바꾸다니 아무래도 스케일 큰 건 유전인가 보다.

"할아버진 요령이 없어. 강희는 대놓고 그러는 거 안 좋아하는데 말이지."

그렇게 말을 하면서도 할아버지에게조차 담뿍 사랑받는 제 아내가 자랑스러워 죽으려고 하는 표정이었다. 주강희가 곁에 없어도 그가 유일하게 사람 냄새를 풍길 때였다.

이렇게 사람다운 냄새를 풍길 때는 딱 이때다.

주강희와 같이 있을 때.

주강희에 대해 말할 때. 그리고 주강희를 생각할 때.

"그래서 형은 몰래 익명으로 도와주시는 거예요?"

더 이상의 대화는 사절이라는 메시지로 현오에게 눈짓을 보낸 하준은 차체에 몸을 기댄 후 휴대 전화에 시선을 고정했다. 마치 강희가 전화해주길 기다리는 것처럼.

근데 과장님 오늘 꽤 늦게 퇴근할 것 같다고 했는데.

"오늘 좀 더 늦게 퇴근할 것 같던데. 과장님한테 제가 살짝 연락해드릴까요? 주차장에서 형 본 것 같다고요."

"내가 좋아서 기다리는 거야."

고개를 든 하준이 자신의 심장 부근에 손을 올렸다.

"기다리는 것만으로도 여기가 두근거리니까."

그리곤 티끌 하나 없는 짙고 어두운 눈동자로 진지하게 물어왔다.

너도 이 기분 알지 않냐고.

현오는 뒤통수를 한 대 얻어맞은 것 같은 기분에 사로잡혔다.

열리지 않는 혜리의 병실을 날마다 찾아가서 몇 시간을 기다려도 그땐 그마저도 행복했었다. 하지만 그 몇 달 전의 일을 잊고 초심을 잃어가고 있는 스스로가 부끄러웠다. 다행스럽게도 눈앞의 남자가 깨우쳐줘서 다행이지만.

차에 오르기 전 다시 돌아보자 휴대 전화를 손에 쥔 채 눈을 감고 있는 하준은 여전히 느긋해 보였다. 언제부턴가 기다림은 혜리의 몫이었고 이해해주는 쪽도 혜리였다. 난 바쁘고 시간이 더 부족하다는 나름의 핑계를 대면서 말이다.

하지만 지금부터는 초심을 잃으려고 하면 하준을 보며 반성을 할 것이고 하준만큼은 안 되겠지만 최선을 다해서 김혜리 팔불출이 되어보기로 한다.

"우리 혜리 수업이 8시에 끝난댔지?"

까짓거 오늘은 내가 행복하게 기다려보지 뭐.

저를 보고 놀라며 기뻐할 혜리의 얼굴을 떠올리는 것만으로도 심장이 두근거렸다.

나를 기다려주는 존재가 있고, 내가 기다릴 존재가 있으며, 내가 사랑하고 나를 사랑하는 존재가 이 세상에 살아있다는 것만으로도 참 행복한 일이란 걸 깨닫는 순간이었다.

시간을 확인하니 벌써 8시였다.

강희가 늦은 시간까지 혼자 남아 일을 하는 건 내일 하루 쉬기 위해서 밀린 업무를 미리 처리하기 위함이었다.

　차라리 현장에 나가는 게 낫지, 앉아서 컴퓨터만 하려니 좀이 쑤셔서 미칠 것 같았다.

　예전 같으면 잠시의 여유를 즐기는 대신 스스로를 혹사시켰지만 지금은 아니다. 난 이제 혼자가 아니고 내 곁엔 유하준이 있으니까.

　문득 하준이 보고 싶어진 강희는 야외 휴게실로 향하며 전화를 걸었다.

　[주강희.]

　제 이름을 부르는 다정한 음성에 눈물이 날 것만 같았다.

　이렇게 떨어져 있을 때면, 아직까지도 종종 두려움에 사로잡혔다.

　네 목소리를 듣고 있는 이 순간이 꿈일 것 같아서.

　"뭐 해?"

　애써 밝은 척 묻자, 담담한 음성이 조용히 넘어왔다.

　[네 전화 기다리고 있었어.]

　언제나 그렇듯 신호음이 세 번 가기도 전에 항상 전화를 받는 그의 말은 진실일 것이다.

　"전화하지."

　[일 방해하기 싫으니까.]

　강희는 소리 없이 웃었다.

　[밖이야? 바람 소리 들리네.]

　"사무실 나오면서 전화한 거야. 굳은 근육도 풀 겸."

[야외 휴게실?]

벤치에 앉아 가만히 눈을 감은 강희는 속삭이듯 그에게 말했다.

"유하준, 네 목소리 들려줘. 많이많이."

[목소리면 돼? 보고 싶진 않고?]

부드러운 음성이 고막을 간질이는 순간 불어오는 바람에 그의 향기가 언뜻 나는 것도 같았다.

"보고 싶어, 하준아. 네가 보고 싶어서…… 미칠 것 같아."

착각일지 몰라도 부드러운 그의 웃음소리에 바람 소리가 섞여 있었다.

집이 아닌가?

무언가에 홀리듯 눈을 뜬 강희는 멍해졌다.

너무 보고 싶으니 환각까지 보이는 걸까, 휴대 전화를 귀에 대고 있는 하준이 서서히 거리를 좁혀오더니 눈앞에 섰다.

"나도 네가 미치게 보고 싶었는데."

맙소사, 환각이 아닌 진짜였다.

"우리, 텔레파시 통했어."

텔레파시는 무슨, 내가 출발하라는 말도 안 했는데 먼저 출발해서 기다리고 있었던 게 분명하다.

그런데도 하준을 보는 것만으로도 심장이 두근거려서 뭐라고 못 하겠다.

이 두근거림은, 아마도 죽을 때까지 느끼겠지.

"얼마나 기다린 거야?"

"2시간."

"바보 아니야? 전화를 했어야지 그럼."

그에게 작게 쏘아붙이는 목소리가 가늘게 떨렸다. 미안하기도 하고 고맙기도 하고, 또 행복하기도 하고.

가만히 다가온 커다란 손이 뺨을 감싸고 허리를 기울여 눈높이를 맞추고 시선을 얽혔다.

"나는 널 기다리는 것도 행복이야."

행복에 젖은 눈동자가 유독 반짝거렸고 그 눈동자를 가득 채운 자신도 행복에 젖어 있었다.

하준이 매혹적으로 웃으며 얼굴을 기울여왔다.

"아무도 없는데."

간지러운 숨결이 입술에 와 닿고.

"키스해도 되나?"

달콤한 유혹을 해왔다.

그 유혹에 기꺼이 넘어가주기로 한 강희는 먼저 입술을 맞대며 수줍게 속삭였다.

"얼마든지."

두 개의 입술이, 두 개의 몸이, 두 개의 마음이 하나로 합쳐졌다.

그렇게 만나서 또다시 하나가 된 강희는 달콤한 남편의 키스를 받으며 오늘도 깨닫는다.

사랑하는 사람과 삶을 공유하며 함께하고, 그렇게 둘이 아닌 하나가 된다는 게 얼마나 행복한 건지.

산길 중간에서 유진과 강희를 마주쳤다. 타이밍 참 뭣 같게 재인은 올라가는 길이었고, 두 사람은 내려오는 길이었다.

재인이 품에 안고 있는 꽃다발을 본 강희가 천천히 입을 열었다.

"5분 정도 올라가면 갈림길 두 개 나와. 큰길 말고 작은 길로 가야 돼."

친절한 길 안내에 뜨거운 무언가가 가슴에서 치밀어 올랐다.

"주강희 넌 내가 밉지도 않니?"

"당연히 미워. 근데 네가 한 짓을 미워하지, 널 미워하진 않아. 그러려고 노력 중이야."

강희가 옆구리를 쿡 찌르자 그제야 무감각한 검은 눈동자가 재인에게 마지못해 향했다.

한때는 저 눈빛을 두려워하면서도 가슴 떨려 했었는데 이젠 아프기만 할 뿐 그 이상은 느끼지 못했다.

"날 잘 잡아서 왔네."

그 한마디를 마지막으로 유진은 강희의 손을 잡고 내려갔다.

묘에 도착한 재인은 갑자기 눈가가 시큰거렸다.

여기까지 오는 데 10년이 걸렸는데도 바람에 흔들리는 나뭇잎 소리가 그의 부드러운 속삭임처럼 귓가에 번진다.

―윤재인, 재인아.

―네가 제일 예뻐.
―난 너랑 결혼할 거야.

 온몸을 감싸는 따사로운 햇살이 하준의 품처럼 다정하게 느껴져 재인은 떨리는 눈꺼풀을 감았다.
 너의 다정함과 온기에 흔들릴수록 난 더더욱 독하게 마음을 잡았는데, 이젠 다 부질없는 것들이 되어버렸다.
 "넌 내가 밉지도 않아?"
 넌 이 세상에 존재하지 않으니까.
 "유하준 네가 뭔데 신유진한테 나를 부탁해."
 그 말을 형에게 하던 네가 얼마나 아프고 비참할지 내가 다 아는데.
 "난 네 형이 좋다고 했어. 잊었어?"
 오래전 너에게 했던 그 고백을, 유하준 넌 믿었을까.
 진실은 모르겠다.

―네 형이 좋아. 네가 나 좀 도와줘.
―형 좋아하는 여자 있어. 그래도 잘됐으면 좋겠다. 너만 행복하다면.

 웃고 있는 입술과 달리 아파하던 하준의 눈동자를 재인은 또렷하게 기억하고 있었다.
 자신의 생명이 얼마 남지 않았다는 걸 아는 눈치였고, 재인

또한 그가 오래 버티지 못할 거란 걸 알고 있었다.

"아니면, 내 고백이 거짓이란 걸 알았어?"

같이 자라오면서 때때로 재인은 하준을 보며 넋을 잃었다.

핏기 없이 창백한 작고 하얀 얼굴에 그린 듯한 이목구비가 무척 아름다웠다. 골격도 좋고 키도 컸으며 성격은 온순하고 부드러운 하준은 훅 불어온 바람에 꺼져버릴 생명처럼 위태로웠다.

그래서 네가 결혼하자고 할 때마다 난 독하게 거절했다.

―건강해지고 나면 다시 말해.

그럼 나와 결혼하고 싶어서라도 악착같이 살려고 할 것 같아서. 그런데 그거 알아? 그럴 때마다 알겠다고 웃어주는 널 보면 내 심장이 떨렸다는 거. 그런 널…… 내가 좋아했다는 거.

"내가 진짜 좋아하는 게…… 너라는 거."

메마른 눈동자에서 투명한 물기가 차올랐다.

"그럼 넌 진짜 바보야."

유진이 하준의 일란성 쌍둥이 형이라는 걸 알기 전까지는 그에게 관심이 없었다.

하지만 알고 나니 그를 보는 시야가 달라졌다.

신유진은 자신이 꿈꿔왔던 유하준의 완벽한 업그레이드 버전이었다. 아름답고 강인하고 건강하고 남자답고 고집스러우면서도 멋있고.

하준은 오래 버티지 못할 테고 손이 귀한 그 집에서 그걸 두고 볼 성격이 아니니 갖은 수를 써서라도 신유진을 데려올 것이다. 그래서 재인은 가슴이 아닌 머리로 신유진을 사랑하기로 마음먹었다. 그게 당연하고 이치에 맞는 일이었다.

천진난만한 외모 속에 숨기고 있는 계산적이고 이기적인 성격에도 차마 지우지 못한 작은 본심이 있었다.

"사실 난 네가…… 용기를 내줬으면 했어. 신유진이 주강희를 사랑하는 것처럼."

눈부셨던 나의 유하준은 서서히 빛이 꺼지고 있는데, 주강희의 신유진은 더욱더 눈부시게 빛이 나고 있었다. 그래서 뺏고 싶었고 뺏지 못하면 부숴버리고 싶었다.

"나도 네가 날 사랑한다고 고백해주길 바랐어."

곧 죽더라도 남자답게 용기를 내서, 살아 숨 쉬는 동안만큼은 나와 사랑하면 안 되겠냐고 말이다. 하지만 꺼져가는 생명처럼 하준은 자신의 진심도 꼭꼭 숨기기 시작했다. 재인을 향한 사랑을 드러내는 게 죄인 것처럼. 어차피 사람은 한 번 죽고, 난 결국 이렇게 홀로 남겨질 거였는데. 너와 내가 둘 다 알았다면 우리는 뜨겁게 사랑해도 되는 거 아니었을까.

얼굴을 가린 가는 손가락 사이로 눈물이 뚝뚝 떨어졌다.

"너무 늦은 거 아는데 네가 너무 보고 싶어."

하준에게 털어놓지 못했던 그 진심이 유진을 향한 집착으로 변질된 걸 알면서도 멈출 수 없었다.

동생의 심장을 받고 기억을 지우고 유하준이 된 신유진이 내 것이야 하는 게 이치에 맞으니까. 내가 사랑하는 너의 모든 걸 희생해서 살아난 게 신유진이니까.

"신유진은 널 대신할 수 없었어."

그걸 좀 더 빨리 깨달았다면 너에게 사랑한다는 말을 먼저 할 수 있었을까. 내가 주강희를 대신할 수 없는 것처럼 나에게도 신유진은 널 대신해줄 수가 없는데.

기억이 지워진 상태에서도 신유진은 주강희밖에 몰랐고, 그토록 본능은 무서운 것이다.

"유하준, 사랑해. 지금도, 그리고 앞으로도 쭈욱."

이제야 뒤늦은 진심을 수줍게 전해보았다.

이게 뭐라고, 어려웠던 걸까.

"이제 내 걱정하지 말고 편히 쉬어."

재인이 묘 앞에 내려놓은 건 하준이 가장 좋아했던 안개꽃이었다.

"안녕, 유하준."

안녕, 내 사랑.

날이 어두워지자 세 여자가 둘러앉은 평상 위로 옥자표 담금주가 올라왔다.

"오랜만에 여자들끼리 수다 좀 떨게."

유진은 빠지라는 말이었다.

미련 없이 본채로 향하는 유진의 뒤로 강희의 웃음소리가 들려왔다. 그 웃음소리를 듣는 것만으로도 가슴이 따스해진 유진은 샤워 후 안채 다락방에 올라갔다.

편백나무 향이 은은하게 코끝을 간질이며 한쪽 벽에 걸린 우스꽝스러운 플래카드가 눈에 들어왔다.

주강희와 꼭 결혼하자.

나는 왜, 주강희여야만 했을까.

창문을 열자 선선한 밤바람이 들어와 물기 어린 머리칼을 흩날리며 옛 기억이 떠올랐다.

5살 때였다.

일찍 나갔다가 들어오는 옥자는 아침마다 강희를 정선의 집에 맡겼고 늦게 나가서 늦게 들어오는 정선은 점심까지 챙겨준 후 집을 나섰다.

"강희야, 오늘도 우리 유진이 잘 부탁할게."

"걱정 마세요, 이모!"

밥을 다 먹은 강희와 달리 유진은 손도 대지 않은 밥을 싱크대에 버리려고 했다.

그걸 본 강희가 득달같이 달려들어 유진의 위에 올라탔다.

"이모랑 할머니가 얼마나 힘들게 밖에서 일하는지 몰라? 돈도 안 버는 게 밥을 버려? 넌 진짜 못된 아들이야!"

몸이 안 좋아서인지 몰라도 당연하다는 듯 맞았던 게 오늘은 억울했다. 강희 밑에 깔린 채 유진은 조목조목 따졌다.

"넌 나와 혈연관계가 아니니까 날 혼낼 자격 없어. 먹기 싫은 밥을 먹으면 체할 수도 있고, 이 밥은 할머니가 아니라 우리 엄마가 차려준…… 악!"

강희가 인정사정없이 유진의 볼을 잡아당긴 것이다.

"그래, 나 이모한테 날마다 밥 얻어먹는다! 그래서 너무너무 감사한 이모가 부탁한 널, 난 기어이 밥 먹게 할 거야!"

"그럼 밥을 남기지 말라고 말로 해야지. 왜 항상 먼저 때려? 폭력은 나쁜, 아악!"

또다시 작은 주먹이 유진의 머리를 콩 때렸다.

강희는 말에서 밀리면 주먹이 먼저 나왔다.

"넌 내 거니까!"

"내가 왜 네 거야?"

"이모랑 할머니가 그랬어! 내가 네 우유도 먹이고 기저귀도 갈아주고 잠도 재워주니까 넌 내 거라고! 내 말 틀렸어?"

강희가 제게 우유를 먹여주고 기저귀를 갈아준 건 기억엔 없지만 옥자와 정선이 수시로 그 말을 했었다.

그리고 잠은 정말 같이 잤다. 밤에 늦게 들어오는 정선 때문에 저녁엔 옥자의 집에서 같이 잤고 버릇이 들었나 보다.

밉고 귀찮은데도 강희가 옆에 없으면 잠이 오지 않으니 이 부분에서 유진은 말문이 막혔다.

"남의 건 손대면 안 되지만 내 건 마음대로 해도 돼! 잘못하면 때려서 혼내주고 잘하면 칭찬해주고 상 주고!"

다시 득의양양해진 강희에게 유진은 차분하게 말했다.

"근데 넌 항상 때리기만 하고 칭찬해주고 상 준 적 없잖아."

걸핏하면 부려먹고 때리고 올라타기만 하면서.

"우씨! 애들이 너 놀리고 괴롭히면 내가 막아주잖아!"

"그건 보호해준 거지 칭찬해준 게 아니잖아."

동그란 눈을 깜박거린 강희가 다시 밥을 가져와서 유진의 앞에 놓았다.

"이거 다 먹어. 그럼 칭찬해주고 상 줄게."

사실 유진은 칭찬도 상도 바라지 않지만 자신보다 정신 연령이 낮은 강희가 뭘 할지 궁금해서 음식을 꾸역꾸역 다 먹었다.

"이제 칭찬해주고 상 줘."

어떻게 칭찬해주고 상을 줘야 할지 눈을 굴리는 게 주강희다웠다.

코앞까지 다가온 강희가 유진의 머리를 쓰다듬어주며 볼이 움푹 파일 만큼 활짝 웃어주었다.

"잘했어, 신유진. 봐, 나도 칭찬 엄청 잘해주지?"

으스대는 강희를 보며 유진은 다시 물었다.

"상은 뭔데."

주머니에 있던 사탕을 강희가 내밀자 유진은 눈을 찌푸렸다.

"난 이거 안 좋……."

볼에 와 닿는 말캉한 감촉에 유진의 눈이 휘둥그레졌다.

유진을 덥석 안은 강희가 뺨에 뽀뽀를 한 것이다.

멍해진 시야에 생글생글 웃고 있는 강희가 보였다.

"앞으로 잘하면 또 상 줄게."

얘가 이렇게 예쁘게 웃었던가.

생글생글 웃는 강희를 보자 심장이 마구마구 쿵쾅거렸다.

"누, 누가 이런 걸 상이라고 해?"

얼마나 당황했는지 유진은 처음으로 말을 더듬었다.

"옆집 해수 이모가 그랬어. 뽀삐가 말 잘 들으면 상으로 안고 뽀뽀해준다고."

지금 자신이 개 취급을 당하고 있는 걸 알면서도 그 상이 또 받고 싶어진 유진은 주강희에게만큼은 고분고분해지기로 했다.

"네 말 잘 들으면 또 상 줄 거야?"

"응."

"그 상 나한테만 주고 다른 남자애한테 안 줄 거지?"

"왜?!"

그 부분에서 강희는 발끈했다.

다루기 힘든 신유진도 고분고분해진 방법이면 다른 애들한테는 더 잘 먹힌다는 소린데.

"싫음 말고."

"아, 아니야! 너한테만 그럴게!"

"그리고 하나 더. 내가 네 거면 너도 내 거야. 맞지?"

"……응?"

커다란 눈을 깜빡거리는 강희는 왜 그 말이 그렇게 되는 건지 이해 못 하는 눈치였다.

하지만 아무려면 어때.

우리는 이미 미운 정 고운 정 다 들었고, 다른 건 몰라도 어린 나이에도 이거 하나는 정확히 깨달았다.

우리는 죽을 때까지 함께해야 한다는 것.

"너도 내 거 한다고 하면 네가 하라는 거 다 할게."

"하라는 거…… 다?"

생각이 빠른 유진과 달리 이제 겨우 5살의 강희에겐 굉장히 매력적인 미끼였다.

까다로운 신유진이 내 말을 듣는다는 건 이모 말도 잘 듣고 밥도 잘 먹고 인사도 잘하고.

이모와 할머니 속 썩일 일이 없다는 뜻이다.

"좋아, 나도 네 거 할게!"

두 아이 모두 서로가 원하는 걸 얻었다.

나도 네 거 하고 너도 내 거하고.

그리고 7살이 된 유진은 업그레이드된 목표를 적어서 아지트인 다락방에 걸었다.

주강희와 꼭 결혼하자.

예상하지 못한 변수로 20년이 넘게 흘러서야 그 목표를 달성했고 이젠 목표를 이루었으니 새로운 목표를 써야 할 때였다.

한결 성숙해진 글씨체로 새롭게 적은 플래카드를 건 유진은 책장에 꽂혀있는 노트를 한 권을 뺐다.

첫 페이지에 붙여진 사진은 젖살이 통통한 아기가 비쩍 마른 아기에게 젖병을 물려주는 사진이었다.

아기일 적 모유와 분유를 모두 거부해서 병원에서 맞는 링거로 버티다가 강희를 만난 이후 병원을 찾는 일이 줄었다고 했다.

젖병을 움켜쥘 수 있게 된 강희가 물려주는 젖병은 자신이 빨아 먹었다고 했다. 어쩌면 살고자 하는 본능이었을지도 모른다. 젖병을 물리는 것도 집요했지만 안 물면 손으로 얼굴을 휘저어서 때려대니 말이다.

그렇게 둘은 하루를 함께 시작하고 마무리하며 아기 시절부터 서로에게 학습 당하고 있었다.

서로가 없으면 안 되도록.

하지만 같이 더 커가면서 서로에게 각인된 본능은 너무도 달랐다. 강희는 가족 같은 보호 본능을 각인했지만 유진은 제 인생의 반려자로 각인했다. 너무 다른 색깔을 품은 온도 차이에 힘들어하는 것도 자신이었다.

이미 넌 나에게 공기 같은 존재인데 넌 나 없이도 살 수 있는 존재가 되어 있었으니까.

그때 뒤에서 문소리가 났다.

"으아아, 할머니 담금주는 너무 세."

얼큰하게 취해서 품에 안겨 오는 강희에게 사진을 내밀자 그녀도 피식 웃었다.

"이 사진 볼 때마다 왜 이렇게 웃기나 몰라."

"너 아니었으면 나 굶어 죽었을 거야. 넌 내 생명의 은인이야."

"그래서, 은혜 갚겠다고 나한테 이러는 거야?"

왜 갑자기 방향이 이렇게 흐르지?

유진이 가만히 바라보자 강희는 작게 한숨을 내쉬었다.

"할머니가 너처럼 잘난 남자가 왜 나를 좋아하는지 모르겠대. 근데 나도 문득 궁금해지더라. 넌 왜 그렇게 날 좋아해?"

정말 궁금한 눈빛이었다.

"내가 자격지심 있어서 묻는 거 아니야. 내가 봐도 나 아주 괜찮은 여자거든. 근데 신유진이면 몰라도 유하준일 땐 굳이…… 날 선택할 이유가 없는 것도 같아서. 그것도 내가 엄청 싫어했는데."

시간이 흐르면 강산도 변하고 사람의 마음은 더욱 변할 10년이다.

"넌 내 거고 난 네 거니까."

유진은 몽롱하게 풀린 아내의 눈동자를 바라보며 웃었다.

"그건 지극히 본능적인 거야."

지금도 여전히, 강희만 보면 가슴 안에서 본능이 휘몰아친다.

"지금도 난 굉장히…… 본능적인 남자고."

들끓는 검은 눈동자를 본 순간 강희는 술이 확 깨는 기분이었다.

이 눈을 한 신유진은 굉장히 위험하고 하물며 내일은 쉬는 날이니까.

"그, 근데 뭐 하고 있었어?"

황급히 주제를 돌리며 품에서 벗어나려 했지만 늦었다.

몸이 번쩍 들리고 정신을 차린 순간, 푹신한 매트 위에서 유진을 올려다보고 있었다.

"내 아내, 주강희."

가까이 내려와 입술에 닿아오는 남편의 뜨거운 숨결만으로도 강희는 달아올랐다.

이게 담금주 때문인지, 남편 때문인지는 중요하지 않다.

"사랑한다."

귓가에 속삭여오는 진심 어린 고백은 강희도 본능적으로 변하게 만들었다.

"나도 사랑해, 신유진."

달뜬 숨을 토해내며 겹쳐오는 입술에서 알싸한 알코올 향이 번졌다.

나직한 웃음을 토해내며 유진이 몸을 겹쳐왔다.

본능만이 남아있는 다락방의 공기는 빠르게 달아올랐다.

엎치락뒤치락하는 두 사람의 뒤로 유진이 새롭게 쓴 플래카드가 있었다.

> 죽을 때까지 함께하기.

새롭게 정한 목표였다.

외전 : 마지막 이야기

3년 후.

가늘게 눈을 뜬 채 하준은 신기하다는 듯 무언가를 바라보았다.

자기 집이라도 되는 양, 테라스 정원을 아장아장거리며 부지런히 돌아다니는 쌍둥이들을 말이다.

걸으면서 웃고 넘어지면 울었다가 또 금방 웃고 벌러덩 누워서 웃고. 별것도 아닌데 뭐가 그리 신이 나고 재밌는지.

아기들에게서 눈을 뗀 하준은 옆에 앉은 현오 부부를 조금은 불만스럽게 바라보았다.

처음엔 한 달에 한 번 정도 오더니 이젠 주말마다 쌍둥이 아기들을 안고 쳐들어온다.

여기가 무슨 쉼터도 아니고.

고삐 풀린 망아지 같은 두 아기들을 정원에 풀어놓고선 부부는 강희와 희희낙락 수다를 떤다.

원래 주말은 우리 부부가 알콩달콩 보내는 시간인데.

그 달콤한 둘만의 시간을 현오 부부가 깨버린 게 벌써 3개월째였다.

수다에도 취미가 없고 애 보는 취미는 더더욱 없는 하준은 혼자 겉돌았다.

주말은 가족과 함께 모르나.

왜 남의 집까지 쳐들어와서 그걸 방해하느냐 그 말이다.

예전만큼은 아니지만 여전히 바쁜 강희 때문에 둘이 보낼 시간은 황금보다 귀한데 이 부부가 그마저도 방해를 하는 게 불만이었다. 여자들에겐 차마 뭐라 못하겠고, 만만한 현오를 죽일 듯 노려보았다.

그 냉랭한 시선을 현오가 모를 리가 없었다.

"형님, 저도 죽겠어요. 전 그만 좀 가자는데 혜리가 자꾸만 가자는 걸 어떻게 이겨요?"

"너도 죽겠으면 강하게 밀어붙여야지. 남편이 되어가지고선 그런 의견 하나 이야기 못 해?"

"에이, 다른 건 몰라도 형님이 저한테 그러시면 안 돼죠. 우리 세 남자 중에서 아내한테 가장 찍소리도 못 하는 게 형님인데. 아니에요?"

진혁은 올해 결혼했다.

맞선을 본 여자와 성격도 맞고, 이해심이 넓다며 결혼을 했고 열혈 남편이 되어가는 중이다.

"못 하는 게 아니라 안 하는 거야. 내가 좋아서 하는 건데 그게 뭐 어때서."

"형도 못 하는 걸 아우인 제가 감히 어떻게 합니까?"

그러니까 제발 제 입장 좀 이해해주세요, 네?

고래 싸움에 새우 등 터지기 싫다구요.

애절하게 바라보는 현오를 무시한 채 하준은 강희를 보았다.

혜리와 수다를 떨며 생글생글 웃는 강희를 보는 그의 눈에 무한한 애정이 깃들었다.

어떻게 감히, 친구와 대화하면서 이렇게 예쁘게 웃고 행복해하는 강희를 방해한단 말인가.

자신도 강희를 행복하게 해주지만 친구가 주는 행복은 또 다른 것이었다.

강희가 다양한 행복을 느꼈으면 하는 마음은 간절하지만 그래도 이건 좀 아닌 듯싶다.

"자기야, 쌍둥이들 기저귀 확인해줘."

내 피도 안 섞였고 강희의 피도 안 섞인 쌍둥이들의 뒤치다꺼리를 왜 내가 해야 하냐고.

현오를 노려보는 하준에게 강희가 다가와 기저귀를 손에 쥐여주며 예쁘게도 웃는다.

"현오 퇴근하고 나서도 애들 본대. 일하면서 육아 도와주는 게 쉬운 일인지 알아? 이때라도 쉬게 해줘야지. 응?"

명령해도 따를 판에 이렇게 예쁘게 웃으며 다정하게 말하는데 당해낼 재간이 없다.

결국 오늘도 하준은 애는 안 보고 열심히 강희와 수다 떠는 현오 부부를 위해 반강제적으로 베이비시터가 될 수밖에 없었다.

 쌍둥이들을 양팔에 짐짝 들 듯이 끼고 벤치로 가서 눕혔다.

 바지를 벗기고 기저귀를 벗긴 후 바둥거리는 아기에게 돌돌 만 기저귀를 쥐여준 후 새 기저귀를 갈아주는 손짓이 능숙했다.

 정말 화가 나는 건, 이것도 하다 보니 익숙해진다는 거였다.

 집에 도착해 침대에 눕히자마자 아기들은 기절하듯 잠이 들었다.

 그럴 만도 했다. 집 안에서 노는 것과 넓은 테라스에서 걷고 뛰고 넘어지는 건 차원이 다른 에너지 소모니까.

 주말을 방해한 하준에게도 미안하고 잔디밭이 있는 좋은 집에서 살지 못하는 쌍둥이들에게도 미안했다.

 "여보, 우리 다음 주말은 거기 안 가면 안 될까?"

 "왜? 난 너무 편하고 좋은데. 끼니도 해결되고 쌍둥이들도 좋아하고 강희랑 수다 떠니 스트레스도 풀리고 하준 씨가 애 봐주니 이때라도 우린 숨 돌릴 수 있고. 여보도 좋지 않아?"

 하준의 눈치가 보이지만 사실 좋기는 하니 현오도 쉽게 대답을 못 하겠다.

 좋은 집에서 쌍둥이들도 편히 쉬고 놀지만 자신 또한 맛있는 음식에 유일한 힐링마저 취할 수 있다.

물론 하준의 얼음송곳 같은 눈빛만 감당하면 말이다.
 "그거야 그렇지만 형님이 쏘는 레이저에 내 심장이 타버릴 것 같단 말이야. 우리가 오죽 자주 와서 애를 맡겼으면 기저귀도 잘 갈고 이유식도 잘 먹이잖아. 그래서 과장님이 더 형님 부려먹고."
 본인은 모르겠지만 완벽을 추구하는 성격 탓에 그는 꽤 훌륭한 베이비시터였다.
 현오는 죽어라고 노려보면서도 쌍둥이들에게서 시선을 떼지 않았고 몸과 체력까지 좋은 탓에 하루 종일 애를 봐도 지치지 않았다.
 "그리고 여보도 요즘 느꼈지? 과장님이 우리 쌍둥이들 보는 눈빛이 남달라. 그래서 괜히 미안하고 눈치 보여. 두 분 2세 계획 없다고 했잖아. 형님은 질색해하고 과장님은 자신 없어 하고."
 너른 어깨를 혜리가 툭툭 두드리며 싱긋, 웃었다.
 "내 목적이 그거야 바로."
 "무슨 소리야?"
 "우리 강희도 얼른 애를 낳아야지. 언제까지 둘만 알콩달콩 살 거야?"
 "아기 안 낳고 두 분이 알콩달콩 살기로 했다잖아. 근데 우리가 그 목표를 흔들면 안 되지. 솔직히 애 낳으면 고생이잖아. 우리 시간도 없어지고 애 때문에 싸우기도 하고. 그게 뭐 좋다고 권해?"

아차 싶었지만 이미 혜리의 얼굴에서 미소가 사라진 후였다.

"그래서, 여보는 우리 쌍둥이들이 싫어?"

"그럴 리가! 당연히 좋지. 그것도 엄청 좋지! 무엇과도 바꿀 수가 없지! 힘들게 일하고 들어와도 우리 현이 준이 보면 사르륵 풀리는데! 단지 99%의 힘듦과 1%의 행복인 육아를 우리가 강요하긴 좀 그렇잖아."

"그런 목표는 흔들라고 있는 거야. 우리가 뭐 강요한 것도 아니고 아기가 예뻐 보여서 강희가 흔들린다는데 그게 뭐가 나빠? 그리고 여보는 내가 다 애 키우고 퇴근 후에 잠깐 보면서 힘들다고 하면 어떡해? 나 좀 서운하다?"

"아니야, 아니야! 나보다 우리 여보가 더 걱정돼서 그렇지. 우리 쌍둥이 보는 동안 여보는 밥도 잘 못 먹고 못 자고 그러잖아. 그거 보면 내 마음이 얼마나 아픈데."

말실수를 하긴 했지만 남편의 진심이 느껴졌는지 혜리가 현오의 손을 가만히 잡았다.

"나도 인정해. 육아는 99%의 힘듦과 1%의 행복이지만 그 1% 때문에 내일을 살고 웃고 행복해하잖아. 아니야?"

현오는 가만히 고개를 끄덕거렸다.

"아예 애를 싫어한다면 모를까, 두 사람은 분명 아기를 좋아해. 그리고 난 강요하는 게 아니라 그냥 보여주는 것뿐이고. 육아의 힘듦도 그리고 육아의 행복도 모조리. 이제 판단은 두 사람 몫이야."

혜리의 말대로 두 사람은 강요를 한 게 아니라 아기가 얼마나 예쁜지, 그럼에도 불구하고 육아가 얼마나 힘든지 보여주었을 뿐이다.

"그리고 내가 강희를 몰라? 애를 싫어하는 게 아니라 자신 없어서 못 낳는 거야. 여자는 나이 들수록 애 낳는 게 힘들어져. 그리고 남자와 달리 여자의 자궁이 따라주지 않는다구. 늦게 낳을수록 손해고 확률은 떨어져. 난 강희가 뒤늦게 그런 후회를 안 했으면 해."

우울한 표정을 짓는 혜리를 현오는 포근하게 안아주었다.

"고마워, 여보. 날 위해서 이쁜 쌍둥이들을 낳아줘서. 가만히 보면 우리 여보는 철이 없는 것 같으면서도 참 속이 깊단 말이야."

"그걸 이제 알았어?"

품에 안긴 혜리가 예쁘게 눈을 흘기자 이상하게 몸이 후끈 달아올랐다.

마침 아기들도 빨리 잠이 들었겠다.

"꺄악!"

혜리를 덥석 안아 들고 침실로 향한 현오의 성급한 손길에 아내의 아름다운 몸이 드러났다. 날씬한 선은 잃었지만 아기를 낳은 후 훨씬 풍만해진 몸매가 현오는 싫지 않았다.

앙탈을 부리는 아내의 보드라운 살결에 입술을 묻으며 현오는 속삭였다.

"우리 이 김에 셋째 만들어서 과장님 부부한테 자극 좀 줄까?"

샤워를 하고 나온 강희는 목이 말라 주방으로 향했다.

냉장고 문을 연 순간, 쌍둥이들이 좋아하는 과일이 잘 손질되어 통에 들어 있었다.

"싫다더니 또 언제 준비해놨대."

내일 또 오겠다는 혜리의 말에 하준이 이번 주는 그만 좀 오라고 타박을 줬었다.

물을 마신 후 테라스로 향해 그새 또 무언가에 푹 빠진 하준에게 다가가 허리를 뒤에서 꼭 껴안았다.

"자기는 혜리네 오는 거 싫어?"

"일주일에 하루 정도만 우리 둘만의 시간을 방해하지 않는다면 주마다 와도 상관없어."

그는 혜리네 부부가 오는 것 자체가 싫은 게 아니라 매주 와서 불만을 드러내는 거였다.

당연한 거였고 그렇다고 해서 하준이 두 사람에게 소홀한 적은 한 번도 없었다. 먼지 하나 없이 청결하게 관리하는 사적인 공간을 서슴없이 내주었고 투덜거리면서도 쌍둥이들을 봐주었다.

"자기도 알잖아. 현오네 부모님은 멀리 계시고 혜리는 가족들이랑 사이가 좋지 않은 거. 여기 와야 그나마 숨통이 트인다는데 말리지 못하겠어. 혜리 집이 아파트라서 조금만 뛰어도 밑에 집에서 민원 들어온대. 온 집 안에 촘촘히 매트를 까는 것도 힘들고 살살 걸으라고 한다고 갓난쟁이들이 알아들어? 우리 정원이야 애들이 뛰어다닌다고 잔디가 닳는 것도 아니고 나도 혜리가 애들 데리고 오면 즐거워. 그래도 네가 싫다면 오지 말라고 할게."

강희의 조심스러운 말에 하준이 부지런히 움직이던 손을 멈추었다.

두 사람은 서로에 대해 잘 안다.

만약 하준이 정말 불만을 가진 거라면 강희는 기꺼이 수용하고 혜리 부부를 막을 것이다. 친구도 소중하지만 사랑하는 남편이 무조건 1순위니까.

하준 또한 혜리네 부부가 싫었다면 이 집에 한 발자국도 못 들이게 할 남자였다.

"오는 건 뭐라고 안 해. 쉴 틈 없이 와서 문제지."

"자기가 쌍둥이들 보고 싶어 하는 것 같아서 내일 또 온다던데?"

"보고 싶기는. 난 애들은 별로야."

퉁명스러운 그의 대답에 강희는 웃으면서 하준의 어깨 너머를 바라보았다.

"그럼 이건 뭔데?"

이번 주 내내 커다란 택배가 쉴 새 없이 도착해서 뭐가 했더니 어느새 테라스 정원 곳곳이 아기들의 놀이터처럼 꾸며져 있었다.

"네 말대로 넓은 잔디 닳아 없어질 것도 아니니까 그냥 활용

하는 거야. 이왕 놀고 갈 거 재밌게 놀라고."

어느 누가 감히 내 남편이 차갑다고 할까.

그는 표현을 못 할 뿐이지 누구보다도 가슴이 따뜻한 남자였다.

"쌍둥이들이 좋아하는 과일까지 깨끗이 손질해서 냉장고에 넣어놨던데 그건 뭘까?"

"부모는 미워해도 애들은 미워하면 안 돼."

현오와 혜리는 조금 밉다는 뜻이었다.

"그리고 부모 안 닮아서 애들은 예쁘게 생겼던데."

강희는 하마터면 큰 소리로 웃을 뻔했다.

안 닮기는 뭐가 안 닮았다는 건지, 나가기만 하면 최현오 판박이라고 하는데.

본인만 모를 뿐 하준은 쌍둥이들에게 콩깍지가 씌어있는 게 분명했다.

물끄러미 바라보는 시선에 하준이 눈을 맞춰왔다.

"왜 그렇게 보지?"

"그냥, 우리 남편 진짜 잘생긴 것 같아서. 이렇게 봐도 잘생겼고 저렇게 봐도 잘생겼고."

얼굴만 잘생긴 게 아니라 머리는 더 끝내주게 좋다.

이런 완벽한 남자의 유전자를 받은 아이는 과연 어떨지 요즘 들어 궁금증이 솟고 있었다.

둘이 아닌 셋도 나쁘지 않을 것 같다는 상상과 함께.

투덜거리면서도 현오보다 더 능숙하게 쌍둥이들을 보는 하준을 보면 묘한 감정까지 들었다.

남편으로서 완벽한 그가 아빠로서도 완벽할 것 같아서.

"최현오 닮은 쌍둥이들도 그렇게 예쁜데 내 남편 닮은 애들은 오죽 잘나고 예쁠까 하는 뭐 그런 생각도 조금…… 들고."

싱글벙글 웃고는 있지만 담담히 흘린 말에서 복잡미묘한 마음이 느껴졌는지 하준이 가만히 강희를 품에 안았다.

"주강희, 난 너랑 평생토록 둘이 살고 싶어. 아이는 별로 갖고 싶지 않아."

"나도 아이 생각은 없었어. 근데 널 보니까 너무 아까워서."

하준의 가슴에 가만히 얼굴을 대자 쿵쾅거리는 심장 소리가 고막을 울렸다.

"내 남편이 이렇게 애를 잘 볼 줄 몰랐단 말이야. 그 실력 썩히기 너무 아까워. 이 우월한 유전자를 전파하지 못하고 땅속에 고이 묻는 것도 아깝고."

피식 웃은 하준이 강희를 번쩍 안아 정원 한쪽에 놓인 스윙 체어로 향했다.

"별게 다 아깝네."

제 다리 위에 강희를 앉게 한 후 나른한 눈빛으로 올려다보았다.

"그렇게 내가 아까우면 쓸데없는 생각 그만하고 예뻐해 주든지."

그가 보내는 은밀한 신호를 모를 리가 없었다.

늦은 밤까지 일하다 퇴근하는 자신이 피곤할까 봐 평일엔 안고만 자는 그가 내일은 쉬는 날이니 서서히 시동을 걸고 있었다.

끝도 없는 그의 강철 같은 체력을 알기에 덜컥 겁이 나면서도 내심 기대가 되기도 했다.

"안 그래도 예뻐해 줄 생각이었어. 오늘은 어떻게 해줄까, 남편님?"

강희가 싱긋 웃으며 허락의 뜻을 보이자 서슴없이 옷 안으로 파고든 손이 브래지어를 들추고 봉긋한 가슴을 두 손으로 덮었다. 벌써부터 단단해진 그의 하체처럼 이미 예열을 끝낸 손바닥은 무척 뜨거웠다.

한쪽 입꼬리만 올려서 웃는 그의 미소가 농밀했다.

"나는 얌전하게 있을 거야."

그러니까 네가 날 잡아먹어.

얼굴을 내린 강희는 그의 귓불을 잘근거리며 유혹적으로 속삭여주었다.

"남편님이 원한다면."

기꺼이 잡아먹어 줄게.

그의 바지춤 안에 손을 놓고 더듬는 손길도 하준 못지않게 과감했다.

이미 준비를 끝낸 그는 손짓 몇 번에 바로 나직한 신음을 흘렸다.

그는 알까.

제 밑에 깔려 이렇게 욕망에 사로잡힌 채 신음하는 게 얼마나 유혹적인지.

전희가 없어도 하준의 신음 한 번에 강희도 순식간에 달아올랐다.

지금까지 피임은 제 몫이었고 다른 건 몰라도 그것까지 하준에게 신경 쓰게 하고 싶지 않았다. 위험한 날은 먼저 알아서 콘돔을 챙겼고 하준도 기꺼이 그걸 받아들였다.

그리고 오늘이 그날이었다.

위험한 날.

하지만 이상하게도 콘돔을 챙겨서 지금 이 분위기를 깨고 싶지 않았다. 밤공기가 너무 선선했고 밤하늘이 너무 예뻤으며 제 밑에 깔린 이 남자는 너무도 유혹적이었다.

왠지 좋은 일이 일어날 것만 같은 예감.

"주강희."

욕망에 잠긴 허스키한 음성이 제 이름을 부르자 그 예감은 확실하게 굳어졌다.

얼굴을 내려 그에게 키스를 하며 엉덩이를 들자 커다란 손이 능숙하게 바지와 속옷을 벗겨서 던져버렸다.

전희가 없었는데도 이미 뜨겁고 촉촉해진 내부로 하준은 빠듯하게 밀고 들어왔다.

허전한 부분을 채워주는 그 온전한 감각이 미치도록 좋았다.

머릿속이 하얘지도록 나를 채워주고 헤집어대는 그의 뜨거움과 잘록한 허리를 커다란 손으로 붙잡고 움직임을 재촉하는 그의 욕망이.

질척거리며 살이 부딪치는 소리가 음탕하게 귓가를 적셨다.

태풍처럼 밀려오는 쾌감에 절로 눈이 감기며 목이 뒤로 젖혀졌다.

"……흐윽."

하준의 뜨거운 입술이 가슴을 덮으며 희롱해오자 강희는 몽롱해진 눈을 떴다. 흐릿한 시야로 보이는 밤하늘이 하준에게 치받치는 몸처럼 격렬하게 흔들리고 있었다.

그 하늘을 보면서 강희는 생각했다.

한 번 정도는 어쩌면…… 하늘의 뜻에 맡겨도 나쁘지 않을 거라고.

2개월 후.

점심시간에 느닷없이 쳐들어온 하준에게 현오는 심문을 당하는 중이었다.

"정말이라니까요? 평소보다 더 일이 많거나 스트레스를 받을 만한 사건 없어요."

"네 말에 거짓이 있어선 안 될 거야."

"당연하죠! 제가 뭐하러 그런 거짓말을 하겠어요!"

얼음송곳 같은 눈빛이 심장을 꿰뚫을 것처럼 날카롭게 응시해오자 현오는 섬뜩했다.

이렇게 잘생긴 얼굴로 이런 섬뜩함을 느끼게 하는 것도 쉽지 않은데. 이런 남자를 어떻게 그렇게 말 잘 듣는 애완견처럼 잘 데리고 사는지.

새삼 강희가 대단하게 느껴지는 현오다.

잔뜩 억울한 표정을 짓고 있는 현오에게 하준이 쇼핑백을 내밀었다.

"이건 뭐예요?"

"쌍둥이들 신발."

"주마다 놀러 가는 것도 죄송한데 선물까지 해주시면 더 미안하죠, 제가."

벤치에서 일어난 하준이 차가운 눈빛으로 현오를 내려다보았다.

"우연히 구한 거니 부담 갖지 말고. 그럼 간다."

무심코 그 안을 들여다본 현오의 눈이 휘둥그레졌다.

혜리가 요즘 가장 눈독 들이는 나이키 리미티드 키즈 에어맥스는 돈을 주고도 못 산다고 했는데, 그 한정판 운동화가 쇼핑백 안에 들어 있었던 것이다.

"대박. 형 이걸 어떻게……?"

고맙다는 말도 못 했는데 하준은 이미 멀어진 후였다.

하긴, 천하의 유하준이 못할 게 뭐 있나.

그것도 세계에서 손꼽히는 천재 해커가 이까짓 선착순 구매는 아무 일도 아니리라.

그 대단한 실력을 자신의 쌍둥이들을 위해 써주었다는 게 고맙고 영광이었다. 평소엔 너무 차가워서 가슴에 뜨거운 심장이 들어 있나 궁금한 적이 한두 번이 아니었는데.

"이럴 때 보면 사람 같다니까."

어찌 되었든 이걸 보면 혜리가 무척 좋아하리라.

피식 웃은 현오는 바로 사진을 찍어 혜리에게 메시지를 보냈다.

창가에 서자 끝내주는 야경이 그의 발아래 깔렸지만 요즘 들어 이상해진 아내 때문에 그마저도 눈에 들어오지 않는다.

먹성 좋은 아내가 음식도 먹는 둥 마는 둥 하고 그를 귀찮아했다. 그 좋아하는 운동도 마다하고 비실거리면서 깊이 자지 못하고 잠까지 뒤척거렸다.

신경 쓰이는 일이 있는 것 같아 몇 번을 물어보아도 괜찮다는 대답만 돌아왔다. 강희가 말을 안 해주는 건 다 그럴 만한 이유가 있다는 걸 알지만 그럼에도 서운함이 느껴졌다.

설마 아직도 날 완전히 못 믿는 걸까.

이렇게 가슴이 답답한 적은 결혼 이후 처음이었다.

"도대체 뭘까."

그때 문득 떠오르는 건 혜리였다.

오늘 강희와 현오는 늦게 끝난다고 했으니 한번 찾아가 볼까.

급한 마음에 차 안에서 전화를 걸었고, 밤 9시가 넘은 시각에도 혜리는 격하게 하준을 반겼다.

"하준 씨이이, 완전 반가워요!"

인사와 동시에 하준에게 손을 벌리는 쌍둥이들을 자연스럽게 넘기긴 했지만 말이다.

하지만 하준으로서도 주말만 본 그를 알아보고 방글방글 웃는 쌍둥이들이 신기했다. 그는 강희가 아닌 다른 사람들에게는 잘 웃지 않는 편이었고 아기들에게도 마찬가지였다.

집에 올 때마다 먹을 걸 좀 챙겨주고 기저귀를 갈아주고 넘어지는 걸 일으켜 세워줬을 뿐인데, 그것만으로도 쌍둥이들은 하준을 좋아하고 있었다.

그렇다고 해서 쌍둥이들에게 정을 준 건 아니다.

아무것도 해주지 않았는데도 하준의 품이 마냥 좋은 듯 쌍둥이들은 꺄르르 웃었다.

"어서 들어와요."

집 안으로 들어가니 발 디딜 틈도 없이 난장판이었다.

싱크대엔 설거지가 쌓여 있으며 장난감이 여기저기 흩어져 있었다. 집 안을 훑어본 후 주방에서 물잔을 들고나오는 혜리도 그제야 자세히 보았다. 위로 올려 묶은 머리칼은 이미 엉망진창이었고 입고 있는 옷 여기저기 음식물이 묻어 있었다.

쌍둥이들을 먹이다가 묻은 것이리라.

하준의 시선을 느꼈는지 혜리는 민망한 듯 생긋 웃었다.

"내 몰골이 좀 그렇죠? 근데 쌍둥이 키우려면 어쩔 수 없어요. 내 성격이 강희처럼 부지런한 것도 아니고. 현오가 늦게 퇴근하는 날이면 항상 이 꼴이에요."

"……."

"그렇게 불쌍하게 보지 마요. 난 지금 너무 행복하니까. 우리 남편은 항상 퇴근하면 내 볼에 뽀뽀해주면서 고생했다고, 내가 세상에서 제일 예쁘다고 말해주거든요."

"……."

"안 힘들면 거짓말이에요. 남편이 오고 나면 그제야 난 한숨 돌리면서 청소도 하고 씻어요. 아이들 재우고 나면 짧긴 하지만 남편이랑 둘만의 시간도 갖고. 물론 대부분 눈뜨면 아침이긴 하지만."

"……."

"근데 그거 알아요, 하준 씨? 그렇게 너무 정신없이 하루하루를 보내면서 아주 가끔씩 주어지는 우리 둘만의 시간이 너무 소중하고 행복하다는 거. 지친 서로를 감싸주고 위로해주고 그렇게 서로를 다독거리면서 내일을 또 시작하고. 이게 사람 사는 거죠, 뭐. 가끔 나만 생각하면서 나를 가꾸고 즐기며 살았던 삶이 그립긴 하지만 그래도 난 지금이 더 행복해요."

잠자코 듣고 있던 하준이 드디어 입을 열었다.

"불쌍하게 생각한 적 없습니다. 단 한 번도 혜리 씨가 예쁘다고 생각한 적 없는데, 오늘 처음으로 예쁘다는 생각이 들었습니다."

"와, 얄짤없이 솔직하네요, 진짜. 칭찬인지 욕인지도 모르겠어서 화도 못 낼 만큼."

저를 주려고 가져온 줄 알았는데 혜리가 물을 원샷했다.

하준의 표정을 보곤 키득키득 웃었다.

"미안해요, 하준 씨. 하루 종일 물도 제대로 못 마셨거든요. 하준 씨도 음료수 뭐 드릴까요?"

"난 됐습니다."

갈증을 해소한 후에야 혜리는 편하게 소파에 앉았다.

"잠시 쌍둥이들에게서 벗어나게 해줬으니 이젠 내 차례죠? 이 밤에 갑자기 찾아온 이유가 뭐예요? 당연히 강희 때문이겠지만 말해봐요. 받은 게 있는 만큼 최대한 도움을 줄 테니까."

역시 눈치는 백 단이었다.

쌍둥이들과 놀아주면서 하준은 차분히 혜리에게 털어놓았고 그녀는 심각하게 들어주었다. 현오와는 다르게 혜리에게는 털어놓는 것만으로도 조금은 마음이 편안해졌다.

"내가 뭘 잘못한 것 같기는 한데, 말을 안 해주니 모르겠습니다. 혹시 혜리 씨한테도 별말 안 했습니까?"

부웅부웅, 천장으로 던졌다 받아주는 걸 반복하자 쌍둥이들의 웃음소리가 거실에 퍼졌다.

"전혀요."

혜리에게도 말을 안 할 정도면 도대체 뭘까.

하준은 더 가슴이 답답해졌다.

안색이 어두워진 하준을 살펴보며 혜리가 물었다.

"그래서 답답하고 불안해요?"

"……조금은."

"결혼까지 했는데도?"

혜리가 정곡을 찔러왔다.

"그러게 말입니다."

하준은 그것이 참 우스웠다.

결혼을 하고 법적으로 부부가 되면 이제 이런 불안함은 없을 줄 알았는데.

"나랑 현오도 사실 자주 싸워요. 평소엔 잘 도와주지만 너무 피곤할 땐 현오도 퇴근하자마자 아무것도 안 해주고 바로 뻗거든요. 그럼 얼마나 미운지 알아요? 그거 외에도 서로가 안 맞을 때도 있고 실수하고 잘못할 때도 있어요. 그럴 땐 정말 이혼하자는 말이 목구멍까지 올라와요. 연애하는 거면 그냥 콱 헤어지자고 하는데 왜 내가 참는 줄 알아요? 결혼했으니까. 그리고……"

말을 멈춘 혜리의 눈이 하준의 양쪽 다리에 앉아 있는 쌍둥이에게 향했다.

"쌍둥이들이 있으니까. 대부분의 부모가 그래요. 아이들이 부부를 오래오래 이어주는 매개체죠."

"아이를 볼모로 잡는다는 뜻입니까?"

하준다운 대답에 혜리는 큰 소리로 웃었다.

"볼모로 잡는 게 아니라 우리 부부는 우리 아이를 사랑하니까. 그게 이유예요. 사랑하는 사람의 아이를 낳는 것도 행복이지만 그 아이들이 커가는 걸 같이 지켜보는 것도 행복이거든요. 아이는 결혼보다 더 남편과 미래를 함께하는 이유예요."

쌍둥이들 중 하나가 혜리에게 손을 뻗자 그녀는 아이를 안

아주었다.

"그래서 나는 하준 씨도 아이를 낳았으면 했어요. 백날 말해 봤자 강희도 들을 리 없으니까 애들 데리고 쳐들어간 것도 있구요. 내가 쉬고자 하는 이기적인 목적도 있었지만요. 그리고 내가 보기에 하준 씨는 좋은 아빠 자질이 넘쳐나요."

쌍둥이 손에 과자를 하나 쥐여준 혜리가 따스한 눈빛으로 하준을 보았다.

"조금이라도 아기를 갖고 싶은 마음이 있으면 강희 설득해서 서둘러요. 남자는 뭐 수저 들 힘만 있으면 애 가질 수 있지만 여자는 아니에요. 늦게 낳을수록 확률도 떨어지고 몸도 힘들어요."

아이는 단 한 번도 생각해본 적 없기에 마음이 복잡해졌다.

"그럼 지금처럼 작은 일에도 불안해하며 나한테 달려오진 않을걸요? 선녀와 나무꾼 이야기, 그거 은근히 신빙성 있어요. 아이 셋을 낳으면 선녀가 하늘로 떠나지 못한다는 말. 한쪽의 사랑이 너무 크면 어느 쪽으로든 치우치는 법이니까요."

"……."

"우리 쌍둥이들, 하준 씨가 봐도 예쁘죠?"

잠시 망설이던 하준은 고개를 끄덕거렸다.

"남의 아이도 예쁜데 내 새끼 얼마나 예쁘겠어요? 사랑하는 내 사람과 나를 닮은 아이는 얼마나 사랑스러울지, 하준 씬 궁금하지 않아요? 그래서 다 아이를 낳아요."

쌍둥이를 바라보는 눈빛은 따스했고 미소는 온화했다.

주강희가 우리의 아이를 안고 이렇게 바라보고 미소 짓는다면 얼마나 아름다울까.

주강희가 내 아이의 엄마가 된다.

그것만으로도 가슴이 벅차올랐지만 결정은 내리지 않았다.

혼자 결정할 일도 아니었고 무엇보다 신중하고 또 신중해야 할 일이었다.

무엇보다 아이는 잠깐 보는 것과 직접 낳고 키우는 건 꿈과 현실의 차이였다.

"나는 잘 모르겠습니다."

"하준 씨."

"혜리 씨 말대로 임신과 출산은 내가 아무리 노력해도 강희 혼자 감당해야 할 일입니다. 그런 짐을 혼자 짊어지게 하고 싶지도 않고 아이는 나와 강희의 발목을 잡을 존재가 될지도 모릅니다. 우리 둘만의 시간도 부족한데 아이를 낳아서 그 아이에게 없는 그 시간을 쪼개서 또 투자하기도 싫고. 그래서 난 아이를 갖는 게 싫습니다."

어른들 모두 아기에게 집착했다. 옥자와 정선도 혼자서 아이를 키우느라 고생했고 갑수의 집안도 후사에 집착하며 자신을 압박했었다. 아기가 대체 뭐라고.

무엇보다 하준이 아이를 갖기 싫어하는 이유는 따로 있었다. 중상을 입어 요양을 할 때 강희는 자신 몰래 산부인과 검사를 받았고 임신은 가능하지만 자궁이 너무 약해서 유산 가능성이 크다고 했다. 그 결과를 보고받았지만 하준은 강희를 위해 모른 척하고 있었다.

그 일로 인해 그녀가 죄책감을 느끼지 않았으면 했고 그래서 먼저 어른들에게 아이는 낳지 않겠다고 했다.

오로지 자신이 독단으로 내린 결정인 것처럼 말이다.

냉담해진 하준의 표정을 보자 혜리의 표정에도 안타까움이 번졌다.

"그건 제가 강요할 일이 아니니까. 어찌 되었든 강희가 왜 그러는지는 나도 몰라요. 하지만 참을성 있게 기다려줘요. 걔 성격에 얼마 안 가서 털어놓을 거 하준 씨도 잘 알잖아요."

하준은 쌍둥이 한 명도 혜리에게 넘겨주곤 일어났다.

"늦은 밤에 쳐들어왔는데 시간 내줘서 고마워요, 혜리 씨."

"별말씀을요. 덕분에 물도 마시고 수다도 떨고 좋은데요? 종종 와주면 감사할게요."

하준이 나간 후 혜리는 가볍게 한숨을 내쉬었다.

"휴우, 쉽지 않은 남자야."

강희가 왜 그러는지 알고 있는 혜리는 혼자 끙끙 앓고 있는 친구가 답답했는데 하준을 보니 알 것 같았다.

저렇게 목석처럼 감정이 메마른 남자를 설득하는 건 쉽지 않으리라.

오늘도 야근이라고 하준에게 메시지를 보냈다.

하지만 일은 7시에 진작 끝이 났고 야외 휴게실 벤치에 앉아 밤하늘을 멍하니 올려다보는 강희의 눈빛이 어둡다.

먹은 것도 없는데 헛구역질이 나왔고 음식 냄새만 맡아도 토할 것 같아 오늘도 제대로 먹은 게 없었다. 작게 한숨을 내쉰 강희가 가방에서 꺼낸 건 태아가 찍힌 초음파 사진이었다.

"더 이상 미루면 안 되는데."

예전에 검사를 했을 때 임신이 힘든 몸이라고 했고 그래서 한 번 모험이란 걸 했다. 혜리의 쌍둥이들을 잘 보는 하준의 모습에, 이 남자의 아이를 갖고 싶다는 간절한 바람으로 말이다. 그런데 그 한 번의 모험에 정말 임신이 되었다. 혼자서 독단적으로 내린 결정이었고 그게 현실이 되어버린 것이다.

─아이는 갖고 싶지도 않고 절대 가질 생각도 없습니다.

집안 어른들에게 말하던 하준은 어떤 말을 해도 흔들리지 않겠다는 단호함과 냉정함이 돋보였다. 그 말을 증명이라도 하듯이 하준은 피임에 철저했다. 자신보다 더 신경 쓰는 모습에 내가 알아서 잘할 테니 신경 쓰지 말라고 해놓고선 의사도 묻지 않고 임신을 해버렸다. 아직 부풀긴커녕 납작한 배를 어루만지는 강희의 표정이 어두워졌다.

하준은 어떤 반응을 보일까.

결혼 못지않게 임신은 생각할 것들이 많았다.

지금 하준이 모든 집안일들을 도맡아 하는데 아이를 낳으면?

사람이 염치가 있지, 육아마저도 하준에게 맡길 순 없는 노릇이었다. 그렇다고 관두기엔 강희는 지금 하는 일들을 포기할 수 없었다. 그때 하준에게서 메시지가 왔다.

> 이용 가치가 높은 남편을 항상 잊지 마, 주강희.

그걸 본 순간 강희는 웃어버렸다.

이미 자신에게 말 못 할 고민이 있는 건 알고 조심히 자신의 가치를 강조하는 것이었다. 난 뭐든지 널 이해하고 받아주고 감당하고 해결해줄 수 있다고 말이다.

그의 말대로 그는 뭐든지 해결책을 찾아낼 남자다. 무에서 유를 창조하는, 뛰어난 두뇌를 타고난 남자가 유하준이니까.

하긴, 이렇게 혼자 고민한다고 해결될 일도 아니잖아?

배 속 아기는 벌써 3개월에 접어들었고 이미 생긴 아이를 어쩌겠어. 처음에는 정이 안 가도 쌍둥이들처럼 자꾸 부대끼다 보면 하준도 정이 붙으리라.

"그래, 하준이랑 상의하자!"

우린 부부니까.

벌떡 일어나 돌아선 그녀의 시야에 하준이 보였다.

너무 놀라서 멍하니 바라보기만 하자 하준이 긴 다리를 뻗으며 다가와 바로 앞에 섰다.

"뭐, 뭐야. 언제 왔어?"

초음파 사진을 슬그머니 등 뒤로 숨기며 눈까지 피했다.

"날마다 왔어. 네가 몰랐을 뿐이지."

"근데 지금까지 한 번도 아는 척 안 하고 돌아갔다고?"

"늦은 시간까지 바쁘다며 얼굴을 보여주지 않으니 보러 오는 수밖에. 네가 원하지 않는 것 같아서 멀리서 보고만 갔어."

"그럼 지금은?"

"나랑 상의하겠다며."

그것도 들었구나.

작게 한숨을 쉬며 조심히 눈썹을 들자 아름다운 검은 눈동자와 부딪쳤다.

쉽게 입을 열지 못하자 하준이 품에 안아주었다.

"주강희, 우리 아이 가질까?"

"……뭐라구?"

"아이 가질 생각 있냐고 묻는 거야."

"이렇게 갑자기?"

혼란스러운 강희와 달리 하준은 무척 차분했다.

"네가 원하는 것 같아서."

"넌 아이 싫어하잖아."

"네가 원하는 게 내가 원하는 거야."

"거짓말, 넌 아이 끔찍하게 싫어하잖아."

조금은 원망스럽게 그를 바라보자 하준의 조심스러운 손길이 야윈 뺨을 부드럽게 어루만졌다.

"끔찍하게 싫어하긴 했지. 임신이 널 10개월 동안 힘들게 할 거고 출산은 네 몸을 갉아 먹을 테니까. 어떤 남자가 목숨보다 소중한 여자가 힘들어하는 걸 좋아해. 조금 궁금하긴 해도 아이는 없어도 그만이니까."

믿을 수 없다는 듯 강희의 눈이 동그래졌다.

"너도 궁금하긴 해? 너와 내 아이가 어떨지?"

"난 궁금해하면 안 되는 건가?"

깊숙이 바라보는 눈빛을 피하며 강희는 자그맣게 물었다.

"그게 이유야? 뒤늦게 우리의 아이가 궁금해져서?"

작은 한숨 소리가 귓가를 스쳐 눈을 들자 하준의 짙은 눈동자와 맞닥뜨렸다.

"궁금하다는 이유만으로 너한테 그런 고생을 하게 하지 않아."

"그럼?"

벤치에 앉은 하준은 강희를 제 무릎 위에 앉히고선 나직하게 말했다.

"네가 상상 임신을 할 만큼 아이를 원하는 것 같아서."

그의 낮은 음색이 묵직하게 바닥에 깔렸다.

"누가? 내가? 상상 임신?"

이걸 웃어야 되나, 말아야 되나.

도대체 왜 이런 말도 안 되는 상상을 하지?

"몇 달 동안 확실히 넌 이상했어. 그래서 여기저기 물어보기도 하고 병원도 찾아가서 혼자 상담받았어. 상담받은 의사들 중 여의사 한 명이 그러더라. 혹시 아내분이 임신한 거 아니냐고. 그럴 리가 없잖아. 우리가 피임은 철저히 했으니까. 그러니까 의사가 하는 말이 네가……."

하준이 눈을 들어 강희를 바라보았다.

"상상 임신일 수도 있다고 했어. 아이를 너무 원하면 드물게 그런 경우도 있다고."

그가 얼마나 혼자서 고민하고 힘들어했는지 표정과 눈빛이 말해주고 있었다.

"그래서, 내가 상상 임신을 할 만큼 아이를 원하는 것 같아서 아이를 갖자는 거야?"

하준의 눈빛이 진지해졌다.

"넌 임신이 힘든 몸이고, 아이를 가지려면 그만큼 네가 고생해야 한다는 의미야. 네 고통을 분담하고 싶어도 난 그래 줄 수 없으니까. 주강희, 난 네 결정에 따를 거야."

그의 한마디에 강희는 심장이 내려앉은 기분이었다.

"너…… 알고 있었어?"

"너에 대해 모를 리가 없잖아, 내가."

"설마 그래서, 어른들에게도 아이 안 갖겠다고 한 거야? 내 허물을 덮어주려고?"

"그건 허물이 아니야."

맙소사, 이 남자는 정말이지 답이 없다.

고쳐진 줄 알았는데, 혼자서 감당하고 해결하려고 했다니.

그럼에도 이번엔 화를 낼 수 없었다.

"노력해서 임신한다고 해. 우리가 아이를 키울 수 있을 것 같아? 난 아직 일을 관둘 생각이 없어."

강희는 지독히도 바보 같은 남자가 어디까지 감당하려는지 궁금해서 이기적으로 말했다.

"임신과 출산은 네가 감당해야 하는 일이야. 그리고 육아는 내가 알아서 할 테니 넌 지금처럼 하고 싶은 것 해."

"너 혼자서 살림에 육아까지 감당하겠다고? 날 얼마나 나쁜 년으로 만들려는 거야?"

하준이 강희의 허리를 더욱 끌어안으며 얼굴을 가까이했다.

"나는 남아도는 게 돈이고 아이를 키워주지 못해 안달이 난 어른들까지 있어. 왜 내가 혼자 감당할 거라고 생각하지? 난 충분한 도움을 받으면서 아이를 키울 거고 지금처럼 너와 둘만의 시간도 즐길 거야."

오로지 저로만 가득한 검은 눈동자가 조명을 받아 더 아름답게 반짝이고 있었다.

그 눈을 보고 있으니 다시 한 번 깨달았다. 그가 지독하게 날 사랑하는 것처럼 나도 그를 지독하게 사랑한다는 걸.

"네가 임신과 출산의 고통을 감당할 각오가 있다면, 난 기꺼이 육아를 감당할……!"

지독한 사랑을 흘리는 입술을 강희가 먼저 집어삼켰다. 대화가 끊기고 서로를 탐닉하는 거친 숨결이 두 사람을 감쌌다.

한참 후 가쁜 숨을 토해내며 입술을 뗀 강희는 하준을 바라보았다. 내가 힘들어하면 먼저 눈치채고 헤아려주고 길을 터주고 용기를 내주는 영원한 내 편을.

2개월 넘게 가방 안에 넣어놓았던 사진을 꺼내서 하준의 손에 쥐여주었다.

"이게 뭔지 알아?"

초음파 사진을 가늘게 뜬 눈으로 하준이 보았다.

"우리 아기 사진이야."

아직도 현실 인식을 못 한 듯 눈빛이 담담했다.

"유하준, 나 상상 임신 아니라구. 임신 3개월째야. 그때가 언제인지 알지? 나 그날, 피임 안 했거든. 그냥…… 그땐 이상하게 그러고 싶어서. 너한테 허락도 없이. 설마 화낼 건 아니지?"

대답이 없는 하준은 영혼이 빠져나간 표정을 지었다.

"너 아빠 된다구."

단단한 목에 팔을 감싸고 그의 귓가에 속삭이는 목소리에 어렴풋이 물기가 묻어났다.

"그것도 쌍둥이 아빠, 꺄악!"

하준이 강희를 번쩍 안고 일어나 뱅글뱅글 돌기 시작했다.

굳이 말로 하지 않아도 그가 굉장히 기뻐하고 있다는 걸.

온몸으로 표현하는 그의 기쁨에 강희도 덩달아 기뻤지만 빈 속에 뱅글뱅글 돌려지니 속이 뒤집어질 것 같았다.

"무서워, 유하준! 아니 토할 것 같아 내려놔, 내려놓으라구!"

그제야 하준이 벤치에 강희를 내려놓은 후 무릎을 꿇고 벅찬 눈동자로 올려다보았다. 그의 검은 눈동자가 물기로 반짝거리는 걸 처음 본 순간이기도 했다.

"미안해, 주강희."

너 혼자 3개월 동안 감당하게 해서.

"그리고 고마워, 주강희."

무섭고 힘들 텐데 결단을 내려줘서.

물기 머금은 눈이 눈물 나도록 애절하게 속삭이고 있었다.

"유하준, 너…… 울어?"

천하의 유하준이 눈물을 보이다니, 말도 안 돼.

"내가 진짜 잘할게. 넌 건강하게 아기만 낳아줘. 난 그걸로 족해."

"유하준, 그거 알아?"

하준의 눈에 맺힌 눈물을 손끝으로 쓸자 물기가 묻어났다.

"너도 우는 거 미치게 예쁘다는 거."

무슨 말을 하려는 하준에게 강희는 키스를 했다.

때론 백 마디 말보다 단 한 번의 행동이 모든 걸 증명해 보이는 법이다.

내 목숨보다도 사랑해, 너를.

그런 강희의 절절한 고백에 하준도 열렬하게 답해왔다.

내가 더 사랑해, 주강희.

입술이 얽히고 혀가 얽히고 숨결이 녹아들수록, 지독할 정도로 본능적인 사랑은 서로의 가슴에 깊고 깊게 스며들었다.

지금 이 순간부터, 둘이 아닌 넷의 인생이 시작되고 있었다.

〈끝〉

작가 후기

항상 첫 문장 때문에 애먹던 소설처럼 작가 후기도 첫 문장이 망설여지네요. 독자님들에게 가장 먼저 말씀드리고 싶은 건 《본능적인 그대》는 제가 쓴 작품 중 희로애락을 가장 많이 느끼게 했던 작품입니다. 뭐랄까, 워낙 지능적인 뇌섹남을 보여드리려니 평균 아이큐를 품은 제 뇌가 감당하기 버거웠다고 해야 할까요.

남주도 남주지만 여주는 여주대로 또 경찰이란 직업 때문에 저를 머리 아프게 했습니다. 《본능적인 그대》를 쓰기 위해 온갖 경찰 관련 프로그램은 유료결제해서 다 섭렵한 것 같아요.

학생처럼 두 눈에 불을 켜고 열심히 메모하는 제 모습을 남편이 귀엽다는 표정으로 바라보기까지 했다는 썰? 그럼에도 저와 함께 묵묵히 경찰 관련 프로그램을 같이 시청해주었답니다. 그걸 보다가 한 성질 하는 제 성격에 욕도 몇 번이나 했더라는. 참고로 제가 전라도 출신이라 한 번 입이 터지면 말발이 걸쭉하답니다.

그리고 이건 비밀 아닌 비밀인데요, 여러 작품들 중 《본능적인 그대》의 남주인공인 신유진이 사실 제 이상형에 가장 가까워요. 말수 없고 뇌섹남에다 섹시미까지 줄줄 풍기는 해바라기. 그래서 더 작가인 제가 빠져들어서 글을 썼어요.

센 캐릭터인 경찰 여주 강희도 저에겐 새로운 도전이었습니다. 아직까지도 독자님들에겐 남주에게 보호받는 여주들이 더 매력적인 건 알면서도 경찰이라는 센 캐릭터로 도전했다는 건, 작품의 인기도에 내기를 건 것과 마찬가지죠.

폭망하면 어쩌나 걱정하는 저를 테라스북에서 남주 여주 다 멋있고 사랑 많이 받을 작품이니 열심히 쓰라고 끊임없이 격려해준 덕분에 포기하지 않고 썼고 좋은 성적으로 완결을 지었습니다.

무엇보다 끈기 있게 저를 믿고 따라와주신 분들 덕분에 《본능적인 그대》가 독자님들의 많은 사랑을 받으면서 완결까지 갈 수 있었던 것 같아요. 죽은 작가와 작품도 살려내는 게 독자님들이시니까요. 다시 한 번 독자님들의 힘을 절실하게 깨달았습니다.

결론을 내자면 《본능적인 그대》를 쓰면서 다시 한 번 깨달은 건 글은 아무나 쓰는 게 아니라는, 덩달아 다양한 직업을 섭렵하시는 다른 작가님들에게 존경심이 우러났습니다.

독박육아 때문에 다른 분들처럼 조사도 못 나가고 그럴 인맥도 없고. 그래서 단 몇 줄을 쓰기 위해 몇 시간 동안 머리를 쥐어뜯으며 인터넷 서치를 했던 기억을 지금은 웃으면서 떠올려요.

저도 벌써 몇 년째 작가라는 타이틀을 달고 있긴 하지만 항상 제 자신이 부족하다는 생각을 지울 수 없습니다. 그럼에도 그런 저와 제 글을 아낌없이 사랑해주시는 독자님들 덕분에 이 부족한 글솜씨로 몇 년은 더 로맨스 작가 타이틀을 달 수 있을 것 같아요.

하지만 나이가 드는 만큼 머리도 굳어서 로맨스 감이 떨어지고 있다는 슬픈 현실. 쓰고 싶은 주제는 머릿속에서 넘쳐나는데 막상 글을 쓰려고 앉으면 몇 시간을 멍때리고 있어요. 모든 글들을 연재로 시작하는 저에겐 항상 첫 줄이 가장 어렵더라구요.

그럼에도 저는 포기하지 않고 지금 이 순간조차 새로운 작품 구상을 하고 있답니다. 좀 더 멋진 남주와 독자님들의 심장을 쿵쾅거리게 할 소재로요.

어설픈 재주로 제가 지금까지 글을 쓰고 앞으로도 글을 쓸 수 있는 건 수없이 고마운 분들 때문이에요. 그래서 작가 후기를 빌어 감사의 말을 쑥스럽게 전하고 싶어요.

부족한 제 글을 사랑해주시는 너그러운 독자님들과 자꾸만 샛길로 나가려는 저를 잡아주신 테라스북 가족님들 감사합니다.

묵묵히 작가인 아내를 응원해주는 나의 1등 남편님! 일에 치여 피곤할 텐데도 살림과 육아를 같이 해주는 남편 때문에 독박육아 이겨내며 작가라는 타이틀을 유지할 수 있었던 것 같아요.

마지막으로 나의 사랑하는 개구쟁이 두 딸들! 언제 한글을 배워서 이 글을 읽게 될지 모르겠지만! 일과 피곤함을 핑계로 엄마 역할을 제대로 못 해주었는데도 건강하고 밝게 자라줘서 눈물 나도록 고마워요. 훌륭한 엄마는 못 되어주지만 항상 더 노력하는 엄마가 되어줄게요.

코로나 때문에 시국이 말이 아니지만 그럼에도 제 글이 코로나로 지친 독자님들에게 한 줄기 소확행이 되었으면 합니다.

본능적인 그대 2

초판 1쇄 인쇄 2021년 2월 7일
초판 1쇄 발행 2021년 2월 10일

지은이 이달아 | 펴낸이 강성욱 | 책임 기획 전주예 | 일러스트 김지훈 | 로고 김미현
디자인 장지은 | 기획 편집 송진아 최예림 정종건 장현호 이진영 이상학 정송원 | 교정 손지선
펴낸곳 테라스북 | 등록 제 2020-000111호
주소 (05020) 서울특별시 광진구 동일로 116 제일빌딩 4층 403호 (화양동)
전화 070-4794-5826 | 팩스 0505-911-5826
블로그 http://terracebook.blog.me | 전자우편 terracebook@naver.com
ISBN 979-11-91257-06-9 (04810)
ISBN 979-11-91257-00-7 (SET)

ⓒ 이달아 2021 Printed in Korea

테라스북은 주식회사 스토리펀치의 임프린트 브랜드입니다.

잘못된 책은 구입하신 곳에서 바꾸어 드립니다.
이 책의 전부 또는 일부 내용을 재사용하려면 사전에 저작권자와 주식회사 스토리펀치의 동의를 받아야 합니다.